滔滔黄河

范若丁 著

击 浪 第二部

河南文艺出版社
·郑州·

图书在版编目（CIP）数据

滔滔黄河. 第二部, 击浪/范若丁著. --郑州:河南文
艺出版社,2023.10
ISBN 978-7-5559-1525-6

Ⅰ.①滔…　Ⅱ.①范…　Ⅲ.①长篇小说-中国-当代
Ⅳ.①I247.5

中国国家版本馆 CIP 数据核字（2023）第 176795 号

策　　划	党　华
责任编辑	张　阳
责任校对	赵红宙
书籍设计	吴　月

出版发行	河南文艺出版社	印　张	17
社　　址	郑州市郑东新区祥盛街 27 号 C 座 5 楼	字　数	260 000
承印单位	河南瑞之光印刷股份有限公司	版　次	2023 年 10 月第 1 版
经销单位	新华书店	印　次	2023 年 10 月第 1 次印刷
开　　本	700 毫米 × 1000 毫米　1/16	定　价	68.00 元

印厂地址　河南省武陟县产业集聚区东区（詹店镇）泰安路
邮政编码　454950　　电话　0371-63956290

三春白雪归青冢，万里黄河绕黑山。

——柳中庸

目录

一 大帅的交椅

公元 1925 年(民国十四年)2 月 25 日,胡景翼下达向憨玉昆的三十五师总攻命令,酝酿数月的胡憨战争,正式开打。

樊玉龙第一次走上军阀混战的战场。

樊玉龙在开封离开似乎生疏了的子谦和秋秋,从洛阳火车站下车,立即感到一种大战前夕的紧张气氛。回到驻地,部队已开往禹县。他向刚换防过来的部队说明身份,借了一匹马赶到禹县,刚走进团部向蒋明先报到,忽接命令,全团立即开往密县、宝丰一带迎敌。

胡景翼与憨玉昆争夺河南军务督办一职的"胡憨战争"已酝酿数月。刘镇华和胡景翼先后去铁门请张钫出面调停。张钫是这两位的老长官,虽已退出军界多年,在家乡铁门办矿当寓公,但他同镇嵩军和以先前靖国军为班底的国民二军两方面的历史渊源和资望,确为调停的合适人选。经他奔走,双方暂时改变了剑拔弩张的态度。胡景翼答应向北京政府保举憨玉昆出任河南军务帮办,而刘镇华即令憨玉昆把军队撤出开封、郑州,退到荥阳、汜水,让国民二军渡过黄河。不料胡景翼到开封就任军务督办兼代省长之后,却将帮办一职交于他的亲信,并说待他率军南下攻取鄂湘,迎孙中山北上之后,再将河南交给憨玉昆。短小精悍、脾性暴躁的憨玉昆深感被人耍了,怒不可遏,指名道姓大骂胡景翼。河南是他的老家,占据洛阳这几个月,队伍已扩充到十万之众,憨玉昆自认为天时、地利、人和他已尽占，足可以与老陕胡景翼拼出个究竟。憨玉昆还在这边虚张声势地嚷嚷，那边胡景翼已在暗中调动部队。当年镇嵩军在陕西曾协助陈树藩打败过靖国军，胡景翼旧恨难消，听说憨玉昆骂他，更是气不打一处来。一次宴会上胡景翼说到激动处，圆脸涨得通红，竟将头上的金箍将军帽取下来踢到空中，大声说："我一定要打下镇嵩军。"双方一面谈判，一面真就动起手来。到后来镇嵩军方面有人怀疑张钫暗中与国民二军有通，国民二军方面则怀疑张钫帮助镇嵩军调兵布阵，弄得居间调停、由辛亥革命元勋变成军人政客的张钫两边不是人，还差点丢了性命。

从资历来说，胡景翼的来头比憨玉昆大得多。胡是陕西富平人，父为商人，有薄资。1910年加入同盟会，十九岁组织反清起义，失败后赴日本留学，袁世凯称帝时，回国参加陕西护国军。1917年护法战争爆发，加入于右任在陕西组织的靖国军，任第四路司令。靖国军失败，其部被直系改编为陕军第一师。1924年10月第二次直奉战争期间，胡暗与冯玉祥、孙岳联系，发动北京事变，与冯、孙组织中华民国国民军，由冯玉祥任国民军总司令兼第一军军长，他与孙岳分别担任副总司令及第二、第三军军长。憨玉昆虽早年参加了辛亥革命，现为陆军第三十五师师长，手握一定兵权，但在政治上和军事实力上尚不能与胡景翼比肩。

冯玉祥、胡景翼、孙岳倒曹锟、吴佩孚后，大好的民国河山，仍被各路军阀分割统治着。因为北京还需要一个政府，冯玉祥联合张作霖拥段祺瑞为执政。善于见风使舵的刘镇华，即在西安通电拥护，并派代表晋见。段祺瑞暗示，只要三十五师出兵到郑、汴，即宣布憨玉昆为河南督军。憨玉昆想当督军，刘镇华有个将势力扩展到河南、统领豫陕两省的美梦，即命憨玉昆为豫军总司令，兵出潼关。不巧的是，胡景翼做的也是这个梦，两人可谓是异床同梦，只不过进攻方向不同。刘镇华是兵出潼关向东打，胡景翼是南下开封然后向西打，先占河南，再收陕西。头号军阀段祺瑞不管这些事，北京三巨头中的冯玉祥要将河南军务督办一职授予胡景翼，他不管也确实管不了，只希望他们快点打起来，打得越热闹越好。

又一场大小军阀纷纷登台亮相的大戏拉开了帷幕。

1925 年 2 月 25 日，胡景翼下达了向三十五师总攻的命令。三个月之前，憨军由洛阳而郑州再而开封，进军凌厉，刚战败的直系余部纷纷接受收编，但待胡景翼一得势，这些墙头草又摆过头来，投靠新主。开战未几，憨军即遭很大损失，而胡景翼又有友军樊钟秀部相助。樊钟秀原是胡景翼在靖国军中的同侪，同为孙中山先生信徒，站在了胡的一方。孙岳的国民三军此时亦从河北南下。胡掌握的军队超过二十万，为憨军的两倍，何况又是先声夺人，以迅雷不及掩耳之势突然袭击，令以勇猛彪悍著称的憨玉昆处处陷于被动。为挽救危局，憨军西撤。国民二军主力岳维峻师利用铁路运输之便，很快推进到洛阳附近的黑石关一线。憨玉昆亲临前线，率兵在黑石关外反击胡军，3 月初两次渡河夺取孝义兵工厂，胡军又两次夺回兵工厂。憨军将兵工厂包围，身材肥硕的胡景翼不顾行动之不便，亲自率队突围，趁北风大作，命士兵据上风用铁锹扬沙，一时黄沙障天。胡军乘机猛攻，逼憨军退至黑石关。次日憨军布置反攻，胡景翼又亲率两营卫队担任前锋迎战，并派小部队抄小路绕到黑石关后面，两面合击，憨军动摇，节节败退至邙山。憨玉昆借山势多次指挥部队向山下袭击，均未成功，伤亡甚大。两方主帅亲临阵前，可想战斗的激烈。此时，南路的站在胡景翼一边的樊钟秀部攻克宝丰，侧击偃师。汪震的混成第一旅退至邙山，蒋明先团跟随旅长汪震与憨玉昆会合。这时樊玉龙第一次看到他们的主帅。只见憨玉昆磨烂的露出片片棉花的军装上，布满了泥土和斑斑血迹。他面色疲惫，迎风而立，双目凝滞，一副决心赴死的神态，胸中不禁升起一种将军途穷的悲凉感。汪震劝憨玉昆带卫队先下去，他看看躺满山坡的尸体，苦笑一下说："弟兄们都躺在这里，我因何求活？"

汪震又劝："您活下去才能带领我们再起，才能为弟兄们报仇。"

憨玉昆知道镇嵩军内部矛盾很深，不再指望救援，摇摇头说："来不及了，主力部队溃不成军，刘镇华从陕西调来的柴云升援兵这个时候才过陕州，近在临汝的张治公却见死不救，还有啥办法？来不及了。"

敌人又是几次冲锋，汪震劝憨玉昆先下去，憨玉昆坚决不撤。眼看敌人冲到身边，蒋明先一面指挥樊玉龙带人抵抗，一面向憨玉昆的卫队高喊："把总司令架下去！把总司令架下去！"卫队上来十几个人，架着憨玉昆向山后跑去。

二营挡在后边，李宏军、樊玉龙两个营长身先士卒，至死不退。一挺机枪突然哑了，樊玉龙知道机枪手中弹，一步跳过去，抓住机枪继续射击……山坡上尸体堆积得越来越高。无奈敌众我寡，终不能挽回败局。至天黑，邙山上除了尸体的棉衣上闪动的明灭火星，四周一片骏黑，汪旅趁着月亮未出，撤到洛河北岸。

混成第一旅正准备架桥过河，忽见一匹白马顺着河滩由远而近飞奔而来。旅部的人警惕地看着这匹马，渐渐看清马背上有一个身子半伏的士兵。马在汪震身边不远处猝然停下，可能是辔头被猛一抖的缘故，马几乎直立起来打了个转才停稳。士兵从马背上跳下，踉跄几步跌倒了。他负了伤，沙滩顿时有片血色。他挣扎着从图囊里掏出一张纸，大声喊："命令！命令！"马副官接过那张纸交给汪震，汪震看了看，对身旁的蒋明先、李宏军、樊玉龙说："刘总司令命令我旅协同张治公师收复洛阳，洛阳现在国民二军李虎臣旅手里。"蒋明先听罢气呼呼地问："他张治公终于肯出动了？咱们可不要被他卖了。"汪震说总司令的面子他不能不给吧。即刻布置蒋团作先锋团，李宏军、樊玉龙部作为尖刀营，进攻洛阳西工——洛阳的军事核心地区。

李虎臣的屁股在当年吴大帅的椅子上尚未坐热，大帅府周围就响起了密集枪声。李宏军营发起几次冲锋，均被李虎臣的警卫营挡了回来。李宏军见状大怒，脱掉棉衣向雪地上一摔，夺过一挺机枪大吼一声"跟我上"，就冲了出去。樊玉龙一伸手臂没能拉住他，只得跟上。眼看接近大门就要跨上台阶，一颗子弹打中了李宏军，他向前又跨一步，倒在台阶上。樊玉龙赶快去扶，一梭子子弹扫来，门前的石狮子迸射出团团火花。樊玉龙投出一枚手榴弹，趁对方机枪哑了的时机，蹿上去扶起李宏军，喊声"撤"，与一个跑过来的士兵架起李宏军急退回来。李宏军左胁中弹，是个炸子儿，伤得厉害，从碗口大小的伤口可以看到腔子里的心跳。樊玉龙一面给李宏军包扎，一面要勤务兵到街上找郎中，郎中到后揭开伤者身上的棉衣看看，摇摇头说不中了。在鳌柱山众兄弟中，李宏军是樊玉龙最敬佩最亲近的一个，他蹲在尸体旁边想着李宏军的勇敢、无私和真诚，不禁流下泪。天色渐渐暗了，刚下下来的雪变成灰色。他把几个连长找来商议，让常文彬带一个排绕到大帅府后面，让刘海带一个连攻取偏门,他带人从正门进攻。天色全黑后,由于电厂打坏了,大帅府只有几个窗口露出微弱的灯光。樊玉龙一声令下,一群人高喊着"为李营长报仇"的口号,又一次向正门扑去。常文彬和刘海同时开了火。樊玉龙几乎不去扣动扳机,只顾大跨步向前冲。三面枪声响起,敌人乱了。一个大个子卫士背上正在洗脚的李虎臣,带领卫队想从花园冲出去,正遇上刘海的人,一阵猛烈射击,卫队折回头在西院的院墙上扒开个豁口才逃了出去。

枪声沉寂了,好像整个洛阳城都屏住呼吸,夜颤抖着合上了眼。樊玉龙命人将李宏军放在吴佩孚睡过的床上。过了一会儿,他看到一张铺着虎皮、雕工精致的檀木椅,想来这就是人们传说的那张大帅椅了,吴佩孚坐过,李虎臣可能也坐过,胡景翼、憨玉昆或刘镇华想必都想坐过。但今天,樊玉龙想到只有李宏军配坐。他命令将李宏军抬到大帅椅里,扶正,除了站岗放哨的,全营官兵都从椅旁默默走过,气氛怆然而悲壮。樊玉龙望着李宏军庄严惨白的脸说:"宏军哥,恁素有大志,俺知道恁想带兵,带多多的兵,打跑那些祸害百姓的东西。这咱,这个帅那个帅都跑了,你就是大帅。"说毕,他又高喊一声:"向李大帅行礼!",众人唰地都双脚并拢抬起了右臂。这是一个特殊的葬礼,不需要什么总统、主席来下褒奖令,一群山野汉子给予了李宏军一个军人的荣耀。

两天后,岳维峻调来一个旅配合李虎臣反攻,夺回洛阳。

这是樊玉龙第一次参加的真正具有军事意义的大战,三十多万人混在一起厮杀,双方主帅甘冒石矢之险,亲临第一线冲锋陷阵,在他的记忆里似乎从未听说过。为什么?这是为什么?过了洛河,部队停下来休息。他躺在河岸沙滩上,看着幽远蓝天上的繁星,不再想那个为什么,沉重的眼皮不由自主地合上。第二天他带两个人到附近村庄找了一口上好的柏木棺材装殓了李宏军,无师自通地看了看山势挖个墓穴,把李宏军埋葬在龙门山脚下。左边有几株高大的柏树,山半坡有一大片正在开花的桃林,春雪纷纷落下,飘飘洒洒,把桃林罩白了,把柏树罩白了,粉红粉绿,一场桃花雪把一个战场变了个样。樊玉龙又培了几铲土,将铁铲往地上一搠,望望周围说:"宏军哥,这是个好地方,将来俺还不知道有没有这个福分来这里陪你呢。"

局势顺流直下,本来坐镇洛阳为憨玉昆作后盾的镇嵩军总司令刘镇华退到渑池,从陕西前来的援军柴云升师与他会合后,在渑池东布防迎敌。国民二军李虎臣部、岳维峻部陆续到达,发动猛攻,激战三日,镇嵩军不支,又分散败退,大部分退往伏牛山区,一部分退往陕南安康,号称十万人马的镇嵩军,半月之内冰消瓦解。刘镇华退至陕州,知道已丢了盘踞八年的陕西,不能回去当他的军务督办兼省长了,叹息之下,只得由茅津渡过黄河到太原去见阎锡山,而后转赴天津,像比他走先一步的失意军阀们一样,走进租界里当起了寓公。

二　糊涂旅遭遇糊涂仗

汪震旅退出洛阳向卢氏、商南一带转移，想不到中途打了一场不明就里的遭遇战。一支衣装混杂的队伍由南向北与他们相遇，走在前边的一营长郭春旺看到路沟里一条黑压压长蛇般蠕动的队伍，警惕地摆下手命令全营散开，自己带几个卫兵迎上前去。

"哪一部分的?"他大声问。

"三十五师第一混成旅!"对方一个当官模样的年轻人答。

"啥子? 第一混成旅?"郭春旺大笑两声，"呵呵，真正是李逵碰到了李鬼，你瞧瞧，瞧瞧，"郭春旺拍一下臂章，"这符号上印的啥? 第一混成旅在这儿。"

"球! 别拿那块破布吓人，谁信呢?"年轻人回敬一句，身后一群人上来，簇拥着一个穿长袍戴礼帽四十多岁的中年人。那年轻人抖抖精神，"这是俺曾旅长，见识过了吧? 第一混成旅还能有假?"

坐在滑竿里的中年人伏身问了年轻人几句什么，抬起手里的文明棍指了指说："我们是赶往洛阳救援憨师长的，如果你们也是憨师长的人，就请快让路。"

"都啥时候啦，才来救援? 你说的憨师长早跑他娘球了。"郭春旺笑两声，忍不住说了几句不敬的话，泄泄胸中的闷气。

"粗野，粗野，"姓曾的捣捣文明棍，"你们真是憨师长的人吗?"

"你说俺们是谁的人？是胡景翼的人吗？"郭春旺调侃道。

"俺看你们就是胡景翼的败兵羔子！"年轻人插话道。

"王八蛋，敢骂你亲爷，想找死是不是？"郭春旺一招手，身边的人呼啦一声把子弹推上了膛。

那年轻人不服软，一招手，那边厢也是一阵呼呼啦啦的拉枪栓声，一群没经过训练没上过战场的人心慌手颤，不知谁的枪竟走了火。

"嘣——"一声闷响，紧接着是一阵莫名其妙的乱射。

双方对打一阵，滑竿翻了，滑竿上的人被打死了。后边的人折了回去，郭春旺抓了围在滑竿旁的几个人。

郭春旺走过去挑逗地说："你们怎么不跑呢？跑不了了吧？"

"旅长在这里，俺们不能跑。"那个年轻人说。他好像是个小头目。

一个背长枪的人看一眼年轻人，也说："汪副官说不跑，俺就不跑。"

郭春旺斜年轻人一眼，嘲笑道："原来是副官，有种，不怕死，有种。"又突然提高嗓门厉声命令左右，"绑了！绑了！都给我绑了！"

汪副官平静地说："你不应该绑我们。你们把我们旅长打死了，还要绑我们？"

郭春旺呵呵笑两声："我还应该枪毙你们呢，你信不信？谁知道你们旅长是啥子鬼旅长。"

"这我信，可是你错了。"汪副官说，"我们旅长真是带我们来援救憨师长的。"

"娘那×！"郭春旺真的恼了，"你还敢取笑老子，老子刚吃了败仗，你说的憨师长已不知钻到哪个旮旯里去了，你来援救，屁话！你们是胡景翼派来截我们退路的不假！"

汪副官摇摇头叹了口气。

发现前边有情况，跟着二营一起行动的蒋明先要樊玉龙带几个人上去看看，樊玉龙、周福来、刘海与两个护兵骑上马，不一会儿就看到了郭春旺，郭春旺说明情况，樊玉龙看到绑在路边一棵楸树上的几个人，问是怎么回事。郭春旺说："这就是俺刚才说的冒充咱旅番号的那几个货，都说是旅部的，尿得很高,顽固,还打死了咱两个弟兄,都不是好东西,枪毙算了,杀几个破破晦气,也免得给咱们行军惹麻烦。"郭春旺心想樊玉龙会支持他,想不到樊玉龙却说:

"请示一下团长吧。"

"这点事还请示团长干啥!"

"杀人是大事。"

"去球吧,又说笑话,"郭春旺露出两颗焦黄的大门牙笑着,"当年杀个人不就像切个西瓜?"

"现今不同了,现今咱是军队,军队有军队的规矩。"

"老六,"郭春旺唤一声樊玉龙在鳌柱山的排行,"你又要说正规、正规了,咱正规个啥?"

樊玉龙还想要说服郭春旺,郭春旺却向下边人一挥手,说:"干了,别影响咱们赶路!"

樊玉龙正要上前制止,忽听有人唤他。"玉龙,玉龙。"循声望去,唤他的人正是绑在老楸树上的汪长星。

"长星哥,怎么是你呢?"樊玉龙急步走到树下。

"你不看到了吗?"汪长星皱下四方脸上的淡眉苦苦一笑,将经过简要说了一遍。

"你不说曾旅长要你当营长吗? 你的人呢?"樊玉龙想起汪长星在开封说过的话,问。

"队伍还没凑齐,曾旅长在他家乡唐河成立的两个团还没有拉过来,只带着王立勋的一个民团就赶了过来。"汪长星说到这里几乎哭了,"他也是好心,他知道战事吃紧,不料想就平白送了命……"

郭春旺还未弄明白汪长星对樊玉龙说的是啥,就嚷道:"这娃子傲得很,他是旅部副官,打死俺们两个弟兄。"

"你们把俺旅长都打死了,还咋说?"汪长星不服。

"娘的,还嘴硬,老子现在就崩了你!"郭春旺抽出腰间的手枪。

"不慌不慌,让我再问问他。"樊玉龙一面用手势制止郭春旺,一面问汪长星,"王立勋现在在哪儿?"

"听到枪声他在后边停了下来。"

周福来一听到王立勋的名字，双眼喷火，上前一步问樊玉龙，"这小子跟王立勋是一势的？"樊玉龙点点头，周福来蹦起来叫道："那还不毙他？留着他干啥？你忘记打三屯的弟兄了，三百多呀，三百多弟兄都被拉到汝河滩用机枪突突啦……"

几个人正争执不下，蒋明先骑着马在路当中朝这边看，问啥事，樊玉龙和郭春旺走上去向他说明刚才发生的情况，他看看那几个被绑的人，说他知道曾旅长和憨师长的关系，刚才是一场误会，把人放了吧。郭春旺转过脸喊人去把绳子解开。受了场惊吓的汪长星装出泰然的样子，拉起樊玉龙的手指指自己的头，说："今天这颗头颅可是你保下的。"樊玉龙说："咱们的头都活络得很，不知哪天就得搬家。"两人笑着找了一块干净的雪地坐下，勤务兵送上一水壶酒，又从马驮的被囊里拿来一个牛肉罐头和几个烧饼。惊魂未定的汪长星强装镇定，笑说："你们的给养不错嘛，还有罐头。"樊玉龙说："什么给养，这是从大帅府搜罗来的。"汪长星明知故问，"战利品？"樊玉龙开玩笑道："啥子战利品，退出洛阳时候抢的。"

"都在抢。"汪长星若有所思，沉默许久。

"都在抢，大抢和小抢，不知要抢出个什么世界！"樊玉龙甩下马鞭，把雪地甩出一道道翻开的黑印，像一条条伤口。

汪长星起身告辞，谁都没说"保重"之类的话。汪长星走了几步，好像忘了重要事似的又转了过来。

"你不要再担心秋秋，她跟子谦了。"

樊玉龙一时不明白他丢下这句话是什么意思，怔怔地看着他招呼两个跟随他的兵，将曾旅长放到滑竿里抬走。一个兵的个子太小，他竟将那人推开自己顶上去。

樊玉龙望着汪长星抬着滑竿匆匆远去的背影，有几分歉意。呆了一会儿，忽然想起他丢下的一句话："秋秋跟子谦了。"这话啥意思？是跟子谦到南方去了？还是要跟子谦成家？乡下人说的"跟"不就是这个意思嘛！可能吗？这话可信吗？其实秋秋与自己已经没有关系，她跟了子谦不是更好？子谦为人真诚,有才学,前程远大,也应该是秋秋最好的选择最好的归宿。樊玉龙心里放不下,禁不住仍翻来覆去地想:这事汪长星又是怎么知道的?是那天柳子谦跟他从龙亭回学校后说给他的?或是他瞎编的?汪长星是个心思很深的人,这不会是个奸诈之计吧?想到这里他又生出一种恨意,掏出手枪向前方瞄了几瞄,看着汪长星抬滑竿的宽大肩头,又不能不承认他的忠勇。他想到开封那个墨黑的夜晚,秋秋连最后一句话都不肯说,是恨?是爱?不觉将枪口移到自己的额头。忽然,秋秋那双杏仁般的大眼似又在麦秸垛旁闪过,火升腾起来……烦躁像一团火掠过全身,他一抬手,一梭子弹撂上老楸树的光秃树冠,可怜几只无辜的暮鸦扑棱棱跌落在地。樊玉龙望着暮色里打着旋寻找栖息树巢的鸦群,无法排遣心中的郁闷。营长李宏军的阵亡,全营伤亡近一半,败仗一个接着一个,加之秋秋的消息……他忽然不知道身在哪里。想到刚刚发生的第一混成旅对第一混成旅的笑话,部队混乱如此,连番号编制都不清楚,旗号更是摇摆不定,今日归你,明日倒他,驱使一群群乌合之众,不明就里地相互厮杀,只为了一两个头领头上的高冠簪缨。结果是连这两个拼得你死我活的头领也没了命,可怜可叹。

　　一个月内,憨玉昆和胡景翼都死了。一个 37 岁,一个 33 岁。憨玉昆可说是英雄气短,邙山败后逃回嵩县老家途中,就要跳沟自杀,被卫士拦住。到家之后,他欲收拾残部,但部下因败而不敢往见,因而大受刺激,精神失常,哀叹:"一份家业,叫我一脚踢蹬了,咋还能活着见人?"顺手夺过卫士的手枪大嚷:"气数已尽,天不留我也,谁敢近身我就打死谁,我能落个全尸足矣!"遂走进屋内吞食鸦片毙命。胡景翼因生毒疗逝于开封。时近三个月,双方死伤十万之众的胡憨战争到此拉上帷幕,战胜一方得到河南、陕西两省地盘,岳维峻任河南省军务督办,李虎臣任陕西省军务督办,在他们大摆筵席、大肆封官许愿之时,也许明白也许不明白,这次地盘之争远未结束。

三　败军中飞来个新娘子

　　樊玉龙在部队由洛阳而卢氏而商南的退却途中，虽然升为营长，但心情一直不好，情绪消沉，整日身子软绵绵的，吃不下饭，睡不好觉。新升任副营长的孙燕是个玩家，总想给他找乐子，让他消愁解闷。商南虽是陕西边陲小县，但毗邻豫西，自古有条商旅大道通过，由洛阳至陕南安康、汉中的客商多在此歇觉，小城中倒有几处寻花问柳的所在。一处名号奇特曰"公主馆"的妓院，生意最为兴旺。自部分镇嵩军撤退至此，此馆更是日日酒宴，夜夜笙歌，新老军官川流不息，弄得"公主"们日夜操持，花容变色。此时，由于内心苦闷而有点自暴自弃的樊玉龙从这些"公主"身上找不到戏曲里公主的影子，当地女人那种粗犷的山野气，虽把他征服过，但不久他就对这种放肆的赤裸裸的狂热腻了、倦了，整日病恹恹的。孙燕把他的身体情况告诉蒋明先，蒋明先来看他，强把他拉到小城一位最有名的中医那里，老大夫望闻问切一番，又将老花镜扶正对住樊玉龙看了一会儿，只吐出"虚热"二字，就打开黄铜墨盒开药方。孙燕拿过药方一知半解地问，怎么没有人参呢？老大夫摆摆手，说先按这个方子吃着，吃一段再调。孙燕想再说什么，蒋明先制止了他，向老大夫谢过，一起退了出来，即要孙燕到药店抓药。孙燕说："俺真有一根野山参，是千年老参，多少年俺没舍得拿出来过。"蒋明先要他听大夫的，到需要时再用参不迟。

　　蒋明先走了。樊玉龙和孙燕从药店出来，眼前出现一个十八九岁的女子，不禁"啊"了一声,手中的药包差点掉落地上,对面那女子也怔在那里。孙燕有点奇怪,只见那女子身材不高,脸盘不大,柳叶眉下一双忽闪闪的大眼睛黑且亮,亮光中流动着大胆与机敏,一条辫子一直垂到腰际之下,发梢有一个红绒绳系成的蝴蝶结,一摆动像一只小蝴蝶在追赶着她。樊玉龙清醒过来,试探着问:

"金娘?"

"是樊大哥吧?"一阵惊喜掠过姑娘洁白的脸膛,"恁怎么到了这里?"

"随着队伍来的。"樊玉龙看着姑娘,"这两年你咋样?"

"好,好,"姑娘扭转身子嬉笑着,"看到了吧? 不缺胳膊不少腿的。"

"长大了。"樊玉龙想起龙门山那一夜,爱怜地说。

"老了。"姑娘用手掩嘴嘻嘻笑着。

樊玉龙把姑娘给孙燕作了介绍,孙燕插进来开玩笑:"黄花闺女刚出朵,怎么能说老了呢?"

"是啊,要说老是俺老了。"樊玉龙说。

"你也不老。"姑娘又笑了,"只是气色差了点。"

"你来这里做啥?"樊玉龙回头看看药店。

"俺爹受了风寒,俺来抓药。"姑娘指指隔墙一家绸布庄,"那就是俺家。恁住哪里?"

孙燕代樊玉龙回答:"你到东门外小学校,说是找营部就找到他了。"

樊玉龙不再说什么,金娘却爽朗地说过两天去看他。

第二天金娘就到小学来了。孙燕到团部开会,樊玉龙一个人坐在营部的躺椅里,懒洋洋的。金娘问:昨天抓的药吃没吃? 樊玉龙答:还没吃。金娘是个手脚麻利的闺女,做起事来一阵风,看看樊玉龙没精打采的样子,问:药在哪里? 找出来我来煎。樊玉龙呵呵笑道:要煎药也不能支使你来煎,你到我这里就是我的客人。金娘沉默一下,声音带点颤抖说:俺怎么是客人? 玉龙哥忘了,俺是你妹子呀! 樊玉龙惊了一下,想起当年送金娘回家的情景,说:是呀,原是妹子来了! 他呼唤勤务兵快上茶,待茶端上来他又叫勤务兵赶快去煎药。金娘抿口茶说:人说世上没有缘分这种事,现在俺不信了。玉龙哥,你是俺的恩人,俺想报答你,但要俺到哪里去找你呢? 这不,又见面了。樊玉龙看到金娘认真的样子,同她开玩笑道:你打算咋报答俺呢?呵呵,俺算啥子恩人?多走几步路罢了,这就让你记住了?金娘忽然缄口不语,为打破沉默,樊玉龙问起她回家后这两年的情况。金娘说:不好,爹开了一家绸布庄,一家生活还算富裕,只是继母嫌弃俺,对俺很不好,爹生性软弱,怕继母,也不敢护俺。那次上开封就是外婆担心俺在这里受屈,才要接俺过去,没想到半路遇到强人,这又成了继母的话把。她把俺当作眼中钉,急着把俺嫁出去,几次说媒的上门说不成,她就腌臜俺。玉龙哥,俺对你说真话,俺几次想死……金娘正在叙说遭遇,孙燕回来了。樊玉龙不动声色,孙燕听到这话却拍起了桌子:日他娘,让老子去整治那泼货!樊玉龙摇摇手制止他说话,金娘不好意思地低下了头。这时,一股浓烟钻进窗口,随之一股浓浓的药焦味飘了过来。金娘说声药潽了,就跑了出去。药沫噗噗地往外滚,因家境贫苦从未煎过药的小勤务兵揉着红红的眼睛不知如何是好。金娘上去夺下扇子,打开锅盖,抽小火,与小勤务兵坐在一起看着锅里的药。一连半月,金娘几乎每天都过来给樊玉龙煎药。一天孙燕看着金娘坐在药锅边的背影,对樊玉龙说:"我看你这个恩人还得当下去,救人救到底嘛!""去你的,你就喜欢胡说八道。"樊玉龙未正面回答。

樊玉龙的情绪似乎越来越消沉,身子也消瘦下去,蒋明先要他到山上的一个道观去静养一段,并命令孙燕不要让任何人去打扰。

这个道观很小,只有一个道士。两间孤房位于半山,没有围墙,房门首也没有匾额,百余级石阶通到一条夹在累累黑色巨石中的山涧,涧水清亮明快,像一群童子在石上跳舞,调节着周围极端的寂静。这个道士很奇怪,有家有老婆,他吃的东西大都是家里人送上来,有时老婆也上来,据说他家有田亩数顷,一日不知怎么就动了念,上山当了道士,家人劝说不动,也就只好由他的性了。他开了一小块地种菜,每天不是上山采药就是侍弄这块菜地。夜间功课就是读书,也不能说是青灯黄卷,他从家里带过来一部《易经》、一部《道德经》,翻了几年书页已卷起来。他未向人谈过他的心得,也从没有人问过他的心得,他的修行只有他知道。樊玉龙到来他没有不悦,他毕竟是五十几岁的人了,樊玉龙每天沿着百余级石阶到山涧取水,免去了他这种最为艰苦的修炼,他自是暗暗高兴。樊玉龙想这个人不是高人也是奇人,想向他学点修炼之法,甚至异想天开想学点法术。每次问及道法，道士总抚着一撮山羊胡只笑不语，莫测高深，仅一次答道："师法自然。"看到樊玉龙似未听懂，又说："你不是来养病的吗？静养。主药唯'静养'二字。"

端午那天，道士有些异常，一早起身就来到石阶上长啸数声，啸得山涧回声如雷动。早饭吃过，他将自己关在小房内一天不出，时不时传出吟诵声。樊玉龙听不出他吟些什么，也没去打扰。到晚间他拿出山下送上来的酒和粽子，以石当桌，伴风而坐，新月下几杯酒下肚，道人讲起屈原，他说这一天吟诵《离骚》，心气不畅。樊玉龙没有读过《离骚》，但屈原是知道的，因每年端午吃粽子，大人们都会说起屈原投江的事。道人说屈原是圣人，但不是完人，他既不能战胜旁道，又不能战胜自己，投入汨罗江，成了一个失败者。樊玉龙听着道人的话，不觉心有所动。道人拿起一杯酒一饮而尽，问："读过《道德经》没有？"樊玉龙摇头。道人接着说："知人者智，自知者明；胜人者有力，自胜者强。你明白这几句话的意思吗？这是老子的话。老子是说，能了解别人的人是聪慧的人，能了解自己的人才是明白的人；能战胜旁人的人是有实力的，能战胜自己的人才是真正的强者。你觉得这话对吗？你来快半个月了，我看出你的病在于心，病根在于不明不强——无自知之明，无自胜之强，终日陷于烦恼苦闷之中而不自拔。"樊玉龙听后久久不语，闷头喝酒。老子的话他虽然并非完全明白，但却像重锤在敲打他的心弦，好似当年在听寿庭先生讲物竞天择一样，也许这两者就是一个意思——自知，自强，战胜自己，才是真正的强者！

清风明月，松涛山泉，樊玉龙从端午夜道人一席话中有所醒悟。恩仇、怨恨、追悔、懊丧、茫然，伴随着许多人的面影飘逝而去……又过半个月，他下山了。回到营部，副营长孙燕不报告军情，不报告军务，第一句话却说：

"金娘来找你啦，天天来找！"

樊玉龙心里咯噔一下，绷紧脸："她找我干啥？"

"干啥？"孙燕逗笑，"人家来找自有人家的道理。"

"啥道理？一个姑娘家常往军营跑，不好！"

"有啥不好？人家还想上山去找呢。"孙燕笑着，"我不告诉她地点，说是军事秘密，人家还笑了呢。"

"真是乱弹琴。"樊玉龙说，"这样影响不好，对部队对她都不好。"

"有啥影响不好？"孙燕正儿八经地说，"人家是关心你，你把她娶过来不就好了吗？还有啥影响？"

"老八，"樊玉龙严肃起来，"你怎能说出这种话？人家可是个黄花闺女，俺可是个有妻室的人。"

"六哥，你想那么多干啥？现如今当官的哪个不找两三个老婆。"

"我不找那个麻烦。"

孙燕摇摇头："我看你这个麻烦免不了了。"

麻烦已经来了，一个大姑娘常往军营跑，街头巷尾早有议论，金娘的继母骂金娘犯贱，不要脸，怪不得嫁不出去。这股风吹到蒋明先耳朵里，有次还问过樊玉龙是怎么回事，虽然不经意的样子，但樊玉龙明白，金娘的事已传到上边，他只好拉下脸正告金娘，弄得金娘揉着红红的眼睛跑开去。战局有变化，直到队伍又往豫西卢氏开拔时，金娘都未再到营部来过，他回首望望商南的城门楼，不觉舒了口气。

乱世不缺兵源，"竖起招兵旗，就有吃粮人"，豫西一带有的是强梁草寇、散兵游勇，队伍一说扩编，纷纷来投，不到两个月，胡憨战争损失的兵员迅速补充起来，二营也不例外。樊玉龙好像换了个人似的，振奋精神，整日在练兵场上摸爬滚打，全心投入练兵。从天津回来收集旧部的刘镇华路经此地，看到练兵场上这般光景，把樊玉龙叫过来，着实想鼓励一番。樊玉龙眼尖，虽然他对刘镇华无甚好感，但看到总司令到来，立即机械地发出一声鹤唳长空般的口令："立正——"全场官兵听口令倏然站立不动，一时鸦雀无声，好像落片树叶的声音都能听到。樊玉龙跑步去到场边向刘镇华报告："独立第一混成旅三团二营营长樊玉龙向总司令报告，全营正在操练，请总司令检阅训示！"刘镇华走近队列，不停地向官兵致意，不停地回过头来向跟随在身后的汪震、蒋明先、樊玉龙点头说好。巡视完毕，刘镇华青白的面皮上泛起少有的血色，摸着两撇八字胡不断自语道："有这样的队伍俺怕啥！有这样的军队俺怕谁！"像是自语，其实也是让别人听的，汪震、蒋明先不住称是。他将汪震、蒋明先称赞一番，跨上马

鞍之后又特意把樊玉龙唤到马前,问:

"年轻人,你练兵有一套,你是哪个学堂出身?"

"报告总司令,我没有进过陆军学堂。"

"那你是在哪儿学的?"

樊玉龙想了想说:"是在西安新兵营吧。"他停了一下又说,"俺在那里当过排长,营长是俺表哥,对俺特别严格。"

"好铁是锻出来的,好兵是练出来的。"刘镇华不知想到哪里去了,"你的表哥是吴起训吧?"

"报告总司令,是的,俺表哥是吴营长。"

刘镇华笑了:"强将手下无弱兵啊。吴起训是个人才,你也要成个人才哪。"

"报告总司令,俺会努力的,当年辛师爷也这么说过。"樊玉龙不好意思地微笑一下。

"是辛寅德吗?"

"是辛师爷,我在他身边当过差。"

"噢,我说你有点面熟呢,"刘镇华定睛看了樊玉龙一眼,"那老夫子的话你要记住呀!哈哈,我也会记住你的。"

刘镇华一扬鞭,马队护住他绝尘而去。

一度被打败打散的镇嵩军,又逐渐聚集充实起来,恢复了元气和生气。由于队伍扩充,更由于需要将士卖命,刘镇华大封官佐,水涨船高,许多人似跳龙门的鲤鱼,一跃成龙。独立第一混成旅,扩编为师,汪震为师长,蒋明先由团长升为旅长,樊玉龙由营长升为团长,下辖三个营,周福来、岳崇武、常文彬分别为营长,刘海、章建生等为副营长,孙燕任团参谋长。不少人一夜之间官升一级,第二天早上醒来,又怀疑是刚做了一个梦。樊玉龙好像太阳一出抖掉满天阴霾似的抖掉了一身疲惫,意气风发,从早到黑不离训练场,决心要练一个模范团出来。一天傍晚,团参谋长孙燕疾步走过来把他拉到场外,轻声说:

"有人找,在团部等呢。"

"谁?"

"金娘。"

"别扯淡了。"樊玉龙挥了一下手臂,"这么远的路,一个姑娘家,是飞来的?"

"是飞来的。"孙燕仍像闹着玩似的,"人家的心可能早就飞来啦!"

"她来这里干啥?"樊玉龙一惊。看样子孙燕说的是真话。

"她来干啥你还不知道吗?"孙燕嬉笑着,"人家来找你总是有找你的缘故吧!"

"让她回去,现在训练正紧张的时候,没有人支应她。"

"六哥,你可不能这么说,姑娘可能遇到大难处了,两个眼睛哭得像桃子一样。"孙燕收起玩笑,认真说。

回到团部,没想到周福来、常文彬、岳崇武都在,孙燕又派人将刘海、章建生和几个副营长找来,一面张罗开饭,一面把金娘从樊玉龙的住房里请了出来。金娘瞟了樊玉龙一眼,红着脸低下头去。樊玉龙用眼梢找到孙燕低声问:"她怎么在我屋里?"孙燕说:"她不在你屋里还能在谁的屋里?"也不再多说,令勤务兵们赶紧上酒上菜。待酒菜摆好,会说会闹的孙燕举杯向金娘敬酒:"这第一杯酒是为嫂子洗尘压惊。"

众人听到孙燕嘴里一声嫂子,互相会意地看一眼,立即将酒杯伸向金娘,嫂子、嫂子地乱叫起来。金娘面红如火,拿酒杯的手僵在那里,不知如何是好。

"哪来的嫂子? 你们可别胡闹!"樊玉龙大声说。

"嫂子都来到身边了,还问俺嫂子在哪里呢。"

"团长,你就别再瞒弟兄们了!"

"是呀,这是喜事,有啥难为情的。"

孙燕不管众人七嘴八舌地笑闹,又举起杯压过众人的声音说:"这第二杯酒,端端地要恭祝团长喜结良缘!"

樊玉龙不肯端杯:"我同谁喜结良缘哪?"

孙燕忙改口:"对啦对啦,我说漏了,来,大家一起敬酒,祝贺团长和金娘喜结良缘。"

"你们都不问一问,人家金娘姑娘愿不愿意?"樊玉龙说。

刘海走到金娘座位旁,开玩笑地问:"金娘姑娘,你愿不愿意?"刘海见金娘仍然低头不语,又说,"看看,不说话就是愿意。"

"我不愿意,我不能委屈了人家。"樊玉龙说。

常文彬担心场面形成僵局,有失和气,急忙转圜说:"常言道千里姻缘一线牵,你们是千里姻缘啊,已经牵在一起了,还有什么委屈不委屈?"

周福来看着樊玉龙,应和常文彬道:"文彬大哥说得在理,你把这杯酒喝了吧,不要喜酒不喝喝罚酒。"

"是呀!""是呀!"岳崇武、章建生等人一起应和。

孙燕猛站起身用威胁的口气大声道:"对,不喝就罚,就灌!"

在众人起哄中,樊玉龙连连喝了几杯。这种热闹场合,一喝开就难收住。樊玉龙有名的好枚好酒量,众人轮流对付他,再好的枚也有喝醉的时候。什么时候散摊的,什么时候进屋的,是谁扶他进屋的,他已经完全不清楚了。后半夜酒醒,只觉得有一个微微抖颤的光滑如鱼、灼热如火的小身子依偎在身边。明明这身子滚烫滚烫,为什么在发抖呢? 冷吗? 樊玉龙不觉侧过身把这小身子揽进怀里。这真是一条鱼,随着波浪泼剌剌地拍动着;这真是一团火,像要把两个人彻底熔化。樊玉龙迷失在狂野的热情中,却找不回秋秋给予过的温柔……一种失望感袭上心头,在深深的自责中麻木了,看着漆黑的房顶,一时竟不知身在何处。……还说学赵匡胤呢,狗屁,自己这不是乘人之危吗? ……汪长星临走时撂下的那句话,究竟什么意思? 秋秋跟子谦走没有? 如今在哪里? ……听到嘤嘤的哭泣声,紊乱的思绪被拉了回来,清醒些了,人家可是个黄花姑娘,自己要负责的。

樊玉龙和金娘在一起过了两个月平静的日子。金娘是个勤快、会体贴人的女人,每日给樊玉龙做饭洗衣、铺床叠被,将樊玉龙伺候得停停当当。说实话,这些年樊玉龙难得有这种舒服日子。可是两人感情上总有一层东西隔着,樊玉龙无法将同情转变成爱情,也许是过去的调门太高,他始终迈不过这道坎。

不久,上峰给下边打招呼,要打仗了。

四　卡死函谷关

发生在河南地面上的胡憨战争，无论打得如何激烈，无论谁胜谁负，说到底只是中国大地上那场旷日持久的军阀混战大格局里的一个小格局，如若大格局变了，小格局肯定得随之而变。

吴佩孚是个不甘寂寞的人，洛阳被驱后，先避鸡公山，后在岳州，虽被湖南督军赵恒惕热诚接待，但洞庭湖、岳阳楼的胜景吸引不住他。1925年10月，也就是被憨玉昆驱逐出洛阳之后不到一年，又北上武汉，宣布出山。由于东南五省联军总司令孙传芳及一些地方军阀的支持，他自任"十四省讨贼联军总司令"，把总司令部设于查家墩，发通电云"奉军深入，政象日非。孙馨帅兴师讨奉，坚请东行"等，开始向山东用兵。其实他心中的第一敌人是冯玉祥，第二敌人才是张作霖。大势所趋，为争取已与奉张开战的孙传芳的支持，也不得不挂起"讨奉"的招牌。此时北京方面亦很不平静，段、张、冯三巨头的联合未能维持多久，段祺瑞不愿意在冯玉祥的卵翼下当个空头"执政"，张作霖更不能任由冯军独霸京师，冯玉祥也不能容忍奉军势力在关内扩张，于是双方冲突不断，背弃前约。奉军主力郭松龄部在滦州发动兵变，弃奉投冯，回师关外，夺取沈阳失败之后，张作霖公然向冯军发起进攻。吴佩孚恨冯甚于恨奉张，一见奉势又起，形势大变，立即通电结束讨奉战争，与张作霖、张宗昌结成反冯的联合阵线，孙传芳予以响应。冯军在京畿及直豫两省的地盘陷于奉军和直军的大包围圈之中。眼看处境险恶，冯玉祥只好于 1926 年 1 月 1 日通电下野。电云："吾国苦于战祸，十四年于兹矣。杀人盈野，所杀者尽为同胞；争端后出，所争者莫非国土。老弱转于沟壑，少壮铤而走险。鞭弭周旋，相习成风，金钱万能，群趋若鹜。礼让之大节尽失，国家之信念无存，军阀祸国，人民切齿。痛定思痛，于斯极矣。……"接着对每一个祸国的军阀，都说了几句好话，连吴佩孚都被他奉上"学深养粹"的美誉。通篇虽弥漫忧国忧民，吊民伐罪；和衷共济，尽释前嫌之志，却难令人信服。军阀混战时期，大小军阀们发的通电当中，真有不少"言足以诿过，文足以欺世"的奇文。进也通电，退也通电，或委婉谦卑，或大义凛然，全靠一支笔。这就是辛亥元老、文界魁首章太炎老先生会被请到查家墩司令部当秘书长；郭松龄发动滦州兵变时，要拿一万大洋去三请周身肮脏的黎元洪门客饶汉祥来写一篇反张的"大文章"的缘由。紧抓枪杆子的军阀们，并非不懂笔杆子的重要，在那战乱不止、有枪就是草头王的时代，文人雅士们也颇不寂寞。他们奔走于割据一方的军阀之间，舞文弄墨，出谋划策，或被延为上宾，或被重金收买，受到高抬及青睐，连末流如石匠村的老举人石孝先，不是也在洛阳西工的大帅府里得意过一阵吗？

形势瞬息万变，今日为友，明日为敌；昨日之敌，今日之友。本是军阀混战中翻云覆雨，结盟倒戈的常态，但这一次吴佩孚却不被冯玉祥的通电所打动，于冯宣布下野二十天后，发出讨冯通电，兵分三路向河南进攻。岳维峻接任河南省军务督办之后，为图山东，本已两路出兵与张宗昌开战，这时急令回师。田维勤等原已依附国民二军的直系残部，又反戈会同北上的直军一起向开封杀来，一度被打散的镇嵩军也开始在豫西集结。

曾于去春战败后逃入山西转往天津做寓公的刘镇华，得知吴佩孚再起的消息，即绕道上海前往汉口晋见。他是一个朝三暮四、两面三刀，为一己之私不惜出卖良心与颜面的典型军阀。见到他曾驱逐的吴佩孚，老着面皮一面备述苦衷，一面输诚表忠，吴佩孚看他还有用，也就给了他一个豫陕甘剿匪军总司令的名号。反正名号不要钱，已封了多少个诸侯，何不多此一个？但对刘镇华来说，名号就是靠山。有了吴大帅这杆大旗，他抖擞精神，经四川夔州潜赴安康、商南，召集旧部，重整旗鼓。旋接吴佩孚电令，即率柴云升师长、汪震师长、梅发奎师长及旅长万选才、张得盛、黎天赐等部出荆紫关、潼关等向豫西急进,同时知会张治公部由襄樊出发,攻取洛阳。阎锡山亦陈兵黄河北岸,使国民二军处于三面包围之中。

蒋明先早期已抵卢氏,樊玉龙团接到停止训练,急行军向灵宝、陕县进发的命令。樊玉龙抓紧时间在卢氏给金娘租了两间房,安排好生活,第二天天不亮就出发了。金娘倚门看着灰暗中一队队模糊的人影,听着嘹亮而悲怆的军号声,哭得泪人儿似的。她望到一个骑在马上的人像自己的丈夫,望了许久那人却没有回过头来。

河南军务督办岳维峻,此时举棋不定。眼看直军、奉军及镇嵩军三面来袭,并无却敌上策。这个陕西将领,少时习武,为清代武学贡生,后追随胡景翼,加入同盟会。辛亥革命后,参加过二次革命和护国战争、护法战争,担任过靖国军支队司令、陕军第一师旅长及国民二军师长。胡景翼死后,接任河南省军务督办。在此大兵压境之际,他决定将陕西部队全部调来郑州,陕西军务督办李虎臣亲来援助,但各路将领商量大计于郑州,意见不一。李虎臣坚决主张退回陕西,再图恢复。他认为国民二军二十万之众,对付陈兵豫西的二万余镇嵩军,绰绰有余;以国民二军之精锐,杀开一条回陕血路,绝无问题。令他想不到的是,此时应了一句老话:哀兵必胜! 一年前被打散的镇嵩军迅速集结起来,柴云升师抢占潼关,汪震师攻占灵宝和陕州,蒋明先旅樊玉龙团卡住了函谷关东口的虎头山,准备在这里把国民二军的喉咙卡死。心藏杀机的刘镇华在虢略镇一座小福音堂里设立指挥部,只待国民二军往崤函古道开来,为担心国民二军钻进来又退回去,命张治公急速前进,顺势夺取洛阳。为报去年一箭之仇,镇嵩军上下鼓足了劲,士气从未有过的高涨。

国民二军则恰恰相反。它没想到退路上的险恶,更没想到这是一条毁灭之路。岳维峻、李虎臣率大军自开封、郑州西撤,由于军纪太坏,河南人对其怀恨在心,有人乘机煽动向陕军报仇,民众蜂起拦截,加之红枪会到处出动,不少部队就这样被拦枪了、冲散了,不明不白地被解决了。国民二军到洛阳虽还有十余万人,但军心涣散,士无斗志。主帅岳维峻的专列走走停停,好不容易到了洛阳车站。当卫士将他从寝车唤醒,他真好像从长长的噩梦中醒来。蜂拥而上的红枪会几次堵车,听着机关枪的扫射声,看着轨道旁的累累尸体,他真不知道火车还能不能再往前开行。车在洛阳东站停下,听到车头噗噗的放气声,一团团白气从车窗外飘过。他坐起身,浓密的八字胡垂到嘴角下边,消瘦面孔上一双深陷的眼睛紧贴车窗,神色呆滞。外面都是他的兵,整个车站乱糟糟的,但看到自己的兵还是给了他一种安全感,也同时给了他几日来丢失的威严。潼关似乎近在咫尺,关中近在眼前,但他知道一过洛阳就是镇嵩军嗜血的阵地,要穿过函谷抢回潼关不是易事。他不觉打了一个冷战,为了鼓气,他用力耸了下肩膀,大声呼叫参谋,命令聚集在洛阳的将领到列车上开会。会议刚要开始,来晚了的李虎臣刚刚坐下,骤然一声巨响,整列列车颤动起来,会议桌上的茶碗都掀翻了,一片混乱。有人想跳车窗,李虎臣拔出手枪对住车顶连发两枪,室内才平静下来,但外边枪声四起,乱成一团,也不知是谁打谁。岳维峻命令卫队查明情况,卫兵回来报告说是后面挂的两节弹药车爆炸了,是有人放火。什么人放的火?不知道;怎么爆炸的?也不知道。李虎臣又问是什么人在开枪?更不知道。李虎臣气得一跺脚,"妈的,乱成一锅粥了,开车!"岳维峻问往哪里开,李虎臣说开到哪里算哪里!火车咣当咣当开动了,国民二军十万之众也像这列火车一样盲目地向西拥去。

岳维峻到了陕州,李虎臣到了函谷关,再也无法西进。函谷关东口被樊玉龙团卡死了。

函谷关东自崤山,西至潼津,北临黄河,南峙秦岭,坡陡路狭,谷长十五里,深约二十丈,底宽约三丈,最窄处不足一丈,道路狭窄,素称"车不分轨,马不并辔",因深险若函,故名函谷,自古为豫陕之间崤函大道的咽喉,有"一泥丸而封函谷关"之说。春秋战国之际,楚怀王举六国之兵伐秦而不能穿越,"伏尸百万,流血漂橹",故贾谊在《过秦论》中说:"六国之士……尝以十倍之地,百万之众,叩关而攻秦。秦人开关延敌,九国之师,逡巡而不敢进。"可以想象此关地势之险恶。如今,国民二军能不能回到陕西重整旗鼓,镇嵩军能不能将国民二军打垮在豫西,胜败在此一"关",夺关与守关成了这一仗的重中之重。

刘镇华把扼守函谷关之重任交给汪震,汪震正想立功,一口应诺,刘问:有困难没有?汪答:没有困难。刘又问:你打算把这个任务交给哪个旅?汪答:

蒋明先旅。刘想了想说好，但又不放心，打电话叫蒋明先过来。蒋明先像他的上司汪震一样，一听说让他那个旅担当重任，就毫不犹豫接下来，并说出他的作战方案。刘镇华兴起，听了几句突然问：

"你把重点放在哪里？"

"虎头山。"蒋明先答，"在虎头山放一个团。"

"好，好，"刘镇华点着头，"你准备放哪个团上去？"

"樊玉龙团。"

"好，好，那小伙我有印象，不错，"刘镇华眯起眼捻着八字胡又想了一下，"他的团驻得远不远？不远的话要他也来一趟。"

副官打过去电话不久，室外传来一片马蹄声，樊玉龙出现在门口。

樊玉龙一听说让他的团扼守虎头山，精神即刻抖擞起来。刘镇华一面听他与汪震、蒋明先的对话，一面静静地观察他的表情。刘镇华从樊玉龙脸上看不出一点怯意与虚妄，才问：

"你怎么配置你的部队？"

"两个营在山上守阵地，一个营在山下打机动。"樊玉龙答。

"为什么不把三个营都摆在山上呢？"刘镇华直视着樊玉龙。

"免得被敌人困在山上。"樊玉龙答，"敌人急于过关，必然是一部分人攻山，一部分人径直往谷口冲，我们山上的人要保住高地，山下的人要消灭冲到谷口的敌人，两方面可以互相接应。"

"好，好，你的这个想法好。"刘镇华是个一贯求稳，甚少在战前表露情绪的人，这时也兴奋得忍不住轻拍桌子道，"听你这么说，我放心了。"

汪震为了让总司令开心，故意沉下脸再问一次樊玉龙："有把握吗？"

"有！"樊玉龙迅速站起身一磕脚后跟挺直胸膛。

"军中无戏言，丢了虎头山是要杀头的！"汪震严厉起来。

"头在虎头山在！"樊玉龙说。

"呵呵呵呵，"刘镇华走上前拍下樊玉龙的肩头，"你叫玉龙吧？我相信你的龙头定能镇住虎头。"

准备上马返驻地，蒋明先拉起樊玉龙的手，问他要啥，说只要旅里面有，都可以给。樊玉龙感到蒋明先满手掌的汗，一股兄弟情谊荡满心头。

樊玉龙团有一千多人，基本上满员满额，装配还算齐整。蒋明先又拨来三挺重机枪和全旅仅有的一个炮兵连。望着几挺怪模怪样的马克沁和两门神气的山炮，全团士气大振，接到命令，刚放下喝汤的饭碗，乘着月色以急行军的速度急行近百里，天不亮到了函谷关外的虎头山。趁着刚刚露出天边的曙色，樊玉龙和参谋长孙燕带着营长常文彬、周福来、岳崇武和刘海等查看了地形，决定常文彬、周福来两营在山上挖掘三道工事，构筑三道火力网，坚守制高点；岳崇武营隐蔽在关东口两侧陡壁的密林里，与山上的火力相配合，以收两面夹击之效。布置停当，樊玉龙看着士兵们修工事，漫步走上山顶，在一块形若虎头的黑石上坐下。

也是农历的二三月，也是远远近近山塬上的桃梨开得粉粉白白；也是不久前下过一场桃花雪，沟沟坎坎的融雪尚未消尽，但已是时过一年。樊玉龙想起此前镇嵩军的败退。邙山坡上堆积的尸体，主将憨玉昆绝望的眼神，退却路上无端的争执与混乱，特别是，特别是好兄弟李宏军的死……想到这里，樊玉龙下意识用手聚拢一堆土，插上三枝十字草，点燃一支纸烟放上去，心里说：

"宏军哥，俺看你来了。不对，俺是请你来了，请你来看俺是怎样打那些老陕，为你报仇，为去年三月死去的镇嵩军兄弟报仇！"

风在樊玉龙耳畔呜呜响，像濒死的人的哀号，又像活着的人的呐喊，樊玉龙以为敌人上来了，定神望望，粉的桃花白的梨花映着青青的麦垄依然静静地开放着，阳光依然在残雪上静静地闪耀着，一连两天不见敌人踪影，寂静得有些瘆人。第三天拂晓，敌人上来了。上来的不是一个排一个连，没有队形，樊玉龙看到的是灰蒙蒙一片，没头没尾，好像前面不是天险函谷关，只是他们家的大门口，迈过一道矮矮的门槛就进去了，可惜这道门槛太高，他们竟无法迈过。樊玉龙告诫他的弟兄先不要开枪，看着敌人走近了，再走近了，一声令下才一齐射击。敌人一窝蜂般地往关口冲，山上步枪、手榴弹、轻重机枪一起开火，敌部队像蜂窝着了火，顷刻间乱成一团，死掉一片。少顷，被打晕的敌人清醒过来，明白要前进非夺取前面的制高点不可，于是组织刚退下来的人向山上进攻。樊玉龙命令炮兵连射击，几颗炮弹在敌群中爆炸，本已惶恐不已的敌兵开始后撤，当官的控制不住，与对方刚一接触就败下阵来。第二天，国民二军有备而来，组织力量轮番向虎头山冲击，先是一个连一个连地波浪式不间断进攻，战斗惨烈无比，山坡上与战壕里都是死尸。一次敌人攻破了第一道防线，眼看第二道防线也守不住了，樊玉龙亲率预备队冲过去，双方展开白刃战，相持不下。敌人的后续部队一批批仍往上冲，守在关口里的岳崇武看到形势不妙，命刘海带一个连绕到敌人后边，刘海端挺轻机枪杀出来，从后面猛烈射击，敌人一时弄不清子弹从哪里飞来，害怕腹背都挨子弹，连爬带滚地缩了回来。这是一场恶仗，阵地失而得，得而失，一天反反复复不知易手多少次，到半夜枪声寂静之后，樊玉龙同孙燕在推测明天的战况时，孙燕说，要准备他们再来冲十次二十次吧，他们一定会加强火力，不把这虎头山炸平不罢休。樊玉龙说李虎臣是急疯了，这几天过不了关，他的十多万人没有军粮，没有弹药，就得在这里困死，就得完蛋。孙燕笑笑，拉块雨布盖在身上躺下去，说管他完蛋不完蛋，睡一会儿吧，明天又是一场恶仗。樊玉龙没有睡，抽完一支烟久久望着密密麻麻的星空，想起小时候母亲夏夜里给他讲的一句话：天上一颗星就是地上一个人，真的吗？那么今天一天死了这么多人，天上的星星怎么还不见少呢？

出乎樊玉龙、孙燕意料的是，第三天甚至第四天敌人没有大举进攻，也没有强行通关动作，虽然战斗不断，但比起第二天的争夺战都不值一提。樊玉龙派人用望远镜一直监视着大路和四周敌人的活动，孙燕有点不以为意，说：

"六哥，别太紧张，我看敌人是软了，孬了。"

"国民二军是从哪里来的？是从靖国军来的，他们打来打去打了十年，是有名的劲旅，就那么容易软容易孬吗？"樊玉龙说。

"我看他们是泄了劲，再没劲头闯关了。"

"也许是这样，可咱们不可大意。"樊玉龙俯望一下半山腰泥土零乱的战壕，"要各营趁战斗空隙把战壕修整一下，再把战壕延伸到山后。"

"为啥把战壕往山后修？"

"我担心敌人急了，会将炮队调过来。"

孙燕觉得团长思虑得有理，没说什么，就通知各营抓紧时间扩修战壕去了。

第五天一开始,山炮和迫击炮的炮弹向虎头山阵地倾泻而下,十几门山炮和二十几门迫击炮组成的巨大火力,如一张火网撒下来,似要将守军一网打尽。阵地上火光、弹片、石块、泥土交织着翻滚,绝不给地面留一点生机。十五分钟之后,炮击停止,国民二军的士兵向对方的工事冲去,但已经沉寂的战壕这时突然枪声大作,手榴弹像乌鸦一样一群群飞出来,将敌人的冲锋压了下去。当对方炮击时,守军躲在山后挖掘的工事里,待炮击一停,他们立即沿着战壕进入阵地,恰好给冲上来的敌人当头一棒。敌方一次次炮击,一次次进攻,又一次次留下一片片尸体。这一天,樊玉龙忘记了时间,忘记了饥饿,甚至忘记了自己是在做什么,只记得射击与拼杀。人麻木了,没知觉了,连枪炮声都听不清了……这对两军来说都是非常漫长的一天,冲锋反冲锋不知往复多少次,国民二军下够了血本,樊玉龙有几次看到李虎臣带着督战队来到山下,高喊着什么,手中的手枪指来指去。李虎臣不信拿不下虎头山,不信过不了函谷关,但他没能拿下虎头山,没能过了函谷关,起码今天没能够!

　　太阳快要落山了,轰鸣的枪炮声渐渐停息。像一个站在河岸上看着山洪远去的人,樊玉龙猝然感到周围太寂静了,寂静得令人生疑。他往山下望,望到李虎臣坐在弘农涧岸边的一块石头上也在望,不过他不是往山上望,不是往敌人阵地上望,而是一直西望。西边是他的老巢,他的家乡。他的目光穿越函谷关,穿越潼关,穿越关中平原,"西望长安不见家",啊,他望到他的长安了……西边的太阳渐渐往函谷关后面垂落,苍白无力,像此时李虎臣凝神的脸。好要好闹的孙燕从士兵手中取过一支长枪,嘣地一枪打在李虎臣坐的石头上,打得石冒火花。有百发百中之誉的孙燕恼了,他本是要开个玩笑,看到没戴军帽、光头的李虎臣纹丝不动、毫不在乎的样子,好像受到了轻蔑似的被惹毛了,哗啦一声子弹又推上了膛。

　　"谁开的枪?"樊玉龙往这边看看,怒喝道。

　　"我。"孙燕笑答,仍将枪举平。

　　"放下!"

　　"看我一枪毙了他。"孙燕不以为意地笑笑。

　　"放下!我说放下!"樊玉龙霍地站起身,真生气了。

孙燕放下枪，不好意思辩解道："把这个老陕干掉算啦，一只斗败的公鸡还要装模作样。"

"好汉不杀败军之将！"樊玉龙有感而发，这句话也不知是向谁说的。

孙燕懵懵懂懂地放下了枪。

樊玉龙过去虽没有见过李虎臣，但对这位与之对峙了一年多的将军，听人说得多了。李虎臣，陕西临潼人，家境贫苦，刀客出身，年不足二十，就是有名的"渭北十八娃造反"的中坚，参加辛亥革命。后入胡景翼部，逐步升任为旅长、军务督办。为人正直，讲义气，行伍中多有好评。樊玉龙从心底佩服这种人，认为这样的人落难之时不该杀。他本想与孙燕聊聊，蒋明先带着几个卫士从后山上来了。他一见到樊玉龙和孙燕就说：

"停战了，停战了，总部下达命令，天黑前全线停火。"

"怎么就停战了？"樊玉龙问。

"这仗你还没打够吗？"蒋明先心情极好，开玩笑反问。

"打够了，可打够了，想想这五天怎么坚持过来的，都有点后怕。"樊玉龙应道。

孙燕夸张地拍拍脑袋："这五天过得真是昏天昏地，昏头昏脑。"

常文彬、周福来和刘海上来看望旅长，听到孙燕刚说的话似有同感，不约而同都笑了起来。

蒋明先巡睃一下前面的几个人，问："岳崇武呢？"

"受伤了。"孙燕答，"昨天才送下去。"

"伤重不重？"蒋明先问。

"右肩挨了一枪，穿透伤，没有伤到骨头。"刘海答。

"你们营损失大不大？"蒋明先直视着刘海。

刘海望了下樊玉龙才说："不、不算太大。"

"不算太大？"蒋明先提高嗓音，"究竟有多大？"

"伤亡近一半。"刘海不觉眼圈红了一下。

"伤亡一半还不大？"蒋明先扫视着另外几个营长，"你们呢？你们的营伤亡情况如何？"

周福来说:"情况都差不多。"

"可能比岳营长那个营好一些。"常文彬补充一句。

蒋明先转身对孙燕说:"赶快将你团伤亡数字计算清楚报旅部。这是大事,以后不能用'不算太大''差不多'之类的话来报伤亡情况。"

一直没有说话的樊玉龙这时看看孙燕插一句:"先将伤员安置好。"

"是的,先将伤员安置好。"蒋明先随机附和。

樊玉龙久久望向山下,低语道:"对方的伤亡不知要多多少倍啊——"

山下李虎臣的队伍正往后撤,蒋明先看看零零落落后撤的败兵,看看遍野尸体,看看泛红的弘农涧,爱掉书袋的他不禁发出感慨:

"这真如古书上说的,伏尸百万,流血漂橹啊!"

"旅长,这是哪部古书上说的,说的是哪朝哪代?"常同蒋明先逗嘴打趣的孙燕调皮地问。

"说你也不懂,当年你如果听你老爹的话好好读书,以后就不会天天问这问那了。"蒋明先用巴掌拍了一下鳌柱山老八的后脑勺,眯起眼友爱地盯着对方。

樊玉龙望着山上山下遍地尸体和染红的雪泥,心情久久不能平静。这是为什么? 不管是胜方或是败方,他们倒在这里是为什么? 春草刚发芽,麦苗刚埋脚,一片大好春光里他们厮杀,他们倒下,究竟为什么? 他们中的大多数应该是同我樊玉龙一样的农家子弟,把当兵当作"也是一种活法",甚至认为可以活得更好,如今在期盼的春天到来之际倒下了,随着融化的雪水化成异乡的泥土。……胡憨战争也好,国民二军和镇嵩军冤冤相报也罢,都是为了几个人的权势,为了争当督军争当军务督办,为了把地盘扩大到一省、两省和更多的省,而让双方部队火拼。这种火拼与国家民族的利益何干? 与战火中遭殃的百姓何干? 与眼前这些死难的弟兄何干? 但国家民族、百姓和躺在这里的弟兄都要为此付出沉重的代价! 这打的算是啥仗哪? 樊玉龙心里充满疑问,忽然迷惘起来,感到浑身无力,没有了蒋明先、孙燕他们那种打胜仗的自豪和喜悦。

"老六,你们团给咱旅长脸了!"蒋明先看樊玉龙闷闷不乐的样子,临离开阵地特别走过去拍了下樊玉龙的肩头,亲切地说。

"是旅长指挥得好。"樊玉龙苦苦一笑。

国民二军在陕灵一带滞留二十余天,岳维峻眼看着函谷关及以南的几个路口都被镇嵩军堵死,前无进路,后有追兵;将有归心,士无斗志;弹尽粮绝,进退不得,深知大势已去,不忍将士们再去厮杀,空作无谓的牺牲,决定放下武器。他派代表与对方交涉,刘镇华即命残敌 8 万余集中陕州交枪。打了胜仗报了前仇伸手即可夺回陕西地盘的刘镇华长长吐了一口气,似乎郁积胸中一年多的秽气尽数吐出,长年青白的面皮上显露出少有的血色,兴奋得八字胡耸动着唤来参谋,命令通知各师长、旅长立即赶来虢略镇总部开会。可能因为樊玉龙扼守函谷关有大功,刘镇华还特别交代一句,把樊团长也找来。

师长柴云升、汪震、梅发奎、憨玉珍及旅长张得盛、蒋明先、黎天赐、万选才、徐选峰等到了,唯一一个团长就是樊玉龙。门外一片马蹄声和互致问候的笑语声过后,陆续入场,有人不觉把带点猜疑的目光投向樊玉龙,樊玉龙也没在意。经过刘镇华身旁时,刘镇华拍下樊玉龙的肩头,樊玉龙龇着一口白牙笑了笑,走在他身后的蒋明先用拳头捣了下他的腰窝,轻声说"好兆头"。

会议开始,刘镇华抬手拂一下透过教堂彩色玻璃窗投在他脸上的一缕阳光,傲然说:"敌军八万人,已决定全部投降。现在是我们命令敌人如何交枪和我们如何收枪的问题,但不是说问题都解决了。"他忽然沉下脸,两撇八字胡神经质地跳动起来,"问题可能出现在我们内部。我知道都想收枪,弄不好会抢枪。现在我宣布,我军各部不准抢枪,敌人交枪,由各部就地收缴,事后,由总部统一分配。"说到这里他把眼光投向樊玉龙问,"你的团损失咋样?"

"三分之一还多吧!"樊玉龙起身回答。

"好,好,坐下,坐下吧。"刘镇华点点头,双手往下面按按。

樊玉龙不知总司令嘴里的"好,好"两个字是什么意思,是认为全团只损失了三分之一好呢?还是表扬他们的仗打得好?还是说应该给他们好好补充补充呢?这么含糊的话,不禁让他有些失望,暗想要趁这次机会得到补充,看来还是希望不大,得自己动手才行。

真的如樊玉龙所想,不管刘镇华如何叫喊,抢枪的狂浪开始了。徐选峰、张得盛、万选才三个旅驻在陕州附近,近水楼台,总部会议一散就开始行动了。

樊玉龙本来就怀疑"就地收缴,统一分配"的指令难以兑现,看势头不妙也想立即动手。他找到旅长蒋明先说,督军的命令恐不能实行,恐怕谁抢到手算谁的。蒋明先同意他的看法。蒋旅驻在灵宝函谷关一带,距集中收枪地较远,鞭长莫及,于是两人计划第二天由樊玉龙带两营人赶到陕州抢枪。当晚蒋明先向汪震请示,汪震不准,第二天拂晓,蒋明先还是命樊玉龙带上两个连暗自赶到陕州附近的大营。大营桥子口是双方会谈和接头处,刘镇华的五弟刘茂恩和旅长徐选峰、张得盛、万选才都在那里。几个旅长喜滋滋地在小声说着什么,刘茂恩背对这几个人,愠怒地望着小河那边混乱的一片。那边正在交枪收枪,有骂人的,有打架的,有拉枪栓的,骂人、打架、拉枪栓的双方,都是自己人,为了一件新式武器,也有双方拉开架势似要火拼的。几个旅长无事人一般,不理不睬,刘茂恩黑脸膛上的浓眉拧成了黑疙瘩。樊玉龙唤了声刘参议,给刘茂恩行了个军礼。刘茂恩仔细看看,看到来到他面前的是樊玉龙——吴起训的表弟,眼睛一亮,面皮松了下来。

"樊团长,你也来啦。"刘茂恩有礼貌地打招呼。

"报告,玉龙奉命前来。"樊玉龙答。

"是汪师长要你来的吧。"

"不是,是蒋旅长要我来的。"

"哼,蒋明先还要你赶过来干啥,你看看都成啥样子了。"刘茂恩用下巴点点河那边,又不满地瞥一眼旁边的几位旅长。"你看这算啥样子,会议上总司令交代的话,都被吹到哪里了?"

樊玉龙明白刘茂恩是代表刘镇华在这里监督收枪的,但这几个旅长都不听他的,只好说:"这也是打了胜仗,弟兄们心里高兴。"

"高兴? 这仅仅是高兴? 上级的命令都不听,还算啥军队? 土匪,简直都是土匪!"

一向不把刘茂恩放在眼里的张得盛说话了:"樊团长,你来晚了,只能吃剩馍了,剩馍不知还有没有!"说罢,鄙夷地向刘茂恩斜乜一眼,放肆地大笑起来。

刘茂恩憋了一口气,恼怒地用马鞭向马靴上抽了两下走向别处。张得盛用笑声在后边追赶他。

"樊团长,过来一下。"万选才低喊一声,樊玉龙知道他平时与蒋明先友善,笑嘻嘻地走了过去,"国民二军还有残部向这里集中,你快到后边去看看。"

万选才用手指指东南,樊玉龙相信万选才不会骗他,不待他带的两个连赶到,就带上跟随他的二十几个卫士,策马向县城东南飞奔。到了东门外边正遇上对方一个旅,即刻令这个旅跟着他走。旅长看起来有四五十岁的样子,年纪较大,可能是个老行伍。他大约身体有疾,恹恹地伏在马上,由两个卫兵扶住,看到樊玉龙,挣扎着跳下马来,趔趄了几步。樊玉龙让他找块干净地方坐下,不必拘礼。

通过姓名,樊玉龙知道他姓鹿,问:"鹿旅长全旅多少人?"

鹿旅长答:"四千多人,另外岳督办的卫队营也同我旅在一起。"

樊玉龙又问:"你有什么要求?"

鹿旅长答:"事到如今,只求保全全旅官兵性命,别无他求。"

樊玉龙说:"交了枪,我保证一不害性命,二不搜私人财物。"

"好,好,保住弟兄们性命就好,至于私人财物倒没啥。"鹿旅长想了想又说,"看样子你是个仁义之人,我那马驮子上面还有五千块银圆,你拿去吧。"

樊玉龙听后一笑:"我咋能要你的钱。"

"那你拿去帮我给我的弟兄们分分吧。"

樊玉龙没再接鹿旅长的话,看到东关大道旁有个小旅店,用手指指说:"你看那边有个小旅店,我想在那里面收枪。你就不必进去了,你带几个人先走吧。"

樊玉龙想尽量给鹿旅长留点面子,鹿旅长麻木地点点头。樊玉龙命令副官带领降军从小旅店前门进去,后门出去,将枪一律放在旅馆院子里。后门外摆一张条桌,宣布愿意留下的继续扛枪,愿意回家的发一个银圆作路费。大部分都说要回家,也许并不真的要回家,而是想先拿到那一个银圆。鹿旅长坐起身双眼直直地看着他的队伍走进小旅店大门口,在他眼里那个门口就是蛇的大口,他带领多年的队伍就这样渐渐消失了,最后进去的是个伤兵,当这个挂根木拐的伤兵——他的最后一个弟兄被蛇口吞咽下去,只听嘣的一声,鹿旅长自杀了。听到枪响,樊玉龙急忙跑过来,看到这般情形,庄重地给倒下的太阳穴处还在淌血的鹿旅长行了个军礼,自语道:"也是个刚烈之士!"心生钦敬。他让鹿旅长的贴身副官从马驮子上取二百块钱,到城里买副好棺木和办理后事的香烛之类,再把三千元送到鹿旅长家里,剩余的分给大家。担心身穿敌军军装的副官进城办事不方便,又派自己的两名卫士跟随。鹿旅长身边的人深受感动,纷纷表示愿意留下来。岳维峻的卫队营有数百人,马五百余匹,装备甚为精良,樊玉龙也派人去将武器一一收缴了。

陕州城内敌人留下的子弹、枪榴弹及各种军用物资甚多,大小单位都在忙于收缴,不时还因相互争夺而打起来。至于徒手的敌人到了哪里,就不管了。抢枪的结果是:张得盛旅弄到手三万支,徐选峰旅弄了二万支,万选才旅弄了一万余支,樊玉龙团弄了五千余支,其他各部得枪甚少。抢枪之势形成后,刘镇华的统一分配命令,谁也不听。弄到枪的高兴,弄不到枪的不满。总司令好说歹说无效,三令五申竟无人听,气极了,声言他这个总司令还不如一个牌位,不干了,要离开!这才使手下的那帮师长、旅长有点惊慌,因为没有他,这一摊子撑不起来,他们的官帽子也戴不稳。后来,弄枪多的部队拿出了三千支分配一下,总算维护个面子,才了事。部队只顾收枪、争枪,对徒手的败兵无暇顾及,任其流散。李虎臣化装成士兵混过函谷关逃回西安。岳维峻从陕州茅津渡暗过黄河,隐姓埋名,还是被晋军俘虏,送到太原关押。镇嵩军在陕灵战役中,以两万余人打垮敌军八万人,缴枪七万余支,可谓大胜。刘镇华此时西望,意在夺回他原来占有的陕西督军宝座,但因胜利而造成的内部矛盾,较前尤甚,各部争相扩充实力,各自为政,他实际上已指挥不动了。他本想笼络人心,论功行赏,抢枪的事一发生,说不清谁功大功小了,于是他听高参们的话,各部就地整训。

樊玉龙想起被他放在卢氏的金娘。他想,金娘总算是樊家人了,让她长期这样前不着村后不着店不是办法,得带她去拜见婆婆才是,再说他也想娘了。

五　当贫妇贵为老太太

常秀灵和卢玉贞仍住在南涯张举娃处。

樊玉龙先到卢氏接张金娘，金娘看到打胜仗的丈夫回来，脚不沾地地忙活起来。她先去抓养了几个月的母鸡，樊玉龙不让她抓，说下碗捞面条、泼上香油蒜汁就行了，几个月没吃，想得慌。一听这话，金娘嗖一下扑到樊玉龙胸前，仰起娇羞的脸问，就想你那捞面条了？就不想别的？樊玉龙答道，想，都想。金娘明知故问地说还想啥？樊玉龙同金娘逗趣，只说了个"人"字。金娘假装生气，人、人、人，天下人那么多，你想的是哪一个呀！樊玉龙用手指划了一下金娘的鼻子，说想的就是这个你呀！金娘哭了，用小拳头擂着樊玉龙的胸脯说，听着从北面传过来的枪炮声，让人家多揪心啊！樊玉龙心里一颤，用他耍惯枪把的粗糙手指轻柔地为金娘擦泪。金娘又问，伤着碰着没有？樊玉龙伸直双臂叉开腿轻轻摇了几下，开玩笑道这不是好好的一个囫囵人吗？金娘睁开一双毛毛眼瞄一下，手脚顿时活跃起来，忙着去打酒做饭。

金娘摊了几张鸡蛋饼切丝，同黄瓜丝、粉皮一起拌了个凉菜，她知道男人喝酒最爱这一口。为了让男人尝鲜，又炒了一个"神仙菜"——刚下来的香椿芽炒鸡蛋。下酒菜上桌，老白干斟满，热腾腾的蒜汁捞面条的香气紧接着扑鼻而来。吃着家常饭，喝着地道的家乡酒，樊玉龙有些陶醉，迷蒙中感到对面金娘一直在看他，有点奇怪，问：

“你怎么不吃呢?”

“俺在吃。”

“在吃怎么不动筷子呢?”

“俺的眼睛在吃。”

“你想把俺吃下去呀?”

“俺不是稀罕你嘛!”

“一个臭男人有啥好稀罕的。”樊玉龙笑两声,端起一杯酒一饮而尽。

“能多住几日吧?”金娘沉默许久,怯怯问,生怕声音大了会把这个稀罕吓跑似的。

“我是来接你的。”樊玉龙所答非所问地说。

“啥?你说啥?”金娘一时未弄明白。

“我是接你来的。”樊玉龙重复一句。

金娘激动得浑身一阵战栗:“来接我的?好,太好了,从今往后跟你一起,你走哪儿俺跟哪儿,上战场也行。俺不图你给俺荣华富贵,俺能吃苦,再苦再难只要跟着你就行。”

樊玉龙定睛望着面前这个热情女子,犹豫一下说:“我是接你回家。”

“回家?回哪个家?”金娘急问。

“回俺娘那里。”

“为啥?为啥这时候就叫俺去见她?”金娘的肩头猛地缩成一团,一双大眼哀怜地仰望着丈夫,像一只受惊的小鹿。

“因为她是俺娘,是你婆婆。”

“俺不想这时候去……”金娘声音很低,与刚听说丈夫来接她时相比,情绪一落千丈。

“常言道,丑媳妇也要见公婆,何况你是个俊媳妇。”樊玉龙大笑两声。他本想用笑声打消金娘的忧虑,但连自己都感到笑声是那么干涩。

“俺不想去,”金娘还想坚持,“如果你觉得带着俺不方便,俺可以仍住在这里。”

“不行,我们已经是夫妻了,”樊玉龙解释,“你不进家门,不见婆婆,怎么能成樊家媳妇？怎么能成樊家人？"

金娘不能不承认樊玉龙说得在理，不好不从，只轻声说了两个字："俺怕……"

"有啥好怕的？"樊玉龙安慰金娘，"俺娘是个通情达理的人，是个受过苦的人，不会难为你的。"

地面上还不平静，不知道前面会遇上什么队伍，为安全计，樊玉龙脱下灰呢军装、马靴，换上棉布长袍、布鞋，一副生意人打扮。身材颀长，面目英俊的樊玉龙穿啥像啥，穿上这身新行头，潇潇洒洒的，立马像一个从城里出来的少东家。牵出跟了他几年的青菊马，将金娘扶上鞍，活脱脱一对走亲戚的小夫妻。昼行夜宿，一路上心情甚好。但金娘却一路忐忑不安，不知前面是个什么样的婆婆、什么样的家在等待着她。快走到南涯，樊玉龙指指前边不远处一座绿树围绕的村庄松口气说，到家了。金娘听到这句话，不知为什么猝然紧张起来，差点从马上跌下。樊玉龙问："你咋啦？"金娘无力地答声"俺怕"。到这时樊玉龙好像才突然想起娘那紧绷的脸，一向做事大胆的他心里也七上八下的。暖融融的春风吹过，他身上骤然一阵燥热，离南涯的寨门口越近，这种燥热的感觉越烦扰他。村口有几个坐在石墙下纳鞋底的小媳妇认出了他，不约而同地停下手中的针线活对他笑笑，胆大的还唤一声"樊旅长"。有一个好像是受伙伴们差遣，急忙跑进村去给常秀灵报信。"你儿回来啦！你家樊旅长回来啦！还带个新媳妇！"听到叫唤，常秀灵和卢玉贞走出门张望，看着樊玉龙和骑在马上的金娘走近，常秀灵多褶的面皮越绷越紧。樊玉龙急忙把金娘扶下马，拉住缰绳向这边唤了一声"娘"。

常秀灵没应。

"娘！"张金娘甜甜地怯怯地也唤一声。

常秀灵好像仍没听到，脸上毫无表情，连看一眼张金娘都没有，转身推下卢玉贞说声"回去"，哐当一下关紧了木门。樊玉龙在门外"娘，娘，娘"地唤着，门里就是不应。

"娘，俺和金娘给你跪下了。"玉龙拉拉金娘的袖口，双双跪在门外。

南涯出了张师长张治公，南涯人看到过旅呀团呀的当官人不少，但从来没看到过那些当大官的跪街边,过来看热闹的人越来越多,村人好发议论,什么高见都有,也不顾下跪人的感受。街上闹哄哄,谁也不知道怎么化解或者根本不想化解眼前这桩公案,突然有人大喝一声走了进来。

"嘿,这是干啥子?凑这份热闹干啥?散开,都给我散开,各忙各的事去!"

说话的是张举娃的多、张治公的堂弟张治国。张治国在村里很有威望,这么一喝,村人就散了。

"叔。"樊玉龙见张治国走过来,轻唤一声。

"龙娃回来啦,"张治国暗自一笑,"你娘的性情也太强势了些,怎能不让你进家门哪。"

"俺娘就是这个脾气。"樊玉龙说,"还得老叔多劝劝。"

张治国要一个小伙子把青菊马拉到他家槽上去,然后扭身拍门。"嫂子,嫂子,我是举娃他多。"拍了许久,门里有了声音。樊玉龙听出是卢玉贞的脚步声。

卢玉贞把门拉开条缝,举娃他多刚拉起樊玉龙挤进去,卢玉贞瞟了一眼仍跪在地上的金娘,用力又将大门关上。常秀灵坐在床上怒目看着樊玉龙走进房,为冲淡房内的尴尬气氛,张治国打着哈哈说:

"嫂子,你看这弄得像啥样子?"

常秀灵毫不客气地将治国顶回去:"你问他弄得像啥样子!"

"娘,恁听俺说……"玉龙想给娘解释。

"放屁,"常秀灵打断玉龙的话,"俺不听你放屁,想瞒俺,不行!"

"娘,俺没有想瞒恁的意思,恁听俺说……"

常秀灵突然从床上跳下来:"你讨小咋不来同俺这个当娘的说说,这咱要俺听你说,还说啥!"

"娘,孩儿不是有意讨小。"

"把人都带到家了,还有啥好说的?"

"娘,你就不能听俺说几句吗?"玉龙忍不住提高声调。

常秀灵走上去给了儿子两个耳光:"还敢犟嘴呢,还觉着自己蛮有理呢?跪下!"

樊玉龙走到床边跪下。

张治国惊疑地看看房内的几个人，然后对常秀灵说："这样不好吧，你息息怒，息息怒。玉龙也是当旅长的人了，不好说打就打，说跪就跪。村上人都唤你老太太了，你也该给玉龙点面子。"

常秀灵哼了一声："才当个旅长就敢眼中没有俺这个娘，就敢忘了娘，就不知道他是咋着长大的。男人嘛，有本事讨小算能耐，俺不是不通情理，但这么大的事事前也不同俺这个娘说一声，到底想把娘往哪里摆呀！当个旅长就可以不把娘放在眼里，如果当上师长、军长又会咋样？"

张治国为了让常秀灵消气，顺着她说："玉龙，虽然你当了旅长，你可不能忘记你娘为了把你拉扯大受的那些罪呀。"

"叔，到啥时候俺都不会不孝顺俺娘。"玉龙说，仍跪着，"况且俺现在也不是旅长。"

"举娃信上说你已当旅长了。"

"可能传错了，也可能是大家认为我立了功，会当的。"

听儿子说他还不是旅长比儿子把金娘带回家对常秀灵的打击还要大。她一时僵住了，从木呆中清醒之后，无缘无故放声大哭起来。

大门外的撞击声越来越响，张治国示意樊玉龙站起来，说大门那边声音越来越大，还是去看看吧，樊玉龙示意卢玉贞过去，卢玉贞装着没看见，把脸扭了过去。张治国告辞，樊玉龙跟着他走了出去。打开大门，金娘顺着往里拉的门扇倒了进来。樊玉龙叫卢玉贞过来扶，卢玉贞回头瞅瞅窗子，不想过来。樊玉龙看到门板上和金娘额头上的血，急忙抱起金娘往院里走。常秀灵仍不肯让金娘进房，樊玉龙无奈将金娘抱进厨房放到地上，抓了一把炉灰敷在金娘额头上止血。可能是惊悚的卢玉贞告诉婆婆金娘流了血，常秀灵在房内高声大骂："出点血就想吓唬人啦！俺见过多了，死不了就给俺滚出去！想当俺的儿媳妇，妄想！就是粘上俺儿俺也叫他休了你！"

樊玉龙听着娘的骂看着金娘的伤，心里懊恼到极点，只好走到街对面举娃家又把张治国请了过来。张治国凝视着还在耍厉害的常秀灵，心想这个两年前来这里寄居的农妇怎么就变了。村里渐渐有人称她"老太太"，她举手投足甚至于声调也越来越像"老太太",起初还有些拿捏,水到渠成,随着儿子的升官,又一个"老太太",像张治公家的老太太,活灵活现地出现在眼前了,只是他没注意。

张治国改口了:"老太太,玉龙做事确有不周之处,事情过去就让它过去吧。老太太,恁的身子要紧,要是气坏了,玉龙怎样担待得起?"

"老太太,"樊玉龙也随张治国称呼当娘的一声,"治国叔说得对,儿要是把老太太气坏了,今后让儿还咋做人?"

几声"老太太",连张治国这样有头面的人都称自己"老太太",常秀灵听着很舒心,气不觉就消了一半。从一个贫苦农妇一跃而成为众人之上的"老太太",母以子贵,不论儿子如今当的是旅长还是团长,总之不同一般人,自己自然也不同一般人。

"村上的人哪个不说恁是个深明道理的老太太? 谁家烟囱不冒烟? 哪家没有磕磕绊绊的时候? 不过,不可闹得太过。"张治国看看常秀灵似有所动的面色,又故意加重语气说,"闹得太过,就失身份了。"

如今常秀灵最注意的是身份,一听张治国提到"身份"二字,心里咯噔一下,面色分明软了。

"治国,俺也不是不讲情理,但你说说,儿子讨媳妇不跟娘说对不对?"性格强硬的常秀灵还要强占三分理,不肯认输。

"不对,这事情玉龙办得不妥当。"张治国顺着常秀灵说。

"不对,儿子办得不对。"樊玉龙赶快认错,"不过人已领到家了,恁说这……"

"领到家了我也不认,这得立个规矩。"常秀灵又上了劲。

"老太太……"张治国苦着脸唤了一声。

樊玉龙哀求道:"现在她还能到哪里呢?"

"是哦,这叫那女子到哪里去呢,而且已受了伤?"

"俺不会难为她,也不会难为你们。"常秀灵平静地说,"俺可以把她留下,认她作闺女。"

"这不方便吧?"张治国看看常秀灵,又看看她的傻在那里的儿子,心想这婆子够刁钻的了,真厉害。

樊玉龙缓口气壮壮胆子也说:"这咋行? 让外人笑话。"

"咋不行? 外人有啥好笑话的。"常秀灵不让步。

樊玉龙长叹口气:"娘,当年你不是总想使媳妇吗,如今要你多一个媳妇使,不是更好吗?"

常秀灵一时语塞,没接话。

"是啊,多一个媳妇侍候你,你都快成太后老佛爷了,还有啥不满意!"张治国笑着打趣。

一丝笑纹滑过常秀灵干瘦的过早衰老的面颊。樊玉龙抓住这个机会赶紧又说:"以后让金娘专门侍候恁一个人。"

"俺咋有那福。"常秀灵难以觉察地扭捏一下,双颊竟出现点点飞红。

"玉龙,赶快去把金娘叫过来拜见婆婆。"张治国提高声音催促。

樊玉龙会意,立即起身赶往厨房,张治国紧跟在后。樊玉龙哦了一声,张治国向前看,厨房里空空的不见了金娘。正在这时街上有人高喊:"出事了!出人命了!"直觉告诉樊玉龙这事可能与金娘有关,就冲了出去。

原来躺在厨房里的金娘一直听着常秀灵房内的说话声,丈夫的求告,婆婆的决绝,令一向性情刚强的她再也按捺不住,心中腾地升起一股怒火,抬手摸摸疼痛的额头,挣扎一下站起身向外走去。街上人很少,没有人认识她,也没有人拦住她。她看到一个街口和一座门,也不知是什么方向就向那里走去,走出门才知那是寨门。寨门外一片青绿,半尺高的麦苗在和暖的春风中翻着细浪。她忘了自己是在什么地方,却忽然想起自己的家乡,因而又想起她的追求与屈辱——盲目的追求和自找的屈辱。眼前的景色与家乡有点相似,但家乡又在哪里? 她走着,遇到一个一把白胡子的拾粪老人,上前问:

"爷爷,这条路通到哪里?"

"你想要它通到哪里?"白胡子老头反过来问她。

"俺不知道。"

"那它就不通哪里。"

"还有路吗?"

"没有了，这是条半截路。"老人摇摇头，"不知往何处，当然就没路可走。"

老人回答得奇怪，好像是个咒语。金娘向前走，回头望望，那个一把白胡子的老头不见了，地上只留下一个粪筐和一把粪叉。金娘自问自己要到哪里呢？回家乡？眼前立刻浮现出后娘鄙夷的眼神、父亲愁苦的脸腔和好事的街坊们那能将人淹没的唾沫星；回婆婆家吧？就要面对一个刚阔起来作威作福随意轻贱自己的婆婆和一个在婆婆面前恭顺而无奈、不敢也不愿保护自己的丈夫。真的应了"前面有狼，后面有虎"那句戏文里的话了吗？无人回答，她只得沿着脚下这条曲曲弯弯的土路走去。微风吹过来一阵香味，是种很清很淡的香味。抬头看看，路旁拐弯处有几棵枣树，正开着淡绿色的不引人注意的小花。是的，这是枣花的香味，这是她最熟悉最亲切的香味。她家后院里有两棵枣树，幼年时，调皮的她常带几个同伴爬到树上摘枣吃，但那是秋天。春天也有记忆，随着雷声一阵急雨过后，树下满地落花，像一层茸茸的淡绿色绒布，这一层绒布她是不忍踩的……她走过去，走过去，靠在路旁的枣树上，像依偎着小时的玩伴……玩伴没有了，爹没有了，男人没有了，只有枣树在，虽然已不是过去的枣树……额上的伤口发痛，身子顺着树干往下坠。她坐在树根上，定定神看到脚腕上的两条扎腿带。解呀解，缓缓地解，下意识地解，又将两条解下来的扎腿带接起来打个死结。她吃力地站起身，摇摇晃晃地走几步，捡了一根粗壮的横枝，站在一个小土堆上把扎腿带抛过去，又打了个死结。她从小土堆上耸身向上一跳，脖颈刚刚投入布环，身子在空中摇摆起来，横枝经不住这样摇晃，发出嘎嘎的声音，一个锄地的青年听到响声，疾步跑过来将她放下。

樊玉龙赶过来时，昏迷的金娘还躺在树下，有几个在近旁锄地的人围在她的身边。樊玉龙想请那几个人将金娘抬回去，一时找不到工具。一辆牛车过来了，张治国坐在车上，回村报信的青年挥着牛鞭让老牛尽力奔驰起来。几个人把金娘放进车里，樊玉龙从未有过的懊丧，缓步跟在车后，满脸无光。他与张治国商量，想另外找间房安排金娘，常秀灵不允，看都不看金娘一眼就骂起来：

"寻死觅活地败坏门风，叫人笑话！还能敬着她！"

樊玉龙说："不是敬她，她总得有个住的地方吧，她又有伤。"

"啥伤？只是蹭破一点皮，何况又是自找的！"常秀灵发狠道。

"流了那么多血，刚才还发生那事……"

"很有脸？还提那事。"常秀灵打断樊玉龙的话，"你敬你去敬吧，要是以后三天上吊两天跳河，我可管不了！"

"那要她住哪儿呢？"

"我自有安排，"常秀灵撇了下干枯的嘴角，想笑没笑出来，"到了家就得由我安排，我是一家之主。"

樊玉龙只得唯唯。

晚上，常秀灵要金娘去到偏房同卢玉贞一起睡，要樊玉龙同她睡，给她暖脚。儿子给娘暖暖脚是尽孝道，当地风俗如此，只要当娘的喜欢，孝顺的儿子不好有违。风俗在变，很多当娘的已不要求这样，但常秀灵坚持如此。卢玉贞在床上翻来覆去睡不着，嘴里不停咕噜咕噜地骂：

"这骚老婆子不知在想啥？每逢儿子回家，第一晚都是她霸着。哼，暖脚暖脚，她那臭裹脚布裹着的臭脚有啥好暖？也不想想别人……"

其实每逢樊玉龙回到家的第一晚，常秀灵把他拽在身边不是真为了暖脚，而是要说事。内内外外、家长里短的事都要说，给儿子来个先入为主，言听计从，以便摆布。

卢玉贞不管金娘听到听不到，一直咕噜，昏昏沉沉的金娘缩紧身子就是不搭腔。卢玉贞忽地掀开被子，跳下床，从一个小木箱里取出一堆银圆，哗啦啦扔到一张条桌上。金娘以为她要数钱，掀开被子一角看看，她真的在数，但不是数完就放好，而是一遍一遍来回数。昏暗的灯光下，卢玉贞大而呆滞的眼睛活动起来，时笑时怒，转来转去。她将每十个银圆搁成一摞，由东查到西，由西数到东，查来数去都是五摞，脸上露出愠色，用手一胡噜，五摞银圆又变成一堆。重数，每五个银圆一摞，出现了十摞，脸露喜色，将十摞银圆混在一起重数，又是那个数，这次真生气了，伸出胳膊看样子要将桌上的银圆全撺到地上，胳膊却轻轻放到桌面将银圆搂在怀里。她回头看被窝里的金娘，自言自语道：

"婆婆明明要他留一百块零花钱给俺，他却只给俺五十块，哼，不知他在外边把钱都给哪个女人了。"

金娘听出她是在敲打自己，却没出声。

次日，常秀灵要樊玉龙搬到卢玉贞房里，要金娘同她一起住，当着樊玉龙的面对金娘说："你不是说过要待候我一辈子吗？以后你就跟我住在一起吧。"从这天起，常秀灵要吃小锅饭。她尚不知道喝银耳羹人参汤之类，开始晏起的她，只想到让金娘每天将两个荷包蛋端到床边。不知她从哪里学的讲究，这两个荷包蛋不能老也不能嫩，不能破也不能硬，汤上还不能有蛋沫子。一次金娘不小心没有将蛋沫子撇净，她气得将碗都摔了，蛋汤溅了金娘一脸。樊玉龙不敢说什么，但心里烦闷。每晚他到卢玉贞房里，卢玉贞长得不算丑，但看到卢玉贞那种没心没肺的样子他就心烦，连那个稍有发胖，白得像刚出笼的热蒸馍一般的身子，也不能吸引他。也不知愚笨的卢玉贞流着泪对婆婆说了些啥，正要出门找张治国叔侄打麻将的樊玉龙被娘叫住了。娘对俯身看着她的儿子半晌不说话，儿子正要发问，她却低声说了句：

"俺可是要早抱孙子的。"

"哦哦。"樊玉龙好像没有明白。

"别给俺装糊涂。"娘说，"你要对玉贞好点。"

"我对她没有啥不好的。"

"俺看着呢。"娘说，"俺的长孙只能由她生养。"

樊玉龙忍不住顶一句："还不知她会生养不会，来家这么久了。"

"混蛋，你有几天在家？"

卢玉贞这时逞脸了，拿着钱到外面买了一堆吃食，整日嘴不闲，瓜子壳花生壳满地丢。金娘在厨房再忙，她也不帮把手，有时到厨房转一圈，掀开锅盖看看里面做的啥，尝一口就走。金娘越来越看不惯她，她则越来越要逞威，一天她竟将金娘给婆婆煮的荷包蛋吃了一个。婆婆房里传出咳嗽声，金娘想赶快将荷包蛋端过去，一掀锅盖看到只有一个蛋漂在水里，不禁诧异，问：

"怎么只有一个蛋呢？"

"是俺刚才吃了一个。"想不到站在面案旁边正放下碗的卢玉贞这样不紧不慢地回答，"俺刚才吃了一个。"

金娘不知道卢玉贞是什么时候进来的，说："这是给婆婆做的，你怎么能吃呢?"

卢玉贞笑笑:"俺怎么就不能吃?俺也饿了。"

金娘问她:"少一个怎么办?"

卢玉贞无所谓说:"你再煮一个不就行了。"

金娘气得用手指着窗外:"你没听那边正在催吗?来得及吗?"

卢玉贞被问得语塞,无理取闹地喊道:"俺就是要吃你煮的荷包蛋!以后你也得为俺煮荷包蛋!"

金娘说声:"能的你!"积压多日的怒火蹿上来,抓起勺子舀了一勺热水泼到卢玉贞脚下。卢玉贞跳起来避过水头,一面将手中的筷子投向金娘,一面高叫着:"想烫死俺呀!想烫死俺呀!"赶快跑进常秀灵房里。正好樊玉龙也在,她偷偷看一眼对她怒目而视的男人,不断呻吟起来。

"哎哟,俺的脚呀!哎哟,俺的脚呀!"

常秀灵急了:"快把鞋脱下看看。"

卢玉贞光叫痛,磨磨蹭蹭就是不去脱鞋。樊玉龙看到卢玉贞两只鞋干干的,除了几点溅上去的灰渍,没有水泼上去的痕迹,不住喝她"脱掉鞋""褪去袜子""解开裹脚布",在樊玉龙的喝声催促下,卢玉贞两只光光白白如笋尖般的小脚祖露出来。这几天樊玉龙已被卢玉贞烦得想打人,这时他不由卢玉贞解释,更不等娘为大媳妇辩护,不由分说扑上去给了卢玉贞一顿暴打。娘不依了,说明明是俩婆子吵架,你为啥只打一个?樊玉龙知道事情是卢玉贞挑起来的,但看到娘不肯善罢甘休的神气,不由分说就跑到厨房找金娘,金娘正捧着一碗刚添好的荷包蛋往外走,冷不防挨了樊玉龙两个耳光,捧着的碗掉到地上摔得粉碎。

"为啥打俺?"金娘怒目相对。

"我就打了!"樊玉龙暴怒地说。

"打人总得有点道理吧。"

"我打你不平平安安过日子,总要无事生非。"樊玉龙声音很大,他是想给娘和卢玉贞听的,但金娘不理会他的苦衷。

"是谁无事生非啦?"金娘逼问。

"是，"樊玉龙被逼无奈，蛮不讲理，"有你一份！"

金娘本想说说事情的由头，看到樊玉龙如此蛮横，强忍住一股冲上来的怒气，不语了。她看看跟前她抛弃一切定要跟随的男人，她爱过的男人，她感恩的男人，把她带到进退不得境地的男人，把一股怨恨咽在心底。听到卢玉贞还在婆婆房里诉苦，看着樊玉龙两头为难的神情，她不再说话，扭转身给锅里添上水，又去侍弄那一碗荷包蛋。凝视着滚水里轻轻滚动的一个鸡蛋，她想这就是今后的她了，也许另一个就是卢玉贞……什么"千里送金（京）娘"的颂扬，什么"孤女寻夫"的笑谈，离她越来越远，留下来的只有对人生的怨恨。

樊玉龙感到这个家对他来说没有了温暖。这个变得富裕的家，有权势的家，有三个女人——他敬爱的母亲和他两个爱过的女人的家，没有了过去的亲情，只有利害和拖累。他想起秋秋，想象中与秋秋开始的新生活像梦一样在他眼前飘过，他晃晃头，清晰出现在眼前的是现在的家。忽然他感到很疲倦，他知道他该回部队了。

临走前几天，他几乎整日整夜同张治国的子侄辈在一起打牌，人不沾家。常秀灵明白儿子心烦，没有干预。一天晚上樊玉龙回来了，卢玉贞双眼放光，期待着他到自己房里，但他却要金娘到卢玉贞房里去，他陪娘睡。半夜金娘听到卢玉贞嘤嘤的哭声，头抬了两下，好像想同金娘说话。金娘假装睡着，对哭泣的卢玉贞既不同情也不幸灾乐祸，连对自己也不自爱自怜，年纪轻轻的她似乎已冷了心。

第二天早上张治国的侄子将樊玉龙的青菊马牵到大门口，樊玉龙不让送行，常秀灵定要卢玉贞扶着来到大门外。一番道别话说过之后，樊玉龙一只脚已经踩上马镫，忽然转身走到院内，在厨房看到正在为娘做小锅饭的金娘，从钱袋掏出三十个银圆放到案板上说：

"我走了。"

"你走吧。"金娘的声音很淡，脸对住灶上的铁锅未转过来。

"这三十块钱留给你零用。"

"俺不要。"

"你手上总得有几个零花钱。"

金娘猝然转过身,用手将案板上的银圆哗啦一下拨到地上怒道:"那为啥别人五十块我三十块呢? 我就活该比别人低一等!"

"我打牌输了钱,真没钱了。"

"那你把这三十块钱拿回去!"

"别闹了,让外面的人听到不好。"樊玉龙一面说一面往外退,"你要照顾好自己,别同我娘生气。"

金娘看到樊玉龙干枯的眼角有个泪花,心软了,望着他走去的脊背说:"俺会代你孝顺你老娘的。"

樊玉龙走出大门立即跨上青菊马,没再说一句话也没再回头,挥鞭冲出寨门,沿着通往陕州的大路跑去。

六　围困西安

　　樊玉龙担心部队已向陕西开拔，没想到部队还在原地，他有点奇怪。队伍上有了新玩意儿——篮球，晒场上刚竖了两个用破棺材板钉成的篮球板，一群官兵在场上跑来跑去、呼前唤后地争抢传递。团参谋长孙燕拿到球一个劲地拍打，不肯传出，一片呼叫声中他好像听到有人喊团长回来啦！回过神，向场边一看，正看到站在一棵小洋槐树下的樊玉龙，急忙丢下爱不释手的篮球，从地上拿起上装，跑了过去。

　　"哪里来的这玩意儿？"樊玉龙问。他在西安看到过学生们赛篮球，但在队伍里这还是第一次。

　　"也是战利品，从岳维峻的卫队营缴获的。"孙燕掩不住一脸高兴，"啧啧，看人家那装备，啥都有！"

　　"胡景翼留过学嘛，见过世面。"樊玉龙说。

　　"可是他的队伍叫咱山上人吃了。"孙燕伸下舌头，哈哈一笑。

　　樊玉龙长出口气："此一时也，彼一时也，不是胜算一定握在谁手里。再说，要不是奉军和直军在后面追赶，国民二军也不会败在咱镇嵩军手上。"

　　"那你说咱们这次攻西省能捡到便宜吗？"

　　"难说。"樊玉龙皱紧眉，"总部有什么举动？"

　　"听旅长开会回来说，现在还在扩编。全军要扩编为十个师，加上新入伙的和国民二军的败兵，全军扩充为十万人。刘总司令说目前军纪太坏，要整训，不整训就开过去，陕西人会有意见，丢他的脸面。"

"总司令很要脸面的嘛！"樊玉龙暗自一笑。

"他说他在陕西主政八年，这次带过去的队伍，不能丢他的脸！"孙燕侧脸笑笑又问，"他在陕西当官当过八年吗？"

"从他当省长到兼督军，两头算起来也差不多。"樊玉龙说，"面子要讲，兵法也要讲。兵贵神速呀，机会常常一眨眼就没有了。"

"欸，六哥，这你就多操心了，咱们十万人马过去，带起一阵风就把李虎臣那几千人从西安城里刮跑了。"

"这等大事也轮不到我来操心。"樊玉龙耸耸剑眉苦笑一下，嘴角闪出两道很深的皱褶。

孙燕这时才想起同樊玉龙拉拉家常，问："家里好吧？娘好吧？"

"好，都好。"

"金娘到家咋样？习惯吗？"

樊玉龙犹豫很久才答："习惯吧，都那样。"

"到底咋样？"

"婆媳相处，得慢慢来。"樊玉龙用力咽口唾沫，"再说她的性子也不好。"

孙燕不放心地望望樊玉龙："唉，金娘是个烈性子女人，年纪那么小，又远离家乡，让人担心。"

樊玉龙苦笑："是让人烦心。这烦心事也是我自找的。"

孙燕给樊玉龙出主意："那就把她重接出来吧。"

樊玉龙摇摇头："马上又打大仗了，接什么接？"

下午，樊玉龙到旅部向蒋明先销假，正好师长汪震也在。说了说家事，就坐下来听听面前这两位长官对总部的议论。

陕西是一定要进的，因为刘镇华认为陕西是他的地盘，是他领导的镇嵩军的地盘，过去几年是他在西安当督军兼省长的，他理当把这两个位置拿过来。现在他有十个师，其中三个师是原来的陕军，正在那边招手呢。他忘记前几年放任种烟开征烟税、扩充军队不断挑起战端的恶政，还以为陕西老百姓会感恩他的"仁政"与"德行"呢。李虎臣的五千人，不堪一击，镇嵩军大军一动，他这个总司令就等着收万民伞吧。

师长汪震是个比较清醒的人，他认为事情没有那么简单，虽然李虎臣才当了几个月的军务督办，陕灵战役后他只集合起四五千人，但杨虎城的国民三军第三师就驻在三原，距西安不远，而且陕军还有其他部队。汪震曾和杨虎城共过事，较熟悉，樊玉龙在西安当兵时，也听过一些关于杨虎城的传闻，觉得那是个忠孝的人，这次听汪震说到他的出身，不禁暗生钦敬。

杨虎城，陕西蒲城人。父在家务农兼到外面做木匠活，性刚烈，因杀人被清政府绞死。当年十四岁的杨虎城到会馆借了一部独轮车，步行二百里将父亲尸体推回埋葬，时值中秋节，即组织中秋会打富济贫，落草上山，聚众百十人，成了同州一带著名的刀客。1915年参加陕西护国军，任营长、团长；1917年参加陕西靖国军，任第三路司令；1922年靖国军瓦解，余部绝大多数投向直系，唯有他坚持靖国军旗帜，率剩余的一千余人，跋涉千里，到陕北镇守使井岳秀处整训。井岳秀对杨虎城的到来表示欢迎并给予了真诚帮助，念其孤忠，三年后杨虎城以陕北国民军前敌总指挥的旗号率部南下，他不但让杨将其带来的人马全部带走，另多拨给一个团，还将他仅有的三挺重机枪送给了杨的队伍。1926年孙岳的国民三军入陕，杨虎城任第三师师长，驻三原，正与西安城遥相眺望。

听着汪震与蒋明先的闲聊，樊玉龙一面钦佩杨虎城的忠勇，一面为镇嵩军担忧。如果说李虎臣是新败之将，刘总司令可以不把他放在眼里，但如果又来了一个杨虎城，两虎加起来，又该如何？杨虎城真愿往一座困城里钻吗？钻进去又如何？

此时，李虎臣也确感势孤力薄，孤城难守，面对汹汹而来的十万敌军，万全之策只能是避其锋芒。他在三原召集杨虎城、邓宝珊等几个陕军将领开了个会，会上决定李虎臣辞去陕西军务督办职并通电下野，推举陕北镇守使井岳秀负责维持全省治安，并守中立，希望以此让步换取镇嵩军不进入陕西。军阀要的是地盘而不是一纸通电，对李虎臣等的声明，刘镇华毫不理会。他任柴云升为前敌总指挥，攻破潼关之后，兵分两路直逼西安。4月12日刘镇华在东郊十里铺设指挥部,即限令李虎臣于4月13日撤出西安,攻城恶战一触即发。李虎臣用电话与杨虎城联系,是走是守要作最后决定。杨虎城力主坚守,说守住西安,对从广东出发的国民革命军有利。李虎臣表示力不从心,杨虎城表示愿意前去共同守城,李虎臣听后大为兴奋,最后表示:

"你敢来我就敢守,你不来我就走!"

"我一定去,说去必去!"杨虎城的话掷地有声。

这两句铮铮诺言,拉开了西安攻守战的大幕。

刘镇华来到东十里铺后,在镇南头一座古庙院门口挂上了"豫陕甘剿匪总司令部"的牌子。西安在黄河最大支流渭河的南岸,河水充沛,所谓八水润西安,就是说这里不仅有黄河、渭河,还有灞河、浐河等从这里流过。东十里铺位于浐河西岸,是西安东行的第一个要冲,浐河河面平阔,绵延清澈,两岸古柳苍劲茂盛,恬静宜人。自从古庙院门悬挂起那块吴佩孚委于刘镇华的牌子之后,小镇大变,一切变得乱糟糟的。小镇的东西出口新建起哨兵驻守的堡垒,临街商铺不复往日的热闹,或关门或成为司令部下属各处的办公场所,不少民居则被警卫部队占为营房;附近村庄驻扎大批军队,方圆五里见不到一个老百姓。刘镇华在一群丘八当中,时时处处要凸显他是读书人,选中一间大殿作指挥部之后,熟知他脾性的卫士们不知从哪里弄来一批雅致的书房用品:一排雕花木书架、一张画案、八只圈椅和几件古玩。随身携带的笔架、笔洗、端砚、宣纸等文房物件也一一摆开。大殿这边厢架好电话,挂好地图,又将他心爱的留声机搬了进来。他抿抿八字胡向四周巡睃一下,满意地在一张黄梨木靠椅上躺了下来,一面眺望黑苍苍的城头,一面听着留声机里谭鑫培唱的《空城计》,不觉有了睡意,蒙眬中竟看到他的部队正在攻进一座很大的城池,如入无人之境……副官进来报告,说有客人。他急坐起身问是谁,副官说好像是西安商会的储会长。隔窗望去,外面确有一干人等,以及马匹、滑竿,为首的正是当年同他有生意来往的商会储会长。他想储会长这时来访,必与城内守军有关,呵呵笑着迎了出去。

"哎哟哟哟,两军交兵在即,枪子可没长眼,不知各位到此有何贵干?"刘镇华故意开着玩笑问。

储会长看到刘镇华,不等刘镇华将他往客房让,急忙紧走几步,上前就是一礼。身穿长袍马褂的他一揖过膝,双拳几乎触地,礼帽跌落,不禁踉跄两下。刘镇华弯下腰作搀扶状,挤着笑眯眯的细眼说:

"老朋友嘛,何必如此客气。见外了,见外了。"

储会长不再寒暄,直奔主题:"刘兼座主陕八年,大家深蒙重恩。"身材精瘦的储会长转身向跟在他后面的几个人示意,众人诺诺,接着说,"今听兼座要再回西安,重掌陕政,我辈无不欢欣鼓舞,祈盼再现一个市面安定、货流畅通的局面,为三秦父老计,我辈也不希望打仗。现大军压境,李虎臣如果顽抗,则恰似以卵击石,徒使西安十万生灵再遭涂炭,经我等劝说,李虎臣终于被我等说动,答应撤出西安。现祈大军暂勿攻城,以免燹火。如蒙应允,民众幸甚,吾辈幸甚,待兼座进城之日,吾辈当组织市民夹道欢迎。"

"好,好。"刘镇华一面点头说好,一面想事,"各位为西安百姓着想,不辞劳苦地奔走于两军之间,仁心可嘉。刘某也不愿大动干戈陷百姓于兵燹之灾,更何况陕西为刘某之第二故乡。诸位的心情我明白了,回去后让李虎臣撤走即可。"

"但李虎臣提出一个条件,"储会长顿了顿,"待他同杨虎城商议之后再撤,要求贵部宽限数日。"

"同杨虎城商议个啥?"刘镇华的长眉抖了一下。

"他们都是国民军嘛。"

"不行,你转告李虎臣明天就出城,更不要同杨虎城联络。"刘镇华想了想又补充道,"他如果明天撤,我还可以给他十万元作军费。"

储会长离去后,第二天没有回话,第三天也没有回话,刘镇华有些心烦意乱,刚要打开留声机听谭鑫培,副官慌慌张张跑进来报告,说国民三军杨虎城师、陕军卫定一师即开进西安城,声言与李虎臣一起守城。刘镇华一听差点把手中的茶杯摔在留声机上,骂一声:"娘的,俺中敌人缓兵之计了。"刘镇华命令参谋传令各部,立即对西安城进行合围。

4月17日镇嵩军已对西安城形成南北东三面包围之势,4月18日杨虎城率部五千余人进城,5月15日镇嵩军切断了西安通往咸阳的最后一个通道,一场惨烈的攻防战正式打响。

刘镇华对西安的地形很熟悉,西安城东北角地势较低,他带领柴云升、杨发魁、汪震等将领再一次视察地形之后,决定以城东北角为突破口。汪震师部署在东北角三府湾一带,蒋明先旅的樊玉龙团放于最前沿。突击之前,刘镇华命万选才旅先对西门发起佯攻,并令各门的攻击部队做好准备,一旦东北角突破,立刻攻入各门,扩大战果。汪震与蒋明先在护城河东边小树林里用苇席搭了个指挥所,黄昏之后,作为突击团的樊玉龙团已隐蔽在护城河东堤外的麦田和树林里,准备按指挥部命令,拂晓发起攻击。但天色将黑未黑之间,樊玉龙命作为先锋营营长的常文彬先带一个排,趁东城门尚未关死之际,混在慌乱进出的民众当中潜进城去。凌晨,啪啪两声奇特的枪响,小树林上空升起两颗拖着长尾巴的信号弹,一群群黑影突然跃起。城上好像听到动静,也是啪啪两声,两颗照明弹升上半空,耀眼的白光刹那间将地面、房舍和护城河照得雪亮。原本神经紧张到极点的突击营士兵,各个面色煞白,白得每个张开的毛孔都可以清晰看到。已经站在阴阳界上的士兵们,此时不知生也不知死,不知为啥生也不知为啥死,只能在本能的驱使下往河里跳,往城上爬。他们借用云梯和绳索,武装泅渡护城河,然后将云梯靠上城墙,将抓绳抛向城垛,冒着城上雨点般的子弹,攀着云梯和抓绳冲上城头。东城门那边射过来的子弹突然少了,但枪声却密了。原来常文彬带领的隐藏在民居里的几十个人,强行攻打东门楼,东门楼的守军一时被压制住。东城楼两侧城墙上的守军一见东城门有事,急向那边集中。早有准备的樊玉龙抓住城东北角楼和敌楼空虚的机会,又令周福来率部迅速越过护城河,在角楼与敌楼之间靠上梯子和抓绳。一时间,火光烟雾中,古城墙上像挂满一条条风中摆动的枯藤,藤上吊满一串串前后衔接的蝙蝠;蝙蝠跌落着,枯藤折断着,又不停地向上延伸着。城墙下尸体越堆越高,城墙上一个个活动的人影跃入垛口。短兵相接,枪声、呐喊声混成一片,守军渐渐不支,边打边退。手持双枪站在角楼旁指挥厮杀的樊玉龙眼看城东北角被他撕开了一个口子,正要命令信号兵发出信号,忽然冲在前面的人停住了脚步,且渐渐后退。对方的援军从西边上来了,猛烈的枪炮声像阵阵大风刮了过来,樊玉龙的人支持不住,只得又向东边收缩。这是哪里来的部队?陕灵战役中,樊玉龙没有见到过李虎臣有这样的兵。他没功夫诧异,指挥被压过来的士兵依着城墙上的敌楼和女儿墙坚守。退在最后的常文彬忽然中枪倒地。双方离得太近,他的几个卫兵还未来得及扑过去相救,常文彬已被对方抢走了。樊玉龙无奈,看到护城河对面蒋明先正在组织部队增援,但守军射向城下的子弹,比他们登城时还要密集,显然后续部队是上不来了。樊玉龙看到趴在护城河东堤下作为团预备队的刘海营,看到作为旅第二梯队的郭春旺团,甚至看到许多双焦灼的眼睛,他不想让他们登城送死,他想给蒋明先发信号要求撤退,但又想将常文彬抢回来,还担心恶战中再把常文彬伤了。进不能进,退不能退,进退无计,两难之中的樊玉龙正在犹疑,枪声好像停了,侧耳静听,双方的枪声真的是奇异地骤然停了。向前看看,常文彬被对方的两个士兵抬了过来,常文彬的几个卫兵手忙脚乱地上去将他们的营长接住。

"杨虎城……"常文彬挣扎着抬起手向身后指指。顺着常文彬指的方向,樊玉龙看到许多或卧或立、形态各异的士兵,但没有看到一个军官模样的人。

"给。"常文彬吃力地抬起手臂递过来一张白纸。

樊玉龙展开,看到上面写有几个字:"我们不唱空城计。杨虎城"。

"是杨虎城交给你的?"樊玉龙问。

"不是,交给我纸条的人不是杨虎城。我认识杨虎城。"

"那会是谁呢?"樊玉龙想了想,他知道常文彬曾在杨虎城的靖国军里当过排长,认识杨虎城。

"不过刚才上来的部队是杨虎城的部队。"常文彬说。

樊玉龙望望周围,他认定杨虎城是来了,不是在东城门楼内就是在哪个高处看着这里,不觉头皮麻了一下。他不想在名将眼前露怯,待他将后退的队伍稳住之后,又发起一轮反攻。几次进攻,几次后退,双方形成拉锯,直到黄昏,城墙内侧仰射过来的子弹也越来越密,从北城墙那边也有敌人来袭,面对三面夹击,樊玉龙明白他在城墙上已难以坚持,拓展缺口更不可能,看看西城墙垛口中跳动着下坠的命垂一线的暗色夕阳,只得下令撤退。城上的守军没有追击。

樊玉龙将杨虎城要他带回的纸条层层上交,看法各有不同。刘镇华把柴云升、汪震、蒋明先、樊玉龙找到他的司令部。

几个人围着那张权当会议桌的画案，将字条传来看去。

"这是杨虎城在故弄玄虚，什么唱不唱空城计的，唱又如何？不唱又如何？"柴云升从鼻子里哼哼笑着说。

"球，我看他是过坟场吹口哨——给自己壮胆。"汪震一拍桌子，"就那屌毛几个人，不唱空城计也等于是独坐愁城！"

刘镇华看看不语的蒋明先，蒋明先说："从昨日的攻城看，守军是有战斗力的，不容小觑。"他停了停，望了望坐在身旁的樊玉龙接着又说，"我看杨虎城写这张条子是有深意的，要我们不要硬碰西安城。"

听了蒋明先的话，刘镇华满脸不以为然地笑两声，把目光停留在樊玉龙脸上："樊团长，你说说，是你把他杨虎城的话带回来的，你说说，你咋理解？"

"我的理解同旅长一样。"樊玉龙舔舔干裂的嘴唇，"守城的杨师长传过这个纸条来可能是好意，提醒我们不要攻城，不要一头撞死在城墙上！"

"你娃子说的是啥话？啥意思？"刘镇华问，有时他会把他的年轻军官称娃子，表示他的喜爱，表示他是长辈，表达一种特别的亲切感。

"我说的就是那个意思。"樊玉龙直冲冲地答，"也许杨师长在提醒我们，眼前这座城我们拿不下来！攻也徒劳！"

"咋啦？你这娃子胡说个啥？一次没攻下来你就怯了吗？"刘镇华满脸愠色。

"我怯啥？我又不是第一次攀墙攻城。我只是说杨师长在告诉我们，他守的不是一座空城，不是城门口只有两个扫地老军的空城，而是一座难以攻取的城。上次我们能从城上撤下来，也许是人家给个人情……"樊玉龙还要往下说，被蒋明先的眼色制止了，但他心里仍觉得他欠人家杨师长一个人情。

刘镇华站起身，习惯性地抿一下嘴角的胡子，瘦脸对着前面墙上的地图，目不旁视地说："我不管他杨虎城是唱空城计也好，不是唱空城计也好；我们面前是座只有两个扫地老军的空城也好，不是一座空城也好，总之，我要把城夺下来。这座城原来就是我的，就是镇嵩军。我在这里做过几年督军兼省长，镇嵩军在这里吃过几年粮，原本就是咱们的地盘，拿回来天经地义。杨虎城大言不惭,他字条上的意思就是说他守的不是一座空城。我有准确情报,城里有三个师,三个师加起来也只万把人,同我十万大军相比,呵呵,那不简直还是一座空城吗?"刘镇华说得兴起,细眼眨动着从柴云升、汪震、蒋明先脸上依次滑过去,而后落在樊玉龙脸上。"樊团长,你第一次登城虽然不成功,但你还是有功的。你们师,特别是你们旅和你们团,还是东线攻城主力,特别是你,我对你有很高期望。昨晚我同总部几个参议商量过,将你团编为旅,你任旅长。我知道陕灵会战之后,你团已达三千多人,装备齐全,完全可以成为一个整旅。蒋旅长升为师长,再将黎天赐旅调归你们师。汪师长新任前敌指挥部副总指挥,统揽东线战事。"刘镇华说到这里,眼看画案旁边的气氛活跃起来,有拍肩头的,有立正致谢的,他却突然打住话头说了句,"就这样了,散了吧。"

樊玉龙走到房门口,不意听到刘镇华在背后喊了一声"樊旅长",他怔一下扭过身,双脚并拢答了声"有"。刘镇华要他再好好看看地形,再把地图认真研究研究。樊玉龙忽然意识到肩头责任的沉重。

镇嵩军攻城第一仗遭到挫折,而且是全军有名能打硬仗的主力团樊玉龙团遭到挫折,虽然刘镇华在团长以上军官会议故作轻松地说,这是小意思,是一次试探性的小仗,事实上暗中对士气确有影响。刘镇华以加官晋级为手段,接着将万选才、杨发魁、张得盛三个旅长也升为师长,命令这三个师分别从西、南、北三面向西安发动一次比一次更猛烈的攻势,但因城内守军紧密配合,顽强抵抗,终无进展。

当初的樊团长如今的樊旅长,眉头越皱越紧。他找来几种西安地图,但看来看去眼睛总被一道黑黢黢的城墙挡住,看不进城里,也看不到城顶。他烦躁,一种无名火冲上头顶,看到他的嘴角急出水泡,护兵给他端上冲好的菊花茶,热茶烫了嘴,他一连摔了三个茶杯。他的部队被视为主力,他被升为旅长,他明白全军同侪都在看着他,但他面对巍巍的城墙,就是拿不出一个破城的办法。

西安城墙是一座真正意义上的军事堡垒。它始筑于隋代,至明代在朱元璋"高筑墙,广积粮"的旨意下进行改建,加高加厚,分别向东、向北扩展,形成了周长二十八里的规模。改建后的城墙高三丈六尺,底宽五丈四尺,顶宽四丈五尺,墙体用黄土分层夯打版筑而成,外包三尺厚的青砖,厚度大于高度,十分坚固。它不是简单的一道墙,墙外有面宽水深的护城河,墙上有闸楼、箭楼、正楼、角楼、敌楼、女儿墙、垛口等一系列御敌设施,由下往上射击,不管从何角度,均无效果。

在四面强攻不能奏效的战况下,刘镇华接受了前敌总指挥柴云升伤其十指不如断其一指的意见,集中全军二十多门大炮,对城东北角实施猛烈炮击。既然突破口仍选在樊玉龙旅阵地前,全旅官兵不得不再次准备冒死犯难,在炮火掩护下强行攻城。特别是随着樊玉龙刚升官的旅参谋长孙燕与三个团长周福来、岳崇武和常文彬,都想在军中一露头角。年轻气盛、喜欢拿生命当骰子的孙燕,决意亲率第一突击队,炮声一响就冲过了护城河。无奈密集的炮弹打到城墙上只开出一朵朵白花,而后白花变成白云,聚集着,飘荡着,就是不能在城墙上掀开一个缺口。孙燕急了,要突击队员们冒着墙上的白烟往上攀爬,许多人就是这样被自己的炮弹炸死在墙上的。第一突击队上不去第二突击队上,第二突击队上不去第三突击队上,后来黎天赐旅也上了,终未能在大炮的支持下打开缺口进入城内,倒使两个旅死伤累累,精疲力竭。

强攻不行,刘镇华想起曾让他"上当"的储会长。他让他的一个参议潜入城内找到姓储的,要姓储的去拉拢分化守城将领。总想有个和平的市面,总害怕打破他的盆盆罐罐和金钵银磬的储大会长真就串连了几个大绅士在几处旅部师部之间忙碌起来,劝说几位将领与攻城部队和谈,和为上,甚至可以让出西安,部队的损失由商会以支持军饷为名加以补偿。先找的两位将领虽不置可否,但也没有明里拒绝,他进而直接大胆地去找杨虎城,杨虎城低着头静听,不看他也不说话,待他说到军饷时,杨虎城轻轻问一句:

"你能筹多少军饷?"

"一百万。"储会长咬咬牙答,一百万对全城商会来说,也是一个不小的数目。

"你把西安卖给刘镇华,你收了多少钱?"杨虎城猝然抬起头,双目怒视,刚毅的脸猛一抬,面色唰地一下变得铁青。

"这、这、这、这话从何说起,从何说起?"姓储的蒙了,"我把西安卖给谁了？我我我，我怎会卖西安城呢？"

"那你为啥替刘镇华做捎客呢？"

"我不是为谁做捎客，我是为西安城着想。"

"你想要我们拱手把西安让给军阀刘镇华，就是为老百姓着想了？"杨虎城猛拍一下桌子唤道，"来人，把这个内奸给我绑了！"

"杨师长，您误会啦！您误会啦！"姓储的一面叫冤，一面像只被缚的小鸡似的在卫士的手中挣扎。

杨虎城哼一声说："我说这几天军心有些浮动呢，原来是你们这帮家伙暗中在捣鬼，不治不行！"

为消除隐患，镇压投降势力，第二天杨虎城在西华门公开枪毙了还在挣扎、喊冤、哭求的储会长，并在各界群众大会上指着钟楼表明与西安共存亡的决心。守城军民精神为之一振，进一步凝聚起来，刘镇华想用分化瓦解的手段夺取西安的计划，也随之破产。

平心而论，储会长死得有点冤，他既不是刘镇华骂的为李虎臣行使缓兵计的"骗子"，也不是杨虎城深恶痛绝、一心要为刘镇华做说客的"内奸"，他只是乱世中无以安身立命、放不下心中小算盘的商人。这个富得流油的会长本人却瘦得像只小鸡，最后真被人像小鸡一样杀了。

三个月过去了，攻城一直没有进展，在双方相持不下之中，刘镇华感觉到军中有种厌倦情绪、有种不同意见隐隐扩散，他认为这种情绪这种分歧漫溇下去是不利的，甚至是危险的，于是他在总部召开了旅以上军官会议。

今天，刘镇华从穿戴到表情都与往日不同。他脱去了军装，头戴黑织缎小帽，身穿黑色丝绸短褂长裤两件套常服，待副官向其报告人已到齐之后，手拿纸扇施施然从内间走了出来，扮尽儒雅风流之态。他在会议桌前站定，看看众将领都是无精打采的样子，笑了两声轻松问道：

"诸位，我好像不认得了，在座的这都是谁呀？一个个斗败的公鸡模样。屃啦，打了几场败仗就屃啦？其实我们并没有打败仗，打败仗的是他们，"刘镇华用纸扇指指窗外灰蒙蒙的城墙，"是城里面那些人。"

"当然打败仗的是他们。"柴云升总指挥有气无力地附和。

"老八，"刘镇华轻易不呼柴云升在杨山兄弟中的称谓，只有在特别高兴特别要表示亲切时才这样称呼。"听你这个前敌总指挥这般说，我就放心了。"刘镇华环视一遍众将领，问，"大家也都有信心吧？"

没想到，会议桌两旁一片沉默。

"怎么？都没有信心吗？"刘镇华沉不住气了。

柴云升赶快打圆场："大家快说说，快说说，让总司令知道大家的想法。"看着平日总喜欢吆五喝六的师长、旅长们一时变成了泥塑金刚，又转变话题说，"对前一段的打法有啥看法有啥想法也可以说，这是军事会议，找大家来就是要同大家一起商量，有啥说啥嘛。"还是没人开腔，看看刘镇华黑下来的脸，柴云升点名了。"万师长，你说——"

身躯高大，走路虎虎生风，性格率直，说话痛快，脑子灵动，爱自己说一套的万选才，听到柴云升点到他，也不推辞，站起身来：

"这两个月咱们是硬攻，可是西安城墙太稳固，听说自明朝修好之后，就没有被攻破过……"

"那你说咱们只有撤兵了？"刘镇华打断万选才。

"总座，"万选才向刘镇华躬躬腰，"撤兵是要撤的，但我的意思不是咱们撤，是让他们撤。"

"球，想美球去吧，"一身匪气毫不收敛的张得盛师长突然开口，"让人家撤，你让人家撤人家就给你撤了？美个球！"

刘镇华脸露喜色，用手示意张得盛不要打断万选才的话，"要万师长说要万师长说，大家听听万师长的高见。"

"我也没有啥子高见。"万选才眯起细长的笑眼说，"我的意见就是放开一条路让他们走，让他们撤出去。"

"是啊是啊，我们不就是要拿下西安城吗？"有人私语，轻声表示赞成。

"人家肯这样撤走？肯这样把城让出来吗？"有人怀疑。

"哪有煮熟的鸭子，又让它从锅里飞了。"有人不甘心。

"什么飞不飞的，反正咱们刘兼座的两把座椅不飞就行。"有人低声打趣。

刘镇华用手指敲敲桌面："一个一个说，正正经经说，不要嘀嘀咕咕的。"他时常不满这种上不得台面的山寨作风,但每逢纠正,就会遇到无声的对抗。看着刚才乱哄哄的会场一下子变得沉寂,只好又点名了。

"樊旅长,你最年轻,你把你的想法说给我听听。"

"我赞成万师长的意见。"樊玉龙站起身,"我们已经围城几个月了,双方形成胶着状态,伤亡惨重,都遇到了困难,可能城里的困难比我们更大更多,想必他们想要突围出去。我们不如就放开一条路,让他们退走,撤出去,这也是给城里老百姓一条生路,算是积福积德吧!"

"你真是异想天开,战场上刀枪相见,哪还谈什么积福积德。"刘镇华不满地瞥了樊玉龙一眼。

"人枪拉走了,好东西带走了,按住的鳖跑了,城空了,那我们这几个月不是白忙活了?我们要一座空城干啥?"大胆妄为、从盛极一时的大头领——老洋人张庆的杆子分出之后,一直气焰嚣张的张得盛斜视着樊玉龙说。

"谁保证我们一定能拿下西安城呢?"樊玉龙反问一句,冷静说道,"现在杨虎城他们不是煮熟的鸭子也不是按在手下的鳖,打了几个月,我们领教过了,他们有很强的战斗力和厚厚的城墙。再说,离西安不远的咸阳和三原还有陕军,冯玉祥的国民军也在集结,因此不能说西安的杨虎城他们就是孤军,就没有援军到来,到那时候,我们就难办了。"

"也不难办,因为他们等不到那个时候,我只用'困、饿'二字,他们就得缴械投降。"刘镇华说。

其实万选才、樊玉龙的让路放敌意见,不少军官在私下里议论过,附和的不少,甚至柴云升、汪震都有几分默许。蒋明先正想发言支持万选才、樊玉龙一下,尚未开口,坐在他身旁的刘茂恩却站了起来。

为表其为正规军校出身,刘茂恩逢在会上发言必躬身站立,态度严谨。他向万选才和樊玉龙点点头说:"刚才万师长和樊旅长的意见,我不敢苟同。从策略上讲,二位的意见是可取的,既取得西安又减少伤亡,何乐而不为呢?但从战略上看,这就不是一着高棋了。我们拿下一座空城,能守得住吗?不把他们的有生力量消灭掉,他们就会反扑过来。要是我们钻在城里被他们围住打,那时候麻烦就大了。"

刘镇华轻鼓了两下掌站起身道:"刘参议说的才是高见,策略战略,高瞻远瞩,不是保定军校的高才生哪有这番见地?"刘镇华如此郑重地夸奖刘茂恩,分明是要抬高他五弟"刘参议"的身份。他扭过脸对着张得盛问:"张师长,你能说出这番道理吗?"

张得盛不假思索答:"咱哪有这番道理?啥子策略战略咱不讲那一套。咱玩的是拼杀,不是嘴皮!"

"万师长,你能说出这番道理吗?"

万选才厌恶地扭过脸:"当然,刘参议比咱有学问,不过打仗不光是靠说……"

"好啦,打仗是需要有点战略眼光。"刘镇华打断万选才,睁大一双小眼睛巡视一番停了下来。众将领知道他要发高论,屏息静了下来。果不其然,只听他轻咳两声开口了。"本帅自抵十里铺,全军早已完成对西安合围之势,此乃剿灭匪患,重振法统,造福三秦百姓之壮举也。目前,城内人心惶惶,议和之声不绝,如能停止干戈而解西安危局,则城中民众幸甚!本帅幸甚!但杨虎城枪杀力主和议的储会长于前,李虎臣声言决不放下武器于后,和谈何谈?本军内部让路放敌之声,实属不智。现守敌在我十万大军压制下,势若危卵,本军不乘此难逢之机,一举彻底打垮陕军,岂能放'二虎'归山,遗留后患,再与我们争雄陕西?

"诸位对大势可能有诸多不明。今年是什么年?今年是民国十五年,西历1926年,这可能是中国大变局的一年。你们要像刘参议那样,要多看大势。自今年1月开始,全国南北主要有三个战场陆续展开。一是直奉围剿冯玉祥国民军的战场,二是广州国民政府的北伐战场,三就是我们镇嵩军对西安的围城之战。这三个战场上的胜负不仅关系各派系的生存,而且关系明日之中国命运。对付冯玉祥,我们直系、奉系加上晋军阎锡山,三方拧成一股绳在怀柔南口一线集中六十万兵力,打垮了张之江指挥的十余万国民军,通电下野后跑到俄国的冯玉祥在莫斯科坐不住了,可能会马上回来,但即使集合起他散落在西北的残部又有何用?在另一个战场上,自去年7月广州国民政府发动北伐,开始还算顺利,但今年2月吴大帅挥师武昌力克国民革命军唐生智部,大杀了他们的锐气。唐生智原是湖南督军赵恒惕的人，不久前才叛湘投粤，很难说他同广州国民政府真是一条心，更何况北伐军中已有分裂迹象。咱们这边嘛，西安围城由本军独支局面，不能说不吃力，但这也给了本军以出头之日，镇嵩军终于可以与张、吴、阎三雄并立，机会难得，大家要抓住这个机会。攻下西安城，打垮陕军之后，可以西图甘肃，东定河南，豫陕甘连成一片，到那时镇嵩军就不再是一支地方性的部队，可以驰骋全国一决雌雄了。诸位，诸位，明人明说，这可也是诸位升官发财的大好时机。"

说到这里，刘镇华微笑着环视一周，最后将眼光停留在柴云升和汪震脸上，因他暗许柴云升当陕西督军，汪震当甘肃督军，两人心照不宣地与他相视微笑着。他突然收紧干燥的脸皮厉声又说："但是，我也将丑话说到前头。消灭陕军是西安围城之役的重中之重，在这一点上绝对是令行禁止，敢与本帅意见相左不服从命令者，无论是拜把兄弟还是族中亲故，决不宽宥，定让他死无全尸！"

全场一片肃杀之气。

刘镇华提提神："前一段我们攻城遭到一些挫折，初试而已，一点小败不足挂齿，绝不可泄气。现在我命令，即日起从长乐坡、大白杨、红庙坡、大明宫、三府湾、三桥镇、吴家坟同时向西安四门进攻，并在北门张得盛师阵地上进行隧道作业，使守军四顾不暇，首尾难应，估计半月内隧道可挖到城下，待那时炸药起爆，西安城墙再厚不也得倒下吗？望诸位奋勇勠力，以毕其功于一役。军令勿戏，切切，切切。"

进行隧道作业是攻城的大动作，也是刘镇华的撒手锏。刘镇华急于一举破城，抽调了两个工兵连，由在军校学习过"掘进之术"的刘参议刘茂恩和曾当过工兵连连长的黎旅长黎天赐亲临现场指挥，进度可喜，不足旬日已掘进里许，抵达城下，两口装满炸药的棺材亦运到起爆处。刘镇华命令张得盛打起十分精神，只等一声冲天巨响就率部冲进城去。张得盛把先锋团分成几个梯队伏在北城墙外一夜未睡，天微明，猝然一声爆炸，地面像波浪般晃动几下，面前火光冲天处，巨大的城墙黑影被撕开了，哗啦啦地倒下一片。伏在最前沿的第一梯队猛站起身嗷嗷叫着冲了上去。硝烟中，城墙只坍塌了一半，并未被炸开个口子,冲到前边的人只得顺着炸塌的陡坡往上爬。一次次爬上去,一次次被打下来。第二梯队、第三梯队接续上去,口喊着老洋人队伍攻城的口号"灌!灌!灌!",手执枪械和大刀,群蚁似的向着斜坡攀爬。城墙上,闸楼和敌楼上,三面火力向这里射击,步枪、轻重机枪一起扫射,像倾盆的滚水浇在群蚁身上,城墙下堆积出几尺高的尸体。本想夺取头功的张得盛看着从墙上吊下来的串串尸体眼睛红了,又调一个团上来,自己脱去上衣手执大刀带头往上冲,直到天大亮终未能冲开一个缺口来。看到自己的一个团彻底玩完,一个团被打得稀稀拉拉,这个鬼神不怕的汉子竟蹲下身呜呜大哭起来。刘参议走过来劝他,他抬头一看就跳了,好像冤有头债有主似的把一腔恶气都出在刘茂恩身上。

"娘的,你炸开的口子呢?"

"工兵计算错误,没有掘到地方就放炸药了。"刘茂恩解释。

"工兵计算错误,你是干啥的?你不是学过'掘进之术'吗?放狗屁,你日弄谁哪?"张得盛不依不饶。

"你怎能这样说话呢?"

"俺就是这样说话,俺还要揍你呢,别以为你有个总司令老哥俺就不敢揍你。"短小精悍的张得盛说着就上前跳了两步。

刘茂恩慌忙摸出手枪。

眼看两个人就要动武,高大英俊有美男子之称的黎天赐呵呵笑两声赶快上去将两人隔开。

士兵们取笑,将这次"打洞"行动称作是"老鼠战术","老鼠战术"未能奏效,反而使城内守军提高了警觉,杨虎城下令沿城墙内侧每隔五十丈埋下一个大缸,日夜派人监听城下挖掘之声。"老鼠战术"不能再用之后,刘镇华将战术转到"困""饿"二字上,他指着城圈说:"我打不死你,我困死你;我困不死你,我饿死你。熬吧,看谁能熬过谁!"天气渐热,眼下到了五黄六月,遍地金黄,麦收在望,他知道城里凭去年储存的那点粮食是熬不了几个月的,下令严防守军出城抢粮抢收,也严禁放老百姓出城逃难。

七　燃烧的麦田

被围的早几个月,家家掘洞藏身,户户储粮保命,城内日常生活尚能延续。商店开市,学校开课,甚至各界群众在"五四"和"五卅"纪念日还能集于易俗大剧场举行纪念活动。但日子久了,就绌形渐显,特别是粮食。五六月间,粮价猛涨,一石小麦由六个银圆猛涨到二百个银圆,粮荒初现。原来城内有几家大粮仓,储粮颇丰,军队设立战时"粮台"后,禁止城内粮食市场交易,所有粮商存货由军方按市价收购,负责 9400 名士兵和 1200 匹战马的粮食供应,民间需求只能自行解决。西安民众素有存粮于室的传统,富家多存有七八个月粮,尚无挨饥之虞,常常上顿不接下顿的贫民就不好办了。不久,街边出现饿殍,而且日渐增多,由每日几人、几十人而几百人,亦有割股食肉者,暑天收尸防疫成了新的难题。这时,军队不得不组织精兵出城奇袭打粮,也有百姓随着打粮的军队出城逃难。

那年是个丰年,硕大的麦穗在熏风中摇摆着,饱满的麦粒几乎要跌落下来。大地变成了金色的海洋,古老的西安城似要在这金色海洋中淹没了。天空很蓝,但上面没有一只飞鸟。大地没有鸟叫,没有狗吠,响了多天的枪声也静息了。死寂,死的气息扩散着。不知从哪里升起了烟雾,一片一片,越来越多,越来越浓,将明净的蓝天染成另一种颜色。灰色,灰色,灰色,原来麦田在燃烧。起初樊玉龙不知烟是从哪里来的,想起来了,这是命令,是总部命令放的火。看着远处麦田上空，他的心微微发痛，那是农人的血汗、农人的心愿、农人的祈盼呀。想当年麦熟季节他跪在发热的土地上，手捧麦穗一颗一颗数着带芒的麦粒，手被芒刺扎了，心里却在笑，每一颗麦粒都是他一个新的希望啊！但今天，多少人正在城内挨饥，一墙之隔的城外田野上却在焚烧已经成熟的麦田。他突然记起总部三天前的命令，忘了吗？参谋长曾提醒过他，他沉默不语，他未传达这个命令，他是从泥土中长大的，他知道每一颗种子长成麦穗的艰辛。他诅咒，他认为这个命令是造孽，是要遭天谴的！

夜半，周福来团长急来向樊玉龙报告，说是抓住了一伙骑马出城抢割麦子的人，大约有一个连。他们只顾在月光下抢收，来不及还手就被包围了。为首的是个连长。樊玉龙走出去看看，年轻连长不失风度地举手向他行了一个军礼。

"你们是哪一部分的？"樊玉龙问。

"报告长官，我们是十九师警卫营的。"年轻连长回答。

"是杨虎城将军的警卫营吧？"

"是的。"

"城里是不是很缺粮？"

"部队上还好，很多老百姓已经揭不开锅了。"

"好，你们回去吧。"

"谢谢长官。"年轻连长没有挪动身子。

樊玉龙要周福来把枪支、马匹和割下来的麦子都还给出城打粮的士兵，年轻连长仍没有要离开的意思。樊玉龙又说了句你们回去吧，年轻连长扭头看着身后，许久不出声。樊玉龙顺着他的目光望去，从不远处的大道直到幽暗的城门，黑压压地站满了人。樊玉龙明白了年轻连长的难处，说：

"你带着你的人回去吧。至于这些老百姓，想回城的你们要让人家回城，想到城外逃生的我放一条路给他们。"

年轻连长集合人马回城，临行前又给樊玉龙行个军礼说："敢问将军大名？小的总有报恩的一天！"

"谈不上报恩不报恩，我叫樊玉龙，你回去请转告杨将军，两军交战是军人的事，都不要难为老百姓。"

年轻连长答声"是"向后转去。看着小伙子的背影，樊玉龙忽然高声问："你姓啥？"

"我姓白，叫白不贵。"

樊玉龙暗自笑了一下，心想这个名字好奇怪，再往前看看，人已走远。

一连数日，每晚有两三千西安百姓从东门出来通过樊玉龙的防区逃生，也有军民割了麦子回去的。不知是有人暗中报告，还是刘镇华偶然发现，一天早上刘镇华骑着马带着十几个卫士突然来到樊玉龙旅。天还没有大亮，哨兵向旅部副官报告，看到灰蒙蒙的天边有个马队，好像是从总司令部那边来的。樊玉龙急忙走出旅部门口，远处麦田晃动的边缘，有一群黑点在耸动。黑点越来越大，变成一条弯曲的线条，十几个骑在马背上的人被刚跃出地平线的阳光放大着，清晰起来，原来是刘镇华和他的卫士。樊玉龙心里轻轻咯噔了一下，感到来者不善。

"樊旅长，这麦子长得好呀！"尚隔甚远，刘镇华就高声同樊玉龙打招呼，好像为麦子的长势高兴似的。

"报告总司令，今年的麦子确实长得好，应该是个丰收年！"

"好呀！那好呀，走，我们转转去。"刘镇华挥下手中的马鞭一指，示意樊玉龙跟着他走。

樊玉龙急忙跨上勤务兵牵过来的菊花马，赶上用马鞭指来指去的刘镇华。

"这麦田咋没烧啊？"刘镇华突然放低声音，斜了樊玉龙一眼。

"总司令，这麦子长得这么好，烧掉不可惜吗？"樊玉龙笑着，装出一副同老领导打趣的样子。

"可惜？"刘镇华绷下脸，"你认为这是在你老家，在你那一亩三分地上？"

"麦子长在哪里不都是农人种的吗？"樊玉龙龇龇一口整齐的白牙又笑笑，"眼看收成到了，烧了确实让人心痛。"

"亏你当了这么几年兵，还算个军人呢，回家抱孩子好了。"刘镇华低笑两声压住心中怒气，"现在是打仗，明白没有，现在是打仗！"

"我想还是将这一季黄灿灿的麦子让农人割了吧。"樊玉龙用乞求的眼光望着刘镇华，"这是他们就要到嘴的口粮呀！"

刘镇华放眼看看麦浪中几个死寂的村落，呵呵笑了两声："人都跑光了，有哪个不怕死的会回来收麦子？"

"村上的人会来的。"

刘镇华的身子在马上转来转去，用马鞭指着已被割过、残留许多散乱麦穗和麦秆的白地："这就是你说的村人来割的吗？"

樊玉龙知道事情已被刘镇华识破，硬着头皮不置可否地"嗯"了一声。

"这是些什么农人呀，看把活做的，糟蹋粮食。"刘镇华暂时还不想捅破，冷笑两声指指北门那边，"你看人家张得盛，办事就是干脆。说烧就烧，留给城里人吃，对咱们攻城有啥好处？"

随着晨风，从北面刮过来的浓烟一阵阵飘散。带着麦子烧焦味道的浓烟越升越高，越积越厚，遮住了朝阳，遮住了饱含露珠的大地，当然也遮住了低垂下头等待收割的麦穗。远处，火苗在麦田上空一蹿一蹿，像要跑过来向天呼救……樊玉龙的心刺痛了一下，想起小时候眼看着麦穗而饥饿难忍的情景。他、玉麟、大宝、小高……在自家或别人家的地里，偷割一把还未完全成熟的麦穗，生上一把火，火苗上边一阵噼啪作响之后，焦香的味道那么诱人！他们每人只敢吃一两穗，往往遇到大人还要挨一顿骂。但现在沉甸甸的麦穗都要这么烧了，毫无道理地这样烧了……

"总部前几天就下了命令，"刘镇华掉转马头离开樊玉龙，"令行禁止嘛！"

听到刘镇华严厉的声音，樊玉龙猛一醒，才从烧麦穗吃的回忆中走了出来。他望着刘镇华的背影，没有答话。

"这两天把麦田都烧了吧！"刘镇华的马奔跑起来，未扭过身来只往背后撂下一句话。

樊玉龙立在迷离的烟雾中，扯着喉咙"啊"一声作为回应。

一连两个晚上，城里又有人出来割麦和逃难。

第三天，总部召集旅以上军官开会，据说是紧急会议，夜半召开。樊玉龙、黎天赐跟着师长蒋明先走进总部的院子时，明晃晃的月光下满院都是攒动的马头和护兵们的身影。看样子大部分人已经到了。进入会场，坐在会议桌周围的军、师、旅长们与他们放在院子里的马不一样,个个正襟危坐,面目严肃,毫无平时那种习惯性的会前斗嘴和调笑,刘镇华最厌恶的山寨作风今天突然无有影踪,每逢见面最喜说几句笑话的万选才看到樊玉龙他们进来也只咧了下嘴。刘镇华和坐在他身旁的刘茂恩更是一脸严霜,目不斜视,似乎人人心里的一根弦都绷得特紧似的。樊玉龙感到气氛有点不对,心里不禁咯噔一下。当最后一个与会者张得盛满头大汗走进门,取下军帽当扇子扇着找座位时,刘镇华突然开口。开始声音不大,按他讲话的老路子仍是先讲全国战局。讲蒋介石的国民革命军打到了武昌城下,讲被于右任从苏俄找回来的冯玉祥召集已打散了的西北军在五原誓师,集体参加国民党,响应北伐,由西向东已快进入陕西。说到这里话头一转,看下窗外的夜空,说:"而我们这里,却还在望城兴叹,眼看着一座本应拿下的城市,就是攻不破;眼看着桃子挂在树上,就是摘不到。为什么?你们想过没有?想过为什么没有?是树太高吗?是城墙太厚吗?不是,是我们心不齐,是我这个总司令令不能行,禁不能止,是我们当中有人不同我们一条心,不服从命令,甚至通敌……"刘镇华说到激动处,竟流下眼泪,拿起卫士送上的热毛巾擦脸。

张得盛一拍桌子霍地站立起来:"总座,恁说谁不服从命令?谁通敌?把他拉出来!"

刘茂恩向张得盛摇摇手,示意他坐下。

刘镇华摸下八字胡,猝然变了个笑脸:"樊玉龙,你防区的麦地烧了没有?"

樊玉龙急忙起立:"报告总座,还没烧。"

"为什么?"刘镇华冷笑两声,"大前天我给你留个面子,特别给你打过招呼,你怎么还不烧?"

"总司令,前两天不是下雨嘛,点不着火。"

"胡说八道!"刘镇华抬头又看看窗外,"你仰起脸看看天上的月亮!"

"我说是前两天。"

蒋明先想给樊玉龙开脱,说:"总司令,前两天是下雨。"

万选才和另外几个师、旅长轻声附和。

"你不要狡辩。"刘镇华哼哼两声直视樊玉龙,"你是公然对抗我的命令!

你是根本不把我这个总司令放在眼里!"

机敏的万选才急忙缓和气氛,笑脸迎着刘镇华说:"说重了,说重了,总司令说重了,咱们十万镇嵩军哪个敢不服从总司令的命令,哪个敢不尊重总司令的话。"

"万师长,这是在开军事会议,不是开玩笑的时候。"刘镇华绷紧瘦长的白脸,嘴角原本塌拉下的胡须顿时跳动起来,"谁说没人敢不服从我的命令?他樊玉龙樊旅长就是敢不服从我的命令。"

樊玉龙再次站起身想说明什么,刘镇华摆摆手制止他说。

"我问你,"刘镇华逼视着樊玉龙,"城里有人出来割过麦子没有?"

"有!"

"城里有人从你的防区逃出来没有?"

"有!"

"你为什么这样做?这样胆大妄为?"

"报告总司令,我认为打仗是军人的事,不关百姓的事。"

"百姓?你别拿百姓吓唬我。"刘镇华冷笑一声,"我问你,你同杨虎城啥关系?"

"我同杨虎城没关系,素不相识。"

"没关系你为什么帮他打粮?帮他往城外放人?"

"出城的都是饥民,不能把他往死路上赶!不能看着他们活活饿死!"樊玉龙说着说着也激动了。

"好呀,你还蛮有理哪?你这是通敌!"刘镇华气得脸色铁青,颤抖着瘦手往案上猛一拍,"来人,把违抗命令、资敌通敌的樊玉龙送军法处处置!"

几个站在门口的卫士正要冲进来,被刘镇华身旁的刘茂恩使使眼色制止住。

万选才师长急忙站起身说:"总司令息怒,总司令息怒,说重了,说重了,樊旅长体会钧意可能有不到的地方,但他怎么会通敌呢?"

"不是通敌,你说他的行为是啥子?"刘镇华眼光尖锐地逼视万选才。

"他这穷小子,他就是舍不得那二亩麦子嘛,呵呵。"万选才想打个哈哈把紧张的气氛冲淡。

刘镇华一拍桌子怒视万选才:"镇嵩军不是当年的山寨! 谁违军令、军纪都得处置,我早已有话在先,你万选才也不例外。"

只见总司令一副决绝的样子,蒋明先站了起来:"总司令,万师长讲的是实话,樊玉龙当兵前十几年没有吃过一个白面馍,现今要让他烧掉就要到嘴的麦子,他下不了手呀!"蒋明先不禁哽咽起来,"要治罪请总司令先治我的罪,是我治军不严。"

看到蒋明先在流泪,黎天赐、郭春旺和其他师的一些师、旅长纷纷站起身。

"怎么? 想反啊?"刘镇华硬撑着面子,但声音已没有刚才强硬了。

这时刘茂恩趁势跨上一步,双手朝下按按说:"都请坐,都请坐,樊旅长是陕灵大战的功臣,总司令难道心中没底吗? 总司令刚才只是重申一下军纪,以利下一步作战。如果总司令真想为难樊旅长,樊旅长已经不在这里了不是?"他看看挺胸直立的樊玉龙,又看看门口被他示意退回的卫士。

"啊——"想不到刘镇华发出一声号啕,双手捶胸大哭,"我即使要整治樊旅长,也是挥泪斩马谡啊!"

柴云升和汪震急忙起身劝慰。

汪震说:"樊旅长年轻,不懂事,不过他的心是好的,他只是想不伤百姓,绝不会有通敌之心。"

刘镇华觉得这话不中听,白了汪震一眼:"难道我不知道孟老夫子'仁民爱物'的道理吗? 现在是两军交战,如果你们都不想打了,我这个总司令也就不要再当了。"

刘镇华猛立起身做出要走的样子,被柴云升和汪震上前拦住,一人扶住一只胳臂,好话入耳,又求又劝。刘镇华知道这些人离不了他,离不了他这块牌子,他也不是真心要走,摆摆架子又坐下。

"好吧,你们拿个主意出来。"刘镇华说。

"樊旅长,你先说说。"柴云升严厉地瞪大眼睛,"看你将总司令气成啥样了!"

"两军开战只有战场上见!"樊玉龙说,"我樊玉龙不第一个爬云梯,我就是孬种！我就是通敌！"

"你们旅担任攻城先锋旅！"汪震说。

"是！我没二话！"樊玉龙挺挺胸膛。

会议一直开到天亮，最后刘镇华说："后天是个朔日，夜里没有月光，我命令于是日凌晨三时，各部同时发起猛攻，以樊玉龙旅为先锋旅，首先攻破东城为全军会师扫清道路。待各师旅长接受命令之后，"刘镇华兴奋地抿抿八字胡又补充道，"每面城墙最先靠上去的十架云梯要披红挂银。第一个上去的摘五百银圆，第二个摘三百，第三个摘二百；官升一级。"说到这里，为显示恩威并重的气度，他放松脸皮不无讨好地叫声樊旅长，说："你们先锋旅可以披红挂银二十架云梯。"樊玉龙默默地点下头。

二十架披红挂银的云梯绑好了，樊玉龙让特务营的士兵再绑一架，而且要更高些，高一个梯位，不披红挂银。总攻的前一晚，二十一架绑好的云梯中，二十架梯头上绑了三个红布条，分别写上五百元、三百元和二百元，只有那架高过墙头的梯子没挂红布条，也没有赏银。旅参谋长孙燕憋了一天的话终于说了出来："这架梯子让谁登？"

"我！"樊玉龙这时候才揭开这架梯子的秘密。

孙燕和常文彬、岳崇武、周福来几个团长听了这话一惊，数目相对，不知如何是好。少顷才从惊愕中反应过来，纷纷反对。

"你是一旅之长，怎能去爬梯子！"孙燕激动地说，"如果这次要咱当官的带头去死，这梯子我爬！"

几个团长也争着要去。已升为副旅长的郭春旺眼角涌起了泪花，深情悲愤地望着樊玉龙说："老六，如果刘总司令这次想要你死，我是大哥我替你死，这梯子我替你爬！"

樊玉龙巡视着身边几位一起出生入死过的兄弟，流下热泪，抱紧双拳不断表示感激，说："诸位的情谊我领了，这次我一定要爬第一梯，不管刘总司令是不是想要我的命，但军人以服从命令为天职，大不了就是一个死嘛！我同杨虎城将军无怨无仇，他也不能怪罪我血拼城头，各为其主嘛！"见郭春旺执意要代他攀梯，又说，"大哥，不论怎么说我比你小几岁，身子比你灵活，再说早年间我练过飞梯技,这你也是知道的,你就不要再与我争了。总攻开始,你和孙参谋长掌握好后继部队就是。"

"俺知道你练过从梯顶一跃身子越过城垛的本领,但你就是飞,能躲过已等待着你的像一群蝗虫一样飞来的子弹吗?六弟呀,大哥不能看着你这样送死……"郭春旺苦劝。

"我不送死难道让大哥去送死?"樊玉龙大笑两声,"那我还算人吗?"

"旅长,你要为全旅几千弟兄想想。"常文彬也劝道,垂着的双手不停甩动着,"我们不先爬梯,却让旅长第一个爬梯,这话可咋讲哪!这话可咋讲哪!"

"是呀旅长……"岳崇武、周福来等人附和着。

"不再说了,"樊玉龙挥下手臂,"都去准备吧。"

正在这时,一个传令兵骑着一匹发狂的马飞奔过来,未进旅部大门就高喊:

"命令!命令!总部命令!"

接过总部命令,樊玉龙展开一看,上面只有几个字:"停止今晚原定一切行动!"

八　换旗

冯玉祥的兵来了。

国民军在南口一役失败之后，冯玉祥在苏联坐不住了。他听从于右任的劝说，集合旧部，响应广州国民政府北伐，将所部改为国民革命军联军，仍简称国民军，举行五原誓师，开始东进和南下。冯部五虎上将之一的刘郁芬即率国民一军第二师从绥远行军数千里夺取兰州，出任甘肃代理督军，并计划东进陕西。此时冯的大哥曾到新安铁门，将冯到五原整军，取得苏联帮助，准备东征的消息告诉张钫，张钫把这个消息托人转告刘镇华，劝其解除西安之围。刘镇华不听劝告，恃奉军入豫，吴佩孚坐镇襄樊，仍存观望之心，不肯放弃陕西这块他日思夜想的地盘。

但是，时间不给刘镇华去从容遐想的机会。时隔不久，国民军援陕大军在孙良诚的率领下，已由甘入陕了。

孙良诚，字良臣，天津静海人，1893年生，1912年入冯玉祥部当兵，逐步升迁为团长、旅长等职，善战，为冯玉祥十三太保之一。随刘郁芬入甘后，接任国民军第一军第二师师长，同年10月任国民军援陕军总指挥，率七路大军向西安扑来。刘镇华深知来者不善，当确凿消息传来，为稳定浮动的军心，又将旅以上军官召集到东十里铺开会。看看参加开会的军官陆续来到，个个像哑巴，他的心往下一沉，青白的长脸上挤出少有的笑纹，才故作轻松地用嬉笑的语调开口：

"呵呵,今天咋都像霜打的茄子一样?都不会说笑了?都不会说闹了?"他巡视一圈,眼光几乎在每个人的脸上停留一下,突然脸皮一紧,接着说,"都把头给我抬起来,看你们那没精打采的样子,丢不丢人?他孙良诚有何了不起?狗屁十三太保,娃娃而已,他能够长驱直入吗?他有他的计划,我有我的对策,今天开会就是商量如何调整兵力部署,既要继续围困西安,使杨虎城开城投降,又要顶住孙良诚援军的压力,不让其接近西安一步。"见无人发言,又自顾自说道,"我决定缩短战线,将围困三原的两个师撤回西安,加强攻城力量。另派贾济川师奔赴咸阳,去援助那里的攻城部队,限五天之内破城,以阻止国民军东进。"刘镇华见还是无人呼应,稍一停顿,故作惊人语地提高调门,自己给自己打气,接着说,"此外,告诉大家两个好消息,一、吴大帅决定派飞机来支援我们,还调来一门口径 24 厘米的大炮和三千枚炮弹;二、晋军阎督已出动两个师来助我们攻城,试想有飞机炸、大炮轰,还有生力军相助,西安城墙再厚,岂有不破之理?"听了总司令说的此等消息,与会的军师旅长们精神不能不为之一振。但是过了几天,飞机没有看到,大炮也没有看到,只看到几百里内到处贴的"晋军第×师""山西野战军炮兵第×旅驻此"之类的虚假号房告示,不要说贾济川师未能攻开咸阳阻止孙良诚军东进了,转眼间援陕军刘汝明部已到了西安附近的大雁塔和小雁塔了。

樊玉龙旅接到停止攻城的紧急命令后,接着是一道紧急撤退的命令到来。樊玉龙知道总部已乱成一锅粥,他打电话给蒋明先,蒋明先正在总部开会,大体说明了一下撤退的方向就将电话挂断了。

参谋长孙燕跑过来问:"旅长,让我们撤到哪里?"

樊玉龙怒气冲冲地只迸了两字:"往东!"

"这不是逃跑吗?"孙燕低声咕噜一句。

"不是逃跑是啥子?"樊玉龙怒气未消,"早不撤,在城墙下耗了几个月,让人家的枪口顶在屁股上才撤,丢人!"

十万镇嵩军分三路向东撤退,混乱不堪。从渭河北撤退的蒋明先、贾济川、梅发奎的部队损失惨重,杨师几乎是被缴了械;从渭河南的部队向兰田、龙驹寨撤退，重武器几乎丢光了，只有徐选峰、黎天赐损失较轻；万选才、张得盛部从正面经华阴撤下来，侥幸躲过敌人截击，损失较少。农历十月天气，时令已过大雪，八百里秦川虽尚未被落雪覆盖，但北风凛冽，寒气逼人。围城时未能换装的镇嵩军士兵，到处钻入百姓家翻箱倒柜，抢掠衣物。败兵如潮，百姓无法阻挡，连他们的上级也阻止不住。刘镇华为顾颜面，虽几次下令，也只能眼睁睁地看着他这支穿着千奇百怪，甚至于披被褥、穿女人花花绿绿棉袄的队伍，像烧了蜂巢的一窝蜂，在寒风中滚滚向东而去。部队到了河南，分驻豫西诸县，张治公部在洛阳，总部驻陕州。冯玉祥的部队紧随其后，吉鸿昌部到了潼关，梁冠英部亦到雒南一带。刘镇华以为冯军会继续追击，只有东逃，想不到冯玉祥也是一个爱颜面的主，认为胜利在握，占领西安后，停下来整顿部队，要军容整齐、气宇轩昂、光光鲜鲜地收复他曾经主政过的河南，据中原腹地以观天下。这就给了镇嵩军一个喘息机会。

镇嵩军退入豫西时，尚有六万人，但形势复杂，军心涣散。直系吴佩孚已遭受北伐军严重打击，山西阎锡山也在摇摆，两者均不能依靠，值此危难之时，投冯或投奉，刘镇华举棋不定，内部争吵甚烈。柴云升、汪震反对投冯，冯玉祥在西安逼死了他的上级、直系二十师师长、陕西省督军阎相文，杀害与他有袍泽之谊的原陕西靖国军纵队司令郭坚，最近又活埋原国民军将军、无奈中曾投直而今向他归队的老部下田维新，给他们留下深刻印象。他们认为冯玉祥手段毒辣，与他交朋友不放心，暗自惧怕。再说，冯玉祥穷，对属下又极为严苛，不能解决镇嵩军的困难。中、下级军官多数同意柴、汪意见，愿意投靠奉军。刘镇华为了稳定军心，将全军编为两个军，第一军军长柴云升，第二军军长汪震，又使用军阀惯用的老手法，用升官来收拢军心，旅升师，团升旅，以此类推，仗是打败了，官都当大了，个个高兴。刘镇华在彷徨观望中到新安铁门去找他的老上司张钫，一开口就说：

"我是不干了，将原物奉还给你，我到天津做寓公。"说着真把关防拿了出来，好像是真心诚意似的。

深知刘镇华为人的张钫笑了笑："你真会开玩笑，想嫁祸于我吗？"

刘镇华摆出一副诚恳的样子："形势逼人，难道你忍心在岸上看着翻船吗?"

张钫感到刘镇华这次似有几分诚意,就帮他出主意说,治公仍坐镇洛阳,两下一凑合尚有十几万兵,在豫西二十几个县还可横行几天,把部队交给他,倒是办法。刘点头同意,与张钫一起赴洛阳和张治公磋商,张治公当即应许,刘即将总司令的名义让给了他。张钫偕同张治公到陕州与柴云升、汪震见面,柴、汪二人曾与张治公有隙,不愿居张之下,对张不欢迎也不拒绝,张治公看到驾驭不易,回到洛阳,不再过问此事。

刘镇华经太原到北京面见张作霖,张作霖虽答应援助镇嵩军重整旗鼓,但刘镇华感觉奉军与豫西距离太远,而冯玉祥的军力正逼近身前,如不投冯定有灭顶之灾,因此在从北京返回的路上已暗中定下投冯大计。农历正月十五正值欢度元夜之时,他偕秘书长又一次敲开新安铁门张钫家大门。一进房抓掉帽子拍拍貂皮衣领上的雪花,坐下来端起茶碗沾沾干裂的嘴唇,就直说道:

"今夜灯明,话也明说,以前的事皆不提,都算错了。从现在起按民国元年成军时的精神去干,你该同情吧?老朋友不要犹豫了,应该咋办,明说吧!"

张钫有点感动:"唉,提到过去,我真有些害怕。"他是民国元年镇嵩军成军的创建者,后来因参加孙中山的倒袁活动,两次险些被刘镇华害死。

早已沦为军阀的当年"革命同志"刘镇华,听到这话,想起所做之事,厚比磨盘的脸皮也有点发烧,此时面红耳赤地接了一句:"不要再骂人了,现在不是骂人的时候。"

为给镇嵩军找出路,两人彻夜长谈,商定团结内部,响应国民革命,决定与冯合作,联合阎锡山,并与蒋介石取得联系,共同打吴佩孚和张作霖。计划镇嵩军先据虎牢关,控制豫西,以洛阳为中心集结部队,胜则据汴、郑,败则退守南阳。而后两人共赴洛阳将此计划与张治公相商,不料张治公不表态赞成与否,再追问,反说:"我不打算干了,愿将军队交出来。"张钫感到张治公对刘镇华积怨甚深,单独交谈,张治公竟说:"他投南,我投北;他投北,我投南。"张钫指出他错了,要他再想想。说:"你已派人到南方去联系了,不可再变更,今后你和镇华各干的如何?"晚饭后,刘镇华虽又给张治公恳谈,甚至痛哭流涕,张治公却泣而不答。关于镇嵩军的出路,关于换不换旗,换哪家的旗,内部争执很大,离心倾向越来越严重。刘镇华又约张钫同赴陕州与各将领商议今后大计。柴云升特意请张钫到他的军部午餐,密说换国民军旗帜可以,大家说你来干,雪公(刘镇华字雪雅)对恁忤逆不孝,再跟他干,大家视为耻辱,自己和汪震是决不伺候他了。张钫劝说,现在形势紧迫,雪雅在铁门已承认以往的错误,今为全军前途计,只有团结一致,换国军旗帜,别的路走不通,如还着眼于个人恩怨上,那就错了。当日下午在道尹公署楼上谈话,刘即求张钫赴陕与冯玉祥接洽,并计划另派代表赴蒋介石、阎锡山处联络。

张钫到西安,于农历正月二十见到冯玉祥,说明刘镇华愿率镇嵩军与其合作,冯慨然应许,即电刘于两军接触处解除武装。刘镇华公开表示与冯玉祥合作,柴云升和汪震随之与其决裂,辞军长职,北上太原与北京,先后去与阎锡山、张作霖接洽。镇嵩军取消番号,改编为国民革命军第二集团军第八方面军后,刘镇华任总指挥,下设四个军:第一军军长万选才,第二军军长张得盛,第三军军长梅发奎,第四军军长蒋明先,樊玉龙和黎天赐分别为第四军第九师和第十师师长。

柴云升和汪震认为他们的原部刘镇华带不动,但在冯军威逼下,这支内部危机四伏、外部险阻重重的军队,还是向前移动着。二军驻卢氏时,张得盛到蒋明先的军部闲聊,适好十师师长黎天赐也在,黎天赐也是一个好玩好乐的主,看到蒋明先了无情绪的样子,就提出到樊玉龙的师部马店去看看。这是一个丰收年,一路上一望无际的麦浪翻滚着,饱满的麦穗带着一阵阵焦香的味道扑面而来,三个来自农村的军人,不觉在马上陶醉了,眼皮沉重了,也许想起麦收季节那些儿时的梦……

"快看、快看,你们看!"张得盛突然高叫一声。

"看什么,满眼不都是麦子吗?"蒋明先同张得盛开玩笑,"你这个瘦猴吼声倒不小。"

"你的眼瞎了？你爹教你读书读成了瞎子。"张得盛还击道,"你看那烟地!"

"这烟地有啥子稀罕,麦田里到处都是。"黎天赐代他的军长回答。

"哼,有啥子稀罕?"张得盛转向黎天赐,"你和你军长都信球呀,到手的银子不要？想想，过几天新烟下来了，咱们能收多少烟税？"

蒋明先呵呵笑出声："想得美你。冯大帅催我们向东开，脚都踢到屁股上了。"

马店是个不错的小镇子，有山有水，一片青砖灰瓦的民房中间，夹着几间卖杂货和酒饭的铺子，颇有点市镇的样子。三人下了马，把缰头扔给随身卫士接着，不用通报就径直走进了樊玉龙师部。樊玉龙一看来人，来不及寒暄，就呼勤务兵赶紧把茶水和烟灯摆上。樊玉龙虽没烟瘾，但知道这一套烟具是必备的，来了客人，特别是身份高的客人，这比茶壶茶碗都重要。张得盛烟瘾大，看见烟灯就躺了下来。蒋明先知道黎天赐也有烟瘾，就让黎天赐躺在张得盛对面。

"好，那我就给张军座烧烟吧。"黎天赐向樊玉龙眨眨眼躺了下去。

"自己想抽，还要在俺面前卖乖，俺不承你的情！"张得盛说着顺手抢过黎天赐手中的烟钎，转眼间烧出一个大烟泡，焊上烟枪，对住烟灯的火苗，嗞嗞地吸了起来。

蒋明先看花了眼："神技，神技，听人说张军长拔枪快，我看这烧烟也不差过拔枪吧？"

"这倒是真的，要不人们怎么叫俺双枪张呢，俺跟着老洋人张庆那咱，张庆就不能不佩服俺这一手。正要登城爬墙了，俺还要勤务兵把烟灯端过来，自烧自抽一口，一点不耽误工夫。"

满室笑声过后，樊玉龙觉得该言归正传了，略挺下胸微笑道："今天三位长官有何训示？"

黎天赐一听这话，拔掉口里的烟枪忽地坐了起来："别别别，俺可不是恁的啥长官，你这是要赶俺走了。"

张得盛夺过烟枪，大笑道："你这么一本正经地干什么？真想赶我们走吗？"

"我是说真的，"樊玉龙转脸看看或躺或坐的三个人，"撤出陕西快半年了，军心一直安定不下来，日子好像糊糊涂涂地在过，看不到前途。"

"下面对换旗有啥说法？"蒋明先认真地看着樊玉龙。

"说法不少。"

"你呢?"

"我觉得我们换国民联军的旗是对的。"

"说说你的想法,对在哪里?"蒋明先急忙追问。

"我觉得国民革命军北伐是一条正道。"

"它伐谁呀,它能把中国一块一块都吃掉?"张得盛一面喷云吐雾一面说。

"中国总不能总是一块一块的,你掌握一部分军队他掌握一部分军队天天打吧?"樊玉龙低头思索着。

"天天打有啥不好,要不我们这些人去干啥? 吃啥玩啥?"张得盛怪异地笑了两声。

"中国总是要统一的。"樊玉龙厌恶地扫了床上的烟灯一眼,"北伐是孙中山先生制定的国策。"

"孙中山早死了。"蒋明先将了他的鳌柱山六弟一军。

"这我知道,广州政府现在不是开始北伐了嘛? 而且进展还算顺利,现在冯玉祥也参加了。"

"你是受了当年上鳌柱山同我们谈判过的王晏久先生和你表弟的影响吧?"蒋明先笑笑,"我不反对刘总司令要换旗,镇嵩军走到这一步也确实无路可走了,但良禽择木而栖,也总该有个选择吧? 要换也不应换冯玉祥的旗。"

"球,谁家的旗都是破布,不,是尿布,想想现如今天下有多少旗,整日换来换去,想那么多干啥?"张得盛用力拍了两下床帮。

"张军长说得是,直系这几个月作战失利,听说驻禹县的一个军失去依托,想要左右逢源,早上挂直系的旗,晚上挂奉系的旗,换来换去,天天在看风向。"黎天赐吐口烟,说,"真是笑话。"

"张治公不是不愿和刘镇华合作吗? 现也换了旗,换的是奉军的旗。"蒋明先接过黎天赐的话,"听说奉军派了万福麟军过来支持。看这一仗咋打吧!"

"张治公换得对,换奉军旗比换冯军旗好。"张得盛说。

樊玉龙知道现今几个军长都派有代表在张治公那里。第二次直奉战争时,刘镇华把张治公第二师送到山海关,二师在母猪峡被奉军包围,几乎全军覆没。自此张治公对刘镇华怨怼于心,胡憨战争中迟迟不去解救憨玉昆,任由镇嵩军溃败。第二年岳维峻、李虎臣的国民军西撤时,他服从吴佩孚指令,将所部由南阳直接开赴洛阳,出任潼陕护军使,拒绝随镇嵩军入陕,把部队迅速发展为六个旅,三四万人,拥兵自重。当直系已露败相,他又不肯与刘镇华合作,就通电张作霖投奉,正式就任奉军镇威军二十一军军长。之后,立即陷于东面直军和西面国民军的两面夹击之中。镇嵩军的大小官员多数不愿意跟着冯玉祥吃苦受气掉脑袋,蒋明先、张得盛、万选才这时就只看张治公这一仗打得如何了。

蒋明先看樊玉龙沉默不语,笑问:"老六,你的主张究竟如何?"

樊玉龙龇龇一口整齐的白牙笑笑:"我能有啥主张?尽一个军人的本分吧。"

黎天赐问:"尽一个军人的本分是啥意思?"

"服从命令,不怕死。"

张得盛轻轻拍了两下掌。

"再说,"樊玉龙直视着蒋明先,"什么时候我也会跟着三哥。生死兄弟,一个头磕到地上,上苍看着哪!"

蒋明先有些感动,看到气氛严肃起来,想转换一下话题,问:"眼前的烟税咋办?"

黎天赐说:"看到那一片片正要割的烟地,让人心痛,那可是白花花的银子呀!"

樊玉龙摇摇头:"看样子这烟税我们是收不到了。"

蒋明先问:"你估摸收的话能收多少?"

樊玉龙答道:"在我这片辖区内大约有二十五万亩烟地,不说多了,每亩收二十两烟土,每两一块钱计,白花花的就是五十万,可以好好给全师关一次饷了。大家知道,大半年没关过饷了。"

"中国人对大烟的感情很复杂,鸦片战争时都恨大烟,战败后又种大烟。"蒋明先把话题扯远了,张得盛轻唤了声"书生",他才将话拉回来,"种种禁禁,禁禁种种,生恶疮的孩子,抱不住又放不下,恨恨爱爱,莫衷一是。这些年哪个为政者不想从中捞到好处?哪个部队没有靠它养活过?吴佩孚没有过吗?冯玉祥没有过吗？咱们镇嵩军就更不用说了。"

"冯玉祥可是靠陆建章起家的，当年陆建章被袁世凯任为陕督时，他不是率先在陕西实行所谓'寓禁于征'吗？名为禁种，实为允种，只是课以重税罢了。哈哈哈，这是真禁烟吗？自欺欺人欺天下而已。"

"那现在咱们该咋办吧？"张得盛打断蒋明先。

"这还用说，你不明白？两位师长不明白？总部的命令不是已经下达了？"蒋明先苦笑着摇头。

国民革命军第二集团军制定了三路出师，同武汉北伐军会师中原的计划。为实现这个计划，国民军要拔掉的第一个钉子就是洛阳的张治公部。5月中，国民军中路先锋孙良诚、方振武部进抵新安，十余日后，冯玉祥下达总攻命令，一日之间，就将张治公部和奉军派过来的一个骑兵旅击溃，并连续攻破洛阳龙门关、巩县黑石关、汜水虎牢关，万福麟仓皇逃跑，奉系刚刚任命的河南宣抚使赵倜下台。张治公的下场就更凄惨了，只在几个护兵掩护下，出洛阳东南的鹅岭口保住了一条性命，从此成了光杆，一蹶不振。其部下吴起洲、赵育三等旅又回到镇嵩军。

蒋明先们等来的是张治公这个结果，只好暂时收起脱冯投奉的想法。在冯玉祥的"谁不东进谁就是叛徒，就枪毙"的严令下，原先豫陕两地活跃的镇嵩军如今成为夹着肩头的国民革命军第二集团军第八方面军，几乎是在冯军重兵驱赶下，散乱而缓慢地向东移动。但军心动摇，给养匮乏，在张治公与红枪会爆发剧烈冲突之后，各地红枪会蜂起，不断截击、拦抢及杀害掉队士兵，部队前进谈何容易？

张得盛骑在马上，望着一片片待割的罂粟地，恨恨地丢下一句话：

"娘那×，让那些王八羔子来收烟税吧！"

蒋明先忧心忡忡地说："这向东去也不是那么容易的，前面不仅会碰上奉军、直军，还会碰上那些不要命的红枪会。"

"骑驴看唱本——走着瞧吧。"张得盛举起马鞭猛抽坐马，马尥了两下蹶子，顺着一条田间小路向前冲去。

"这一路少不了麻烦。"蒋明先望着张得盛的背影，叹了口气。

九　路遇红枪会

果不出蒋明先所料,樊玉龙本已向蒋明先提出请几天假到离这边不远的南涯去看看母亲和妻子,参谋长孙燕笑嘻嘻地走进樊玉龙的住房,将手捧的一堆礼品往桌上一放说:"有客人来。"

"谁?"

"他说是你表哥。"

樊玉龙还没想清楚是谁,来人已经走进来,原来是汪长星。他急忙起身迎上去,尚未开口,宽大脸膛上堆满笑纹的汪长星就轻唤了声:

"师长……"

"长星哥,这时候你咋来啦?"

"师长,这两天我可是日夜兼程,马不停蹄地赶过来的。"

樊玉龙习惯性地畅开喉咙哈哈大笑几声:"我说长星哥,你别再师长师长的行不行,啥事?看你急忙的样子,有事你就快说吧!"

"玉龙,我这次找你不是私事,也可以说是奉命来的。"汪长星镇静下来,"你知道,两年前,张治公的潼陕护军使将王立勋的民团改编为第九混成旅,现在贵军第五师的步九旅从咱县经过,与咱地方上的第九混成旅发生冲突,并从西北两面包围了县城,扬言你的九师和黎天赐的十师全开过去三面合击。这个局面,王立勋是经受不住的,就派我来请你帮助,出面调停。"

"请我?"樊玉龙一听说王立勋的名字脸就拉了下来,哼哼笑了两声,"他王大人还记着我?"

"这关系到咱县民众的安全……"汪长星轻声道。

"为啥事啊,两个九旅就干起来了?"樊玉龙想了一想问。

汪长星脸红了一下:"还不是王团总从来不把别人放在眼里,人家从这里过,想补充点给养,他和大皋民团时春荣联手顶住,还想拦人家的枪。"

"拦没有?"

"听说是拦了一点。"

"你别听说听说的,到底拦没有?"

"听说拦了一个连。"

"好,你们这不是红枪会吗?"见汪长星低下头,樊玉龙又说,"王立勋的本事大,让他去拦人家的枪吧,也不看看目前的形势!"

"你知道王团总霸气惯了……"

"不是旅长了吗?怎么又叫王团总呢?"樊玉龙笑了。

"他那个旅长是陕潼护军使张治公给编的,如今张治公都不知跑到哪里去了,还啥子混九旅啦?"汪长星有点不好意思地说,"再说,混九旅是各地民团合编的,他直接管辖的还是咱县县城的城防大队。所以这次如果你不出面,不只是王立勋死定了,咱县百姓也会遭大殃。"

"我有那么大面子吗?"

"龙娃,过去的事就放一放吧。"汪长星苦着脸,"我知道王立勋有对不起你的地方,当年他把打三屯的弟兄整治得太惨。本来双方已经谈好,放下枪不杀,结果他说话不算话,不听劝告,也不把曾知事的话当一回事,把被俘的三百弟兄拉到汝河河滩用机关枪突突了。"

"长星哥,你说他这个人做的是人事吗?"樊玉龙气愤难平,牙咬得咯嘣响。

"唉,没人说他对,他言而无信,残杀乡里,除了吴佩孚给他披红挂绿,没有落下好名声。"汪长星抬眼看看樊玉龙的面色,看到对方的怒气似乎消了不少,急忙又道,"君子不念旧恶,你不看僧面看佛面,看在咱伊东十多万老百姓面上,不要让这一场仗打起来。"

"王立勋想要我帮他做什么？"

"请你在两个九旅之间调解一下。"

"真乱七八糟的，什么混九旅，什么步九旅，究竟谁是谁呀，"樊玉龙苦笑一下，"长星哥，你如今在哪里高就？"

"还不是跟着王立勋当个破营长。"

"委屈了，真委屈了，你有文化，有才干……"

"龙娃，你别再耻笑我了，"汪长星不好意思地摇着头，"哥有啥才干，混饭吃罢了。"

樊玉龙也微摇着头："我不会忘记你的情，当年我单身去解救打三屯失败的弟兄，虽然你无法相助，但却冒险收留我住了一夜，这情我不会忘。再说，胡憨战争时混乱中我部与曾知事率领救援憨军的部队相遇，两部不明真相就相互开枪，曾知事死在乱枪中，你部散去，你这位跟在曾知事旁边的副官也差点送了命。虽然这事不能怨谁，但想起来心里总觉有愧。"

"玉龙，就不再说谁愧谁不愧了，咱们处的就是这个世道。"汪长星喝口茶润润干裂的嘴唇，"说到那一次，你还救了我的命呢！"

"好了！"樊玉龙突然拍了一下桌子，"长星哥，我跟你去一趟。"

"玉龙，还有件事，"汪长星迟疑了一下，好像猛地想起来似的说，"那次你冲刑场，许多跳进汝河的打三屯弟兄没死。"

"啊！"樊玉龙惊讶地叫了一声。

"听说黎悦也活着，他被一个游方僧救了。"

"他现在哪里？"

"有人说是出了家，也有人说在郏县一带见过他，当老师。"汪长星眼睛向樊玉龙瞥了一下，"后来王团总没让人去追拿这些获救的人。"

"算他还有点天良。"

樊玉龙起身给蒋明先打电话，说明去向。蒋明先又关心地即刻给第五师周师长打去电话，交代樊玉龙直接找步九旅牛旅长商谈，不必枉费周折，队伍可能这两天就要开拔。于是，樊玉龙唤人备马，带上几个卫士随汪长星向伊东赶去。汪长星先派两个随从回县城向王立勋报告。王立勋率领城中军政要员、巨商士绅等一干头面人物出城数里迎接,其中也包括他早先认识的县政警队队长周永成和樊家表亲、富商李东山。望到樊玉龙的马跑过来,王立勋一步跨前抓住马辔,鞭炮与锣鼓齐鸣。樊玉龙意欲下马,却被王立勋挡住,一手牵辔,一手扶镫,口中不断说:"师长辛苦了!师长辛苦了!"樊玉龙低头看着这个干瘦的穿身宽大军装的小老头,心想你王立勋真会做,做大做小都像样,怪不得你在伊东这地面上呼风唤雨多年,没有人能整治你。

"这不好,这不好,怎能让恁王旅长来为我牵马扶鞍呢?"

"恁来救民于水火,王某当衔环而迎。"

"王旅长越说越不像话了,我樊某承受不了。"

樊玉龙见众人围上来,不顾王立勋阻挡立即跳下马来,与众人一一寒暄。热闹一阵之后,王立勋要引领樊玉龙入城,被谢绝了。樊玉龙说:"既然事情紧急,我就从这里直接到步九旅找牛旅长去,不必在县城耽搁了。"众人认为樊玉龙的话极是,王立勋不再假意坚持,让人送上一千两烟土,被拒后,就让汪长星随樊玉龙去了。

到了步九旅旅部,牛师长先是大发牢骚,骂王立勋这帮东西不是人,部队要口饭吃都不给,你说这算人不算人?他以为他是天王老子,老子姓牛,牛魔王,不信他那一套!只要老子开炮轰,管叫他龟孙不再神气。牛旅长说得满脸通红,络腮胡子乍起,唾沫星子乱飞。樊玉龙急忙安抚,好言相劝,想起当年从辛师爷那里学到的两句文绉绉的话,就借用来说:"这里是鄙人的桑梓之地,打起仗来生灵必遭涂炭,俺樊玉龙对不住乡亲啊!乡人有对不住的地方请牛旅长多多包涵,给鄙人一个面子。"

牛旅长似未听明白,急急问:"啥子,啥子?你在这边有片桑树?俺保护!"

樊玉龙想笑未笑出声:"不是说桑林,俺是说俺是这边的人。"

"哟哟哟,看我这个大老粗,还以为师长在这边种过桑树呢,原来这里是师长的老家啊!恕牛某鲁莽,多多得罪。多多得罪。"

"蒋军长给周师长打过电话,不知周师长意下如何?"

"打过,打过,这事何劳蒋军长和周师长,早有恁樊师长一句话就解决了,哈哈哈哈。"

牛旅长是个痛快人,但条件是不能不提的。樊玉龙问有何要求,牛旅长想了想,似乎把条件压了再压,勉强说那就给弟兄们补充一个月的给养吧。樊玉龙笑了笑说:"这个条件确实不高,我也知道队伍自撤离陕西就没有好好吃过一顿像样的饭,但伊东是个小县、穷县,这几年天天打仗,部队过了一茬又一茬,百姓的日子苦啊。"牛旅长低下头想一想说:"俺也是穷苦出身,难道俺就不知道这是从百姓口里掏饭吃吗?但弟兄们也得吃饭呀!"

樊玉龙何尝没有牛旅长的苦衷,心里合计着,说:"牛旅长,就要地方上赶快筹集十天的给养吧。"

牛旅长一拍桌子,大声说:"樊师长这个面子俺得给,两天之内要他们给我旅筹齐十天给养,俺就撤围。"说罢,又忽然想起他那个连,"娘那 ×,那个一连的枪也叫那些王八蛋送回来。"

樊玉龙让汪长星立即回县城向王立勋报告,本说要走,牛旅长热情留他吃饭,两人都是酒桌上的主,枚上也互不相让,这一喝就喝到了日头偏西。正说离席,外面传来锣鼓声,樊玉龙伸出头往后门外一看,见王立勋带着一群人抬着双羊双猪已经走进村口。他不愿再见到王立勋,让卫士赶快备马,跨马冲出,从村子另一头离开了。

赶回师部,只见小镇冷冷清清,参谋长孙燕无精打采地从院里走出来向他报告说,上面催得紧,副师长带着本师大部队昨天已向前面开拔,只留下师部和特务连一个排留守。樊玉龙知道这一带是红枪会活跃的地头,不能再耽搁,打消回南涯探望娘和媳妇的念头,即刻告诉孙燕,命令明天吃罢早饭就出发赶大部队。但是说鬼鬼就来,天刚蒙蒙亮,士兵们听到起床号,才抓到热馍,枪响了。

"红枪会围上来了!"不知是谁喊了一声。

师部只有五六十人,也不知外面红枪会有多少人,樊玉龙立即抽出双枪,指挥大家上房抵抗。他深知红枪会的人打仗是一批一批往上扑,几十个不知死活的人真敢扑上来。

清末民初,会道门的武装力量在中国北方此起彼伏,从未止息。义和团失败后,大部分义和团成员回到原乡,其中有的仍以带领农村青年练武为名,组织小团体。就是在这种基础上，山东出现了红枪会。当年，军阀、官僚和地主横征暴敛，欺压百姓，河南归德一带的八卦教和硬肚会接受了红枪会的传播，迅速在豫鲁冀陕诸省发展壮大，据说曾聚众百万之多，特别在1925年前后。他们的口号是保家自卫，基本单位是"堂"，每堂数十人数百人不等，枪会首领往往串联成联盟，甚至和民团、地主武装、土匪串在一起，本是一种带有浓厚封建迷信色彩的群众性自发组织，到后来成了把持一方的恶势力。成员多信左道符咒，相信刀枪不入之术，手持上缚绒线红缨的钢锥木杆枪，也有持快枪者。作战盲目性很大，往往一哄而上靠人多取胜。他们常与军阀部队作对，对战败的散兵游勇绝不手软。大小军阀对他们又恨又喜，两者之间忽敌忽友，关系暧昧。据说1925年军纪败坏的国民二军在直军、奉军压迫下，二十万大军由豫东西撤，到了洛阳只剩下十万，那十万就是一路被红枪会冲散的。那时有一首民谣："满城风雨近重阳，忍看敌军欺善良。赤手空拳难自卫，家家户户演红枪。"到了镇嵩军在豫西将国民二军击溃，张治公奉吴佩孚之命，从陕西白河进军夺取南阳和洛阳时，他们认为张治公是洛阳人，"兔子不吃窝边草"，张治公的部队会比国民二军好些，几个大头目联合洛阳城内众士绅出城十里相迎，并下令在洛嵩公路两旁摆贺案相迎。张治公兵不血刃地轻取洛阳之后，作为对红枪会的报酬，将部分红枪会和民团连编了三个旅，任命了一大批官佐。他将缴获国民二军枪炮最多的何一鸣部编为一个旅，将王立勋的伊、汝、鲁、宝、嵩五县民团编为一个混成旅，又将嵩县、洛宁一带的土匪编为一个旅，一时间他拥有九个旅，人马近五万。他和红枪会之间有一个蜜月期，红枪会的头目经常出入他的陕潼护军使衙门，一起呼风唤雨，一时古都洛阳城内外倒也有个"国泰民安"的样子。但张治公的人内心总看不惯红枪会头目恃宠而骄的样子，而这帮新贵又不知收敛，忍过今天忍不过明天，双方的摩擦终于爆发了。

一天，身为洛阳周围五县保安大队副大队长的王三牛携女友乘坐人力车外出，车夫不慎翻车，将女友翻进泥坑。他大怒，拔枪击断车夫手臂。事有凑巧，正遇张治公的纠察队，当即将王三牛绑回护军使署。张治公问明原委，为了压压红枪会日益嚣张的气焰，下令将其推到十字路口斩首示众，并借机解散城内的所有红枪会组织——红学会。消息传出，群情大哗，外地的红枪会咽不下这口气,加之连年军阀混战,寅吃卯粮,田赋已征收到 1929 年,张治公驻洛后为了养他的九个旅又加征,农人不堪重负,认为天下红枪会是一家,奔走相告,相互串联,酝酿打张治公的第二师,短短几天之内洛阳周围聚集数万人。张治公也不是吃素的,在护军使署召开紧急会议,对营以上军官说:"我看不杀红枪会,他们就会像打二军那样来打我。我命令,各部立即出城,向红枪会发起猛攻,谁也不许心慈手软、刀下留情!"

一场血洗开始了。首先他的卫队团冲出东门,四挺重机枪在前面一齐喷射火焰,对面的红枪会众原来都是肉体凡胎,"硬肚"只是笑柄,人群像割倒的麦子一样,一波一波地向后倒去。接着张治公亲自率领一营骑兵出北门,他骑在一匹东洋大白马上,命令士兵发起冲锋,红缨枪怎敌得上快枪钢刀,马蹄过处,惨不忍睹;刀光闪处,血肉横飞。张治公还向刘镇华求援,刘镇华仍想拉拢他,就派了黎天赐师过去。这黎天赐何等人也,从来以杀人为儿戏,从西门出发杀到距洛阳不远的新安,已砍了三千人头。经过这一次血洗,红枪会虽被击散,但并未受到灭顶之灾,不时还在活动。樊玉龙在洛宁遇到的突袭,就是这种余绪。

红枪会把樊玉龙的师部围住,无论里面怎样喊话,撂出国民革命军的旗号,对方就是不买账,一股劲地要往里面冲。樊玉龙本不想与红枪会纠缠结怨,提出双方谈判,对方仍然不听。正在此时,上到门楼上的人看着外面大声喊叫的人不多,也只几十个,樊玉龙精神为之一振,决定率师部冲出大院。正在此时,跟在后面行军的黎天赐师到了,一阵乱枪,红枪会作鸟兽散,抓到四十八个,一一被砍了头。黎天赐命令将人头挂到树上,被樊玉龙阻止,黎天赐笑骂一声"假慈悲",说这样还会遇到红枪会袭击的。也许红枪会真是被杀怕了,一路上没有再遇他们的骚扰,部队终于按照冯玉祥的命令集中在了许昌。

十　七万个兵七万爹

几万个兵集中于许昌附近，给养很困难。总司令部只留不多几个人，仅有参谋长、秘书长、参谋处长和一个卫队连，还要靠张得盛来养。张若不供给，总部人员就没饭吃。一贯骄纵的张得盛成了大爷，不把刘镇华放到眼里，极不礼貌。他烟瘾甚大，每天午前不起床。刘镇华有事相商，也得屈尊去张处。到时如果张军长还未起床，刘总司令就会放轻脚步，静坐等候，不知究竟谁为上级。两人似在演一场戏，军长暴露了妄自尊大的莽汉本色，总司令才是一个演技高超的演员。刘镇华路经禹县，去拜访那个早挂国民军旗、晚换奉军旗，似已走投无路的吴佩孚军军长，劝他投冯东进，他拿不定主意，为避免冲突，只好拿出十万元送客。有了这十万元，刘总司令的日子才算好过点。

刘镇华将总部设于许昌后，冯玉祥已抵郑州，刘不得不去见冯。这时距冯活埋田维勤不久，刘虽与冯在陕西共过事，自认有旧情谊，然而他素知冯为人傲睨雄黠，难以捉摸，顾虑仍很重。特别听人说，他电告冯他有七万兵，冯阅电后点着头满脸不屑对左右说："雪雅说他有七万兵，我说他有七万爹。"雪雅是刘镇华的字，此时此刻以字相称，貌似亲切，语含讥讽，他刘镇华闻此语不能不胆战心惊，害怕冯老总把他也埋了。不去又不行。左思右想，为慎重起见，只好请出张钫为他疏通。

张钫见到冯玉祥，开门见山就说："大敌当前，正要收拾人心，你说雪雅七万人是七万爹,杂牌军听到有些害怕。"

冯玉祥哈哈大笑:"快请雪雅见我。"

第二天张钫即陪同刘去见冯。刘又拿出当年在陕西当省长紧跟冯督军那套本领,戎装整齐,态度严肃,一进门就向冯行一标准军礼,立正道:

"镇华罪该万死,请总司令处罚。"

身体高大健硕的冯玉祥疾步走上前来,像一棵大树压下去,带起一阵风,把芦秆般瘦高的刘镇华刮得摇晃了一下。冯玉祥看看直挺挺站着的刘镇华,拉起他的手说:

"老弟呀! 你是自家兄弟,别闹客气了,往事不谈了,长安一别,已经六年了吧? 咱们还是谈谈别后之情吧!"

虽然冯玉祥说得热乎,但刘镇华深知他的脾气,赶快恭维道:"总司令治军有方,我的部队素质太坏,今后在总司令的教导下,一定学总司令的练兵办法,好好整理,绝对听从总司令的命令,为党国效力。"

冯玉祥最喜听别人赞美他"练兵有方",听到刘镇华这一席话,心里很舒服,握着刘的手,让他在八仙桌对面坐下。勤务兵捧上两茶碗信阳毛尖,两人将碗盖掀了掀抿了两下,就开始谈论军务。冯玉祥要求第八方面军向豫东、鲁西开拔,与张宗昌的奉系直鲁联军作战,刘镇华表示坚决执行命令,相谈甚为契合。中午,冯玉祥招待刘镇华吃饭,菜很简单,主食是高粱面窝窝头,冯一连吃了三个,刘勉强吃了一个。饭后送客,冯给了刘十万元、十万发子弹和一万套军装,刘非常高兴。有了冯总司令给的这十万元、十万发子弹和一万套军装,他顿时挺直腰杆,回到许昌后神气十足,剃掉八字胡,穿上军装,打好绑腿,先将个人"冯化"了,然后召集几个军长训示。他下令部队如何调整,如何开拔,限期行动,否则按土匪剿办。说到这里特别望了靠近窗口向外张望的张得盛一眼,张得盛正在看两只麻雀压蛋蛋。

"张军长,你听到没有?"刘镇华强忍着怒气问了一声。

"啊,啊,是把冯玉祥给的军装发给我一套吗? 好,好,俺向总司令学、学……"张得盛懵懵懂懂答非所问地回道。

不久,冯玉祥到了开封,即令第八方面军开赴豫东。张得盛军驻杞县,万选才军驻老考城,总部与梅发奎军驻新考城,吴起训独立师驻尉氏,蒋明先军则已进入山东驻曹县,已直接面对张宗昌统率的齐鲁联军。

张宗昌,山东掖县人,1881年出生。绰号"狗肉将军"。光绪二十五年,随乡人闯关东,扛活、放牧各种杂活都干,后流落海参崴,当过警察。辛亥革命率百余人投奔山东民军都督胡瑛,随至上海,任光复军骑兵团团长。后投江苏督军冯国璋,任江苏陆军军官教导团监理。冯国璋在北京当总统期间,任总统府侍从武官长。1921年转投张作霖,先后任旅长、副军长、军长。1925年任苏皖鲁剿匪总司令,并任山东军务督办兼省长。1926年初,任直鲁联军总司令。此时驻济南,下辖四个军,孙传芳陈兵徐州一带,也归他指挥,声势浩大。

冯玉祥下令打张宗昌,第八方面军的几个军长感到心中无底,胜败难卜,犹疑不定。张宗昌把原镇嵩军反对投冯的军长柴云升、汪震请过来做分化工作,直鲁联军有钱有枪,要啥给啥,正符合穷怕了的镇嵩军的要求,加之他们原来就不赞成与冯玉祥合作,于是密谋再一次倒戈。

又是一个麦收季节,老考城像一个佝偻的满面灰土的老人,匍匐在尘土和热浪中。从北边黄河吹过来的熏风,带着黄沙和麦穗的焦香,把这个古老的小城放在一个蒸笼上蒸着,蒸腾的热气笼罩着泥土的街道和两旁草屋及不多的长满瓦松的瓦房。街上没有一点生气,除了当兵的几乎看不到人。在塌了一角的城门外,有一座关帝庙,青砖灰瓦的庙门和大殿倒还整齐,甚至可以说还有几分气势。庙门台阶下面有许多马匹和士兵,一群群士兵围着几个瓜摊吃西瓜,有说有闹。这时从高台阶上匆匆下来两个副官模样的人,挑了四个西瓜又匆匆跑回去。现今是万选才军部的关帝庙里,正在开一个秘密会议。柴云升与汪震奉张宗昌之命,暗中通过蒋明先联系万选才和张得盛,此刻三人正在大殿里聚头商量投奉条件和行动计划。

会议已经开了很久,张得盛有点不耐烦,一面脱掉上衣赤膀抓把大蒲扇扇着,一面不停喊热。当副官把四个西瓜抱回来放到神案上,他就迫不及待地抽出佩刀叭叭叭一连砍开。万选才笑问他,切这么多干啥?他说,痛快,当年切脑袋不也是这样切的吗?西瓜的汁液流了一神案,像流血。蒋明先打个嗝赶快跑到门外把嘴里的瓜吐了出来。

"哈哈,到底是个秀才。"张得盛说。

"假的。"蒋明先反身自嘲,"到我想当秀才那咱,大清朝早废科举啦!"

很少说话的万选才看看蒋明先,又看看只顾啃瓜的张得盛说:"明先兄,说了这么久,什么话也都说了,你可以完全代表我和得盛二人,尽管负责接洽吧。我们确实怕冯,且直鲁联军力量如此强大,要咱镇嵩军首当其冲,势必被消灭,我们可以不叛刘,但到时可以胁迫他跟着我们走。"

冯玉祥曾在开封当过两年河南督军。他改造了开封狭窄泥泞的街道,修了一条从南关火车站一直到龙亭午朝门的中山路,建了一个模范商场和专供演出和集会的人民会场,把几百年来被洪水和兵燹糟蹋得不成样子的古都,变成了一个有现代气味的城市。这里有他的成就,也有他的情感。自称大兵的他这一次来到开封,自豪中忽然就多了一份柔情,带上几个随身要员四处巡视一番。登上龙亭,巡望城郭和那条常使他暗自欣慰的中山路,不禁感慨万千。

冯玉祥谈起几年来的曲折经历,大笑两声摊手说:"吴佩孚怕我坐大,把我调离河南,这不我又回来了吗?"

听冯老总这么一说,身旁一位年迈的高参立即摇头晃脑地吟诵起刘禹锡的《再游玄都观》来:

> 百亩庭中半是苔,
> 桃花净尽菜花开。
> 种桃道士归何处,
> 前度刘郎今又来。

这首诗分明不符合冯老总此刻的心境,摆摆手笑说:"非也!非也!"

冯老总少有这种好兴致,正在谈笑,一个肩扛大刀的壮汉沿着台阶跑了上来。他用袖子抹了下满脸大汗,赶来向冯总司令报告一件刚在第四巷发生的"大事"。

这马道街第四巷是开封有名的烟花繁盛之地。从高官商贾到贩夫走卒无不知晓其中风流。巷内妓馆勾栏十数家,而多以"书寓"命名,听起来雅得很。

一天张得盛属下的牟师长牟牛在杞县驻得无聊,带了一帮属下到汴京游乐。钻了多年深山老林的山大王们一进省城眼界大开,特别是那勾魂摄魄的第四巷。他们走进最为堂皇的名为"樊楼"的书寓,听曲打茶围。眼光锐利的老鸨一眼看出来者不是常人,是个大撒银子的主,百般奉迎。陪话间说到这樊楼深奥,东扯西拉。说道北宋就有皇帝去过。牟师长虽不知道北宋为哪朝哪代,但皇帝来过的地方今日我来,不禁飘然。几杯酒过后,老鸨唤出一个手抱琵琶的女孩陪坐左右,轻弹低唱。这女孩姓白,年约十六七岁,洁白的瓜子脸上一双柳眉杏仁眼,像年画中的仙女,一颦一笑,煞是惹人怜爱。一曲《凤还巢》尚未终了,正当壮年、精力充沛的牟师长已经浑身发热,按捺不住要拉小姑娘进去开铺。老鸨急忙上前止住,说这不可不可。白姑娘叫白黛仙,是个童身,刚从扬州那边过来,是卖唱不卖身的。牟师长问啥叫童身,已成大姑娘了还童个屁。两方争执起来,差点就要动武。被一个谙于此道的随从上前拦住,一面向牟师长说明这是行里的规矩,一面向老鸨使个眼色。这随从是牟牛的老乡,姓郭,官衔随从参谋,虽只是个小参谋,官位不大却鬼点很多,牟牛牟师长对他从来是言听计从。老鸨看到郭随从的眼色,吊角眼瞟了一下,会意地跟着随从走到长廊尽头。

随从说:"今日这一关恐怕你过不去。"

"老娘恶山黑水见多了,没有过不去的险关!"

"你是不知道牟师长的脾气。"

"他能怎么样?"

"他能怎么样? 他能把你这一摊子一脚踹了。"老鸨一听随从亮牌子,那厮原来是个师长,说不定还是个金主,口气软了许多。

"啊呀,何必动那么大肝火呢? 其实不是没有商量,只要师长按规矩办。"

"你这里都有些啥子规矩?"随从瞪起眼。

"大哥,俺看你也是江湖上走动的人。"老鸨从衣襟处拉出一个丝帕,上前一步,仰起一张面饼脸,捂住嘴甜笑,"那妞可不一般,不光长得喜人,谁见谁爱,还是个黄花闺女,俺的养女。"

"这不得了?"随从一拍巴掌,"既然是你的养女,你这当娘的点下头不就得了？"

"那怎行？俺这当娘的不能亏待俺闺女。"老鸨发狠地瞪了随从一眼，"再说也不能坏了行规。"

"究竟是啥屁规矩？"随从不耐烦了，"难道要明媒正娶吗？"

"正是，"老鸨见随从紧皱下眉，急忙转换声调说，"也不是说真要请媒人坐花轿，有那回事就行了。"

"到底咋办？"

"办开红酒！"听这话随从一时愣在那里，老鸨又用丝帕捂住嘴笑了笑，"大哥，您懂，看来您应该是个见多识广的人啊。"

"说吧，咋个开红法？"

"嘻嘻，俺那女儿可还是女儿身哪，"徐娘半老的老鸨向随从抛了个媚眼，"开红就是开苞呀！这多金贵！"

"懂了，懂了，俺师长喜欢这一手。"随从咬咬牙，好像开红的不是师长而是他自己，"说吧，这要花多少银子？"

"也不算啥，聘金三千，张灯结彩、唢呐锣鼓、绫罗绸缎，酒宴嘉宾一应故事不能少，然后才是洞房花烛。"

"这不是让俺师长再当一次新郎吗？哈哈。"随从笑了两声突然收住，"那以后呢？"

"以后师长还可以把她养在这里。"

"养在这里？那俺师长不是天天戴绿帽子？"

"哪会呢？师长把她带走也可以。"老鸨用她的丝巾甩了一下随从，"不过师长要再花点钱为她赎身。"

随从不禁微微摇头。

老鸨贴过身去，用胸脯蹭着随从："大哥，这事办成了你那边不单升官，俺这边嘛也不会亏你。"

"这要价是不是太高了？"

"哼，要不是俺看师长是个有前程的人，年岁又不算太老，俺还不答应咧！"

"师长才三十出头，就能说老了？"

"俺那白姑娘可是一个十六岁的黄花闺女。"

老鸨甩下丝帕装出要走的样子,随从赶紧将她拉住。

希望升官、一心想向师长表忠的随从把刚才老鸨的话向牟牛学了一遍,师长好似受了大辱,一拍桌子骂:"这婆子不是在敲竹杠? 不是在抓老冤吗? 老子不花这个冤枉钱,也花不起这个钱。你知道这两年部队一直不顺,哪来的这笔钱? 没有钱就没有办法了吗? 老子抢!"随从低声劝师长息怒,说这是省城,现在是冯老总治下的地方,抢不是办法。多情的师长想起弹琴的小妞,心里发痛,一时又不愿放手。长出口气,无奈低下头问他那足智多谋的郭随从该咋办,郭随从把嘴附在他的耳边低语了一阵。

牟师长点点头,同老鸨约定好日期,匆匆上马赶回驻地,紧急召集几个亲信旅团长赶到师部。这些旅团长以为有啥军令和战况传达,坐好后双目紧盯住满脸严肃的师长,师长久不开口,突然扑哧一笑说:"看把你们吓的。今天把各位兄弟找来,不为别的,只是请诸位帮兄弟办一件私事。"众人松口气,待知道他们的师长要办喜事,屋内顿时热闹起来,有祝贺的,有插科打诨的,不管自愿或不自愿,牟师长开红需要的这笔钱,很快就凑齐了。

日子到了。樊楼书寓张灯结彩,鞭炮齐鸣,锣鼓喧天,响器班不停吹奏《凤还巢》之类曲调,还有一个洋鼓队,大号小号和洋鼓吹打得更是热闹。这盛况不仅樊楼没有过,整条第四巷也从来少见,看客挤满街筒子。三千银圆用红纸裹成六锭放在一个红盘里,由随从用手托着迈开正步走到屋檐下的老鸨身前,老鸨的贴身丫头接过。老鸨揾揾眼泪挥下丝帕,黛仙姑娘在伴娘搀扶下走出房来。老鸨是个赶潮流的人,不知从哪里借来一袭婚纱让娇小的姑娘穿上,显得臃肿,像商店里随意制作的洋娃娃,倒将原有的美丽掩盖了许多。权当新郎的牟牛跨进正门,长袍马褂,礼帽两边分插两枝金花,像刚从戏台上走下来,引起两旁一阵低笑。行礼如仪,摆在院中的四桌喜宴开席,部队上来的袍泽兄弟和众姐妹、龟头、王八喝个痛快。老白干酒劲大,上头,不久就将这帮人弄得东倒西歪,或抱或亲,场面混乱,不堪入目。牟师长好不容易等到夜幕降临,走进满眼一片红色的新房,对着红床红帐红被红枕红褥点了点头,扭头让随从从挂包掏出一张白床单铺了上去。老鸨先是一愣,脸露愠色,然后扭头出去了。

这牟师长是何等人物,什么样的女人没见过?只要往女人身上一压,他就知道身下的女人是不是原装货。第二天一早他往有点红痕的白床单上瞟一眼,又用手指一擦放在鼻下闻闻,就拍桌大骂起来。老鸨起先不敢去问,听到里面摔东西,乒乒乓乓摔个不停,才硬着头皮走了进去。

"这是弄啥呀,师长?大喜的日子,你咋弄个这?"

"娘那×,俺就要弄个这!"牟师长顺手抓起桌上一个茶杯投过去,差点砸到老鸨脸上,"你给我的是什么货?"

"黄花闺女呀!原装货呀。"

"娘那×,还要把老子当土鳖哪?"

老鸨走到床前,看着床单上的红点,煞有介事地也用手摸一下,惊喜地跑到牟师长面前:"师长师长,见红啦,这不是见红啦?"

牟师长踹了老鸨一脚,说:"娘那×,还想糊弄老子,你闻闻,那是啥子味,鱼腥味!呸,你那'黄花闺女'不知叫人开过几次瓢了,起码是个二手货!"

白姑娘裹着被子在床上哭,这边厢已经打了起来。老鸨也放狠话,说老娘干这一行,身后也不是没有腰粗的,俺不怕找麻烦,睡了人家的姑娘又想人家将礼金退回去,哪有这般便宜的事?吵闹着,跟随牟师长的几个卫士和妓院的几个龟头打将起来。龟头中有两个有武艺的,竟把一个卫士打伤。卫士们一看吃了亏,慌乱之中开枪,龟头当即倒下两个,昨日办喜宴的地方,顿时血淋淋红了一片。

此时,正走在马道街上肩扛大刀、腰插手枪的执法队听到枪响,跑步进入第四巷。人群散开,在一片吆喝声和鸣枪声中,将打架的人一一绑了。牟师长也不例外。一问那个姓牟的原来是本部属下一个师长,执法队长不敢当机立断,因为冯老总刚开封城,为了震慑宵小、整顿军纪,执法队由他亲自管辖。执法队长感到此事责任重大,就扛着大刀三脚并作两步顺着丹墀两边的台阶爬上龙亭,向兴致正高的冯总司令报告。

冯老总像听完一段有趣的见闻似的笑了笑,看看身边高参们,只隐隐咬了下牙,说:"先把他们押起来。"

刘镇华听说张得盛的属下闹出这等事来,急忙赶到开封第二集团军总司令部向冯老总请罪。冯玉祥对他还是如从前那样,宽容地说:"雪雅老弟,这不能怪你,我早说过你的七万兵是七万个爹嘛。"

在冯玉祥的哈哈大笑中,刘镇华脸一红,站起身双脚一并:"报告总司令,我还有要事禀告。"

"说。"冯老总在房内悠闲地踱着步。

"张得盛要谋反,要投奉军!"

刘镇华将张得盛通过柴云升、汪震与张宗昌暗中接触的事,一一说了出来,但他没有提起万选才,蒋明先那边有总部派的监军郑金声,出问题与他无关,他也没提。他通知张得盛去见冯玉祥,张得盛放下电话心中虽有些忐忑,但又想是色鬼老牟事发,大不了去认个错,装出痛心的样子表个态也就过了。他带上几个卫士上马,一路小跑,顶着飒飒的有点凉意的秋风,到傍晚已看到天边一带黑黢黢的城墙。城门内停一辆蓝色轿车,有两个军官走过来,说总司令在等候,拦住那些卫士,让他一个人上了汽车。汽车驶过开封没有几盏路灯的灰暗街区,走进行宫角一个大门,直接到了执法监。张得盛下车时左顾右盼,还没弄清这是啥地方,军官就将他推进一座房门敞开的房里。里面两盏白炽灯光线刺目,待张得盛强睁开眼,只见案后坐一个腰杆笔直、面色严厉、年纪不小了的军官,两边罗列两队武装士兵,他一时傻了,问:

"这是啥子地方?"

"这是你该来的地方。"老军官答。

"俺要见冯总司令。"

"你不需要见冯总司令了。"

"俺要见冯总司令!"张得盛拉开喉咙大喊,好像冯总司令会来救他。

"有那个必要吗?"老军官笑了笑,对旁边的人高喊一声,"把牟牛带上来!"

牟牛被押上来,看到他的军长,先是一愣,接着笑一笑说:"为那点破事把俺们军长也弄来值得吗?"张得盛怒火中烧,骂了句浑蛋,上去就是一脚。牟牛趔趄一下,站稳脚后向他的军长龇了龇牙。旁边的士兵急忙将二人分开,命令他们各自站好。军法官令全场肃静,站起身宣布二人罪状。张得盛纵容部下不轨,并勾结奉军,妄图谋叛,判处死刑,立即枪决;牟牛身为军官,出入妓馆肆意淫乱,并枪杀百姓二人,严重破坏社会良俗和本军军誉,判处死刑,立即处决。张得盛不信自己的耳朵,怔了一会儿,才突然从麻木状态中醒来,歇斯底里地哭喊着,双膝一软跪下向军法官爬去。

"不能呀,不能呀,自从归顺了第二集团军,俺一心参加北伐,哎呀呀,俺对冯老总忠心耿耿,日月可鉴!"张得盛这一急,把乡下土台子上的戏文也想起来了。

牟牛站立不动,瞥一眼他的军长,轻蔑大笑:"原来不是个有种的东西! 哈哈哈,俺牟牛为女人死,风流,风流,做鬼也风流!"

这个行宫原来是庚子之乱时,逃到西安的慈禧和光绪返京经开封驻跸的地方,后面有个小花园,张得盛与牟牛被拉到花园墙根秘密处决了。第二天,郭随从和两个开枪杀人的卫士被执法队押到行宫角十字路口砍了头。与此同时,驻商丘的杨虎城独立师奉命连夜赶往杞县,将张得盛军缴了械,团营长以上军官均被撤职,下级军官和士兵连同吴起训的独立师,编入万选才和梅发奎两军。不久,梅发奎的军长也被刘镇华撤了,军长改由刘镇华家老五、总部参议刘茂恩担任。

刘镇华坐在一张古旧的摇椅里,让勤务兵打开他那多天未打开过的宝贝唱匣子,微闭双目,细听谭鑫培的《定军山》。他一面用手指在扶手上敲着拍子,一面自吟道:

"今日里,老子才算是当了啊爹哪——"

唱腔不知是西皮还是二黄。

十一　坚守孤城

　　蒋明先听说张得盛被冯玉祥枪毙的消息，急忙派人把他的两个师长樊玉龙和黎天赐找来，樊玉龙很快到了，而黎天赐却磨蹭到天色已晚才露面。黎天赐一跨进房门，感到房内的两个人似乎已经谈了很久，蒋明先表情急躁，樊玉龙面色阴沉，他大大咧咧地无所谓地笑笑问：

　　"军长，啥事呀这么急？"

　　"还急呢，你看都啥时候啦？"蒋明先没好脸色地瞥了黎天赐一眼。

　　"唉呀，都是那个安娜公主缠的了，她要死要活要跟我，缠住不放。"

　　"谁叫你是美男子呢！"自从黎天赐进房，一直沉默的樊玉龙这时打趣道，"你有'美男子'之称，把俄罗斯公主迷得掉了魂。"

　　部队一进山东，黎天赐就娶了个山东地主小姐做姨太太。直鲁联军里有很多白俄，不知为什么他们的皇帝被推翻了，逃亡到中国却有那么多公主。不久直鲁联军的潘鸿钧军战败，一批白俄军官被黎天赐收留，安娜公主就自然而然地看中了师长，让新婚刚过的黎师长再次坠入情网。

　　"好了好了，言归正传吧，"蒋明先不满地扫了一眼，"已经让天赐耽搁这么久了。"

　　樊玉龙和黎天赐顿时严肃起来。蒋明先向二位师长说明最近的战局和张得盛被杀经过。

"张得盛这种人该死！"樊玉龙低声嘟哝一句。

"不管张得盛了，只说咱们自己的事吧。"蒋明先看看两人，"换奉旗的事，我已同二位说过几次了，没有不透风的墙，这事刘镇华与冯玉祥不会不知道，我想得立即行动，否则就等着人家来抓吧。"

"我还是原来的想法，参加国民革命北伐是正途，既可以为国家做点事，也可以改变咱们部队的性质，要不天天这样打来打去有什么意思。"樊玉龙再一次向他的军长摊出自己的想法。

"这次北伐就能成功？即使成功了，中国就能统一了？就不会再有军阀了？就不打了？哈哈，没有你想的那么简单。"蒋明先说。

樊玉龙张张口正想争辩，被蒋明先一挥手制止了。

蒋明先接着说："我知道玉龙是好心，是受了上过鳌柱山的房先生和在广州政府干事的表弟的影响，房先生很可能是戴红帽子的，你表弟我不敢说。现在是国共合作，但能合作到什么时候？蒋冯合作又能合作到什么时候，谁敢说？我看还是奉军这边的力量靠得住。玉龙，你究竟是什么态度，打开窗子说亮话，三哥不逼你。"

窗口蟋蟀的叫声清晰传来，樊玉龙沉默良久，猛一睁微闭的双眼，直视着蒋明先大声道："既然咱一个头磕在关公爷脚下，三哥，俺跟你走！"

蒋明先吁口气转向黎天赐，问："天赐，你说呢？"

黎天赐一拍桌子："有奶就是娘，跟着奉军这个有奶的娘比跟着冯军那个没奶的娘好，还不怕脑袋哪天搬家，当然要好些。"

蒋明先不久即就任直鲁联军第九军军长，随之，樊玉龙任第九师师长，黎天赐任第十师师长。

蒋明先军抵达山东曹县。樊玉龙师驻曹县五里屯，黎天赐师同柴云升、汪震部驻邻近单县。在镇嵩军编为第二集团军第八方面军时，冯玉祥对刘镇华不放心，派他的副总司令郑金声和执法监田作霖去做监军，刘镇华对蒋明先更不放心，又派郑金声和田作霖跟蒋明先军驻在曹县。当年，郑金声与冯在同一个连当兵，正所谓一起滚过稻草的袍泽，二人结为盟兄弟。他为人厚道，与蒋明先军上下军官相处良好。在蒋明先与张宗昌谈判时，对方唯一的条件是扣郑金声送往济南。蒋当时颇费思量，郑与蒋也相处很好，蒋本不忍作此举，柴云升、汪震为促使蒋下决心，就说绝对保证郑的生命安全。于是蒋只得找郑金声说：

"郑老总，我军决定换奉军旗帜，张宗昌要求把您送济南，我也不得不如此。我给张和柴、汪均有信，保证你的安全。"

郑金声从嘴里抽出旱烟杆，将烟锅往布鞋底子上磕了磕，抬头淡定地说："从朋友关系上说，咱们很好。此事您事先也不能跟我谈，现在既然如此，那就后会有期吧。"

身在五里屯的樊玉龙听到此事，来不及呼叫卫兵，自己从马棚里拉出一匹马来跨上去，直奔曹县县城。想起郑金声那个胖乎乎的、和善、风趣、常常夸赞他、同他开玩笑的老头儿，樊玉龙心中一阵悲凉。到了军部，听说济南来车已将郑金声和他的两位夫人拉走多时，樊玉龙气愤难消，拍桌大吵，蒋明先只能怔怔地望着他，不言语。这是樊玉龙对他尊重的三哥第一次如此无礼。张宗昌为了兑现承诺，又派大批汽车来到曹县，送来二百万大洋、六十挺轻重两用机枪，四十门迫击炮、七百支步枪和二百支手提机枪。全军上下美美地关了一次饷，士兵的子弹袋里装满白花花的银圆。

张宗昌曾向柴云升和汪震许过愿，如他们能将刘镇华手下的几个军拉过来，待打到开封就让柴云升当河南督军，汪震当总司令，但张得盛军被解决了，万选才军被稳住了，只拉过来一个蒋明先军。上次直鲁联军发动进攻，潘鸿钧、刘子陆两个军打到了离开封只有一站路的罗王，被冯玉祥从漳河前线急调来的石友三、韩复榘两军击溃，看来柴云升和汪震的督军、总司令宝座是难以坐上了，只能跟随蒋明先军行动。蒋明先军装备落后，虽得到张宗昌补充，仍无电台。上次战役直鲁联军失败，张宗昌与蒋明先联系不上，又派飞机命他死守曹县，但命令投错了，蒋明先军直退到单县，曹县被冯军孙良诚部吉鸿昌师占据，受到张宗昌严厉斥责。这次反攻，当直鲁联军展开攻势，吉鸿昌即放弃曹县，曹县重新落入蒋明先手中。战争形势瞬息万变，双方激战半月后，直鲁联军又败退，柴云升、汪震认为没有接到张宗昌的命令，不能再次放弃曹县，决定蒋明先和樊玉龙在曹县坚守，他们跟黎天赐师退往单县。此时张宗昌部损失严重,不能再战,要柴、汪传达命令,撤出曹县,但孙良诚部已将曹县包围。

军阀混战时期,又一场时间最长的城市攻守战拉开了帷幕。

双方对决的主帅,一个是攻城前敌总指挥吉鸿昌,一个是曹县城防司令樊玉龙。

吉鸿昌,字世吾,河南扶沟人,生于1895年,1913年入冯玉祥部当兵。因作战勇敢,从士兵递升至团长,人称"吉大胆"。1926年任第三十六旅旅长,参加北伐战争,由兰州东进,在西安解围之役中表现突出。1927年任十九师师长,于黄沙峪夜渡黄河,击退奉军,连克新乡、安阳,直逼鲁西。第一方面军总指挥孙良诚调吉鸿昌、梁冠英等四个师围攻曹县,并以吉鸿昌为前敌总指挥。这时冯军装备较好,攻城的四个师有一千多门大炮,吉鸿昌为了减轻部队伤亡,不用过去云梯攀城的老办法,而是炮轰。一千多门大炮的轰击,火力强大。蒋明先认为守城是死路一条,他把郑金声扣起来送到济南被张宗昌杀了,冯玉祥不会饶过自己。他同樊玉龙商量,将守城任务交给樊玉龙,他带两个连从西北角冲出去。于是,樊玉龙抽了两个战斗力最强的连跟随他突围。出发时,副师长郭春旺突然手持双枪站到突围连队的队列里,军部秘书长任中杰急忙上前阻止,蒋明先也上前劝说,郭春旺舞动手枪眼含泪水谁的话也不听。

"大哥,你配合老六守城,担子更重。"蒋明先说。

"咱们可是生死兄弟,"郭春旺道,"俺把你送出城还会回来的。"

樊玉龙默默看着,心里知道这城墙不是一进一出的事,也希望大哥这一次能冲出去,兄弟们能多活一个就多活一个,眼泪不禁流了下来,反而劝蒋明先道:"三哥,让大哥去吧,他枪法好。"说着,惨然一笑,语调尽量轻松地补充一句,"谁让他是大哥呢?"

拂晓,这两个连队从一个炮弹炸出的缺口里冲了出去,被对方的交叉火力堵了回来,几冲几堵,终于未能冲出城去。回撤中,郭春旺因撤在最后而倒下,任中杰扑过去抢救,也不幸中弹身亡。樊玉龙痛心万分,草草将鳌柱山的老大和老幺埋了,向外面放出消息,说军长已经突围出去。蒋明先由他的亲信宁副官与东门内一家商人联系挖掘秘密窑洞隐藏起来。

蒋明先驻军灵宝时,曾与东进的吉鸿昌相识,英雄惜英雄,两人结为金兰。

此时,吉鸿昌心念旧情,也不忍曹县城内军民涂炭,写了一封劝降信,派人送进城内。樊玉龙接信后,夜间通过宁副官去见蒋明先,蒋看罢信,有气无力地说,他看怎么办好就怎么办吧。樊给吉复信,说蒋军长已与柴云升和汪震一起退走,这里只有他的一个师。劝降不成,猛烈炮击复又开始。

曹县是个富县,城墙坚固,城壕深宽,但经不住不断炮击,不时会出现缺口。樊玉龙往往手持冲锋枪带着士兵在口子上同敌人展开争夺。将军不怕死,士兵就勇于冒死犯难,激烈的战斗昼夜不停,多次挡回敌人。一次樊玉龙到刘海团查看,见一个士兵与城下敌兵互掷手榴弹,一个手榴弹掷来掷去掷了四次,双方竟没有拉弦,直到第五次敌兵醒悟过来将弦拉开,城上那个士兵正要伸手去抓,被樊玉龙一脚将那个冒烟的铁疙瘩踢到城下,一声爆炸,城上那个士兵似乎还在迷糊,刘海走过来往士兵屁股上狠踢一脚,那士兵才算清醒过来。樊玉龙去到常文彬的旅指挥所巡查,看到旅长常文彬在电话上大声向团长章建生喊叫,他的副旅长岳崇武竟趴在桌边呼呼地睡着了,部队确实是太疲乏了,伤亡日益严重。随着副旅长岳崇武身受重伤,团长周福来和一大批营连排长及士兵阵亡,部队不断减员。吉鸿昌这时又派他的参谋处岳主任携信进城与樊玉龙面谈。吉在信中说,如能投降,部队不动,仍要你当师长。樊看信后沉思不语,岳主任问他还有什么条件?樊玉龙提出恢复南关交通和解决城内粮食问题。城内本来粮食较多,虽被围已近三个月,尚能为继,提出这个问题,实际上是想让蒋明先乘机逃走。这时他的思想很复杂,打下去徒增军民伤亡,不打,蒋军长必定没命;再说作为军人轻易放下武器是很没面子的事,为了三哥的生命和军人的荣誉,只有坚持守城。不久,吉鸿昌约他第二天下午三时出城见面,太阳西斜,阳光在城头上流动,樊玉龙依时在垛口出现,刹那间双方停止战斗,没有了枪炮声,没有了呐喊声,甚至于没有了士兵之间的斗笑声,很静,静极了,几只麻雀从壕沟上飞过,喳喳的叫声传送很远,不知谁咳嗽一下,马上又将声音吞了回去。墙外的云梯架好了,樊玉龙跨出垛口,沿着云梯一级一级下去。从西面投射过来的阳光将他刚洗干净的一身军装变成紫红色,像古代武士的战袍。双方的士兵看呆了,突然鼓起掌来。

樊玉龙独自一人走过壕沟,吉鸿昌走上几步拉起樊玉龙的手,惊讶道:"老天爷,你真来了? 我想你不敢来!"

樊玉龙注视着对方坚毅而方正的脸:"那有啥不敢来? 咱俩都不是小人。"

吉鸿昌佩服地点点头,唤着樊玉龙的字说:"卓云,人人都说你胆大,这次我可信了。"接着大笑两声,"人家叫我吉大胆,你比我的胆还大!"

吉鸿昌和樊玉龙都是三十左右的人,血气方刚,相互倾慕,大有相见恨晚之慨。吉鸿昌想帮樊玉龙脱离困境,就带樊玉龙去见总指挥孙良诚,孙良诚对樊玉龙也很客气。

樊说:"仗已打到这个样子,我是孤军,再打也确实没有意思,只能增加双方伤亡。请你们让开一条路,我撤出去,城让给你们。"

孙说:"张宗昌枪毙了郑金声,冯总司令很恼火。我们让开个口子,你把队伍撤出去可以,但要把蒋明先送来,要不我们不好在冯总司令面前交差。"

樊说:"蒋军长扣郑副总指挥,我原本不赞成,不过您如今要我扣蒋军长,这不是我樊玉龙做的事。"

吉鸿昌也劝樊玉龙认清形势,樊玉龙说,围城已三个月,城中百姓吃的有了困难,能早一天恢复交通才好。双方谈不成,吉鸿昌惋惜地说:"本想邀您到军部住一晚,再好好谈谈,但您出城太冒险,为使您的部队安心,我看您还是早回去好。"

樊玉龙回到城内,双方架起电话又谈。

吉鸿昌说:"卓云,你年不满三十岁。是穷小子出身,又是孝子,今天为革命为家庭,你要好好想想,如等我攻开城,我就对你帮不上忙了。"

樊玉龙恳切回答:"军长很爽快,但办法我接受不了。你前天不扣我,我很感激,以后城破的情况,我也想象到了,一旦到那一天,我不怪你。"

谈判失败,冯军发起又一轮猛攻。西门攻势猛烈,西城门和西门大街全被轰平。梁冠英师一个营登城,樊玉龙亲率师部直属手枪连和刘海团的两个连将其击退。战况分明于守方越来越不利,能战斗的士兵只剩一两千人,又继续对峙近一个月,到 1928 年 2 月,冯军从城壕底下挖地道入城,城破,樊玉龙走到商会崔会长家里隐蔽起来。冯军进城后四门紧闭,一周内不许任何人出入,搜寻蒋明先和樊玉龙甚急。宁副官被俘,受刑不过,引冯军到蒋明先藏身处,只见洞口一掀，洞下火光一闪，随即枪响，蒋明先自戕身亡。樊玉龙听闻蒋明先已死，不听崔会长要他仍藏身家中的劝告，自动到吉鸿昌的司令部投案。司令部在一座乡绅宅院，墙内有几枝蜡梅开得正盛，幽香四溢。樊玉龙深深地吸了几口气，走到站岗的卫兵面前平静道：

"我是樊玉龙，进去通报你们军长。"

吉鸿昌跟着进去通报的卫兵走了出来。看到台阶下正向墙头蜡梅花观望的樊玉龙，跺了下脚"唉"一声说：

"你这时候出来干啥？"

"我是来请你发落的，你看着办吧！"

吉鸿昌快步从台阶走下。

"你为啥出来？"吉鸿昌语带责备地又问一声。

樊玉龙道："我不能出卖蒋军长。我早来见你，你逼我要蒋，我很为难。现在蒋死，所以我来见你。打了一场，也算是朋友一场。今天我不求活，我的几千弟兄死在曹县城里啦，我活着也没啥意思，只希望死后，给我娘一个信，使娘收尸回去，余愿足矣！"

"我要竭力保你生命安全。"

吉鸿昌带樊玉龙走进院子，到房内坐下后说："你这会儿出来让我很难办。你先在我这里，等总指挥回来，我同他商量商量。"他让樊玉龙喝茶，停一下又说，"反正你放心，我先请总指挥给刘镇华去个电报，请他也给你说情。我和总指挥在冯总司令面前也一定替你维持。"

吉鸿昌请吃饭，由他的参谋长和师长们作陪。饭后，吉约樊同他的师长们一起照相，樊要求单独照，吉要樊不要往坏处想。饭后，接孙良诚电话，要吉鸿昌陪樊玉龙到他的司令部。冯玉祥正要在孝义开会，他要孙良诚往孝义开会时，把樊玉龙带到郑州。离开曹县，吉鸿昌给了樊玉龙一百个银圆零用，西北军生活很苦，一百元不算小数。樊玉龙也没说句感激的话，骑上马跟随孙良诚走了。

十二　袁家花园

孙良诚由孝义回来,派他的副官长对樊玉龙说,冯三两日后才到郑,要将他先押起来,北伐成功后,恢复他的自由。

樊玉龙在军法处与吴佩孚的秘书关在一间房,床铺头顶头。一天半夜,院内明通通的,布满岗哨;大刀手枪,杀气腾腾。忽然外面点了樊玉龙的名字,樊玉龙急忙坐起身来。他在这里已经住了两个多月,执法队杀人都是半夜点名叫出去的,暗想轮到活埋自己了。他把衣服穿好,仔细打好绑腿,又伸伸腰把衣服展了展。吉鸿昌送给他的一百块银圆,还整整齐齐地摆在床头,一个未动。他把这一摆银圆往吴佩孚秘书的床头一推,说你留着用吧,就走了出去。抬头看看天上的星星,正好有一颗流星飞过,暗自苦笑一下,他深信村人说的天上一颗星地下一个人,心想这就是他了。

樊玉龙镇定地走进院子,踏上一辆黄包车,几十支盒子枪押着出了大门。一弯残月挂在一棵刚吐春芽的老椿树上,樊玉龙想起儿时的月亮,掐指算一算自己就快三十啦,想到死也没啥。这辈子虽说只活了三十年,也值得。在曹县一起守城的蒋军长和一些同事都死了,还有鳌柱山一起磕过头"不能同年同月同日生,但愿同年同月同日死"的弟兄,死的大概也不少,自己这条命又多活了几个月,丢了也没啥。只是老娘还寄居在朋友家,无业无家,自己这一死,她咋过日子,发誓要使年轻时受苦的老人家过上好日子,给她养老送终,如今不都成了空话？他坐在黄包车上，摇摇晃晃，像在梦里，感觉走得很慢，路真长。终于车停在一个大门楼前面，进去是个四合院，灯火通明，戒备森严。冯玉祥的执法司徐惟烈站在上房前檐下，看到他一步一步走近，忽然大喝道：

"你是樊玉龙吗？"

"我是樊玉龙。"

"你是直鲁联军第九军第九师师长樊玉龙吗？"

"正是。"

"樊玉龙，你知罪吗？"

"我不知罪，我有啥罪？"樊玉龙反问。

"你还敢不知罪！"徐惟烈一拍桌子站起身，"你杀了郑金声！"

"我没有杀郑金声，扣郑副总司令我不赞成，那是我们军长扣的。"

这时，站在徐惟烈身后的冯玉祥突然走上前一步。樊玉龙虽然先前没见过冯玉祥，但从高大威仪的身躯上看，他直觉感到冯玉祥来了。

"你还嘴硬，"冯玉祥代替了他的执法司，"你在曹县坚持四个月，阻碍北伐前进，这不假吧？"

"不假。"

"你是反革命！"

"我不知道什么革命反革命。"樊玉龙争辩，"我不是反革命，我只是一个军人。守曹县是上级命令，军人以服从命令为天职，作为军人，我执行上级命令打到底，没有罪。"

"你还想活吧？"徐惟烈又夹进一句。

"败军之将，要杀就杀，听凭发落！"

双方形成僵局，一场简单的审问到此为止。只见冯玉祥向外摆了下手，徐惟烈会意，让执法队把樊玉龙重押下去。樊玉龙心想前面只有刑场，他感到喉咙发干，强吞下一口口水，想像鳌柱山人那样喊几嗓子，忽又想自己是个堂堂正正的军人，喊那种"老子十八年后还是一条好汉"之类的话没意思，就挺挺胸，大踏步向外走去。又是黄包车，又是晃晃荡荡的长路，谁料他又被送回看守所。他想起孙良诚带给他的"待北伐胜利给你自由"那句话，但冯玉祥多变，这次又顶撞了他,想是必死无疑,怎么又送回看守所来了?樊玉龙思虑着走进原住的牢房,同监的吴佩孚秘书惊讶得还未能说出一句话,孙良诚和吉鸿昌就一起跑进来兴奋地告诉他,徐执法司说你是条好汉,冯总司令笑笑加了八个字:"血性忠义,可用之材",看你年轻,将来还有用,决定不杀。樊玉龙知道这是与二位力保、刘镇华也替他说话分不开的,心存感激。孙良诚和吉鸿昌离去时,樊玉龙郑重地向二位行了一个军礼,低声道,谢冯总司令和二位不杀之恩。孙良诚拿出一本孙中山的《三民主义》说:

"冯总司令让我带一本《三民主义》给你,要你到开封袁家花园后静心读书。"

吉鸿昌开玩笑道:"说不定哪天还要考你呢。"

曹县城攻守双方,就在这种悲凉的笑谈之中分了手。

几天后,樊玉龙被解往开封南关袁家花园关押。

一提起袁家花园,人们自然会想到袁世凯,这座花园住宅确实与袁世凯有关系。1908年岁末,光绪帝和慈禧太后相继去世,溥仪之父载沣任摄政王。载沣记恨袁世凯戊戌年出卖光绪皇帝,以脚疾之名将他开缺解职。据说,袁世凯下野之后,欲在安阳建宅,重金聘请一个老道为其勘测风水,老道勘形察脉,认定彰德(即安阳)广益纱厂周围实为难得之风水宝地也!袁世凯信之,在广益纱厂和京广铁路东侧购地八百亩,建巨宅,曰"洹上村"。后来,洋务派开办的广益纱厂因受洋货制约,连连亏损,资不抵债,辛亥年后被袁世凯的侄子袁毓英收购。袁家此时盛极,袁毓英在开封南关广购田亩,建楼阁花苑,即后人称之的袁家花园。袁世凯死后,此花园随着袁家势力的衰微而败落,几易其手,后来竟成了冯军的监狱。樊玉龙到时,里面已关了蒋明先的参谋长、樊玉龙师的杨旅长及其他军官,冯军本军的一些违反纪律的旅团长也关在里面,其余皆是共产党嫌疑犯。这时,距四一二事变发生已近两年,冯军效法蒋介石部也在进行清党。

在袁家花园生活条件比较好。两个人一个房间,可以到别的房间找人闲谈,夏天夜里还可以到房外乘凉。每天吃白面馍,不时有肉吃,令人不安的是经常有人被拉出去枪毙,深夜的枪声很瘆人。杨旅长懂一点星相,一个夏夜正在花圃旁与人指看天上二十八星宿的位置,被执法队点名提去了他和军参谋长。一点名提人,就知道是要处决。枪毙杨旅长时他问他是何罪,监刑官答他是"反革命"。杨旅长又问他们师长是不是"反革命",监刑官答他有他的情况。杨旅长曾向樊玉龙说过,曹县城破时,吉鸿昌虽下令关闭城门七天,但搜查并不严,师参谋长孙燕、旅长常文彬等都是换上便衣混出城的,他则因为想把队伍拉走而被捕。在袁家花园,樊玉龙没想到要出去,不知哪天冯总司令的心思一变,他又会被算作"反革命"去走杨旅长的路。他强迫自己什么都不去想,但止不住会想起母亲,有时还会想起金娘。他与外面不通消息,娘大概以为他跟随刘镇华的第八方面军北伐去了,这还好,让她少操点心。金娘可怜,婆媳不和,卢玉贞又仗势欺人,她个性偏强不肯服人,不知日子咋过。

一天,卫兵在樊玉龙房间外面喊,说有人探监,要他到接待室去。他一时想不起来人会是谁,蹲监几个月没有人来看过他,也没人知道他在哪里,今天是哪个呢?而且进这里探视也不是件易事。他低头想着,跟在卫兵身后走进接待室,进门一看惊讶得几乎说不出话来。

"寿庭姑父,你、你、你咋来了?"

"我来看看你。咋样?身子骨还好吧?"还是一身蓝布大褂的石寿庭平静地问。

"恁咋知道俺在这里?"

"最近我认识了一位军法处的法官,向他打听,是他说给我听的。"

"俺孝先爷好吧?俺姑姑好吧?"樊玉龙将石家人几乎问了一个遍,甚至连小姨太也问到了,就是不敢提秋秋。

石寿庭一一作了回答。他知道玉龙心里最牵挂的是他娘,转口气说:"你娘她们几个还好,仍住在南涯你朋友家,就是好生气,犯了哮喘。"

"她从年轻时候就有拘症,一犯病就拘得喘不过来。"樊玉龙停了一下,"俺娘脾气不好,两个媳妇又不懂事。"想起娘的处境,不禁眼泪花花的。

"还好,年前你霜花姑回乡下一次,去南涯看过她。"石寿庭安慰道,"还算好,你的朋友对她们照应得还好,但你的事大家都瞒着她。"

樊玉龙忍不住哭了,先是掉眼泪,接着痛哭失声。一个汉子,一个在战场上生死不顾、鬼神无惧的汉子这样大哭是很震人的。接待室内一时静下来，门口的卫兵往里看看，没作声。

"玉龙，你看我还把谁带来了？"石寿庭吐口长气，转换话题。

也许是被石寿庭魁伟的身躯挡住的缘故，到这时樊玉龙才注意到石寿庭身后还有个头戴帽壳、身穿坑布棉大褂的小老头，仔细瞧瞧，原来是羊村刳兒住对面的羊在礼。

"在礼伯，恁咋也在这里呢？"

羊在礼只笑不答。

"你在礼伯早在这里了。"石寿庭代羊在礼回答，"他在山货店街开了一间店，将生意做到省城来了。"

"哈哈哈，哪像举人大人说的，只卖点咱老家山里的山货，小铺子罢了。"

"当年在村里，在礼伯就是做生意的一把好手。"樊玉龙笑笑，"现在店里都卖些啥货？"

"也谈不上啥生意，只贩些咱山里的木耳、冬菇、猴头菇、蜂蜜罢了，都是些山货，靠山吃山，别的咱还能弄啥？"羊在礼道。

"啊，这可都是咱山里的宝呀！"樊玉龙不觉有些兴奋。

石寿庭深情地望着樊玉龙："玉龙，我和你霜花姑就要离开开封了。先到北京，隔一段准备到欧洲走一趟。"

"咦——那得花多少钱呀！"羊在礼吃惊地打断石寿庭的话。

"如今老太爷也开眼了，他为这事卖了一顷地。"

"姑父，老远跑到欧洲干啥？"

"考察宪政！"

"宪政是啥？"羊在礼睁大多皱的眼皮。

石寿庭看看樊玉龙，想要他来回答。

"宪政就是国家要有一部大法，能管住所有人的大法。"樊玉龙不好意思地笑笑，"对吧，姑父？"

"大概也就是这个意思。"石寿庭一提起他心中的宪政就激动起来，"北伐算是成功了，国家好像也统一了，这就不打了吗？国家统一后怎么办？你看现今的局面,旧军阀打倒了,新军阀却出来了;北伐进展当中,先是派系之争,广州国民政府原定迁都武汉,当一批国民党执行委员、国民政府委员和部长如徐谦、宋子文、宋庆龄、陈友仁、邓演达、吴玉章、董必武等到武汉组成国民党中央和国民政府委员联席会议,代行国民党中央党部和国民政府职权时,却遭到蒋介石反对,把中央执行委员会常务委员会代理主席张静江和国民政府代理主席谭延闿接到南昌他的总司令部,截留部分取道南昌前往武汉的委员,擅自在南昌召开中央政治会议第六次会议,成立"南昌中央",与武汉对抗。4月,中路北伐军攻克南京后,蒋介石又成立南京国民政府,迁都之争愈演愈烈,形成宁汉分裂,接着是国共分裂。国共两个党合作了,又分裂了,血流成河。几年来天天唱的"国民革命",原本由孙中山领导,但他感到作为革命党的国民党暮气太重,需吸收新鲜血液,就实行联俄联共扶助农工政策,把共产党容纳了进去。共产党本来人数不多,在它的第三次代表大会上,国际代表马林因对不愿与国民党合作的代表不满,曾语带讥讽地说,你们只是两百多个学生,不与国民党合作能干什么? 不久两党合作了,这两百多个学生有活力和能量,有信仰和理想,也有牺牲精神,以个人身份加入老牌的国民党后,迅速登上了中国的政治舞台。随着工人运动和农民运动的蓬勃发展,共产党的力量不断壮大,在共产国际支持下,时时与国民党争夺领导权,农民赤卫队和工人纠察队成了第二武装。这虽有助于北伐的快速进展,也造成国共两党的不时冲突和摩擦,结果不就发生了四一二事变了吗? 孰是? 孰非? 谁来评说? 国民革命军逼近上海,共产党发动三次工人起义驱逐盘踞于上海的军阀本是好事,但即行成立上海市人民政府,蒋介石自然心有不甘,认为胜利果实被别人夺了,呵呵,于是双方开打。"说到这里,石寿庭抬头望了樊玉龙一会儿,"四一二事变你听说过吧?"

樊玉龙苦笑一下说:"听说过,那时俺还没有蹲监。"

"两党就这样开打了。蒋介石早已同浙江财团结盟,收买青洪帮流氓向工人纠察队发动突然袭击。接着命令由原军阀孙传芳属下的浙江陆军第三师改编的国民革命军第二十六军去收缴工人纠察队枪支,向上海总工会和请愿游行的工人开火,打死三百多人。自此,国民党公开清党,国共正式分裂。"

石寿庭似乎又回到寿庭学堂的讲坛,一时收不住口,滔滔不绝。"再说国民党党内,后来宁汉合作了,南京国民政府开始办公了,内部就统一了吗?不斗了吗?今年,蒋介石要召开编遣会议,想削减别人手中的军队,李宗仁、白崇禧的桂系和冯玉祥的西北军能同意吗?看吧,还有好戏!为什么会这样,都打革命的招牌,都有自己的打算,以党权压政权,又以军权压党权,谁都不听谁的!"

"是的,"樊玉龙深有感触地问,"老师,那恁说咋办呢?"

"要立法,要有一部能管住所有人的、人人必须遵守的大法。"石寿庭长长吁口气,"这就是宪法。"

"啊——"

"中国必须有这部法!"

石寿庭离开开封之后,羊在礼又来探望过两次,有次带点核桃、柿饼之类的家乡山货,有次还带了一只烧鸡,是开封有名的马豫兴烧鸡。樊玉龙想喝酒,监狱不准,樊玉龙只得忍着。日子过得很沉闷,老师讲的什么宪法,他是不再去想了,只有住在隔壁的一个姓周的旅长不时过来闲聊。这位周旅长很有点意思,年轻,读过书,但脾气暴躁,有一次因看守对他责备了几句,竟和看守打了起来。他有后台,他是冯玉祥的部下,冯玉祥器重他,把他送到苏联的军事学院学习,回国后思想变左,总顶撞长官,有一次就与冯玉祥直接怼上了,有人说他是共产党,他不承认是共产党,冯玉祥一怒差点杀了他,就将他送来袁家花园反省。他常发牢骚,骂人,他在冯军的朋友多,看他的人多,传进不少外面的新消息,令樊玉龙对外面的时势变化不再那么闭塞。看着袁家花园的树木叶发叶落,过了大年不久,周旅长传来一个消息,蒋军和桂系军打起来了,先是不可一世的蒋介石被桂系逼迫下野,在上海与宋家三小姐举办婚礼,不久复职,与桂系真枪真刀干将起来。如果起初樊玉龙是把这些当作花边新闻来听,到后来他就不能不服老师石寿庭料事如神,天下大事尽在胸中。

当园中一株老梨树开成一片春雪的时候,卫兵又通知樊玉龙到接待室。探监的人刚进门口,他看到了羊在礼身后还有两个人,一个是柳子谦,一个是石伊秋,看到这两个人,比上次看到来探监的石寿庭,更令他意外!

"子谦,是你吗? 真是你吗?"樊玉龙急走几步,双手紧握柳子谦的双手不放。

柳子谦张张双臂:"你再仔细看看,不是我柳子谦,还能是谁?"

樊玉龙猛击一拳:"真让人想象不到、想象不到,你咋会在这里!"

"你认为我应该在哪里?"柳子谦一笑。

"在南京,你这位北伐功臣应该在南京嘛!"

"还功臣呢。"柳子谦向门口的卫兵瞥了一眼,转过脸来把嘴附在樊玉龙耳朵上低声说,"现在说我是逃犯还差不多。"

"哦!"

听着柳子谦的笑声,樊玉龙怔住了。

一直坐在柳子谦身后的石伊秋静默不语,这时对樊玉龙抿嘴笑了笑。

"啊,秋秋,"樊玉龙叫声石伊秋的小名,出口后又急忙改口,"伊、伊秋,你也来啦。"

秋秋粲然一笑:"我想等你们两个大男人说完了我再说。"

"说吧,有事你先同玉龙哥说,我们的话长着呢!"

"不是我的事,"秋秋从手袋里拿出一封信,说,"我哥顺立要出国了。"

"去日本还是同寿庭姑父一起去西欧?"

"都不是,他是去苏联莫斯科中山大学。"秋秋想一下又补充一句,"还有他的北京大学同学赵定北。"

樊玉龙愣在那里,似乎未听清秋秋在说什么。

"你打孽那次赵定北没死,是我骗了你。"秋秋神态镇定地坦直道。

"伊秋,不能说你骗了我,其实我早有这种感觉。程鸣岐告诉我赵家出了五口棺材,其中一个很轻,里面装的可能是那个小孩,后来那个小孩还活着,我就知道那是一口空棺。"

"你怎么不追问呢?"柳子谦诧异地眨眨眼睛。

"我的心当时很乱,看到秋秋在那里,要不孙燕向定北开枪时,我就不会托了一下孙燕的手。"

三个人不再说话。

"旧事不提了,"柳子谦想转换话题,打破尴尬,用幼时调皮的语调问,"不想听听这两年我这个逃犯的经历吗?"

樊玉龙感到柳子谦有点夸大其词,笑着问:"你刚从哪里逃出来?"

"张轸的部队。"

"张轸?"

"你应该认识他。"柳子谦说,"他从少年起一直在上军校,自陆军小学、保定军官学校到日本陆军士官学校,回国后的第一份工作就是在镇嵩军第一师当团副,几经辗转,现在是北伐军第六军的师长。"

"在镇嵩军听到过他,但不认识。"樊玉龙摇摇头,"这次就是他要抓你?"

"不是,是别人要抓我。"

十三 "逃犯"柳子谦

　　说起"逃犯"柳子谦,这两年他比坐牢的樊玉龙的经历要曲折得多。

　　每条路都是让人走的,但每条路的弯道和曲折各不相同。本来,摆在少爷和洋学生出身的柳子谦面前的是一条老天早已为其注定的康庄大道,和穷小子樊玉龙赌命的磕磕碰碰截然不同,但也逃不脱命运带来的挫折。

　　柳子谦自从和几个卫士被孙中山推荐到黄埔军校第一期学习之后,与许多进步的同学一样,参加了共产党,革命思想一浪高过一浪。同孙文学会那班人斗,同国民党右派斗,天天谈革命,在校谈,出了校门仍谈,星期天偶然进城和几个北方同学聚在中央公园前边的北方馆吃饭、喝酒,谈的也是革命。革命成为他们谈话与争论的主题,也是他们这群来自全国四面八方的年轻人的生活主色调。在这种革命热潮推动下,他勇敢地投身实际革命斗争,成为许多重大革命历史事件的亲历者。他参加了平定商团之乱和平定军阀杨刘之乱的战斗,参加了黄埔学生军和粤军讨伐陈炯明叛军的两次东征,见证了省港大罢工的工人和市民为支持五卅运动于1925年6月23日举行游行,行经沙基附近遭英法帝国主义分子开枪袭击,死伤数百人的沙基惨案。从黄埔军校毕业,因孙中山先生已北上与北洋政府商谈国是,他未回先生的卫队,而是参加了陆海军大元帅府铁甲车队。铁甲车队是个新兵种,由学长周士第任队长,他任排长。这个铁甲车队可不是人们想象的坦克车队及装甲车队,而是外面装有钢板的运行在铁道上的武装列车,像大家在电影里看到过的苏联内战时期的铁甲列车那样。铁甲车队屡建奇功,在距香港不远的沙鱼涌战斗中,击败过袭击省港大罢工工人的陈炯明部,还开赴广宁和海陆丰支援农民运动,并在广州的两次平叛中建立奇功。1925年年底,柳子谦随铁甲车队加入国民革命军第四军第十二师第三十四团,即叶挺独立团。周士第任第一营营长,柳子谦升任连长。1926年5月,叶挺独立团作为北伐先遣队进入湖南,首战茶陵附近的安仁镇,击败直军,稳定了湘南、湘北战局,为北伐主力开辟了前进道路。在一片凯歌声中,在燎原之势般一呼百应的农民运动中,年轻军官柳子谦有时却在兴奋中不禁会感到一丝迷惘。

安仁是一个小镇,独立团进驻之初,天天是欢迎的锣鼓以及打着小纸旗、唱着"打倒军阀,打倒军阀"的小学生和居民组成的欢迎队伍,未过几日,锣鼓声和口号声虽然更加高涨,但街面上的情状却变了。歌声变成怒吼声、叱骂声,从早到晚,窄狭的街道上走过的是从四邻八乡来的游街队,头戴高帽、胸挂黑牌、低头弯腰的所谓土豪劣绅在前,棍棒和失去理性而被愤怒扭曲了脸的农民在后。柳子谦在海丰看到过这种景象,也许更加惨烈。海陆丰农民起义之后,农民成为革命的一股巨大力量,海丰县城被称作"小莫斯科",有红场、有列宁小学。在安仁,柳子谦见到了更多的游街游乡队,不由会想起自己的家,想到爷爷、伯伯、叔叔,他们也是土豪劣绅吗? 有一天也会这样像牲口一样被牵着游街游乡杀头吗? 他无法回答。作为共产党员,他警觉地告诫自己这种情绪不健康,赶快收住,不往下想。

由肇庆出发时,一个同林彪等一起到团里当见习排长的黄埔四期毕业生,到连部吵着要回家,柳子谦问为什么,那青年憋得满面通红却说不出话来。

"不想革命了?"

"想革命。"

"怕死了?"

"不怕。"

柳子谦急了,一拍桌子:"那是为什么? 要革命,不怕死,既然死都不怕,却要脱离革命队伍? 为什么? 你说为什么? 这不是有意扰乱军心吗?"

副营长蔡彤从门外经过,听到门内有吵嚷声就走了进来。柳子谦和那个见习排长想起身敬礼,蔡彤双手往下按按,示意他们仍坐下。看了看脸色沉重的两个人,故作轻松地问:

"这不是我的小老乡、见习排长何日辉吗?"

"报告副营长,我是何日辉,广东资兴人。"

"哈哈,我看过你的履历表,不会记错的。你是资兴何家村人。"

"副营长没记错,副营长记性好,我刚来团报到那天,副营长同我谈过话。"

室内气氛缓和了一些,蔡彤把脸转过去问柳子谦刚才发生了什么事。柳子谦简单向蔡彤重述了他和何日辉的谈话,蔡彤沉默良久。

"何日辉,你真想离开部队?"见何日辉不语,蔡彤又说,"北伐刚刚开始,安仁战役是第一仗,也是首捷,以后还不知要打多少仗,你就想脱离部队了?就想班师回朝了?"

何日辉知道副营长是同他开玩笑,圆溜溜皮球般的娃娃脸红了一下:"我不是想班师回朝,我是想回家。"

"究竟为什么嘛?"柳子谦问。

"我参加革命是遵照孙中山先生的遗嘱,将国民革命进行到底,但一革命先杀了我的家人,昨天家里捎信来,说我叔被造反的农人杀了,我一夜没睡着。"

"怎么回事? 说来听听。"蔡彤低下青白的长脸专注地看着何日辉。

"我叔叔家里是有几个钱,也在乡里办过一些事,但说他欺男霸女、横行乡里,我从没听过。他被当地农会抓起来,挂牌戴帽在各村游斗了三天不说,然后竟被一帮暴民杀了头。这杀人也得有个王法吧? 如果是法院要杀,我无话;如果是革命军队要杀,我也无话,但一帮农民凭什么杀人? 一个乡会出那么多恶霸? 会出那么多土豪劣绅? 我不相信随便抓人杀人,就叫作国民革命! 国民革命就可以无法无天吗?"

"这是农民运动,农民运动一呼百应,里面什么人都有,就可能出些偏差。你不要想太多。"柳子谦是这样劝解自己的,也就这样开导何日辉。

"你们到各乡走走,到处随意杀人只是偏差吗?"何日辉带着质问的语气说,忘记了坐在面前的是他的两位上司,"我家比较穷,是叔叔拿钱让我到县城读高级小学,到衡阳读衡阳师范,也是他让我到广州参加革命,进黄埔军校,他怎会知道一革命却把他的头不明不白地给革掉了呢?"

"你回去想做什么?"蔡彤阴沉着脸问。

"我要同那帮人说说理。"

"浑蛋!你现在同那帮人有理可说吗?说不定你的头会说掉了!"蔡彤转身对柳子谦严厉说,"不准他离队,他再闹就关禁闭!"

蔡彤脸色愠怒,一转身大踏步走出连部,柳子谦急忙跟上。

"这样下去,这个队伍不好带。"

"那咱们团几时北上?"

"这两天吧。"

"离开这里就好了。"

两人走到街上,找了一间卖油炸糍粑的小铺坐下。

"我是在保护何日辉,这两天你把他看紧点。"蔡彤长长吁了口气。

"我知道,这时候他回去不会有好果子吃。"柳子谦点点头。

街上仍不断有游街队穿过,口号声、怒骂声、哭叫声不绝于耳。蔡彤放下竹筷直望着柳子谦苦笑道:

"我知道老弟您是共产党,我有不明的事想向您请教。"

"副营长客气了,您年龄比我大,经历比我多,还读过大学,对我要多赐教才是。"

"是你们党要下边这样干的吗?"

"好像上面也有不同意见。"

"听说你们的斯大林同志也说过土地革命不要过火。"蔡彤用筷子头点点店外的情状,"这算过火吗?"

"副营长,这不是阶级斗争嘛。"柳子谦急忙夹一块刚刚炸好的还有些烫嘴的糍粑送到蔡彤碗里,乘机在脑中迅速搜索着他在军校传阅的《共产党宣言》和《共产主义 ABC》中的词句,一时只想起"阶级斗争"这四个字。

"我拥护孙中山先生平均地权和耕者有其田的主张,简单说就是土改、土地再分配。我国古代做过这件事,我从书上看到西方资本主义国家也做过这件事,你们的马克思先生也说过这件事必须做,否则就会束缚生产力发展,我赞成。但现在这样做,这样暴力,这样血淋淋,有必要吗?"

"孙中山先生不是也说过要扶助农工……"柳子谦的声音很低。

"先生死了,现在谁也说不清他是怎么个想法了。"蔡彤长叹口气,怔怔地望向门外。

"是革命就会有暴力,法国大革命不是也有暴力,法王路易十六和许许多多人不是也人头落地了吗?"柳子谦似乎找到了什么依据,有点气壮起来。

"这是什么革命?你知道这里面有多少地痞、二流子、勇敢分子?正经的农民是不会歪心这样干的。"蔡彤不愿意把话题扯远,用筷子捣捣门外,"靠这些人搞革命,只能搞出李自成、张献忠或洪秀全,最多搞出个农民革命,搞不出个孙中山想象的民主社会!"

"不尽然吧。"

"我敢肯定,革命的性质变了,未来的社会性质就不可能不变!"蔡彤痛苦地闭上眼睛,"再说,国共合作也不会合作到底,说不定不久就会分裂。孙中山实行容共政策才不过三年,你们却要争夺领导权,天天高喊要争'无产阶级领导权''无产阶级专政',国民党内本来就有右派,你把领导权夺走,人家会答应吗?"蔡彤突然笑出了声,"再说,中国有几个无产阶级呀?你们共产党里有几个无产阶级呀?你们发动农民运动为的是抓住农民这股力量,你们的革命也必将成为带有先天封建性质的农民革命。"

"副营长,你是位理论家。"柳子谦半开玩笑道。

"我不是理论家,我是个庸人。"

"你对眼下的形势怎么看?"

"不敢乐观。"蔡彤摇摇头,"不仅仅刚才说到的国共两党会分裂,还有国民党内各派各系也会分裂。新老军阀都穿上国民革命的外衣,谁服谁呀,能消停吗?"

"您是不是太悲观了点?"

"这不是悲观的问题,是现实的问题。"

"怎么办?"柳子谦想问什么,似乎又不想说出来,犹豫了一下,"副营长,您会不会离开大家?"

"不,我不会离开这些曾经一起发过誓愿,一起共过患难的生死弟兄。"蔡彤起身付钱,被柳子谦抢了先。柳子谦有父亲资助,是营内有名的"肉头户",蔡彤也不与他争,穿过街上纷扰的人群,向营部走去。营长周士第正要派勤务兵上街找他二人,一见他们就急忙招呼进房开会,传达团部刚刚下达的作战命令。

独立团经过攸县长岭战役、醴陵战役、平江战役、中伙铺战役,到了湖北咸宁南边的汀泗桥。直系军阀在此布下重兵,吴佩孚亲临前线督战,还是没有阻挡住独立团的攻击。这场决定双方成败的汀泗桥战役结束之后,独立团又取得贺胜桥战役的胜利,直逼武昌城下。

攻克武昌之后,国民革命军内部开始分裂,一连串事件——宁汉分裂、"四一二"、"七一五"等发生了。各地清党,许多共产党人和群众被杀害。7月12日共产党总书记陈独秀被停止职务,中共临时中央,号召各地举行武装起义,以革命的武装反对反革命的武装,计划首先集合自己掌握和影响的部队联合以张发奎为总指挥的第二方面军在江西起义,南下广东建立革命根据地,实行土地改革,接受苏联支援,发动二次北伐。参加这次起义的部队以叶挺为军长的第十二军下辖的二十四师、十师,第四军二十五师七十三团、七十五团;贺龙为军长的第二十军和以朱德为团长的第五方面军第三军军官教导团为主。7月20日,中共中央令谭平山、李立三、邓中夏等人到九江开会研究暴动计划,决定成立领导起义的党的前敌委员会。叶挺、贺龙指挥各部队由九江涂家埠等地向南昌集中,并令周士第从二十五师七十三团抽一个营尽快抵达南昌作为前敌委员会的警卫营,周士第立刻将这一任务交给柳子谦营。柳子谦本要到另一个团去任团长,接到新任务后二话不说就率领全营昼夜兼程赶赴南昌。

7月27日,作为中共前敌委员会书记的周恩来离开九江到达南昌,29日,张国焘以中央代表名义给前委连发两封密电,以"暴动要慎重"为由要求前委考虑原定的行动计划。30日,张国焘到达南昌,前委召开会议,会上争论激烈。张国焘坚持暴动要征得第二方面军总指挥张发奎同意方可进行,说这是国际代表和临时中央的意见。而前委的委员们则认为箭已在弦,不得不发。张国焘以势压人,逼得涵养一直被人称赞的周恩来也与他拍起桌子。

周恩来说:"国际代表和中央给我的任务是要我主持这次暴动,你的意见与国际代表与中央不同,我不能按你的意见办!"

性情率直急躁的谭平山从与张国焘在北京大学同学时起,就看不惯这个阴阴阳阳的老同学,他指着张国焘的鼻子怒斥:

"你怕死你走开,不管什么人的指示,事到如今一定要暴动!"

张国焘仍争辩不休,坚持己见,气得谭平山拍着桌子向外面喊:

"来人,把他捆起来! 把他捆起来!"

谭平山几次喊,警卫营长柳子谦几次站立在门口,将探询的目光对着周恩来,周恩来几次向他摇手。

原定的起义日期推后一日。8月1日凌晨2时,南昌起义的第一声枪声响了。起义军向各重要据点和战略要地发起进攻,黎明前攻占全部市区,消灭了第五方面军第三军和第九军留驻南昌的三千多人。下午,中共前敌委员会和国民党左派人士在江西大旅店召开会议,以国民党左派名义发表了《国民党中央委员宣言》,任命贺龙为第二方面军代总指挥,叶挺为第二方面军前线总指挥,刘伯承为参谋团团长,周恩来、李立三等人为参谋团委员,具体指挥起义军行动。8月3日,张发奎、朱培德部向南昌扑来,起义军撤出南昌,沿抚河南下,计划经瑞金、寻乌进入广东,先行占据东江地区,争取外援,再行攻取广州。队伍进至距南昌不远的进贤县,蔡廷锴的第十师脱离起义队伍。起义军按原定计划进至瑞金,在壬田地区与前来截击的屈大钧部打了一仗,经会昌改道向东,一路上在与李济深派来截击的屈大钧、黄绍竑两部作战中前进。起义军撤出南昌比较仓促,队伍未予整顿,加之酷暑远征,减员较多,总兵力由二万多人,骤减为一万三千余人,仍顽强经福建长汀、上杭,沿汀江、韩江南下。至9月22日,第十一军二十五师攻占广东大埔三河坝,前委决定分兵,将朱德、周士第、陈毅部三千余人留在三河坝阻击追赶的敌人,主力继续南下,于23日占领潮州。潮州七日红,七天后主力撤出潮州,在丰顺汤坑汾水村与敌激战,全军被击溃,余一千三百余人向海陆丰撤退,又遭截击,部队溃散,起义军领导分散转移。谭平山、周恩来等人先后乘渔船去到香港。三河坝那边形势也非常严峻,许多士兵和中下层军官纷纷离开部队,蔡彤和何日辉也在这时离去。朱德召集党委会议,决定派二十五师政委李硕勋前往上海向中央汇报,不久二十五师师长周士第向党委会提出前往香港与党组织联系,也走了。三河坝一时愁云密布,军心涣散。正当此时,最后撤出潮州的领导机关警卫营却绕过敌人包围圈,成建制地回到二十五师,朱德大喜,这不亚于是一针强心剂,使一支几乎面临穷图末路的军队士气为之一振。朱德命柳子谦重整二十五师七十三团,开始向闽赣方向转移。经饶平、平和、大埔、永和到达福建武平。追击的敌人已形成包围之势,柳子谦站在一个高坟堆上指挥部队突围,激战中一颗炮弹落在他身旁。

炮弹剧烈的爆炸将他击倒,他清醒地感觉这次是死了。死了,没有疼痛,没有知觉,身子成为碎块正向上飘,飘得很高很高,然后散去,像小时过年看到的闪闪发亮又慢慢坠落着的烟花。坠落了,熄灭了。一个梦境又一个梦境,梦见爹娘,梦见前委会的争吵,梦见寿庭学堂,梦见倔强的龙娃和美丽的秋秋……不知过了多久,是一天还是两天,他感到一个柔软的东西在脸上滑动,想拨开它却抬不动手臂,睁开眼,原来是一只小牛犊正伸着红润的小舌头在舔他的面部,从鼻子到发际,舔得那个仔细。头上的天空那么蓝那么高,一只苍鹰展开双翅在云端遨游,长唳一声紧收羽翅像箭像雷电一般直插下来,不知是角啄还是翅尖扫过,顷刻间又飞进云层消失了。刚露头的朝阳探视着静谧的大地,一缕阳光投射到他的脸上,暖暖的,痒痒的,眼皮很重,睁一睁又沉重地闭上。毕竟是秋天了,带点凉意的风从茶山上吹过来,浑身不禁抖动一下,醒了。

"我没有死。"他对自己说。哦,眼前的大天大地原本是这么静这么美好啊!

他坐起身,惊奇地发现身上一点伤都没有。想起昨天的战斗,一颗带着哨声的炮弹在身边爆炸,他却没有受伤,奇迹吗?看到坟旁有通石碑,青色的五尺多高的石碑上有许多斑斑驳驳的弹痕,明白了,是这通石碑为他挡住了弹片。心中充满感激,是列祖列宗佑护了他,他想跪下磕个头。细看石碑上的祖宗不姓柳,姓柳也罢,不姓柳也罢,都是他的救命恩人。

白露遮盖了一大片泛黄的秋草,等待收割的稻穗沉甸甸地低下头。路边和稻田深处有一片片火烧的痕迹,许多尸体——敌对双方的尸体,似乎还在述说昨日的恶斗。大地重归于寂静,没有枪声,没有喊杀声,柳子谦全身却突然一阵惊悚。部队呢?他们到哪里去了?茫然巡视四周,只看到无际的阳光在万物上滑动。

小牛犊的主人寻到这里来了。一个身材矮小、黑衣黑裤、赤脚、手拿一顶破斗笠的当地人。语言不通,昨天打仗的队伍去向等,一点不知。又说又比,柳子谦摸出一个银圆,他将柳子谦带回家住了一天,换身便衣,送出山口。

柳子谦茫然四顾,他把耳朵贴紧地面听听,没有枪声,知道队伍走远了。他想到海,想到厦门,厦门有海有轮船,他第一次往广州就是在上海搭的轮船,轮船在厦门泊靠过。他认定厦门是在南边,沿着曲曲弯弯的小路走了半个多月,终于到了他曾经停留过的码头。

似曾相识,他的口袋不允许他在这里多加思量,原有的几个袁大头,从武平一路走来用剩下几个角子了。他坐在码头的一个石礅上久久地看着熙熙攘攘的有很多客人上上下下的轮船,心想轮船将会带他到哪里?往广州?那里也是一片白色恐怖。往上海?那里虽有个身居高位的爹,但这个爹也许已不是过去的爹,不知会给他什么颜色。啊,那里有党,他认识党中央的要人,可能找到组织。想到这一点他有些兴奋,暗下决心到上海去!下意识地摸下口袋,刚兴奋起来的心又凉了,钱呢?望望这个海边小城,四顾无亲,不识一人,更别说与党接上关系了。他只好站起身踽踽向码头附近一条小街走去。

实在太饿,他狠狠心掏出一个角子买了几个糍粑,半个多月来的风餐露宿使他这个当年的少爷懂得了饥饿的味道,几个糍粑填不饱肚子,又买了几个,空虚的口袋忽然使他醒悟再不能如此"奢侈"了。他在想对策,走到一个小文具店买了信纸信封,然后走到街头的一个小邮政所,从内衣里掏出幸好保存下来的一支钢笔,就着小邮政所的柜台给上海的父亲写了封信。当他把两分邮票贴上信封正要投入邮筒,不放心地转身看着一位眼睛一直跟着他的老邮政员问:

"大叔,我将回信地址写到这里可以吗?"

"可以。"年纪在五十岁上下的老邮政员,凭经验明白小伙子遇到了难事,和气答道。

"如果有汇款也可以汇到这里吗?"

"可以,你留下名字,如果收款人的名字与你的名字相对,我们就会将汇票交给你。"

柳子谦点头一笑,谢了老邮政员。他仍坐回那个石礅,夜里依着石礅而睡,白日坐在石礅上看海。海湾里的海水是那么蔚蓝,那么温柔,波浪哗啦——哗啦——哗啦地轻轻响着,像夜风带来的村外庙戏的锣鼓,像儿时母亲有节奏的鼻鼾……睡着了,强睁开眼,海浪声压不住饥肠的咕噜声。勉强站起身,侧棱几下,头一晕又坐了下去。两天没吃东西了,他明白这样下去不行,又挣扎着站起身。到哪里找点能吃的东西? 街边垃圾堆? 饭店? 乞讨? 好像都不是他能去的地方,更不是他该去的地方? 正在踌躇,有一个粗壮的声音从背后传来。

"小伙子,你在等船?"

柳子谦惊异地扭过身去,面前不远处站着一个身材矮壮、肩宽颈粗、赤裸的肩膀上扛一条穿着捆粗麻绳的竹杠,四十多岁的男人。一看就知道这是个在码头讨生活的搬运工人。

"我不等船,"柳子谦看看那人的表情,声音低沉地说,"我无船可等。"

"怎么了? 家人呢?"

"我没有家人。"

"小伙子,是同家里人生气了吧?"那人笑了两声,"千万不要想不开。"

"唉——"为了掩盖身份,柳子谦不语,长叹一声。

"不要想不开,给家里先写封信,免得老人挂念。"好心的工人正要往前走,又回过头来,"还没吃东西吧? 我看你坐在这里有两天了。"

柳子谦羞惭地点点头。

"这是我带的干粮。刚才与几个朋友在店里喝了点小酒,算是午饭吃过了,这你拿去吃吧。"工人打开手中的提篮,拿出一碗饭菜递了过去。

柳子谦急忙接过饭菜,没说声谢谢就低头吃了起来。

"真是饿极了。饥饿的滋味我受过。"工人大哥笑笑,"你老坐在这个石磴上也不是办法,总得找个吃饭的地方。"

"大哥,您贵姓?"柳子谦声带感激地问。

"什么贵不贵的,我姓林。"

"林师傅,你说到哪里能找个吃饭的地方呢?"

"你不怕苦吧?"

"不怕苦。"

"不怕累吧?"

"填饱肚子要紧,还怕什么累。"

"看你的身板还行,干我们这一行还可以,吃完就跟我走。"

"谢谢林师傅,以后请多指点。"

"就是搬运东西,出力就行,还有什么指点不指点的,哈哈!"林师傅大笑两声,他是个爽快人,招下手又说,"走吧,要同大伙相处好,新来乍到的,大伙会帮你。你同大伙一起,先是有饭吃了,还可以攒点回家的路费。"

柳子谦跟在林师傅身后向海边走去,看到几条跳板搭在货船上,许多人上上下下,或抬或扛,还有号子声,煞是热闹,忍不住问:

"林师傅,咱们天天装卸些啥东西?"

"啥东西都有,"林师傅听到这小伙把自己放进"咱们"里很高兴,"日用家具,粮食木材,茶叶瓷器,什么乱七八糟的物件都有。有时候还有枪支弹药、机枪大炮,嗬,啥都搬!"

"还有机枪大炮?"

"常有,如今不是过日子的世道!"

柳子谦向四方看看,不再说话,就这样算是安定下来。码头上还有一些同他一样流浪的人,大伙一起吃一起住,一起搬运很重的东西,好像人的力量是无穷的,就是这些破衣烂衫的人,不管多重的东西都撼得动!他喊了多年的"劳工神圣",这时才真切地感受到! 有时他想喊几声,但忍住了,怕暴露自己的身份。

他每天都往小邮政所,老邮政员总带点愧意地对他说还没有他的信。去的趟数多了,他一进门,老邮政员就从老花镜上方看一下,不好意思地向他微微摇摇头,笑一下,好像把头摇重了会把他的梦摇碎似的。

"爹是要同俺划清界限了,怕影响他的仕途!"柳子谦多次这么悻悻地想。

一天,柳子谦一进小邮政所门口,老邮政员就从柜台后面站起来,一面摘下老花镜用绒布擦拭,一面笑道:

"有汇票来。"

这个邮政所太小,不能承兑。柳子谦拿着上海寄来的汇票,按照老邮政员的指引走进市区的大邮政局兑了款,然后买了一套像样的西装,回到码头问问船期,恰好三天后有一班广州开往上海的轮船在这里停泊。他订了往上海的船票,又找到他的师傅林大哥和几个好友到一家闽菜馆痛痛快快地吃了一顿,还有酒,个个有了醉意。走到街上,柳子谦望望头上一片灿烂的星光,听到海浪的回声,不知怎么两点热泪就沿着被海风吹凉的面颊淌下了,只短短待了不到两个月的地方,使他产生了一种莫名的依恋。

按照信里写的地址,他在一条极为清静的街道上找到了一幢小洋楼,两层,楼下是个镂花铁栏围着的小花园。他掏出信核对下地址,揿响门铃。一个三十几岁白白净净的女佣用他似懂非懂的吴语同他交谈了几句,放他进去,并仰头向楼上喊一声:"少爷到了!"

分明是早有交代。柳子谦感到这一声少爷陌生而又刺耳,楼上已有走动声。

一路上柳子谦常想爹现在的样子。一身潇洒的西服?一套笔挺的军服?还是一身整洁的一尘不染的中山装?胜利的权势者是什么衣服都可以穿的。上面有人唤他的名字,抬头一看,阳台上那个穿件蓝布长衫的男人,正是爹。

爹没有追问,也没有责备,原本瘦高的身材,被一件蓝布长衫罩着似乎更瘦高了些。他面色苍白,两条深深的唇纹被两绺顽强不肯垂下的胡子遮住,少了许多当初在广州大元帅府里的朝气和霸气。他很沉静,话少,只听柳子谦的述说,偶而问两句,或听到广州时期一起共事的老朋友的名字,会做个手势让子谦停一停,再详细说一遍。

爹很沉闷,整日无语。柳子谦美美睡了一觉,第二天一早起来走上宽大的阳台,本想按军人的习惯对住斜射过来的阳光做一套早操,却看到爹在低头侍弄一盆兰草。柳子谦认出来,这是爹几年前从老家带过来的那盆兰草。他走过去想帮爹,爹放下手中的花铲,拍拍手上的细泥问:

"打算以后咋办?"

柳子谦沉默。

"就是打算回去,眼下也得先换换身份,否则你一出去就可能被抓。"

"现在还到处抓人吗?"

"不但抓还要杀,特别是对南昌暴动后流落上海的人。"爹愤愤说,"到处都是特务,这世道如果国父地下有知,不知会作何想!"

提起国父,爹一时忍不住竟号啕大哭起来。

柳子谦虽在家里住闲,心情却无法平静,时时注意着周围的消息。一天,他在报纸上看到一篇文章,内容是关于军队编遣的,是北伐军总司令部秘书长邵力子写的,邵力子原来在黄埔军校也是秘书长,柳子谦与他认识。柳子谦知道他曾与中共高层有来往,想通过他找到组织关系,就到报社询问他的住址,报社不说。柳子谦闷闷不乐地回到家,爹问他去哪里了? 他说去报社查问邵力子的地址,被回绝。

"找他做什么?"

"他过去也算是我的老师,我想看看他。"

"他现在可是蒋总司令的红人,他能帮你?"柳思亭轻微哼一声,不知想到了哪里,走到硕大的办公台边拿起铅笔在一张便条上写了几个字交给柳子谦,接着又打了一个电话。

"下午你去吧,他在家。"

柳子谦按照父亲写的字条,找到了邵力子的住宅。一进房门,按照黄埔的老规矩,他双脚一并向邵力子行了一个军礼:"报告秘书长,学生柳子谦到!"

略有发福的邵力子表示出一贯热情待人的态度,满脸堆笑地将柳子谦拉到沙发边坐下。

"柳少爷还是那样多礼。"

"报告秘书长,老师理应受尊敬。"

"令尊大人身体好吧?听说前段病了一场,康复得还好?"

"还好,他素来体质较弱,现在好些了。"

"前几个月我一直在南京,政府刚成立,事务多,本应去探望却不能。"邵力子似有愧色,"在广州时,他应该是我的上级。"

"现在他好像是个闲人了。"

邵力子望着柳子谦微微一笑:"这一年多一直在前线吧?说说,都遇到些什么事?不妨说说。"

柳子谦坦然地向邵力子讲述着他在叶挺独立团里一路北伐的情况,也不避讳谈八一南昌起义,邵力子不搭话,不时叹口气,问到几个熟人的名字。最后,邵力子把茶杯向柳子谦身前推推,说:

"子谦同学,你要我办什么事?听令尊思亭先生在电话中说,你遇到什么难事了。"

"我想与我们的中央取得联系。"

邵力子端起茶杯抿了几口,沉默许久才说:"这事可能不好办,你知道我和他们中的不少人熟悉,但如今没有联系,特别是南昌事变后他们早已转移,在上海怕是很难找到了。"

柳子谦被邵力子婉拒后,起身告别,邵力子恳切地提醒他注意安全,说他可以设法问问,如有消息一定告知。柳子谦在家等了一个星期,一直没有邵力子的电话,很焦急,像困兽一样在花园里疾步走动。他向父亲提出要去见宋庆龄,柳思亭无奈,只好给宋庆龄打电话。柳子谦在卫士队的时候,常随侍在先总理身边,端庄美丽的国母宋庆龄虽比他们那班年轻人大不了多少岁,却常有一种真挚的母爱散发在他们身上。大约是宋庆龄接到柳思亭的电话很高兴,早早就在客厅等候。当女佣将柳子谦带进客厅,宋庆龄轻轻"啊"了一声竟站起身来。

"子谦,真是你吗?"

"报告,柳子谦求见!"柳子谦急走两步,以军人的姿态双脚并拢磕了一声,笔直站立。看到依然高雅、沉静的宋庆龄,不禁流下两行热泪。

"真是小柳啊!"双眼闪着泪光的宋庆龄招着手,"快来坐,快来坐。"

宋庆龄向他问了好多问题,关于行军、关于起义、关于朋友,最后问他有什么事,他把想找党中央的愿望说了出来。宋庆龄微微摇摇头,说现在很难,白色恐怖如此严重,他们不仅转入地下,可能已分散转移到别的地方甚至海外,无法同他们取得联系。她劝柳子谦不要在上海露面,在街上有可能碰见熟人,在这个大变局当中人心莫测,不如先离开上海为好。柳子谦知道宋庆龄是为他好,但他又能够到哪里去? 他回家把宋庆龄的话对父亲说了,父亲很赞成,说第一步就是改变身份。柳子谦问如何改变,柳思亭深思熟虑地说:

"你先到张轸那边去。他现在是程潜的第六军第十九师师长。"父亲看着他,"张轸你熟吗? 也在黄埔待过。"

"不熟,但认识,他不也是河南人吗?"

"好了,你就拿着这封信去他那里吧。"

柳子谦接过信,想着张轸模糊的身影。

张轸,河南罗山人,少贫,从开封陆军小学一直念到日本士官学校毕业。正牌的军校出身。在镇嵩军和胡景翼的国民二军内均任过职,曾到河南陆军训练处任战术教官,而后任黄埔军校第四期战术总教官。柳子谦就是在这时见过他。他中等身材,肩宽,手臂长,一看就知道是自小从单杠、双杠上爬过来的。因都是河南人,柳子谦又是黄埔一期的,他留柳子谦吃过一顿饭。1925 年年底,张轸调任国民革命军第六军十九师五十六团团长。北伐中,江右军第六军十九师首先攻入南京,五十六团立首功,张轸出任南京城防司令,受到总参谋长白崇禧的夸奖,常说"第六军的团长比第七军的师长强得多"。此时正是张轸志得意满之时,看到乡贤柳思亭的信,立即安排柳子谦为师部参谋主任。1927 年冬,程潜第六军和李宗仁第七军联合反蒋。程潜资历老,老同盟会员,日本陆军士官学校第六期毕业生,回国后曾任湘军都督府参军,参加过武昌起义的阳夏战役,广州政府时期任非常大总统府陆军部长、大本营军政部长等职,蒋介石的资历远比不上他;李宗仁虽然加入国民党较晚,但他对两广统一、使两广成为北伐基地有贡献,何况桂系手中又掌握了几个军,曾使蒋介石不能不面对现实,被迫下野。蒋介石被迫下野后,唐生智出来反对,程李联合向唐生智第四集团军占据的两湖进军,攻下长沙后,张轸被委为长沙警备司令。次年5月,何应钦、汪精卫、孙科、谭延闿等联名欢迎蒋介石由日本回国重掌军政,政局急遽变化,桂系态度转变,白崇禧指责张轸当警备司令不杀一个共产党,张轸示意柳子谦和另外几个人出走,柳子谦再一次成为逃犯。

十四　假婚

柳子谦这两年的遭遇,可以写一本"历险记"了吧? 当然他不能对樊玉龙全说。张轸的部队里有几个未暴露的共产党人,也就是在那里他与组织又接上了关系。这次离开部队,并非仅仅是出逃,而是组织派他到河南省委负责兵运工作。

开封他是熟悉的,省委负责人是谁就不清楚了。按约定他在师范学校旁边一个包子店接头。开封的灌汤包是有名的,这家包子店的店面虽比不上开封第一楼饭店那么堂皇,但味道一点也不差。他找个靠临街窗户的桌子坐下不久,来了一个身穿长袍、袖口沾一些粉末、礼帽压得很低的人一声不吭坐到对面。那人从帽沿下看了看对座,把一本化学课本放到桌面。

柳子谦看着那本化学课本,心里一动,未开口。

"真的是你,柳子谦!"

柳子谦听到这个熟悉的声音,再仔细地看看帽沿下的一双眼睛,也惊喜地轻唤了声:"王老师!"

王老师止不住心头的高兴,低笑道:"是的,我就是当年和你一起上过鳌柱山的王晏久。"

"没变,我认得出。"

"子谦,你也没变,长结实了,不错!"

"不管这几年风云变化有多大,见到老师,就是幸运!"

两人不再叙说人生重逢的感慨,转入正题。王晏久唤跑堂的过来,点了两笼包子,两人吃着说着。王晏久是中共河南省委负责人,告诉柳子谦这次上级要他回河南,是要他把军事工作抓起来。柳子谦感到为难,说他离开河南久了,情况不熟,不知工作从何入手。王晏久沉吟一下思考着说:你在国民革命军内工作了几年,又是黄埔一期学生,对当前形势和部队生活应该比其他人了解。省委考虑到你的这个优势,决定派你先到豫南抓兵运,同时发动农民运动。光山、新县一带有一个唐生智的旅,成分很复杂,但旅长任大理思想进步,与当地民众相处尚好,和红军也无大的冲突。旅里有许多思想进步的学生,倾向革命,县委也往这个部队派了人。他们已与任大理有了联系,任对北伐后的混乱局势很不满,看不到中国的前途,有意将部队拉过来,想要我们派一负责人去谈谈。王晏久的身子往前凑凑,直视着柳子谦的眼睛,说:省委决定派你去任师政治部主任,直接与任大理进行接触。不待柳子谦表态,他又将具体事情一一作了交代,然后机警地向周边扫一眼,叫跑堂的过来结了账。临起身向柳子谦低声说了句:

"过些时,会派一个联络员过去,女的,你多留意。"

柳子谦愕然站立不动。

"为了工作方便,你们以夫妻身份为掩护。"王晏久说罢,抓起帽子走了。

柳子谦的心情不能平静,走在开封尘土飞扬的街上,想着他从未见过的任大理,也想着大名如雷贯耳的唐生智。唐生智怎么会有一个旅留在桐柏呢?

唐生智原是听命于吴佩孚的湖南督军赵恒惕属下,实力派,掌握大部分湘军。经广州政府多次派员联系,于1926年6月在衡阳宣布反英、讨吴、驱赵宣言,正式加入国民革命军,任第八军军长兼北伐军前敌总指挥,下令第四、第七、第八军分三路出击。吴佩孚败北,湖南底定。1927年1月,唐生智任北伐军西路军总指挥。夺取湖北,挥师河南,直达郑州与冯玉祥部会师。北伐基本完成时,将军们闲不住了,除同用一个番号——国民革命军,同尊一个国父——孙中山之外,各立门户,自成派系,不断倾轧内讧,甚至武力相向,你争我夺。唐生智也是一个反复多变的将军。前不久在助蒋追讨桂军中,部队一度失利，一个旅滞留桐柏山区。这个旅就是柳子谦现今要去的任大理旅。

　　任大理是河南豫东人，父亲任奉先与柳思亭于东京同时加入同盟会，日本陆军士官学校毕业后到云南讲武堂当教官，成了朱德的老师，而任大理又是朱德的同班同学。由于父辈的关系，柳子谦一来就有一种亲切感，任大理把比自己小几岁的柳子谦视为上宾，当作兄弟。在柳子谦的不断劝说下，任大理坚定了与红军交朋友的决心，把部队改编为桐柏独立师，旅升为师，团升为旅，大小官佐各升一级，想必是受欢迎的，但下边的真实态度，他一时还摸不准。他说一团二团问题不大，都是他在护国军时代从云南、四川带出来的，三团原是孙殿英的部队，人员成分很复杂，他不摸底。柳子谦问参谋长怎么样，任大理说参谋长钟青这个人是老蒋派进唐生智部来的，平日阴沉沉的，很难交心。柳子谦感到时机还未成熟，暂切勿动，常以政治部主任身份，在团营干部之间走动，部队暂时无仗打，表面上生活还算平静。

　　几个月后的一天，卫兵忽然进来报告，说柳夫人到。消息一时引起兵营一阵骚动，不少好奇的下级官兵走出营房，想要目睹柳主任夫人的风姿。但年轻英俊的柳主任一听卫兵报告，不明白似的愣住了，心想："俺从哪里飞来一个夫人呢？"他脾气好，平易近人，没有军阀作风，与下级关系融洽，以为官兵们是在同他闹着玩，本想训斥前来报告的卫兵几句，忽然清醒过来，倒抽了口冷气，想起王晏久提到过的助手。

　　"能是谁呢？"他一面向兵营大门走一面想，脚步很慢。

　　营房门口出现一个正是当今女学生打扮的身穿白布紧身大襟短上衣，宽脚蓝色长裤，脸庞雪白，黑发齐耳，手提一只小藤箱的女孩。距离太远，朦朦胧胧地看不太清，柳子谦的心咚咚跳起来。他知道这就是王晏久派来的与他假扮夫妻的联络员，但这是谁呢？

　　这段路似乎很长，走一段，那姑娘也迎面走了几步，看清了，看得比较清了……不会是秋秋吧？柳子谦的心要从喉咙眼里跳出来，正是秋秋！他要高喊一声，忍住了，尽力压慢脚拍，上前接过秋秋手中的藤箱。

　　"伊秋，你怎么这时候来了？"

　　"学校不是放暑假了吗，俺来看看你。"说这句话时，石伊秋低着头，脸颊飞红,一直红到耳根。

勤务兵跑步过来,拿过伊秋的箱子,一直送进柳子谦的住室。柳主任的太太来探营,惊动整个师部。参谋长钟青展开从未有笑意的长脸,表现出从未有过的热情,提出要给柳太太接风,派人订下了县城一家最好的饭庄。晚上不仅师部的几位高级军官全去赴宴,几个正副团长也来了,还有带上家眷的,猜枚划拳很热闹,觥筹交错,气氛热烈。石伊秋应付不了这种场面,全靠在部队待过几年的柳子谦为她周旋。

席间,石伊秋看到一个黑胖高大的人有点面熟,在哪儿见过又不敢确定,好像是在儿时的一个可怕的而飘忽不定的梦里。她本能地躲避着,却又不时向那人看去。不料那人也在看她,眼光掠过,那人就端着酒杯走了过来。

"石小姐,还记得俺吧?"那黑汉龇着黄牙笑着。

"记、记不得了。"石伊秋躲闪着,不知如何对答。

"俺就是那年到过你村上的许大锤。"

"哦,哦,是到俺村上抢亲的那个、那个……"

"刀客!"许大锤哈哈大笑着,毫无顾忌提起过去的丑事,"不过,是我救了你。俺那个侄子许二蛋不是抢走了你吗? 是俺让他放的。"

"是樊玉龙救的俺。"

"哪里是他呀,樊玉龙那球娃子,有啥本事,能斗过许二蛋?"

"想起来就叫人害怕。"

"不怕,那二蛋早叫俺给毙了。他想顶俺的位置,想谋害亲伯,你想想,可恶不可恶? 让俺一枪给毙了。"

"真可怕!"

"你现在是柳太太,还怕啥? 谁敢欺侮你? 还有老哥我呢!"许大锤一面说,一面拍拍腰间的八音手枪。

石伊秋正感无奈,柳子谦走了过来。

"啊,许团长,你可不要逼她喝酒哪,她不会喝。"柳子谦开着玩笑,把手中的酒杯与许大锤伸过来的酒杯碰了碰。

"哪敢哪敢,"许大锤道,"刚才与夫人谈起一件过意不去的往事。"

"许团长当年到石匠村娶过亲,好像当时你也在。"石伊秋提醒柳子谦。

"啊啊,有这事,陈年旧事,想起来啦,想起来啦,"柳子谦拍拍脑门,"当时我与吴起训、汪长星、樊玉龙,还有赵定北几个人都在寨墙上往下看,只有龙娃跑下去过。"

"哈哈哈,没想到今日又会聚在一起。"许大锤大笑着。

许大锤许仁当年做过很多不仁不义的事,他本是杨山兄弟中原大侠王天纵的外队,后来却被王天纵给剿了。溃散之后,他投靠了孙殿英的庙会道,背上孙殿英所说从泰山上请来的太阿神剑跑来跑去,待孙殿英闹大,他混了个团长。打东打西,投来靠去,不知怎么跟上孙殿英竟进了唐生智部。

参谋长钟青先派人在旅店订了个上等房,酒席散后要将柳子谦和石伊秋送过去。柳子谦要回兵营,钟青不肯,说兵营里的住房不像样,部队再穷也不能太慢待嫂夫人,明天他要副官在县城找套房给主任安家,今晚就将就一晚。柳子谦带着石伊秋把钟青送到街上,钟青走了一段回头招招手,大声喊:

"回吧,久别胜新婚嘛!"

石伊秋什么话都没说,她不知说什么,也不知怎么扮好自己的角色,几乎麻木了。柳子谦的思想更复杂,面对他自幼喜爱的秋秋姐,他想起很多,想起姑父寿庭老师,想起外婆,想起倔强的玉龙表哥,更想起王晏久"假夫妻"的嘱咐。从什么时候起,他的内心深处就爱上了这个表姐,爱上了这个姣美丰润的女孩,他不敢同玉龙表哥相争,一直不敢说不敢吐露,现在这个女孩来到了身边,而且以妻子的身份来到了身边,他该怎么办?他能爱吗?他应该爱吗?秋秋呢,她会接受吗?进到房里,两人沉默不语,对着一盏煤油灯闪动的灯头发呆。这间所谓的上等房,在山区县城的小旅店里真可称之谓"上等"的了。一张床单雪白的大棕床靠墙摆着,穿衣镜、梳妆台、脸盆架、饭桌及座椅一应俱全,而且条几正中还有一个自鸣钟,在柳子谦眼里唯一扎眼的是大床上的水红锦缎提花被和一对鸳鸯戏水的长枕。不知为什么,钟青还让人点了一对龙凤呈祥的红烛。哦,真是一个良辰美景不夜天哪!

作为军人,柳子谦对这个陌生的环境不放心,他拉开房门出去走一圈,回来关好门,一扭头看到伊秋正在把一床被子往地上铺。

"秋秋姐,你这是做什么?"柳子谦惊讶地愣在那里。

"我睡地上。"

"怎能让你睡地上,你快到床上去睡!"

石伊秋被柳子谦连拉带扯地坐在床边,她轻吁口气,用手指梳了梳弄乱的头发,拍拍床帮让柳子谦坐过去,低声问:

"外面没有人吧?"

"我刚才看过,没有人。"

"那个参谋长你要多留点心。"

"我有数。"

"还有那个铁匠许大锤。"

"他只是个锤子,握在谁手里就为谁抡锤,有奶就是娘,这种人好对付。"

两人相视一笑,柳子谦不觉脸一热。

石伊秋突然一转身将柳子谦的头搂在怀里,低下头把嘴唇贴近有些慌乱的柳子谦的耳朵,声音压得更低,像情人般呢喃着。

"王老师交代的任务是让我二人到大别山区与鄂豫皖分局取得联系,汇报省委的人事变动和成立桐柏独立师的情况,求得领导批示和对今后工作的指导。"

柳子谦轻轻点着头:"啥时出发?"

"过几天也可,不能一来就走。"伊秋的脸有点发热,支吾一下急忙转换话题,"省委正式任命你为军委书记。"

"哦,"柳子谦沉吟着关心问,"你呢?"

"还是妇女工作。"

"省委妇女委员吧?"

伊秋将子谦的头推开,笑道:"瞎操心!"

柳子谦起身把地铺铺好,吹熄了灯。一夜未眠,不知身在寿庭姑父家的东跨院,还是在坚硬的地铺上。石伊秋好像这一路是真的累了,轻轻的鼻息声匀称而又柔和,像儿时的一支小曲。

其实,石伊秋的心也在翻腾……

沉沉黑夜里，两个幼时心慕的友伴被激情、不安、矛盾和尴尬纠缠着。

毕竟是山区深秋的天气，夜半的逼人寒意从绵纸糊的窗棂上阵阵透进，古老的青砖地面冒着阴冷，两面夹攻，虽然柳子谦在部队睡地铺、滚稻草已是常事，这次还是受凉了。石伊秋说再要一张棉被过来，柳子谦制止了，怕引起店家的怀疑，床上已有两张厚被，按道理一对夫妇是足够盖的。他想再坚持两天就同伊秋出发，并把意图同师长任大理说了，不意一天早上醒来忽觉头疼，勉强起身，眼前一片昏花竟晕得站立不稳，差点摔倒。伊秋急忙扶他上床，他还挣扎，被伊秋强推到枕上。旅店伙计到药铺请来中医，中医把把脉说是受寒了，开了几味药。师长、参谋长带一个军医来看过，军医说柳主任得了重感冒，上呼吸道发炎，但在药箱里翻来覆去没有找到消炎药，只好给病人打了一针葡萄糖，说这是最好的药了，交代石伊秋给病人多喝开水就无奈地摇摇头走了。柳子谦一直昏迷不醒，一时发烧，一时发冷，石伊秋不断用小勺喂他开水，为他擦汗，为他盖被，晚上就睡在他旁边，有时他抖得厉害，还要用身子去暖烘他。第三天凌晨，柳子谦醒了，一时不知自己在哪里，看看白纸糊的天棚，看看白纸糊的窗口，听听传来的杜鹃叫声，似乎曾经来过此处，但还是记不清。他感到身边有轻微动静，侧脸看到枕上有一缕摆动的黑发，再侧脸，原来是伊秋！他惊出一身大汗，霎时清醒了，看着枕边那张熟悉的温婉而有点苍白的圆脸，用力将她的身子搂在怀里。伊秋也醒了，颤动着泪花的睫毛没有张开，像山菊花被山风微微摇动着的沾满露珠的花瓣，更让柳子谦陡生许多爱怜与激动。为革命也好，为前途也好，他虽在外面闯荡数年，但由于天性羞怯与洁身自爱，从未沾过女人。他暗恋秋秋，但那是个稚气的遥远的梦，如今这个遥远的梦境突然活生生地来到身边，秋秋——秋秋姐此时成了一个柔软的可触的散发着温香的身子，他慌乱了，不能自禁地伸出手去。一个皎洁的温热的胴体展现出来，说她是玉雕，却比白玉柔软；说她是雪塑，她比白雪温香，目迷神眩，这绝世之美啊！头脑昏热的柳子谦手忙脚乱地扑过去，秋秋轻轻喘息起来，像山风滚动的一堆干草被太阳点燃，火焰在风中摇摆、蹿动、升高、平息……这堆火烧好了子谦的病，也烧去了失去龙娃之后秋秋的忧郁与烦闷。

秋秋一直也是喜爱子谦的，可以说他们也是青梅竹马，两小无猜；子谦不像龙娃那样狂野耿直,但他的文气与呆气也使秋秋暗生怜爱,子谦对秋表姐那份不敢吐露的痴情,更是真挚纯粹。

秋秋望着子谦被晨光映红的脸:"我们是不是该给组织打个报告了?"

子谦用手指梳理着秋秋的黑发:"不急,等我们从鄂豫皖回来再写报告不迟。"

半个月后,柳子谦对师部的人说陪夫人探亲,脱下军装,换上礼帽长袍,带着身穿旗袍的石伊秋坐进从县城觅来的轿车,在车轮颠簸的隆隆声中离开了桐柏。

十五　出狱

在柳子谦同石伊秋到袁家花园探监后不久，樊玉龙出狱了。他的军需主任李荣甫原来也关在袁家花园，冯军一直追查张宗昌送的二百万银圆的下落，李坚持说这个钱是军部掌握的，发到师部的钱确实已分给各级官兵，没有余款。实在榨不出油水，李荣甫早几个月获释了。他家就在开封，他将住址留给樊玉龙，樊玉龙也将羊在礼的山货店地址告诉了他。一天羊在礼去看樊玉龙，袁家花园静悄悄的，好像没人了。他问一个站岗的，站岗的甩下头说都放了，用手抹下脖子又说也有被砍了。羊在礼一惊，问，没有留下的？站岗的嘻嘻一笑，有，还剩下几个吃饭的。羊在礼急问，樊师长在吗？站岗的问哪个樊师长，是那个天天挺着胸脯好像在检阅队伍的樊玉龙吧？

"是是，是他。"

"他被转到第一监狱去了。"

羊在礼赶紧约上李荣甫去第一监狱找到樊玉龙，樊玉龙这几天正是思绪如麻，惶惑终日。冯玉祥说过待北伐成功给他自由，这话还算不算。眼看北伐算是成功了，还将他从袁家花园弄到这里干啥？他拜托李荣甫传信给孙良诚，孙即复信说："因事繁把老弟的事忘了，日内赴洛阳见冯先生，问题可以解决，盼勿躁。"

樊玉龙尚不知道，近日孙良诚这些老西北军大将们心里正烦。蒋介石通过编遣会议先是压制李宗仁的第四集团军,接着就将矛头对准了冯玉祥的第二集团军。冯玉祥准备一战,但战略上却与他的将军们发生了分歧。冯玉祥盘算"欲以先收,伺机而动",先将他在山东、河南的部队向西收缩,撤到陕州一线,缩紧拳头再打出去。对这个计划,身为山东省主席的孙良诚没有反对,而身为河南省主席的韩复榘却表示不赞同。韩复榘提议率兵南进,直捣南京,与冯玉祥争执起来。冯玉祥改不掉旧军人的蛮横作风,不容下级顶撞,抬手给了韩复榘两个耳光,并喝令韩到门外跪下,直到会议开完余怒未消,走出门外,看到仍在跪着的韩复榘上去又是两脚。韩复榘身受大辱,其他将领未敢多言,军心不稳。孙良诚说的烦事大约就是此等事情。孙良诚总算够朋友,如此情形仍张罗着给樊玉龙恢复了自由。

樊玉龙出狱后先被李荣甫接到家里住下。在等待李荣甫设法给他弄票回洛阳那几天,又到山货店街羊在礼的山货店里住了两晚,同羊在礼这位长辈好像很有缘分,说不完的话。他问这问那,问产地问价格也问亏盈,用手摸摸木耳摸摸草菇,好像摸到了故乡的山故乡的云一般亲切。他想象着同在礼叔铆在一起如何将生意做大,如何大批贩运,说得连羊在礼都有点着迷。

"龙娃,你真想做生意贩运山货?"羊在礼半眯起眼看着樊玉龙问。

"咋不是?俺真打算跟叔学做生意。"樊玉龙真诚地说。

"别看这些山沟沟里的东西,弄好了真是个财路。"羊在礼认真起来,"由你来做,你是个见过大世面的人,不像我这种抠抠搜搜的人,一定会有个局面,不赚大钱才怪呢!"

"咱俩合伙,老叔带着我做。"

"哈哈哈哈,那不是老叔该发财了吗?"羊在礼将了下白胡子,"再说,你娃子在外闯荡这几年,虽说落下些名气,但别的还有啥?出生入死挨枪子,连老娘、老婆都照应不了,图个啥?还不如种地打粮吃个安生饭,要不咱爷俩绑在一起干,靠山吃山,说不定还真能扛起一片天地来!"

羊在礼这番朴实的乡下话实实在在地打动了樊玉龙,想一想过去的这几年也真没意思。逞什么英豪当什么官!还不是为别人卖命?

樊玉龙在开封府的大街上闲逛,不觉走到南关他当年给秋秋买龙凤锁的地方,那个小银匠铺还在,令他惊异的是,过了这么多年那个老银匠也还在。他不敢走近,从远处看着戴副老花眼镜的老银匠正埋头心无二致地在做一个银件,白头发微颤着是在做龙凤锁吗?樊玉龙想走近问问,同老银匠打个招呼,却不禁胆怯起来,心中一阵酸痛。少许,他拖起沉重的脚步,由南往北走,走过山陕甘会馆,走到一个门楼旁,但进出门楼的已是另个人家……

五月将尽,李荣甫将樊玉龙送上一列军车,由开封到达洛阳,住在原镇嵩军修械处长家里。车尚未进站,看到首阳山,看到熟悉的洛阳车站,他松了口气,终于回到盼望已久的家乡了,只想平静地美美地睡上一觉,但半夜却被隆隆的炮声惊醒。早上一问,始知是冯军大将韩复榘与另一位大将庞炳勋打将起来。韩复榘和石友三因在战略上与冯玉祥分歧严重,加之蒋介石派人收买拉拢,是夜在洛阳发出通电,表示拥护蒋介石,反对部队西撤,揭发冯玉祥反对中央的种种准备,并率两个军穿越冯军防地前往投蒋,被庞炳勋阻挡而发生战斗。蒋介石操纵中常委决定,永远开除冯玉祥党籍,解除一切职务。几天后,冯玉祥发出下野通电,西北军退守潼关,只守不攻。蒋介石失去攻击目标,致第一次蒋冯军事冲突没有发展成大规模战争。

樊玉龙明白,天下不会就此太平。

由于李荣甫将樊玉龙回乡的消息透漏给了曹县破城后逃出的常文彬,常文彬一得知樊玉龙的住处,就带着大皋、玉皇院、金寨、仙婆、砦子街等伊东、伊西两县山北的十多个区长或民团头目来到洛阳,先把樊玉龙接到旅店,然后是宴席、看戏、洗澡、接风洗尘,三天轮流不息,给予樊玉龙英雄式的欢迎。谈话的中心内容是让他出面组织所谓的保民安境的"剿匪"机构,出任伊东、伊西、自由三县"剿匪司令",他不接受。在众人苦劝下,他说:

"现今红枪会蜂起,土匪如麻,大局又是如此混乱,俺确实担负不起这个责任。"

常文彬怂恿道:"只有你有这个面子,你出面大家心服。"

樊玉龙笑着回敬一句:"你当过旅长,过去还当过区长,面子比我大!"

大家笑起来。金贤区区长黎子腾因樊玉龙是金贤人,又是他的晚辈,拉下脸表情严肃地扫一眼,半带训斥半带调侃地说:"你娃子打了一次败仗就孬了?

就尿裤子了,咱豫西人可没有这种禀性!"

樊玉龙知道黎子腾这个老东西在烧他,心火也腾地一下蹿上来,又强捺住赔上张笑脸说:"子腾伯,恁知道俺还有老娘要俺侍奉呢。"

一提起老娘,众人皆无话可说。

为路上安全计,常文彬派人将樊玉龙送往南涯。常秀灵和两个媳妇看到樊玉龙,说不出话,只有一片哭声。哭到哽咽,娘仍用一双颤抖的手不住摸儿子,相信儿子没被枪子伤着才宽了些心。樊玉龙把娘扶进屋坐下,娘到这时还没有吃东西,金娘准时地端进来一碗荷包蛋。水面没有一点沫子,只见两个饱满的白里透黄的金鱼般的荷包蛋浮在水面,樊玉龙不禁感激地看了金娘一眼,金娘更娇小了,一定是受了不少委屈。第一晚照老规矩,儿子要给娘暖脚。第二晚樊玉龙走到金娘的房门口,又被娘从窗口叫回来,摆下头示意他往卢玉贞屋里去。娘偏心,第三天晚上樊玉龙同娘说会话后,站起身正想去看看金娘,卢玉贞那边孩子哭了。常秀灵斜一眼说:"你还不过去抱抱孩子? 自打你随第二方面军东进那次,玉贞就有上了,到现在孩子一岁多,你看过孩子几眼?"樊玉龙无奈,向卢玉贞的房里走去。

早上,几口人聚在常秀灵的房里吃罢早饭,常秀灵把憋了几天的话说了出来。

"龙娃,这次你回来有什么打算?"

"俺想好好侍奉老娘。"樊玉龙平静道,他想娘听到这话一定会高兴。

"你不出去了?"常秀灵的声音有点惊讶。

"在外面闯这些年,俺想还是守住这个家好。"樊玉龙望着娘,有点傻气地笑着。

"那俺几口吃啥?"

"在开封我同在礼叔商量了,俩人合伙贩买山货,做生意。俺真烦厌这打来打去的生活了。"

"你没伤没痛的,跟羊在礼那个土埋半截的老头子刨山贩货有啥出息?"常秀灵不觉来了怒气。

"要不俺就种地,种地也有饭吃。"

"哼,你还能抓锄把子?再看看家里这几口子,哪个能下地帮你。"

"是有困难,慢慢也就转过来了。"

"你这次回来打算咋安排俺这几口吧?"

"我打算回石匠庄,先同孝先爷商量商量租下他的跨院住。"

常秀灵终于爆发,把金娘刚捧上来的一碗荷包蛋摔到地上,热汤溅了一地,大声哭道:"回石匠庄?就这样回石匠庄?俺跟你丢不起这个人!"媳妇上前解劝,她拍着胸脯呼天抢地骂起来,"俺咋这么命苦,养出了一个没出息的忤逆!"

同娘争了几句之后,樊玉龙又到对面张治国家去坐。张治国是张治公的堂弟,是张举娃他爹,这几年家里全靠他照应,两人无话不说。看到樊玉龙闷闷不乐的样子,张治国开玩笑地问,怎么,家里又生气了?唉了一声劝解道,这是常事,你家那个老太太也真是难侍候。樊玉龙摇摇头说,这次不是她和媳妇们置气,是同他置气。

"为啥?"张治国睁大眼睛,"你是个孝子,百依百顺的,同你置啥子气?"

樊玉龙垂下头低叹一声:"这次回来我是真不愿意再出去闯了,卖命不说,还不知为啥卖命,为谁卖命,没意思,种地做生意不是也可以过吗?再说,把老娘长年寄养在你这里也不是办法,虽然恁和举娃不嫌弃,但总不是长法。为这事我同她商量,打算接她们回石匠庄,没想到她没听我说完就大骂起来。唉,俺真不知道该咋办了。"

张治国看到樊玉龙消沉的样子,没说安慰的话,却大笑起来:"她早已是老太太了,怎能回村上当个乡下婆子呢?除非你给她盖一座宫殿!"

"俺如今无业无产,还盖什么宫殿!"

"那你就别想安安生生过你的小日子了。"

两个人自然要谈起张举娃。张治国叹口气说,这娃子不争气,张治公不肯跟随刘镇华投冯军而被收拾之后,他先响应李宗仁、程潜的护党救国军闹腾一阵,之后竟上了鳌柱山,匪不是匪,军不是军,让家里人操心。当年的好弟兄似乎也在走穷途末路,樊玉龙只有跟着张治国不断叹息。为了解闷,张治国找人过来打了八圈麻将,樊玉龙的情绪仍是怏怏的。回家喝过汤——也就是吃过晚饭,吃饭时樊玉龙看着碗里的芝麻叶和擀得柔细的白面条,想起上午脸上溅了许多鸡蛋汤水的金娘。他陪娘熬了一会儿灯油,双方无话,就出来向金娘的房间走去。一天到晚家里忙的就是一个金娘,也许她太累,今天睡得特别早。他敲敲门,无应,再敲敲门还是无应。他仰脸看看天,天上有很多飞渡的薄云,只有一颗星星在远处的天边孤独地看着他,星光有些模糊,好像沾满泪水。他再敲门,里边仍不应。他知道金娘没有睡着,轻声喊金娘金娘你开开门,忽然门开了。恰好乱云中露出一缕月光,惨白的月光正照着惨白的脸。金娘点上灯,带玉龙到床边坐下,低头不语。

"上午脸烫着没有?"玉龙问。

"没有,这点伤不算啥,常事儿。"

玉龙仔细看了看金娘的脸,用嘴吹了吹:"还是起了几个泡。"

"它自己会消的。"

"唉,我知道这两年苦了你。"

"不苦,有吃有穿的不苦。"金娘苦笑一下,突然投到玉龙怀里啜泣起来。玉龙抚着金娘的头发,"俺明白,俺啥都明白。"

"你明白就把俺带出去吧!俺不在乎你干啥,不在乎你是不是师长旅长,只要能跟着你就行,跟你讨饭也行!"

樊玉龙不语,一直沉默着。金娘突然涌上来的热情和希望渐渐熄灭了。这一晚,金娘发烫的小身子一时乖巧一时又像绝望的小鹿似的乱撞,但却使樊玉龙那颗心冷了。

樊玉龙告娘说他要出去看看朋友。先到吴庄,吴良更仍躺在他的烟房里抽鸦片烟,身子更长更瘦了,因他叔官当大了架子也更大了。吴学武还是那个不成事的样子,耍枪斗鹌鹑,自鸣得意,倒是刘海出其不意地找来,令樊玉龙意料不到,也异常兴奋。刘海带他到村上一家小饭店与几个朋友闲聊,他问起破城后刘海的经历。穿身旧军装的刘海,一派军人风度,英气不减,讲起年前的事像讲别人的故事一样豪情满怀。他说曹县失败后吉鸿昌对九师没有斩尽杀绝的意思,放出不少人,包括他和参谋长孙燕,大家出城后又都回到刘镇华那边。刘镇华把这些人和柴云升、汪震和黎天赐的残部编为二十六军,任命汪震为军长,随同万选才、刘茂恩两军参加冯军继续北伐。部队由东明到濮阳打了一个大胜仗,经清丰、南乐、大名直达杨柳青。攻占廊坊时,汪震受伤,孙燕阵亡。北伐告成,部队编遣,第八方面军缩为两个师,六个旅,驻廊坊、杨柳青一带整训,不少人返回家乡。提起孙燕阵亡,在座诸人不胜唏嘘,樊玉龙说他为国而死也算死得值,总比为军阀卖命好,听者一时沉默。

刘海听樊玉龙说要到白土看望他的老上司辛寓德辛师爷,就要跟随去,说路不近,一路不安宁,身边要有几个人才行。桌边的几个朋友都很仗义,争着前往,七嘴八舌地要组个警卫班。樊玉龙笑了,说:"我一个老百姓要什么警卫班呢?"最后争论不过,还是同意了刘海护送他。吴庄离白土几十里路,弯弯曲曲沿着伊河迤逦向前,中间有许多芦苇荡,时有强人出没。刘海警惕地从腰里抽出手枪,不住向两旁察看。樊玉龙问这一带还不安静?刘海说你看咱豫西哪里有安静的地方?连伊河水都不安静,去年秋上发大水,冲坏了多少村庄!到处都是红枪会、黄枪会、土匪、民团和溃兵,谁能治得了?你想安安生生当一个老百姓,难!樊玉龙默默听着,不语。

见到辛师爷,樊玉龙不觉就磕下脚跟举起右手行了一个军礼。辛寓德急忙走上前,一面说:"别别别,咱不再提多年前的事。"一面把樊玉龙的手臂拉下来,拉到一张圈椅前坐下。辛寓德老了,背有点驼,头发已全白,但说话声音依然洪亮。谈了一会儿家事,樊玉龙谈起这次归乡的打算。辛寓德一面听一面摇头。

"你想回家种地,种地好,古时候叫作解甲归田,你能做到吗?"

"我还想做点山货生意,现在已是五口之家了,那几亩地顾不住。"

辛寓德大笑起来:"龙娃子,你还像当年想得那么天真,不是几亩地顾住顾不住的事,是人家要不要你安心侍弄你那几亩几分地。到头来你还得耍枪把子。"

"我真不要再耍枪了。"

"怎么打了一场败仗就没种了?就软了?咱豫西人可不是这么看法,你没听说,你已成英雄了?"辛寓德又笑出了声。

"败得那么惨,死了那么多人,还英雄呢。"从曹县城出来后他从来未流泪,这时听到一贯严苛的老上级说的几句好话，竟哭了。

"混蛋，哪有打仗不死人的！你娃子不同我，我老朽了，我不能像辛亥年间那咱了。"辛寓德压压火，"再说，事情不像你想的那么简单，种田？人家能让你安安生生种田？现今不是太平盛世，你忘了你还有多少仇人！"

辛寓德这几句话倒把樊玉龙震住了。

"你不像我这个糟老头子，无用也无争。从部队下来后，把在陕西弄的那几个'以征代禁'的大烟钱在村上办了一座学堂，我当过秀才当过私塾先生，但我办的是新学堂。我当董事也当校长，为社会做点有益的事。你呢？这一行不行，聘你来当体育老师吧，只会喊口令，连篮球可能都不会打。"

"我真不会打。"樊玉龙不禁自嘲地在老上司面前从未有过地大笑起来，"当年孙燕曾弄了一个那玩意儿，但我没在意学。"

"新东西你不懂，旧东西你又拿不起，所以还是干老本行吧。"

樊玉龙将黎子腾、常文彬和辛渔丑等一干人到洛阳接他时要举荐他出任伊西、伊东、自由三县"剿匪司令"的话重复了一遍。

辛寓德笑道："黎子腾这个倚老卖老的老滑头，他烧你出来当那个空壳三县'剿匪司令'，把你的手脚捆住，他在后面捞好处，别上他的当。"

樊玉龙点头说："我与黎子腾打过多年交道，不会去当那个空壳司令，自己没有实力说话谁能听？功归别人，过属自己，让别人拿自己当木偶去唱举偶戏，有啥意思？"樊玉龙看一眼师爷低笑一声，"如果真有这个三县'剿匪司令'，我看推渔丑当合适。"

"你知道，渔丑是我的堂侄，"辛寓德洞穿樊玉龙内心似的瞟了一眼樊玉龙，"你不要在我面前抬举他。他手里是有千把人，但他不行，浮躁，没有那个资历却有那个野心。不过，如果你出山，我倒会让他帮你一把。"

"我刚出狱，还谈什么出山。"

"你这娃子，蹦跶了几年，现今就能不蹦跶了？说了半天你还不明白吗？你只有这一条道好走！"辛寓德将手中的茶杯往桌面猛一磕，一脸当年当师爷的威严。

上了几个家常小菜，辛寓德又要佣人将刘海叫过来一起吃了午饭。也许是喝了几盅酒的缘故,老头来了兴致,要带樊玉龙和刘海去看看他办的新式小学。走出老旧的房顶长满瓦松的砖瓦小院,不远处就是一片新建的砖泛青光的瓦房,有大门有上房有厢房,少说也有二十几间。几个教室正在上课,为了不打扰教师和学童,他们只在窗口往里看看,几排书桌几排条凳,讲台后面是黑板。黑板上方居然挂一张国父像,在这个地盘还未确定属谁的时候,可见他这个老同盟会员对孙中山的景仰。上房两边也是教室,中间一间房的门旁挂一"校长室"的木牌,想来就是辛寓德办事的地方。樊玉龙仰头看,校长室门首上方挂了一个黑漆金字横匾,上书"忠孝仁爱信义和平"八个字,好像是师爷的手笔,仔细端详。辛寓德解释这是学校的校训。新学堂里怎么会用这种旧礼教作校训呢?他加重语气道,因为这八个字是中国人必须遵守的八德,每个中国人都要时时牢记。追求新学的辛寓德把这老传统留下的八个字讲得津津有味。樊玉龙和刘海不断点头称是。

"每个群伙、每个集团、每个党派里面都有好人坏人,如果你再闹腾起来,不管是保境安民还是打出去争雄天下,希望能做个好人,老祖宗留下的这八个字不能忘。"辛寓德又特别加重语气把这八个字说了一遍。

告别时,樊玉龙眼含泪花。

樊玉龙又去看望了大皋的常文彬和正在家里养伤的岳崇武。

十六　囚徒变为总司令

　　樊玉龙回到石匠庄。都说是师长回来了，大人小孩跑过来看，一看稀松，连身像样的军衣也没看到。他看望了亲戚、长辈们，还同所有遇到的人打招呼。他本想请羊大堂、羊二堂兄弟先帮家里的几间茅屋苫一下住进去，孝先爷不允许。他回村后最先去看望的就是石孝先，孝先爷随着身子越缩越小，脾气也小了很多，没有了当年的霸道。庭院很冷清，老奶奶前年走了，一个大院只有小姨太走来走去。石孝先要樊玉龙就住在当年开学堂的东院，小姨太急忙去叫人打扫。东祺姨夫仍在石家帮忙，这几天哮喘病发作得厉害，没有来。

　　住下后，樊玉龙又去看望了庄里的几个长辈——私塾先生石宏儒、老石匠石恨铁、羊村族长羊文卿和樊家的族人。小时候的朋友石小高、石铁柱、石铁栓、石小娃等也来看过他，只是石匠庄民团正副管带石四年和羊黑蛋未敢露面。

　　樊玉龙挂念着羊村旮旯那几间茅屋，信步走到大堂家商量苫房的事。大堂正在磨石上磨一把镰刀，樊玉龙看看天，似乎突然闻到一阵麦香。

　　"开镰啦?"樊玉龙的声音有点发抖。

　　"快开镰啦。"大堂呵呵一笑。

　　"大堂哥，给俺找一把镰，俺也来磨磨。"

　　"你也去割麦?"

"俺要去,你别忘记俺过去可是一个割麦能手。"

"算了吧,你还是歇着吧,"大堂又是呵呵一笑,"咋还能叫你去割麦? 开玩笑。"

"俺咋不能去割麦?"

大堂不接这个话茬,向屋里叫了一声:"二堂,你出来,把昨晚俺要你算的田租说给玉龙听听。"

二堂拿着算盘向玉龙腼腆一笑,坐下来噼里啪啦打起来。

"这是啥?"樊玉龙惊异地望着算盘珠子。

"这是这几年俺租你家的地应缴的租。"大堂又是呵呵一笑。

"恁不让俺家那几亩地荒了俺就得感谢恁,还谈啥租? 这租俺不能要!"

"一是一,二是二,俺种恁的地就得给恁交租!"

"恁不想帮俺种了不是? 俺正想收回来自家种呢。"

"那敢情好,有啥难处俺帮恁,但这地可能轮不到你自己种。"

两个人心照不宣地笑起来,笑得这农家小院一片麦收时节的热闹。

大堂、二堂坚持要将田租付清,玉龙没法推托,只好说他和身在开封的在礼伯商量过,两人合伙做山货,这租先放下,如果有那一天,将来就算是入股吧。

这天樊玉龙少有的心情好,漫步走出东门,沿着一条上山的路向南拐,渐渐走近石羊山,一群肥得像圆球般的绵羊分散在山坡上啃草。一个放羊人戴顶破草帽站立不动,像块兀立的石头,看到哪个羊走远了,才从地上摸个土块掷过去,或甩个清脆的响鞭。樊玉龙很有兴趣地走近,侧头看看帽沿下一张被太阳晒得油光发亮的脸,认出原来是石小娃。

"小娃,你长个子啦,成大人啦。"

小娃一惊,认出了是小时候的玉龙哥,一时不知咋唤,脸憋得通红:"师、师长,恁、恁回来啦?"

"啥子师长师长的,俺是你小时候的玉龙哥,用生麻批扭鞭同你对过鞭,忘啦?"樊玉龙说。

小娃不知说什么好,只是傻笑。樊玉龙夺过小娃手中的鞭子,猛甩几下听听山涧的回音,就向羊群跑去。他把羊群赶到青草更丰盛的地方,美美地躺下身看着蓝天,悠然把自己忘了……"我出生在这个地方吗?我回来了吗?头上还是那片天吗?这山还是那座山吗?旁边真有一座妹子山?妹子山上真有一块仙人石吗?"樊玉龙进入了一个虚幻的梦境,好像一切都不存在,都与他无关……他听到有人唤他,坐起身,迷惘地看到有两个人影飘飘忽忽地向这边跑来,跑近了,呼呼咻咻的石东祺在前,已进入副官角色的刘海在后。

"龙娃子,原来你在这里,让俺们好找,家里来了客人,快回去吧。"东祺一面喘一面说。

"报告师长,砦子街的团总辛渔丑和鳌柱山的张举娃来了。"

"这么快就来了?"樊玉龙迟疑地问,一时还不明白是在问谁。

"二位还带了一干人马。"刘海继续报告。

"啊!"樊玉龙一惊,"多少人?"

"每位都带了一千多人。"

樊玉龙一跃而起,拍拍身上的草屑。"快回去!通知团总石四年准备茶水,要他赶快同区长黎子腾联系,先把这两千多人分散在附近几个庄子驻下。"

自从樊玉龙为报仇将赵定东打死之后,石四年当上了石匠庄团总。这次樊玉龙回来,他提着心尽力应付,生怕樊玉龙把他那几十支破枪端了。一听刘海向他传达樊玉龙的话,就扭动着矮胖的身躯带上羊黑蛋、石小高和几个喽罗到处张罗,为才来的队伍备水备吃食,到傍晚总算配合黎区长把这两千多号人分发到几个村里安顿下来。石家东院这时正谈得热闹、争得热烈,都是老朋友,无话不说。到了掌灯时分,小姨太吩咐佣人早已将酒菜送来,几个人才喝几杯,声音不觉就大了。

辛渔丑把一双小眼睛尽力睁得像两条刚拱出地面的豆芽,拿起酒壶给自己倒杯酒,仰头饮尽,顿下酒杯说:

"玉龙兄,你最后说一句你到底干或不干!你要干,兄弟们都捧着你,你要不干可就伤了兄弟们的心啦!地方上这点家底——几千支枪就会被别人拿去!"说着,一双小眼睛直对着樊玉龙一眨一眨,很伤心的样子。

外号"猴子"、性喜轻举妄动、从西省当兵就同樊玉龙要好的精瘦的张举娃,凭他与樊玉龙的交情,一拍桌子,无所顾忌地叫喊道:"球,你拿大不是? 俺看是冯总司令的牢饭把你教育好了!"

"唉,这是逼我再上梁山啊!"

"啥子梁山不梁山,前年我跟着李宗仁反蒋的'护党救国军'闹了一阵,后来不是上鳌柱山了吗? 啥旗号没有? 不要旗号就是土匪? 你看现今匪与民、民与官有啥区别? 什么土匪、民团和官军的名堂不是天天在换来换去、变来变去吗?"

辛渔丑突然笑了:"这次咱起事可得有个旗号,要实实在在的,'护党'啥的不要,咱护啥党呀?"

"护党不护党咱无所谓,那与老百姓没点球关系,咱护百姓总可以吧?"张举娃把他的犁沟般的抬头纹扭成一个疙瘩,说:"玉龙兄,俺张举娃就是只捧你呀!"

樊玉龙这两天的心情无法平静,他本不想再走梁山那条路,但一心要当老太太的老娘逼他,一群共过患难的朋友逼他,时势也在逼他,他又不能不走。罢了,梁山与东京究竟又有何区别呢!

听说樊玉龙要举旗起事,石匠庄又来了几起人马,几天内人马骤增为三千多。他在油灯微光中与来自各地的头目议事,看到每张汗津津的脸都紧张得变了形似的,知道自己已不能后退,磨着那口整洁的白牙,狠下心决定再作一拼!

他说:"大家捧我出来干,我不能冷了弟兄们的心,但我们的队伍要有个名号,有个规矩,不然永无出头之日。"众人一个声地表示赞同,乱哄哄地提出几个名号,樊玉龙摇摇头又说,"想当年我跟着蒋明先时,曾想举'公'字旗,后来看看这个'公'字是难以办到的。如今豫西地面仍旧很乱,老百姓想过平安稳定的生活,队伍应以'保境安民'为目的,我看号称'豫西自卫军'为好。"

众人鼓掌。

"既然是保境安民的自卫军,我们的队伍要有个军队的样子,要按军队的建制整编,要有军队的纪律约束,起码要做到三个不:不烧杀抢掠、不奸淫妇女、不拉票飘叶子!"

有人低声说:"那咱们做啥?"

"训练整顿,保境安民!"樊玉龙提高嗓门。

辛渔丑和张举娃又一次带头鼓掌。当即推举樊玉龙为豫西自卫军总司令。樊玉龙当即任命辛渔丑、张举娃为副总司令兼第一、第二路司令。为了亮牌子,让村妇连夜做了十几面上贴"豫西自卫军"的大旗,第二天早上在呼啦啦的晨风中抖动,甚是威风。一不做二不休,辛渔丑来了精神,坚持在村北头空地筑一检阅台,三位正副总司令登台对衣着杂乱、已编成大队中队的队伍煞有介事而又切切实实地检阅了一番。检阅毕,辛渔丑和张举娃美美地出了口长气,樊玉龙却为下一步的行动犯愁。

自卫军下一步要做什么?樊总司令和他的两位副总司令有了分歧。樊玉龙主张先联络伊东各区成为自保区,再联合伊西、嵩县自保,逐步发展,将整个豫西纳入自保区的范围。两个副总司令对这个有远见的计划均不以为然,一面听一面轻摇着头。辛渔丑实在忍不住了,唤声:"总司令,俺知道您要'正规',但像您说的'正规'办法去做,黄花菜都凉了。头一个问题就是:咱们吃什么?"张举娃在樊玉龙面前随便惯了,一拍桌子接着辛渔丑的话茬说:"是的,三四千人窝在这里吃什么,就靠你石匠庄附近这几个庄子吗?依我的意思,先打几个富庶的寨子再说!听人说大别山那边叫打土豪,咱们这不也是打土豪吗?啥区别,别人能干为啥咱就不能干?"樊玉龙很不高兴,好像柳子谦的影子在他眼前飘忽了一下,厉声道:"别扯别人的事。"大家都不再说话。总司令在发愁,辛渔丑和张举娃想他们这个副总司令不好当呀!

樊玉龙当上了总司令,但却为这几股队伍的出路苦闷着。无事到村外走走,看到北面自家的老坟,又想起娘多次催他盖房建屋的事,就派人将如今依然名声不减的风水先生蔡知九请来。蔡知九熟悉石匠庄的地脉,周围走了一下就说要盖房只能往北盖,坐西向东,有紫气东来之象。樊家祖坟气象正旺,可惜的是旺禄不旺丁。樊玉龙心里咯噔一下。正在这时,辛渔丑跑过来了。

"机会来了!"辛渔丑喊着,他是县政警队队长周永成的好朋友,刚接到周永成派人送来的密报,内容是县城防大队长王立勋将于近日带队围剿石匠庄。伊东历来有山北山南之分,县府权力基本被山南人控制,山北人长期不满。县政警队队长周永成为山北人,长期遭受排挤,积怨很深,与山北的区长们自然走得较近。这次他传来的消息气炸了辛渔丑和张举娃,旧恨新仇也在樊玉龙心里发酵,决定抢占先机,以防止县城防大队攻打为借口,先行攻占县城。

会议在东院开到后半夜,两路司令、大队长、中队长争着发言,表态献策,个个激情满怀,要为豫西自卫军开局立头功。樊玉龙插话不多,多数时间是默默地看默默地听,兴奋中也有忧虑,不再说鼓动的话,最后决定:

"兵贵神速,明天白天休息,晚饭后出发,半夜抵达县城!"

张举娃叫了一声:"娘那×,这次可够他王立勋喝一壶的了!"

有人笑,樊玉龙严肃说声:"肃静!"当即宣布作战命令。

"一路司令辛渔丑!"樊玉龙喊。

"到!"辛渔丑猛站起身,直立听令。

"你带一路一千五百人,从城墙东南角转攻南门!"

"是! 领命!"

"二路司令张举娃!"樊玉龙把眼光转向歪歪斜斜的张举娃身上。

"到!"

"率二路先从城东南角发起进攻!"

"是!"

"总部警卫团团长刘海!"樊玉龙继续点名。

"到!"刘海挺起胸膛,笔直站立。

"率警卫团一千人和总部一起行动,做攻城预备队!"

"是!"

"各主官带好部队依令行动,不得有误!"

虽然是麦收大忙,第二天各村却出现了少有的沉静。

晚饭不仅有白面条和白蒸馍,还有粉蒸肉。放下饭碗,队伍集结,到处都是口号声。队伍沿着南山山麓下边的车道,穿过紫逻口,夜半逼近城垣。城墙沿汝河逶迤伸展,高三丈,黑黢黢的像铁铸一般,据说自明代建城之后,从未被攻破过,即便是当年不可一世的长毛也只能望城兴叹而走。张举娃的队伍抵达城垣东南角,从奎星楼东打响了夺取县城第一枪。几架云梯立即靠上,队伍呐喊着,喷涌一般登上城墙。南门城防队发现敌情予以抵抗,双方展开激战。辛渔丑的队伍乘机对南门发起猛烈攻击,已于昨日化装成百姓混进南街的部分自卫军在城里响应,南门很快攻破,大批自卫军蜂拥而入。到早上,守卫东门的城防大队亦伤亡殆尽,东门相继失守。时与自卫军有联系的政警队长周永成战场倒戈,让自卫军直捣县府衙门。部分城防队员在县衙后院坚持抵抗,双方展开争夺战。

是夜,城防总队长王立勋不在县城。他因剿匪有功,名噪一时,先后受到前县知事曾大业和军阀吴佩孚、张治公赏识,在张治公任陕潼节度使大力扩军时,他出任第九旅旅长。冯玉祥兵出潼关参加北伐,眼光短浅的张治公坚持投奉不投冯,因而一败涂地,第九旅也就散了。王立勋以养病为借口,回到家乡上店,本想息影山林,不问世事。但伊东县不断有小股土匪窜扰,县长看他既有人又有枪,坚请他出山,组织一个四五百人的县城防总队,由他任总队长,人枪是他的,粮食、服装、弹药由县政府筹办。此时,樊玉龙的表兄汪长星正是王立勋手下的一名得力队长。汪长星勇敢多谋,樊玉龙深知这是个难以对付的对手。进城的自卫军很混乱,张举娃的队伍还有人亮护党救国军的牌子,其实这块牌子与他们拥戴的樊总司令毫无关系,这是张举娃去年捡的唐生智反蒋时用过的旧货。双方打了一阵,汪长星才弄清来者是他那位不肯安生的表弟新组的豫西自卫军。此时他已与副总队长失去联系,立刻打电话给身在上店家中的王立勋报告战况,王要他坚决打退进城之匪,守住城垣,并带人前来支援。王立勋先派二百人入城助战,又亲率三百人抵达西门外水磨村。城内大街小巷都有战斗,双方争夺激烈,死伤惨重。汪长星在反攻西门时,身负三处枪伤。战至中午,自卫军已占据东西大街以南地区。王立勋带领城防队的三百多人和嵩县民团前来支援的三百多人进城,登上北城门楼指挥。战至下午四时,南半城已火光冲天,为避免更多伤亡,即与县长商量,于是夜十点钟放弃城垣,撤出战斗,县城遂落自卫军之手。

第四天,作为总司令的樊玉龙赴县城视察,见争夺战后县城的残败景象,内心深感不安,又见士兵抢夺民间财物,街面秩序混乱,十分生气。他听说辛渔丑和张举娃为争权夺利还发生过横枪事件,就将两人召在一起谈话。两人

都不认输,更不认错,各说各的理,各打各的算盘,气得樊玉龙一拍桌子站起身:

"在石匠庄我是咋对你们说的? 我说我们要有纪律,要像一支军队,看看你们是咋做的? 烧杀抢掠样样干,听说还拉肉票!"樊玉龙怒目扫视着两人,"这是啥? 这不还是土匪吗?"

"龙哥,你何必生那么大气呢?"张举娃倚仗他与樊玉龙的老交情,想冲一冲眼下太为严肃的气氛,嬉皮笑脸道,"队伍总得有饭吃吧,不抢,谁给你送肉来?"

樊玉龙气坏了,又一拍桌子吼道:"那你回鳌柱山吧!"

辛渔丑怕事情真弄僵,急忙立正起身,神色严肃认错:"报告总司令,是我们管理无方,请总司令多加明示。"

樊玉龙缓了口气:"张司令,原来我是咋交代的?"

张举娃也急忙来了个立正姿势:"要我们开仓放粮,救济饥民!"

"你们是咋做的?"

"想不到城防队的人那样顽固,几乎每条街都得争夺,他们才被打出去,还没来得及做这件事。"辛渔丑解释。

"哼,县衙是咋烧的?"

"是你表兄汪长星与我们争夺,双方打来打去打着的。"张举娃暗自一笑吐了下舌头。

"城防队里的汪长星是条汉子,三次负伤,三次不下火线。"辛渔丑不知是夸赞汪长星,还是给樊玉龙难堪。

樊玉龙一时无语,停了许久才问:"你们两个是咋回事?"

辛渔丑与张举娃都睁大眼睛,装着不知樊玉龙在问什么。

"横枪!"樊玉龙提高声音,"你们以为我不知道? 刚打开一个县城,就争地盘、争枪支、争战利品,内部差一点打起来,这个队伍我没法带,交给二位吧。"

"总司令,没有那事。"辛渔丑说。

"是的是的,哪会有那样事。"张举娃连忙否认。

"好吧,我正式辞职,我这个总司令不干了!"樊玉龙起身要走。

辛渔丑急忙上前拉住:"总司令,恁不干咋行? 恁这不是把我们撂在荒野地里了吗? 有错我们就改不行吗?"

"玉龙哥,你不能就这样走!"张举娃带着哭声,"你甩手走了这摊子咋收拾? 我们错了,你可以骂可以打,但不能走,你如果就这样走了,你对不住朋友!"

辛渔丑和张举娃这帮人需要樊玉龙为他们扛大旗,没有樊玉龙这块牌子,他们什么也撑不起来。樊玉龙也不能没有一帮朋友,张举娃提到的"朋友"二字,让他心里翻江倒海,心绪难平。他看到辛渔丑和张举娃有认错的表现,又交代一番,带上刘海等人就回石匠庄总部去了。在石匠庄他没有一日轻闲,各方面来接头的人很多,但他时时要关注县城那边的状况。

王立勋曾集结上店及南区两千人马反攻县城,被击退。到7月下旬,王立勋又集合三千多武装人员攻城,由上店渡河行至寺湾附近,不意竟遇从嵩县拉来的杨魁部三千余人,双方激战数分钟,王立勋中流弹身亡。王部退回,杨部至城关,声言要见樊总司令,辛渔丑闭门不纳,要他转往石匠庄,分明把县城当作了一己的地盘。

到石匠庄接洽受编的人越来越多,总人数已达万余。这些乌合之众要在短期内改变成为正规军队实为不易,靠这些力量组织豫西自保区更不可能,他不得不考虑别的出路,考虑朋友们的出路。与此同时,有人也在为他考虑出路。身率万人的樊玉龙一时又成香饽饽,说客盈门,冠缨飞舞。时任蒋方河南省主席的韩复榘派樊玉龙的老上司汪震来做说客,樊只向他引荐了辛渔丑、张举娃、杨魁等六个旅长,而无实际行动。身为安徽省主席的刘茂恩利用老镇嵩军的关系,在北京派黎天赐前来收抚。时任冯玉祥第二方面军前敌总指挥的孙良诚在洛阳召见樊玉龙,樊玉龙权衡利弊之后,排除韩复榘、刘茂恩的招抚意见,决定接受孙良诚改编,出任第二方面军第十独立师师长,辛渔丑、张举娃分任旅长。所谓的豫西自卫军昙花一现,成为过去。

十七　难说秦与楚

　　1929 年 10 月 10 日,兴奋的小学生们正在糊灯笼准备夜晚的提灯游行,庆祝民国第十八个国庆节到来,西北军将领宋哲元、孙良诚却发出反蒋通电,并推荐阎锡山、冯玉祥为国民军正、副总司令,蒋冯大战打响,战斗在河南郑州、偃师、许昌展开。这时唐生智又与蒋介石合作,蒋军前线部队由第五路军唐生智节制,冯方由代总司令宋哲元、前敌总指挥孙良诚指挥。樊玉龙第十独立师归属于魏凤楼军。11 月 6 日蒋介石在新郑下达"向西北军总攻击令",率领胡宗南、万选才、刘茂恩、王金钰四个军进攻禹县、临汝、洛阳,从登封走鹅岭直取洛阳,魏凤楼军失败缴械。樊玉龙预见到此役蒋方必胜,但因孙良诚对自己有前恩,因此拒绝了万选才、刘茂恩密使送钱委官的诱惑,决心与孙良诚同生死共患难,抵抗到底,拒绝投降。被追击后退中,第二旅张举娃部哗变,第一旅辛渔丑部一个团被击溃一个团被包围,仅余刘海团和师直属特务连排长石小高、军需羊二堂、参谋羊青峰和勤务兵小娃随师部后撤。樊玉龙率残部撤至洛阳附近焦村时,蒋军已占领洛阳。在被重重围困的紧急情况下,数次打退敌军进攻之后,樊玉龙与辛渔丑、刘海计议,选精锐二百人直冲突围,次日脱险后,仅剩五十余人,经仙婆退至朱村。西北军溃退陕州,曾在曹县与樊玉龙作过战的梁冠英军长向孙良诚汇报时说,"樊玉龙忠贞不二,奋勇拼搏,不是牺牲,就是被俘",孙良诚深表无奈。蒋方万选才和刘茂恩到洛阳后,对老同事樊玉龙的下落十分关心,派人各处查寻。特别是已被蒋介石任命为洛阳警备司令的万选才,还亲自到焦村俘虏营讯问,听樊师参谋长说樊玉龙可能已突围到了仙婆,即派人到仙婆接樊玉龙回到洛阳。

在镇嵩军截击国民二军的陕灵大战和围攻西安之役中,樊玉龙与万选才关系亲近,相互钦慕,常常是同声相应,同气相求。万选才比樊玉龙大八九岁,字德英,河南嵩县阎庄镇人,家贫,读过三年私塾,自幼随父亲学木匠。其父为人诚朴老实,万选才不仅继承父业,也继承了其父的品德,恭于事,勤于行,但性格强悍,聪慧过人。他中等身材,四肢强壮,木匠生涯练就了他的一双引人注目的大手和微眯右眼的习惯,常常是脸挂微笑,不自禁会眯下右眼,像瞄墨线一样。

北伐时,刘镇华以国民革命军第二集团军第八方面军名义率万选才、刘茂恩两军由东明经濮阳、清丰、南乐、大名直达杨柳青。万选才更是将奉军赶下大沽口,占领天津,其功可嘉,被冯玉祥称赞说"得英真是常胜将军",刘亦附和"得英一身都是胆",但值蒋介石下令队伍编遣,万选才、刘茂恩两军被缩编为两师六旅。刘镇华已看到蒋阎冯之间的矛盾必将激化,同冯合作也难以到底,审时度势,就准备向蒋靠拢,而万选才则一直对冯玉祥保有好感。不久,刘乘机率部开往河南归蒋军杨杰指挥,与唐生智共同打宋哲元和孙良诚,万选才内心颇不情愿。他早对刘镇华将其五弟刘茂恩由参议越级提拔为军长不满,后又感在装备、经费分配上与刘茂恩师不平等,受到歧视,就闹分家。刘镇华感到干不下去,赌气把军队交给万选才,商得蒋介石同意出国去了。宋哲元和唐生智开战,冯军又退到陕州以西,万选才派人找到刚战败的樊玉龙,好生招待。老朋友见面,不谈胜败,无论敌我,只力促樊玉龙整顿人马,重新出山。他一是敬佩樊玉龙的为人,二是正想独树一帜,弃蒋附冯,扩充军队,需要樊玉龙这种难得之人才。蒋介石深虑万选才会向冯玉祥靠拢,急派特使赴洛阳,以第六路总司令职相许,每月军费二十五万元。万征求各旅长意见,均主张反蒋,即接受反蒋的国民军正副总司令阎锡山和冯玉祥委任为第六路军总司令,并欲夺取开封后兼河南省主席。他决定扩充三个旅,命樊玉龙扩编一个旅。此时,樊玉龙将刘海团和辛渔丑残部收集起来,也不足成立一个整编团,表示为难。万选才不管樊玉龙摆出的难处,认定樊玉龙在豫西有号召力,要他带两千套军服下去招兵。樊玉龙知道,兵荒马乱之际虽说招兵容易,但也无法保证能带两千人枪回来复命,只是轻轻摇头。

"总司令,这件事我恐怕无法向您交差。"樊玉龙面有难色。

"卓云,"万选才从未这样亲切地呼叫樊玉龙的字,摇着一只蒲扇般的大手笑嘻嘻说,"俺还不知道恁的能力? 你能办到!"

"总司令……"

"别总司令、总司令的了,俺还是你过去那个大哥。"万选才微眯着右眼斜视一下樊玉龙,"怎么? 大哥这点忙你就不想帮,是不?"

"大哥,"樊玉龙已被万选才的真诚感动,"我是新败,而且是接连的败……"

"什么败不败,别说那丧气话!"

"你信我有这个能力?"

"信! 不仅俺信,地方上的人也会信!"万选才俯身桌面写了一张条子,"去,去叫你的人到军需处领三千套军装。"说罢大笑。

樊玉龙拿着纸条在书案旁怔了一下,一股热流冲上头顶,急急向司令部大门走去。万选才在后面追赶,脱下身上的绿呢大衣给他披上。樊玉龙推辞,万选才说已到冬天了,你咋穿得还这样单薄? 樊玉龙不好意思地摇摇头,说打了几个月的仗,哪还顾得这些! 万选才从樊玉龙手里拿过那张条子,又加了一千套军装,要他先发给他剩下的队伍。樊玉龙回到营地,通知团长刘海和上任不久的军需官羊二堂先派人去把那四千套军装领回来,发了一千套下去,官兵个个精神起来,但另外三千往哪里送呢? 他发愁了。手下的常文彬,这个已经是当过旅长的人好像已没一点斗志,只想在乡下守业弄孙;想到岳崇武,但岳崇武在西安围城和曹县守城时两次负伤,还正在家养伤……忽然念头一转,他想到登封县的江良镇,想到区长于复亭和好友桂占魁,这次为什么不把他们带出去呢?

已经是过了新历年了,离旧年也已不远。一场薄薄的初雪浅盖着一拃高的麦苗,河面的冰尚未结实,一些不怕掉下去的娃子竟在上面打起陀螺。河边焦黄的芦苇在寒风中摇动,覆着些白雪的苇穗随着风向起起落落,像一群群从远处飞过来的野鸭。天气虽冷,但镇上空的炊烟和河面儿童的嬉闹声,却给寂静的田野笼上了一层暖意。

樊玉龙带着刘海、羊二堂、小娃、石小高和一排士兵和几辆堆满军装的马车来到江良。排长石小高带上两个士兵先去报信,区长于复亭和早升为民团副管带的桂占魁迎出二里,看到这阵势自是一惊。走一段,桂占魁凑到樊玉龙身边问,大哥,拉这么多军装干啥?樊玉龙扫了一眼前边的寨墙笑着答道,给你的人穿不行吗?桂占魁皱下眉,那也用不了这么多呀!樊玉龙大笑起来,于复亭使下眼色要桂占魁不要再讲话。

桂占魁把一排人安排好,有酒有肉地吃着,客厅这边的酒宴也热闹起来。几句客套话说过,几盅有名的江良烧下肚,樊玉龙直截了当地说道:

"于区长,俺来就是有求于恁。"

"玉龙,咱们之间还有啥子求不求的,你问问占魁,俺早就盼恁来的,有啥事要俺办,恁说。"

"万总司令让俺带了三千套军装过来,要找人给俺把这三千套军装穿上。"樊玉龙摆明道。

"还要带枪?"

"还要带枪!"

"这倒真有点难。"

"是不好办,"樊玉龙皱起一双剑眉,"所以我才找你老哥帮忙。"

于复亭不知如何回答,一时低头不语。

看着僵场,桂占魁急了,一拍桌子:"难,难也要想法子,不能把樊大哥的面子撂在这里!"

"你说咋办吧?"于区长睁开一双浑黄的眼睛疑惑地望着桂占魁。

第二天于区长召集各保长到区里开会,这是大区,来了十多个保长。这些乡村的掌权者,衣着五色杂陈,形态极为丰富。有老有少,有胡子长到胸的,有嘴上无毛的;有穿长袍马褂的,有穿撅屁股棉袄的,也有穿中山装和军衣的;帽子的花样更多,有皮帽、忽闪帽、帽壳、军帽和学生帽,甚至还有头上缠包布的,当然各种帽与各种身份有关。议事开始,于区长还没有讲几句,就被十多支烟枪呛得大声咳嗽,流了眼泪。水烟、旱烟、烟卷一起上阵,不停听到抽水烟袋的咕噜声,抽旱烟的火镰敲击声和吸着洋烟卷的喷喷声,人们像在雾里说话,只听声音不见人,声音似从很远很远处传来。议论很热烈,请樊旅长讲话时还长时间地鼓了掌。一听有军装发,个个兴奋,踊跃报数,后来被于区长卡住,只发下了两千套。

镇上的锣鼓声响了,人们好像被锣鼓声震醒了,不禁就兴奋起来,连樊玉龙也不例外。他和于区长一起走村窜庄,探望当地有名望的士绅和长者,也同遇到的已经穿上军装的年轻人攀谈,一路是喜气阳光。镇上闹社火玩高跷,他一时兴起,想起多年以前的做派,竟加入高跷队与石小高一起串演了一出《打渔杀家》,灯影人群中他回到了过去……于区长和镇旁的保长们都来捧场,他一面卸装一面摇着头说"老了,老了"。

过完农历年,地里的雪渐渐融化,勤快的人已背上锄在琢磨地里的事。天气渐暖,越来越多的人开始锄麦苗了,只见满地都是穿军装的,樊玉龙却集合不到人。他找于复亭商量,于复亭带上桂占魁往四乡跑,地方局子都想自己发财,而不愿外出。于复亭很生气,觉得对不住朋友,但也没有办法。正在为难之际,石小高向樊玉龙报告,他出外打鸟在鳌柱山下面碰到一支军队,闲谈中知道这是蒋军肖子楚部的一个旅,刚被孙殿英埋伏的部队击溃,打算在半坡村一带宿营。樊玉龙立即找于复亭计议,说:"以前的事咱都不说了,眼下只要求你帮我集合二百人,这个忙请你一定帮。"于复亭和桂占魁赶紧行动起来,费了很大劲,平日缺乏训练,半晌才集合了一百多人。樊玉龙看着这不成队形的一百多人,只好说算了,一百多就一百多吧。他对这些人简单讲了讲作战意图和纪律,拂晓拉出去埋伏在离半坡村两三里的大路两旁。雾很大,对面不见人。不大一会儿,勤务兵粟娃——小娃自当了勤务兵后,参谋羊青峰给他改的名——向他报告,说发现前面有队伍过来。仔细一瞧,果然不错,一长列队伍排成四路纵队正向大路这头走来。他命令下面不要开枪,队伍的脚步声嚓嚓嚓地越来越近,到了一百米左右,他大喝一声"放"!骤然枪声大作,前面的队伍乱作一窝蜂。常言说兵败如山倒,这部蒋军本已是惊弓之鸟,突遇阻击立即乱作一团。旅长是个痛快人,见情状无法收拾就高声喊道:"不要打,我们交枪!"

樊玉龙下令停止射击,走上前指定蒋军将枪搭成架子,又同旅长握握手说了几句安慰话。不意附近各村的民团跑过来,先是让民团集合他们不来,这时听说打了"胜仗",就一窝蜂地跑来抢枪,结果蒋军这个旅的三千多支枪,樊玉龙只抓到手五六百支。他很生气,于区长只会摇头。他派刘海和羊青峰赶往洛阳向万选才报告,万非常恼怒说,妈那个 ×,真欺负人,派军队去打!两个团开了过来,才收回了两千多支。樊玉龙将这个旅留下来的人和于复亭集中的几百人混起来编成两个团带到洛阳,加上又得到补充的刘海团,足够编成了一个满员的整编旅,万选才很高兴,派了两个团长和几个参谋人员过来,正式任命樊玉龙为旅长,辛渔丑为副旅长,刘海为一团团长,刚派来的姓鲁姓晋二位团长为第二、第三团长,连排长基本都是过去的。樊玉龙给了于复亭一个营长。于复亭感到自己实在贡献不大,而且嫌官小,就把这个营长让给桂占魁当了。被俘的孙旅长因樊玉龙在万选才方为他说好话,万选才让他去留自便,他不肯留,就给了他五百银圆派人送他出城走了。

队伍正在训练,3 月 25 日阎锡山、冯玉祥以中华民国北京军政府的名义发表万选才为河南省主席,全军振奋,厉兵秣马,准备夺取省城,好让他们的总司令坐上主席宝座。正在这时,樊玉龙听到一个消息,他的表兄汪长星来到洛阳,为表彰他剿匪有功,刚被省主席万选才委为登丰、临汝、伊东、伊西四县剿匪司令以稳定后方。他是来谢委的。这对不久前打得死去活来的表兄弟,被同一个省主席同时委以重任,一个是在前方卖命的旅长,一个是在后方维持秩序的司令。何谓敌我?何谓兵匪?何谓是非?军阀个个讲的是为我所用,天下混沌一片,真乃玉皇大帝都说不清!驻军孟津的樊玉龙本想去看看被他得罪过的表哥,要粟娃去打听一下汪长星的住处,粟娃回来报告说汪司令没在洛阳过夜就回县里去了。樊玉龙听后苦苦一笑,表哥还在防着他呢。

十八　鬼门关下

　　黎天赐也被万选才从刘茂恩那边拉了过来。夜长梦多，万选才生怕省主席的宝座旁落，即发布命令向开封进军，并以樊玉龙和黎天赐两旅为先锋旅，率先出黑石关。万选才接受樊玉龙的建议，兵分两路，水陆进发。从刘海团抽一个营先到洛口，乘船直达开封柳园口，配合大部队行动。樊玉龙带刘海抵达洛口，战乱中小镇未受多少炮火骚扰，船樯如云，酒肆贯街，黄河的滔滔波浪和号子声，依然震慑人心。樊玉龙找到吕道方住处，迎出来的却是吕志刚。吕志刚一身重孝，一见樊玉龙就大哭三声，得知吕道方刚殁，樊玉龙不禁想起当年吕大伯的仗义相助，也忍不住失声痛哭。他先到吕道方灵前祭拜，又到黄河边烧了许多纸和金箔银箔。吕大伯是属于黄河的，生于黄河也死于黄河，魂归波涛。刘海命全营鸣枪三响，声震遐迩，从久远的地方传来回声，好像死者的回答。办完吕大伯的丧事，吕志刚要带一帮人跟随刘海出征，樊玉龙不同意，说你现今是洛口的大舵，可以联络和掌握几十条大船，现在不能离开，想干军队将来有的是机会，到时候再说。看着吕志刚调动十几条船载着刘海带的一营人向柳园口驶去，樊玉龙赶快返回黑石关。

　　大部队从黑石关向汜水进发。韩复榘军念起同老西北军的感情，稍一接触即主动后撤，樊玉龙旅和黎天赐旅只用五天时间不仅打到汜水，而且已兵到开封郊县中牟。韩复榘正准备让出开封，忽报有一部已打到北城墙下，韩复榘慌了，一面下令部队速撤，一面对部下开玩笑说：

"冯老总是真想要我的头啊，一天都等不及！"

玩笑是玩笑，他还是踏上汽车出曹门一溜烟地向山东跑去，来不及收拾省政府里的东西，原封不动地等着万选才来坐他的位置。

不到下午，刘海带的一个营进了省政府。到晚上，樊玉龙和黎天赐旅先后到达开封。第二天上午，万总司令万主席的专列就到了开封车站，军乐奏响，仪仗队排列两行，万选才沿着红地毯出现在车厢门口，稍停，举起一只大手挥了挥，樊玉龙、黎天赐和一群军政要员赶忙迎了上去。万选才的心情一定不错，笑容可掬、右眼微眯地与欢迎者一一握手，走到樊玉龙面前还特意在他挺直的胸脯上用拳头敲了一下。一长列车队和马队见头不见尾地进了南门大街，排场不亚于当年憨玉昆打进城。省城的人本已看惯了这种走马灯式的表演，闲着无聊，街两旁还是站满了一睹新主席光彩的人群。民国以来，不知道这是第几任督军、军务督办、省长和主席了，只感到他们来得快也走得快，除了一些下场不愉快的甚或悲惨的，给省城人没有留下更多印象，希望这位喜眉笑眼的新主席——万主席的下场会比有的前任好些。

省政府所在地其实就是老百姓口中的行宫。说起来这行宫也可怜，是当年庚子之乱后慈禧和光绪由西安返京经开封驻跸的地方，几座砖瓦院连成一片的衙门而已。万选才走进主席办公室，办公台上的文房四宝排列井然，墙上的名人书画丝毫未动，办公台后的孙中山像依旧在上面微笑地看着他的省主席是否"仍在努力"。万选才转头巡视一周，点下头，很是满意，模仿韩复榘临走前说的笑话，他也幽默了一句：

"这韩老哥也真够意思！"

晚上，礼堂里挂了几盏汽灯，在李总参议主持下举行省主席就职典礼，宣读罢北京军政府的委任状之后，在一片掌声和口号声中，斜佩红色锦缎绶带的万选才登上了河南省主席位。军乐齐鸣，酒宴大开，觥筹交错，笑语喧喧。来宾大多为军人，穿长衫纱褂来捧场的政客文人为数亦不少，各唱各调，谀词虚话，村言俚语顿时充塞厅堂。开封有名的饭店酒肆，如又一新、梁园、开封第一楼等，川流不息地抬进菜盒上菜，宾主开怀。酒过三巡，众人已略有酒意，碰杯声、猜枚声不绝于耳。作为宴会主人的万选才这时起身环视一周,从座位旁跨出一步要到各台敬酒,身后相陪的有李总参议、石副总司令、黎天赐和刘茂恩。最令人惊讶的是刘茂恩的出现,万、刘二人不仅是长年冤家,近期明争暗斗尤烈,这次刘不仅前来道贺,还自降身份陪万敬酒,实难理解。樊玉龙握着的酒杯不禁停在胸前,看得有点目瞪口呆。忽然万选才已经走到身前,不住地亲切唤他:

"卓云,卓云,原来你坐在这里,让我好找!"

樊玉龙赶紧起身立正,举起杯:"万主席,我再敬您一杯,祝您荣升!"

两人哈哈一笑将杯中的酒一饮而尽。

"卓云,今年有三十了吧?"万选才问。

"报告总司令,玉龙今年三十一啦。"

万选才扭头看着刘茂恩,说,你看多年轻。刘茂恩顺口赞了一句年轻有为嘛,又盯了樊玉龙一眼。

万选才由于兴奋,止不住又说:"卓云,我知道你穷,已是三十的人了,家里连个住房都没有。我知道你好朋友,手里存不住钱,如今还是穷,得想个法子弄几个钱才行。"

"俺一个当兵的,咋去弄钱?"樊玉龙笑了两声。

"这次打开封,无论咋说,你和黎旅长是头功。我把开封市的烟酒专卖局交给你俩办,给你俩一个进钱的门路。"

"俺是要枪把的,咋会弄那个……"樊玉龙说,看见黎天赐在万选才身后直向他摆头,就没说下去。

"明天你派一个人过来找李总参议谈谈,除了规定上交的,剩下是你和黎旅长的。"

樊玉龙一时还没有想明白这是不是个美差,是不是个聚宝盆。正在发愣间,听到万选才用震得他耳朵嗡嗡响的大嗓门高声宣布。

"刚接冯总司令电令,任樊玉龙旅长为省城警备司令,即刻到职。"

樊玉龙心头一热,赶忙起身向万选才行个军礼,右手碰帽沿又向全场巡视一周说:"谢总司令高抬!"

掌声一片,樊司令在万主席的就职典礼上,随即就职。

先公后私这点道理樊玉龙是明白的,他一时尚不慌找人去管那个烟酒专卖局,而是先把这个"省城警备司令部"的牌子亮出来。牌子挂在哪里呢? 他选定了袁家花园。不是因为他在这里坐过十八个月牢,今日要在这里一吐恶气,要在此地扬眉张狂一番,而是前任韩复榘的警备司令部就设在这里,一切用具齐备,只是换个新漆招牌即可,而且省城开封的治安问题多出在南关,出在火车站,只要将这一带卡好,就不会有大娄子。他将刘海等三位团长召到司令部,将三个团的警备区划分了一下,并学冯司令当年在开封当河南督军时的样子,派出几支腰挎盒子炮、肩扛大刀的执法队上街巡查,就地正法了几个公然抢劫、伤人闹事之人,市面立刻肃然。"城头变幻大王旗",商家和小民看惯了新上任的督军、督办、省长和主席走马灯般的转换,也就处变不惊,照做自家生意照吃自家的饭,市面倒也熙熙攘攘,表面繁华,使警备司令少操好多心。第一件事安排好后,樊玉龙该考虑第二件事了,谁去烟酒专卖局? 他不用费神就想到了李荣甫。李荣甫是临汝人,虽不是一个县的,但两家相距也不过三十几里地,还是一门老亲戚,至于啥亲,两人都未必能说得清楚。李荣甫的上辈人与当地一家恶霸有过节,因此他长年在外读书及做事,不敢轻易回乡下去。樊玉龙官当大了,他就跟随樊玉龙当了两任军需主任。他身材较矮,微胖,走路低着头,两眼眯笑着,好像看到砖缝里有个银圆似的。他做人低调,说话从不大声大气,心思细密,谨言慎行,颇得樊玉龙信任。樊玉龙知道此刻他就在开封,就派人去将他找到袁家花园来。李荣甫走进樊玉龙气派的大办公室,踌躇不前,左顾右盼,也忘了向当下的樊司令打招呼。

樊玉龙先笑一声说:"咋,不认识这地方啦?"

"哎呀,俺一进到这里就发怵。"李荣甫被樊玉龙让着坐下后说。

"发什么怵? 俺是请你过来当军需主任的。"

李荣甫像被火烧了屁股一样从椅子里猛然跳起来:"玉龙哥饶了俺罢,这个军需主任俺是再不能当了。"

樊玉龙斜了李荣甫一眼:"看你怂的,咋? 坐了一次牢就怕这个军需主任的椅子烧屁股了?"

"玉龙哥,这主任俺真不能当了,俺就在开封做点小买卖赚点小钱养家行了。"

樊玉龙轻拍下桌子把脸拉长:"你'行了'本司令不行,你这个主任要立马给我上任!"

"哥。"

"啥哥不哥的,这是军营!"

"是！李荣甫听从樊司令指令。"

樊玉龙看着穿件蓝布长衫、矮矮胖胖的李荣甫双脚并拢,挺胸收肚的样子有点儿滑稽,忍不住笑了:"还有件好事交你办。"

"啥子好事?"

"要你去代管烟酒专卖局。"

"啥?"李荣甫好像不相信自己的耳朵。

"要你去代管开封市烟酒专卖局。"樊玉龙加重语气重复一句。

李荣甫好像被吓着了,半晌才吐出一句话:"奶奶哟,那可是个聚宝盆哟,咋从天上掉下来砸到咱们头上啦?"

李荣甫刚离开,羊在礼这老头就慌慌张张地走进来了,嘴里还在嘟噜:"铁柱那娃子不让俺进,想挡住俺,说先进来通报,哼,俺还不知道这是什么地方吗?"樊玉龙看到羊在礼,急忙起身让坐,说:"你不要同娃子们置气,他们还不懂事。"追到门口的铁柱龇下白牙笑了笑。

"龙娃,我有急事。"羊在礼喘喘气说。

站在门口的铁柱纠正一句:"是司令。"

"哦,是司令,樊司令,我有急事。"羊在礼改口。

樊玉龙向铁柱摆下手:"去,去给你在礼爷倒杯茶,别站在这里打岔。"樊玉龙将一把蒲扇递到羊在礼手上,"在礼伯,你咋找到这里了?"

"满城贴的都是你的布告,再一问警备司令部在哪里,就在袁家花园!"羊在礼兴奋了,把蒲扇在腿上拍打得叭叭响,"这地方俺还不熟吗？当年俺来探过多次监。"

"是的,那时俺孤身一人,多亏在礼伯来探望。"

"不说那一出了，世事难料，谁能想到只过了一年，你就在这里当上司令了！"

两人大笑，樊玉龙忽然问："看到二堂没有？"

羊在礼沉下脸："听说他到部队上了，到开封几天了还没想起他还有个爹，哼哼。"

"这几天他正在忙。"

"哼哼，你给他个啥官？"

"军需，二堂心里明亮，数目弄得特别清楚。"

"这军需算个官吧？多大？"羊老头仍然绷着脸。

"算是个尉官吧。"

"这尉官有多大？"

"差不多等于一个连长。"

"青峰呢？"

"羊青峰读书多，在参谋处，也是一个尉官。"

"俺日他娘羊二堂，才当个尉官连爹都不要了？就敢尿得那么高，连爹都看不上了？如果当到你玉龙哥的位置，还敢骑在玉皇大帝脖子上拉尿呢！"

樊玉龙看到羊在礼真的动气了，急忙劝解："不是不是，你误会二堂了。二堂是个老实娃子，队伍刚进开封，这几天确实事情太多。"为了把话题引开，接着羊在礼刚进来时的话问，"在礼伯，刚才恁说有急事，啥子急事，不会只为找二堂吧？"

羊在礼猛拍下额头："哎呀，看俺这脑子，差点误了大事！"

"快去救石伊秋，救秋秋、救秋秋……"

"秋秋咋啦？"樊玉龙大惊，一站身把桌上的茶杯也碰翻了。

"秋秋被关在第一监狱，已被前任法官判了死刑，听说是个红案，这两天就会被砍头。"羊在礼说，"秋秋知道我在开封，还去过我的小店，今早有人刚传信给俺。这不，一听到这信俺就跑过来了。"

樊玉龙凝立不动，剑眉高耸，一时嘴角紧闭，沉默不语。

羊在礼急了："龙娃子，俺知道你同秋秋之间有疙瘩，但即使不念你们从小一起玩到大，就是念起同村人，这时候你也不能不救。"

这时候樊玉龙已听不清羊在礼在讲什么，看看门外大喝一声："铁柱，赶快去将羊参谋和石排长给我找来！"不到十分钟，石铁柱带着参谋羊青峰、警卫排长石小高气喘吁吁跑了过来。樊玉龙不加解释就命令羊青峰写个公函盖上警备司令部关防去到第一监狱提审石伊秋等一干人犯，同时又电话命令驻城内的刘海三团派一个连到第一监狱警戒。骑在马上的羊参谋和石排长在一排士兵簇拥下顺着中山大道向北一路小跑，约半个时辰已到第一监狱。一个胡子花白的狱长出来接见，看到关防，知道警备司令部要来提人，不敢抗拒，也不敢答应，迟迟疑疑地问：

"贵军要将石伊秋等人犯提往哪里？"

提往哪里？来时确实未得明确指示。羊参谋稍作思索，灵机一动答："警备司令部看守所。"

"这可是已判定的案子。"监狱长提醒羊青峰。

"那是哪朝判的？"石小高蛮横地插进来说，"你说的是哪一朝？现今是哪一朝？上朝判的不算，俺们要重审。"

羊青峰虽感到石小高像在戏台上唱戏，但也是一种唱法，就表赞同道："是的，我们要重审。"

监狱长见这么多兵爷爷拥上来，怕了，摇摇头问："是提石伊秋一个人还是七个同案犯全提走？"

"全提走！"

老狱长无奈地把一串钥匙交给一个狱警。狱警打开几间牢门，把七个判过死罪的人犯交给军人们带走。往哪里带？警备司令部是有个看守所，只是几间黑房，每间关十几二十几个人，甚至一间房关三四十个人的，别说躺了，有时连坐的地方都没有，将这七人关到那地方分明是不合适的，说出去对司令可能也不好。羊参谋正在发愁，一个狱警唤着老狱长呼呼歇歇地跑了过来。

"狱长，狱长……"狱警叫着。

"啥事？"昨晚喝高的狱长揉着今晨睡过头的眼睛问。

"那几个人已被拉出去了！"

"谁被拉出去了，"狱长似乎醒悟了一些，"是谁下的命令把那几个人拉出去的？"

"昨晚酒桌上大家不是都这样说的吗？"狱警又说，"大伙不是都说趁这个时候，多出一个就多留下一份狱粮。"

羊青峰听到这里急了，大声喝问那几个人现在哪里？石小高毕竟是玩过枪的，唰一声从腰间抽出手枪指住狱长的头，趾高气扬地说："今天你们要是把那人犯弄死几个，我就当即就着刑场枪毙你们几个。"狱长颤抖着问他们的狱警们："执刑是从哪边走的？"一个狱警低声回答："西大街。"快追到西门口，果然看到执刑队和几个犯人，羊青峰一眼看出微昂着头、短发被晨风吹乱的石伊秋。他赶过去与执刑队队长交涉，要求他们将人交出来。想不到这个一棵高粱秆模样的队长还很牛逼，看到对方人少，坚持不交。双方就要动武，这时从西门口外面冲进一队士兵，只听啪啪两声枪响，跑在前面的刘海摆手在空中画个圆圈，作包围势，部队迅速展开，狱长急步跑到刘海马前解释，执法队将七个人犯一一交结羊参谋带回司令部重审。

这要往哪里带哟？羊参谋发愁了。樊司令没有交代。把已决审的人犯带回司令部不好看，司令部自己审起案子来了！羊参谋稍想了想，决定在附近一间僻静的小旅店租几间房将他们安顿下来，让他们洗漱换衣服，先变个样子。羊参谋回到司令部报告办理经过，受到樊司令夸奖。吃过晚饭，天刚擦黑，樊玉龙和羊青峰、石小高、铁柱几个人换上便衣，坐上几部洋车向小旅店奔去。石小高和铁柱守在院子里，羊青峰将樊玉龙先带进石伊秋的房间又退出来。昏暗的煤油灯光下，石伊秋看着走进来的樊玉龙，慢慢站起来，一时无话。

"怎么，不认得啦？"樊玉龙打趣道。

"从哪里找来这身行头？怪斯文的……"石伊秋本想也用打趣掩饰当前的尴尬，但一句话未说完就哽咽住了。

樊玉龙眼中的秋秋仍是那么美，甚至比遥远遥远过去的秋秋更美，比那个带很多稚气的在田间奔跑的少女秋秋更美。于是，举人家的花园、寨墙豁口、打麦场、徐府街等像拉洋片似的快速从他的脑子里拉过……坐了几个月牢，在生死线上徘徊了几个月的秋秋身穿一身学生装，短衣长裙，但已不是他在徐府街最后一次看到的那个秋秋了。怎么不同了,是睫毛下的眼神成熟了? 是黑发剪得更短了? 是身子的每个细节有韵味了? 还是嘴角的微笑更加深沉了? 樊玉龙想不清,只感到从小漂亮的秋秋更漂亮了,欲说还休,但总不能这样沉默下去,这个在战场上滚爬了多年的男人突然变成一个农村小伙,喃喃地叫了声:

"秋秋……"

"龙娃哥!"

秋秋这一声哥,腾地把龙娃积聚的热情点燃了。有点晕眩的龙娃大跨步走上前张开双臂,想把秋秋搂进怀里。没想到秋秋一转身用左手推一下躲了过去。只是小手这么一推,把龙娃推醒了,龙娃又变回警备司令樊玉龙了,暗想:"这不是乘人之危吗? 俺咋能做这事!"樊玉龙看看秋秋惨白的脸和一双凝视的悲伤的大眼,倏然冷静下来,退后一步。

"秋秋,受惊了。"

"俺是从鬼门关刚回来的。"秋秋惨然一笑。

"天无绝人之路,"樊玉龙浅笑两声,"幸好俺的队伍刚赶到。"

"哥,恁救了俺,俺会记住恁的恩。"秋秋平静下心情说。

"啥子恩不恩的,这不应分吗?"樊玉龙也平静下来,"你们下一步打算怎么办?"

"我给你介绍几个朋友好不好?"秋秋想了想问。

"当然好,你的朋友也就是我的朋友。"

"他们可都有一顶红帽子,怕不怕?"秋秋抿嘴一笑。

樊玉龙竖起浓眉瞪大眼睛盯住秋秋:"你可太瞧不起人了! 难道你还不知道你龙娃哥一生好交朋友,对朋友从没有做过不仗义的事,不管他是红帽子还是白帽子!"

"哥,他们可都是同我和子谦一样的共产党。"

樊玉龙不耐烦地挥下手,要秋秋带他过去看她的几个朋友,秋秋说还是她去把他们叫过来吧。一会儿,秋秋带了六个年纪差别很大的男子进来,走在最前边的年纪最大,瘦瘦高高,一进门疾走几步上前紧握住樊玉龙的手,说了一些感激的话。樊玉龙觉得这人有点面熟，猛然记起是同柳子谦一起上过鳌柱山的王晏久老师，并知道他是共产党河南地区的负责人。樊玉龙叫声："王老师，现在啥感谢的话都不讲了，先来说说下一步咋办吧。"王晏久答："如今我们还是得隐蔽起来，否则于您不便，于我们也有危险，谁知形势还会怎么变呢？"樊玉龙点点头。王晏久与身后一个身材挺拔的中年人交谈了几句，说："我好办，我在这边有去处，而宋子超他们几个是在大别山一带发动农民暴动失败后被捕的，在此无处安身。"樊玉龙看看身边的几个人，问王晏久："你就说要我咋办吧？"王晏久问："将他们几个安插在您的部队里行不行？"樊玉龙搓着面颊正在思考，王晏久又说，他们可都是摸过枪杆子的，到部队上有用。他顺手把那个身材挺拔的人拉到前边介绍道："这位是宋子超，黄埔四期生。"樊玉龙望着宋子超的眼睛点了点头。王晏久指着一位年纪较大的人说，这位是老朱，在军界已干过多年，转身看着一个微胖的有张娃娃脸的人说，这是小温，曾在国民革命军第一方面军当过参谋，还将年纪较小的两人一一作了简单介绍。樊玉龙看看这两人笑问："都还在念中学吧？"有一位更正说他已经进了大学，不过是刚进。樊玉龙叹息一声，说："这么小就去搞暴动，为啥？"没人回答，他也不想有人回答，伸出手与每个人握了握。

"你接受了？"一旁的石伊秋问。

"接受了。"

"他们这就算入伍了？"石伊秋问。

"入伍了。"樊玉龙突然想起似的反问，"伊秋，你呢？你到哪里去？也去我的部队吧。"

"我要到桐柏。"石伊秋平淡地一笑，答。

"伊秋在那边有任务。"王晏久代石伊秋解释。

一片痛苦的阴影从樊玉龙的脸上掠过。

"我派人送你过去。"樊玉龙怔了一会说。

"不必了，我们有人送。"

大家散去，当房内只剩秋秋和樊玉龙两人，秋秋说："俺同子谦成家了。"

樊玉龙的脑子轰地响了一下，很快清醒过来，坦然道："这很好，子谦从小就很优秀!"

　　自此樊玉龙不再想秋秋的事。他在旅部成立了一个参谋处,宋子超任处长,其他四人均任参谋,都安排了。正在这时,当年一起被囚禁于袁家花园的周佑宗看到布告上的大名找来了。樊玉龙认为周佑宗训练队伍有一手,向万选才推荐他为副旅长,万选才听后点了点头。

十九　揣骨

　　不期然地与秋秋相遇而又匆匆分别之后,樊玉龙的心情总是悒悒的,一种说不清道不明的苦闷缠上了他这条不识多愁善感为何物的硬汉。秋秋与子谦成婚,他确实认为是再理想不过的。他爱秋秋,小时候爱秋秋,至今还爱秋秋,但他越来越觉得自己不配。他不止一次地暗想过子谦能与秋秋结合,才是最好的一对,但当他真的听到秋秋亲口对他说"俺同子谦成家了",突然就有一种怅然若失的幻灭感袭上心头。

　　别看小粟原先是个放羊娃,却心思很细,这两天看到樊玉龙茶不思、饭不想、闷闷不乐的样子,就和铁柱商量着去找羊青峰,正好石小高也在,石小高是从小与樊玉龙一起耍的,揣猜到了樊玉龙愁闷的原委,说带司令去街上逛逛吧,看看省城的新鲜玩意解下闷就好了。小粟说:"咱们都是土老冒,头一次进省城,也不知道到哪里好。"铁柱说,你不知道还能别人也不知道? 斜了小粟一眼转身向羊青峰问:"羊参谋,你是上过洋学堂的,你说省城哪地方好玩?"羊青峰皱下眉说,相国寺吧。几个人正说着,李荣甫微低着头踏着碎步疾走过来,问:"你们几个在嘀咕什么?"石小高抢先回答,说:"这几天司令闷闷不乐,俺们想劝他到相国寺逛逛,再说俺们也没去过相国寺,想去看点新鲜的,只怕司令不去,您帮俺们去说说。"李荣甫眯起小眼笑了笑,说:"那俺试试能不能把司令说动。"李荣甫进去不久,只听樊玉龙哈哈大笑,李荣甫就将头伸出竹帘外,说了声都快去换衣服。李荣甫说话一贯小声小气,没听清他向司令说了些什么,就将司令说笑了。

换上便衣的这帮人,香客不像香客,看客不像看客,在相国寺的几个大殿里胡乱走了一遍,又回到那座令人神往的八角琉璃殿里看人家抽签。听到一个老和尚把香筒摇得唰唰响,石小高不知怎么就来了兴趣,丢到香案上一个角子,就坐下正正经经抽出了一支签来,他本想会是一支好签,譬如什么时候高升之类,他这个排长已当几个月了,能升个连长也好,不料却抽了一个下下签,他不听老和尚解签,起身就往外走。走出大殿,李荣甫看石小高低头不语的样子,把大家带到杂耍场去看热闹。这边撂了好多场子,有顶缸的,有打弹弓的,有说相声的,有卖药的,有耍把戏的,还有耍蛇的。走到耍蛇的地方,石铁柱和石小粟被吸引住了,看罢呼呼吐着信子吓人的大蛇,又细看小蛇是如何从玩蛇人的鼻口来回穿梭,惊讶不止。樊玉龙不想看这些玩意,催大家往前走。走到一处摆满卦摊的地方,爻卦、六壬、遁甲、麻衣相、抽签、黄雀叼卦等星相卜筮之术,各门各类几乎全有。李荣甫看出石小高仍为在大殿抽到下下签的事不高兴,打趣唤他再来算一卦,说这里的卦灵验,定能算出个吉星高照来。小高不信,说不再上那个当,惹得一身晦气。樊玉龙大笑两声,说石小高还真开窍了呢。羊青峰接着道,小高的脑袋里有点科学了。石小高高兴起来,撺掇他们的司令去算一卦,樊玉龙摇头。李荣甫看到一位老先生的卦桌上放一本《易经》,虽然他常听说阴阳算命界里长年流传一句"学会《诗经》会说话,学会《易经》会算卦"的戏言,但他读过《易经》,对这一套卜卦还是有点相信。他坐下来让老先生算了一卦,过后笑一笑站起身付了钱。几个年轻人围过来问他算得咋样,他就是含笑不说,故意落后几步与樊玉龙走到一起。

樊玉龙问:"这一卦好不好?"

李荣甫低笑道:"好,说我有财运。"

"这可是个好卦。"

"我哪有啥子财运啰,还不是那个烟酒专卖局!"

两个人心照不宣,相视一笑。也许是这一卦使樊玉龙来了精神,走过一间小房,门肩挂个揣骨的招子,房里只有一个瞎子静静地坐着,身后一个小童为他扇扇,或徐或急,或上下或左右,有时还用扇把敲敲椅背,好像那把破蒲扇能扇出花来,十分好玩。揣骨俗称摸骨相,是通过手摸骨骼的高低、广度、长短等来推断贫富、智愚、贵贱和寿夭的,开封城有这样一个奇人,樊玉龙早有所闻。莫非这个静坐的瞎子就是那个奇人?他没有请人揣过骨,出于好奇,就走了进去。瞎子让他坐近些,不问他,也不让别人说话,屏声敛气地摸着樊玉龙的双臂、肩背、胸膛等,摸了约小半个时辰,突然放下樊玉龙的手臂,长长吐出一口气,说:

"贵相!"

"恁说的当真?"樊玉龙半开玩笑问。

"事关人生运程,哪能乱说!"

"俺有啥贵?一个臭当兵的。"

"哈哈哈,你这话能骗别人,骗不了俺。"揣骨先生大笑两声又说,"你抓过大枪不假,但你生就不是一个'臭当兵'的。"

"那先生说俺是个啥?"

"起码是个旅长或司令!"

大家一惊,石小高几乎叫出声来,被铁柱伸出大手捂了嘴巴。

樊玉龙也哈哈大笑两声:"谢谢先生高抬!谢谢先生高抬!"说着摸出一个银圆放到桌上,站起了身。

"先生留步,先生留步。"揣骨人狡黠地眨眨他的一双只见眼白、豆芽一般的细眼,"今天你撂这里一块钱可太不够意思。"

"一块钱?这差不多是俺们当大兵的半个月饷银,遇到喝兵血的长官还不知有没有呢!"

"别再跟我说大兵大兵的了,骨相已告知你是大贵之人。"

"贵在何处?"

"玄机莫测,玄机莫测。"

"你如说出一点俺就信你!"

"嗯——"揣骨人沉吟一下,"单说你的肘骨吧,就与常人不同,起码比常人长半寸。"

"哦，"樊玉龙猛一怔，缓缓气笑了，想起同事开玩笑说过他手臂长，是个攀城的好手，"手臂长又有啥子？俺又不去偷人家的摸人家的。"

"这就是你的贵相之一。"

"还有吗？"

"还有！"

樊玉龙知道揣骨人要抬高价码，向李荣甫招招手又拿出四个银圆来，揣骨人仍摇头，石小高想发飙，被羊青峰按住。

揣骨人不紧不慢地说："从骨相上说，您不仅仅是个旅长之类的命，将来你还要当师长、军长，甚或总司令。"

李荣甫看看樊玉龙又拿出一张五十元的纸币拍在桌案上："先生，您说的都是好话，但愿成真，这是一张五十元的钞票连同刚才的五个银圆都给您，够了吧？"

瞎子嘿嘿一笑："少了，少了。"

"你还想要多少？"樊玉龙走到门口，回头问了一句。

"有一句话不知你愿意不愿意听。天地玄黄，我要说出来，说真话，干我们这一行不说真话。以后谁还信你。"瞎子郑重道。

"先生说吧。"

"人丁不兴！"

"啊！"樊玉龙沉吟一下，迅速跨过门槛走了出去。

樊玉龙走出门口一声不吭，倒是几个年轻人议论开来，有说那揣骨人是假瞎，有说瞎子耳朵尖，咱们去了几个人、什么人，他都听得出来，羊青峰则说他身后有个拍扇的娃子你们注意到没有？那把扇子有暗号，拍快拍慢、力大力小可能都有讲究。樊玉龙和李荣甫不约而同看了羊青峰一眼。李荣甫说揣骨人的话他信，樊玉龙没说什么，虽然半信半疑，但胸膛中却有一股热气直往上冒，也许一条步步高升的康庄大道正在等着他呢！但那"人丁不兴"四个字却像一块大石压在心上。风水先生也说过，莫非这一关真不能迈过去？单独与李荣甫在的时候，他把这个心思说给李荣甫，李荣甫一笑，也失去平日的庄重，说："球，那就多娶几个，多撒种子总会有发芽的。"

当天晚上,万选才将樊玉龙和黎天赐请到省府小餐厅,没有别人,只有三个人吃饭喝酒。樊玉龙有点疑惑,心想总司令一定有什么关于东进的机密大事交代。酒喝到了兴头上,万选才不提军事却关心起开封的建设来了。樊玉龙说咱们不知哪天就要向东开拔,哪还有时间谈建设。万选才略带酒意地摇摇手,说:"不不不,你见过建设厅长没有?"樊答没有。万笑了,说:"这就是你的不对了,你这一城的军事长官应该去见见地方官嘛,何况他还是咱们的老上司啊。"

　　"您说的是张钫吧? 他是我们的老领导,是镇嵩军的创始人。"

　　"是张钫,就是官场常说的张伯英,见过他吗?"

　　樊玉龙和黎天赐都摇头。黎天赐说:"他官阶比我们高那么多,我们咋有机会见到他。"

　　"他现在遇到难处喽。"万选才拉长声调,抬头看看两人。

　　"啥难处?"黎天赐习惯性地一挺胸脯。

　　"嗯,咱们的冯总想杀他。这、这叫我咋下得了手。"

　　"张伯英可是军政两界名宿,冯总为什么要杀人家呢?"樊玉龙心有不平地问。

　　"说来话长,简单点说就是冯总怀疑去年韩复榘叛他是伯英在中间捣的鬼。"万选才一面摇头一面继续道,"他已把与伯英走得近的钱军法官活埋了,不幸伯英现在又在咱手上掌握,你们说咋办? 这叫我咋办?"

　　樊玉龙没有回答,黎天赐也没有回答,三个人又喝了一会儿闷酒散了。

　　走出省府大门,两人接过马弁递过来的马鞭,又站住说了一会儿话。

　　"黎兄,万总把话都向咱挑明了,咋办?"

　　"当然咱得去办。"

　　"你去办吧。"

　　"老弟,当然你去办! 俺又不负责警备省城,也不管烟酒专卖局……"

　　"还在吃这点酸醋。"樊玉龙向黎天赐的坐骑屁股上狠抽一鞭,马跑了,黎天赐跨两步飞身上马,哈哈大笑着远去。

　　樊玉龙带上两个马弁随即向张钫在北道门附近的住所奔去。这是他第一次见张钫，内心不免有点激动。一个年轻的传达将来访者的名帖传进去不久，又跑回迎客。这是一座整洁的两进四合院，前院里的两株海棠自是花已落尽，月光下落英满地。进二门尚未待樊玉龙绕过花坛，年约五十的张钫已经从上房台阶上走了下来。一面疾走，一面唤着樊玉龙的字喊道："卓云兄，卓云兄，怎敢劳您大驾屈尊造访寒舍。"

樊玉龙即刻向前几步，马靴啪一磕，向张钫行了个军礼："报告总司令，属下来迟了。"

张钫笑着，拉起樊玉龙的手一面向上房走，一面说："这里哪有什么总司令哦，叫我伯英，叫我伯英。"

"晚辈不敢，谁不知道镇嵩军是您创建的。从镇嵩军出来的人有谁敢不尊敬您！"

坐下喝茶之后，张钫那张四方脸上堆出一种试探性的笑容，半开玩笑问："父母官深夜登门来访，不知有何要事？"

"厅长又开玩笑了。"樊玉龙改了称呼，"我哪是什么父母官，只是个给省城站岗的罢了。"

张钫哈哈一笑："如今的开封市既无市长也无警察局长，你这位警备司令统管全局，手握生杀予夺之大权，不是父母官是什么？"

樊玉龙知道张钫想到别处去了，直接说："我是来救您的。"樊玉龙看看张钫的脸色，"有人要害你，万主席要我想办法快送您走。"

"到哪里去？"

"出城。"

张钫毕竟是久经沙场的老将，稍有惊乱就镇静下来："谢谢万主席了，这件事我已有所耳闻，前几天我在郑州，冯军前敌总指挥鹿钟麟已通过别人向我吹过风。我知道。冯老总认为去年韩复榘叛他，是我从中撺掇的，唉，冯老总又错怪我了。"

樊玉龙无语，一时不知说什么好。张钫与冯老总这次发生的矛盾，他虽不知其详，但也略有耳闻。张钫自几年前与于右任在陕西担任靖国军正副总司令失败后，再无直接统领军队，本想在家乡新安铁门过安闲的耆宿生活，一面与人合股办煤矿，一面收集修陇海铁路挖出来的唐代墓志铭，筹建他的千唐志斋，但他的心却安定不下来，又因其声望也闲不住，常游走于各军阀之间。本想平息一些冲突，使百姓少受兵燹之苦，但手中无兵无权，说话有何人听？无意间成了一个军人政客。常常是调解不成反结怨，纵横捭阖一场空，陷自己于尴尬与无奈。此次他与冯玉祥的冲突，情况大致亦如此。北伐成功之后，全国表面统一，但四个集团军就是四个山头，各有地盘，各有军队，说是打倒了军阀，但他们仍保有军阀思维、军阀色彩，说他们是四个军阀集团一点也不过分。一个统一军事的编遣会尚未开完，已经在桌下摩拳擦掌了。去年年初，时任南京国民政府军政部长的冯玉祥约张钫前往南京，在他的官邸和张密谈数小时，大意是蒋介石与李宗仁已开始内斗，他不愿参与，打算避开这个内战局面。他出不得洋，辞不得职，决定回西北整军经武，三年不问国事，也就是说不参加国内战争，保持西北一片净土，张钫深表赞同。至三月，冯玉祥改变计划，准备将所部收缩到陕州以西再握紧拳头与蒋军开战。张钫致电劝冯，说道"三年整军，不问国事，言犹在耳。时未三月，计划全盘改变，窃所不解"，明确表示不赞同冯要与蒋开战的计划。适值韩复榘、石友三相继倒戈，冯怀疑此二人是受张影响，遂起杀心。

"唉，冯老总还是不肯放过我哪。"张钫知道樊玉龙来意之后，惨然一笑。

"那鹿总指挥已通气给您，您为什么还不赶快离开？"

"公务在身，公务在身啊！"

"您现在还有啥公务？还管啥公务？"樊玉龙问。

"说来可笑，"张钫又叹口气，"我是去年南京国民政府任命韩复榘为河南省主席时任命的建设厅长兼省赈务委员会主席，现今万主席上任也没有说撤我，我只能尽其本分维持现状，特别是这个省赈务委员会主席的牌子不可随意丢弃。去年秋粮失收，今年河南几十个县闹饥荒，灾民无数，饥殍横野，政府不能不管。"

樊玉龙好奇地问："那您现在还能咋管？"

"你知道南京政府有个赈济委员会吧？"樊玉龙摇摇头，听张钫继续说下去，"这个委员会的主席，就是曾发电邀请孙中山到广东主政并从警卫军拨出二十个营给孙中山创建粤军的广东省长朱庆澜。"樊玉龙不觉啊了一声，使得张钫谈兴大浓，在这最不是聊天的时候却滔滔不绝地聊下去。"这个朱庆澜当时是段祺瑞任命的广东省省长，段祺瑞很不满意，就将其调任为广西省省长。不久他脱离军界政界，专心从事慈善事业，曾任华北慈善联合会会长、黄河水利委员会委员长，惠民益国，不辞辛劳，所过之处，口碑斐然。民国以来的军政界人士如朱庆澜者甚少甚少。"

听谈话，樊玉龙感到张钫对朱庆澜的钦敬之情，但不能让他这样一直聊下去，只好问："那现今怎么样呢？"

"朱委员长为河南灾民筹集了八列车物资和九十万元救灾款，前几天到了开封。鹿钟麟向我通消息，我不能走，我得将这些物资和款项分下去，他冯玉祥要杀就杀吧，要砍头还是要活埋，随他！"

樊玉龙看到张钫微闭的双眼里闪着莹莹泪光，不禁对眼前这位老人和他说的朱委员长产生了十分敬意。

"现在把救灾物资和救灾款项分下去没有？"樊玉龙急问。

"今天刚刚分发完毕。"张钫向圈椅靠背一躺，长长地出了口气。

"那现在就走。"

"现在就走？"张钫瞪大眼睛盯着樊玉龙。

"马上走，先送您到归德，您快将重要的东西收拾一下。"

"你说去商丘？但这时火车也不到班呀！"

"不坐火车，火车上有冯老总的巡查队。"樊玉龙眉头高耸，思索着，"快从赈务委员会调一部大卡车过来。乘汽车不会引起注意，更安全些。"

汽车经过警备司令部门口停下，樊玉龙吩咐羊青峰开好关防，让羊青峰带上石小高和一个班的士兵爬上车厢。张钫靠近车窗向外挥手，樊玉龙久久站在袁家花园门外不动。

二十　柳河之战

　　蒋介石的第一集团军刘峙、顾祝同两个军团已从砀山进抵牧马河一带，冯玉祥急令万选才第六路军开赴豫东，从商丘到兰封部署第一道防线。部队开拔前一天，李荣甫办完开封市烟酒专卖局的移交手续，急急地到旅部找到樊玉龙说有事相商。正在接电话、与几个前后跑动的参谋们看地图、标示行军路线的樊玉龙，看了站在门口的李荣甫一眼，又将头埋在地图上。李荣甫轻轻走进来找把椅子坐下，等了好一会儿看到那边的紧张气氛稍微松些，就低唤一声说：

　　"旅长，专卖局那边的事结束了。"

　　樊玉龙仍未抬头，只说了几个"好"字。

　　"专卖管理局那边的事结束了。"李荣甫无奈地重复一句。

　　"警备司令部这边也正在换防。"樊玉龙似乎想起什么似的回头问了句，"有事吗？"

　　"还有些手续上的事。"

　　"什么手续？咱也没拿他们的桌椅板凳、锅碗瓢勺，还有啥好交接的。"樊玉龙不禁笑了两声。

　　"有些事我得单独向旅长报告。"

　　樊玉龙看着李荣甫笑眯眯的细眼睛，大步向门外走去。两人走到那棵大梨树旁停下,李荣甫用他那快速而低沉的语调告诉樊玉龙:"一个半月来,专卖局所收税捐除上缴省府外,尚余两万五千元,已捎一万五千元给老太太,所余按你的想法用于在开封买座宅院。"樊玉龙问找到合适的没有,李荣甫答找到了,地点在离南门大街不远的小木匠街。樊玉龙不禁心中一喜,开了句玩笑:"让俺同木匠们住在一起呀?"李荣甫摇着圆滚滚的胖头说,这个街名不知是哪一辈子的老祖宗们起的,现在住的可都是军政要人,现任民政厅长就住在这里。都说这边风水好,紧临包府坑,走到包府坑边可以看到西南两边城墙,想想同当年的包公爷爷为邻,多威风!樊玉龙问多少间房,李荣甫跨上一步,踮踮脚凑在樊玉龙的耳朵眼轻轻说一句,您就是再讨两房也够住,嘻嘻。樊玉龙轻吼一声胡说,也笑了。李荣甫看到樊玉龙高兴,说:这是早晚的事。你看哪一个师长、旅长的不是这样?樊玉龙摆摆手让李荣甫说正经的。李荣甫说这是一座高门楼的两进四合院,也可以说是三进,因为还有一个后院,后院的房子也是四合院,打开后门,包府坑的一角就伸在门前。樊玉龙很满意,叹口气道:"俺总算有个窝了。"李荣甫又说,捎给老太太的钱已捎到,加上不久前万总司令探望她时给的一万元,她该回石匠庄置庄买地了。樊玉龙有点不悦,说:"俺不知道她总想买那么多地干什么?"李荣甫要樊玉龙明天过去看看房子,樊玉龙想了想说,近几天军务繁忙,部队马上就要东进,不知能不能抽出时间,要李荣甫照管着将宅院整修一下。李荣甫得到如此信任,不禁沾沾自喜,为表办事认真、清白,报了个大数之后,说他估算整修房子之后还会有钱剩,樊玉龙挥了下手让他留两千元自用,他假意推辞,樊再三要他留下。

"哎哟,这可真是无功受禄呀!"李荣甫仍在谦让。

"这些钱不都是无功受禄的吗?"

"说起来也是,那些大官几十万甚至几百万的往家里拿,咱们拿这一点算个啥?"李荣甫笑着。

"良心不安!"樊玉龙微摇着头。

樊玉龙终于没有时间去看他的新窝,按照紧急命令,部队东开了。

双方部队沿柳河一线布防。宋天才部驻柳河,樊玉龙狙立旅与黎天赐旅驻朱集,万殿尊部驻商丘。樊、黎两旅面对蒋军精锐的张治公教导师,因樊、黎曾在此作过战,地形熟悉。双方激战两天,刘峙部就损失近万人。兰封、考城一带,历来多水患,由于黄河多少年来多次在此决口,河水泛滥。南北百余里河堤重重,沙岗连亘,固堤柳墩密布,最宜隐藏及掩护。敌进我退,当蒋军追进沙岗,隐蔽在柳墩后边的冯军三面开火,所以伤亡惨重。正当刘峙束手无策之时,逃出开封正在曲阜、泰山优游的张钫被蒋介石约到徐州,问计柳河战事。张钫说明地形之不利,蒋介石即命前线指挥官刘峙按张钫的意见,后退十里布防。于是双方形成拉锯战,战斗十分惨烈。连续七个日夜,宋天才、樊玉龙、黎天赐部已支持不往,右翼商丘也被蒋军攻下,守军师长万殿尊被俘。冯玉祥命令刘茂恩军增援,刘茂恩军到了距考城不远的睢县,只做工事不前。万选才虽知刘与他有心结,但认为都是镇嵩军老人,此时仗已打到这个份上,还有什么恩怨可记?就贸然前去督战,但进去刘军军部之后再无消息。樊玉龙和黎天赐在万选才的总部久等,不见万回,一同到刘的军部找万。刘好言相待,笑着说:

"你们辛苦啦! 部队损失如何? 你们顶不住,就到我后边休息吧。"

樊、黎未见万,刘也不提万在哪里,三人默坐片刻,端起勤务兵送上来的茶碗喝茶。

樊玉龙忍不住问:"万总司令在这里吧?"

"我们是来找万总司令的。"黎天赐说。

刘茂恩叹了口气:"唉,我听说得英被吴起训的学生队给扣起来了。"

黎天赐猛拍下桌子站起身:"吴旅长也太胆大些了吧?"

"他吴起训是什么人,战事如此紧张的时候,竟敢扣万总司令。"樊玉龙站起身向黎天赐作个手势,"我们去当面问问他!"

刘茂恩笑两声,唤着樊玉龙的字说:"卓云,别冲动,别冲动,我知道你和吴旅长是亲戚,表兄弟吧? 你这样去找他,还不闹起来? 伤了和气不好吧?"刘茂恩双手往下按按,示意两人重新坐下,高喊一声让勤务兵过来续茶,接着说,"今天晚上我一定让得英回去,让大家不要惦记。"

樊玉龙和黎天赐离开军部,一时不知如何是好,恰逢来接防的吉鸿昌赶到。樊将万选才被扣事告吉,吉当时也不清楚刘军投蒋,只表示疑惑。吉走后,樊玉龙拉着黎天赐去找吴起训。黎说:"找吴起训没用,你们是表兄弟,路过这里去看一下应该,我去干啥?"樊一定要黎一起去,黎只好跟着去到吴的旅部。当年吴的勤务兵刘黑子现今已是警卫营长,看到樊玉龙就急忙往里面带,到了吴的住房门口,樊突然止步,拉了拉上衣,大喊一声:"报告!"待里面答一声"进来",才郑重地走进去,举手敬礼。吴起训埋在桌案上的头慢慢抬起,一时看不清帽檐下那张脸,待看清是樊玉龙在向他敬礼,猛站起身,推开椅子大跨步向前,先是一拳,接着拉下樊玉龙的手臂说:

"龙娃子,你这玩的又是什么古怪?"

"我这是按你的老规矩。"樊玉龙故作庄重地答,"当年你在西安当营长时,我直进你的办公室被你轰出来,要我在门外重喊'报告',这规矩我不能丢!"

吴起训用手指捣着樊玉龙:"你呀,就会捣蛋。那是什么时候?现在你是旅长我是旅长,进我的房间还要先喊报告吗?"

樊玉龙呵呵笑着,说:"你的旅长比我这个旅长大。"

"又胡说。"吴起训看看在旁边微笑的黎天赐摇摇头。

"敢把万总司令扣起来,你这个旅长还不大吗?"

"我,我,"吴起训语塞,"学生队是把万总司令扣了……"

樊玉龙一拍身旁的书案:"学生队没有你的命令敢扣人吗?"

吴起训也急了,拍着书案道:"你傻呀,没有上面的命令我敢吗?你找上面去。"

"吴起训你听我说,你赶快放人,你囚禁长官,犯上投敌,今晚我同你不拉倒!"

"不拉倒你找刘军长去。"

"我今晚就找你,因为人就在你这里!"

黎天赐忙着两边劝解,两人却越吵越凶,竟先后把手枪拍在书案上。

"这不是你要泼的地方,来人!"吴起训急得高喊,"刘营长,刘营长,来人把这个人给我绑起来!"

樊玉龙指着吴起训,也喊:"黑子,他不是你的长官,你给我把这个犯上投敌的人绑起来!"

为冲淡紧张气氛,黎天赐故意放声大笑:"你们这对表兄弟到底唱的是哪出啊?"

"刘黑子!死哪里去了?"吴起训仍是满脸怒气。

刘黑子双臂缚在背后,低着头走了进来。屋内正在斗气的三位长官一时都愣了。吴起训回过神来,厉声问:"你这是干什么?"刘黑子带着哭声回答:"恁让俺绑樊旅长,俺不能不绑,但俺营的连排长都是樊旅长当年一起滚过麦秸的兄弟,我绑樊旅长,他们还不吃了我。樊旅长要俺绑恁,俺更不敢,恁是俺的上司,绑了恁,不就是犯上作乱吗?"旁边看笑话的美男子黎天赐本性就好作乐逗趣,鼓起掌来,说还是这位小兄弟懂得道理。吴起训脸一热,对住刘黑子大吼一声:"滚!"刘黑子笑嘻嘻地退了出去。黎天赐拉起樊玉龙的手臂说:"咱们也该走了,别耽误了吴旅长的公务。"吴起训送到大门口,拉着黎天赐的手说:"老哥,这确实不是我的事。"他这句话分明是说给樊玉龙听的,但他就是不看这个表弟一眼。樊、黎回去不久,吉鸿昌又约他们见面,说刘茂恩已叛变投蒋,要拿万选才的头送礼。第二天樊旅、黎旅奉命到睢县休息,吉鸿昌部开始同刘茂恩军作战。

万选才被刘茂恩押送徐州,又解送南京。前方战事方殷,谁胜谁负尚无定数,蒋介石要万选才立功赎罪,命其部队倒戈反对阎、冯,以壮大自己,削弱敌人。万选才认为各旅长与他私交甚好,满口应承。万的部队这时大都被从豫东调到平汉线沙河一带,蒋就将万送到汉口以便就近策动。万派先已在商丘被俘的万殿尊师长持他的亲笔信回到河南,孰料万选才最为亲信的代河南省主席的李筱兰总参议和代第六路总指挥的石振清军长不愿他回来,恋栈不予配合,反而密报于冯玉祥将万殿尊扣押。万选才的弟弟为此事找到樊玉龙,樊听后对李、石二人这种卖友求荣的行径甚为不耻,竟独自沿铁路线去策动各旅,行至和尚桥车站被李筱兰派人拘捕,押送郑州警备司令部,撤销旅长职务,由副旅长辛渔丑接任。冯玉祥得知此事,即电告李筱兰放人,说:"樊玉龙为人我知道,不要误会生事。"李筱兰自知理亏,除向樊玉龙道歉外,并送上五千元以表和解之意。

正值此时，出洋考察的刘镇华从日本回国，到南京面见蒋介石，要求杀万选才。刘说万是个不学无术的粗人，反复无常，性极残忍，在河南土匪群里还潜有一股势力，如果放虎归山，后患无穷；对他刘镇华而言，如放了万，他刘氏祖宗坟墓亦将不保矣，说至此，痛哭流涕。蒋听其言，又觉万已无用，就将万枪毙于南京雨花台。

六月，冯玉祥命令樊玉龙任师长职，与同时被任命为师长的黎天赐到豫西维持社会秩序。但樊师却是空壳师，只有番号没有兵。樊玉龙从原旅部抽了一部分人，又商得辛渔丑同意，从刘海团抽出一个营，由刘海带领作为师部的警卫营。

冯部大军东进时，冯玉祥已考虑到豫西空虚，土匪会乘机作乱，后方不稳，即委任张治公为豫西警备司令。但张暮气太重，唯利是图，无所作为，冯派樊玉龙和黎天赐回豫西就是要取代张治公。樊到后驻临汝警备司令部，后黎天赐在关林将张治公的残部缴了械，樊师移驻宜阳进行重整与扩充。

二十一　第二十路

　　张钫在柳河之战的关键时刻,向蒋介石说明了地形,出了主意,帮助了蒋军。蒋到商丘的第二天,再约张钫长谈,意请张参加他的集团。张钫心想两人虽是保定陆军军官学校同学,也只识面而已,北伐之后亦少有往来,并无深交,故很犹豫。心想辛亥当年自己与张凤翔发动陕西新军起义,建立革命政权,名高位重,多年来虽无兵权,但亦不屈从于人,今亦不必依附于蒋,参与眼前这一盘乱棋。对蒋的相邀,只答应从旁协助策划,不接受任何名分。蒋介石不肯改变态度,恳切再请,屡加劝诱,更以河南省政府主席相许诺,张始才心动。当河南省主席正是张钫多年的心愿,加之离开开封之后,冯玉祥派人抄了他的家,他的母亲不得不由陕入晋去往天津,这真是逼上梁山,后退无路,也就接受了蒋的相托。当时蒋介石在河南控制地区也就六七个县,即令张钫在商丘组织河南省政府,所谓河南省政府主席驻商丘办事处,不过是挂个牌子而已。张钫"上任"第三天,蒋就派他赴亳州招抚孙殿英部。

　　冯军在柳河一线已露颓势,刘茂恩附敌,豫东战场形势逐渐明朗,但孤悬于豫皖苏一角的亳州尚有孙殿英部数万人,威胁津浦、陇海两条铁路线。孙殿英以狡猾善赌闻名,他能隔墙掷骰子,叫几点就是几点,战争对他说来当然更是一场场赌博。蒋冯战争开始,他已派人与蒋介石联系,同时接受冯玉祥将委任其为安徽省主席的许诺,正经是一个墙头草、骑墙派。张钫到了亳州,孙殿英仍持因利乘便、可左可右的态度,谈话依然是钩心斗角那一套,意在延宕时间。阎锡山、冯玉祥在孙部驻有代表,也就是监军,得知张钫到来,即分别向阎、冯电告,冯电孙将张钫解送郑州,即赏洋三十万,阎电孙将张钫解送山西,即赏洋二十万。蒋介石截获这两个电报后,电孙云:既请张去,就不应卖友,望即日将张放回,可给洋五十万。孙殿英这时左右为难,找张钫谈及此事,开玩笑说:"你老在这里多住几天吧!现在票价越来越高,你放心吧,我不会卖你,我将来还可以多分利润哩!"张劝孙当机立断,孙仍犹豫不决。蒋介石担心孙殿英部窜扰津浦及淮北,派部将王均率五万人进逼亳州。孙殿英此时揣度,战则力量薄弱,守则援军尚远,降则虞贻后患,去则无道可走,战、守、降、走四个字在孙殿英的脑子里盘桓,终无良策。攻城炮火日夜不停,援军尚在六百里外,孙约张钫到他家里深谈一夜,权衡利害,决定投降,要他的副军长于凌晨六点将张送出城外。蒋也不食言,将飞机带来的十万元送进城后,立即派人再取四十万元过来。不料原在六百里外的孙连仲四个师昼伏夜行,三天到达了亳州附近的鹿邑。援军已到,孙殿英改变态度即与孙连仲会合。

张钫在亳州羁留四十余天,回到商丘后,蒋介石托邵力子和几个友人劝他说:"战事胶着拖延,实为国家之患,地方人民都受其害。你纵然不放一枪,冯也不会对你原谅。公谊私恨,你都应该尽力而为中央服务,本着辛亥革命的精神,为国家效劳。"张钫本是不甘寂寞之人,不免见猎心喜,便答应下来,一时热血沸腾,又为蒋出谋划策。他指出阎、冯貌合神离,各怀异心,必不能合作到底。冯军内部裂痕已现,此次作战他将杂牌军推到外围第一线,而不肯牺牲自己的主力,也引起不满,建议先收抚外围的杂牌军,再进一步分化冯军主力,冯必败。蒋介石采纳了他的意见,任命他为第二十路军总指挥、并答应给他准备大宗款项、枪械子弹,由他自行分配。多年不掌军事实权的张钫,难免沾沾自喜,暗想大伸拳脚,大干一场。第二天他只带上一个人乘飞机去到漯河,挂出一个河南省政府办事处的牌子,派人到对方外围各部做分化收买工作。当时万选才的部下宋天才等号称有四个军,樊钟秀在许昌被蒋的飞机炸死后留下了两个师,原张治公豫西警备司令部在临汝、嵩县、宜阳、洛阳有樊玉龙、黎天赐等四个师,登丰、临汝、伊东、伊西四县剿匪司令汪长星有一个旅,除此之外,还有北伐开始附奉后又参加北伐的汪震二十七军,收拢起来约有二十万之众。蒋介石大喜,即令张钫率部追击企图向陕西撤退的冯军。张甚为恼火,蒋食言,要钱无钱,要弹无弹,这些空额很大的部队尚无点编整训,如何"追击"。蒋介石不让张钫闲着,又命他去做冯军中坚部队的工作。

张钫将冯军吉鸿昌、梁冠英拉过来后,才腾出手来整理他那个第二十路军。他首先派人与驻平汉线的原第六路宋天才部联系,而后亲见宋天才,许其仍为军长,其属下四个师长仍为师长。对在宜阳的樊玉龙和在临汝的黎天赐先派飞机投下委任状,再派人前往联系,均委为师长。对驻洧川的孙殿英部的师长王文各和樊钟秀部师长李方森亦委为师长,四县剿匪司令汪长星亦被委为师长。驻鄢陵的二十七军因与徐源泉军发生冲突,军长汪震阵亡,未能接受收编。此时,二十路军号称两个军八个师,气势很大。张钫在开封设二十路军总指挥部,老朋友和旧部下都找上门来要官,张钫有铺张挥霍之好,时人称张公馆有五多:客人多,太太多,少爷小姐多,男女仆人多,大烟枪多。钱不够用,他的军需主任常进奉就与陇海铁路路段长、站长勾结,调用大批车皮做投机买卖,或将车皮包给商人运货,开启了二十路之不良风气。这是旧军队的死结,连张钫这位比较开明的人士也不能例外。

军政部派员下来点验,虽各部多方拉拢,因缺员太多,军政部还是只给两个师的番号,只好将军改为师,将师改为旅。过去的军阀队伍,番号经常改变,同样一支队伍,一时是师,一时为军,一时又变成旅,所以二十路军的军变师,师变旅,大家都不以为意。二十路军下辖七十五师和七十六师。七十五师师长宋天才,七十六师师长由张钫兼,各辖四个旅,樊旅属七十六师。

这时,蒋介石的大将刘峙以胜利者的姿态来到开封。中原大战是民国以来最大的一场内战,双方死伤三十余万人,百姓死伤无数。战争以冯、阎、李反蒋失败告终。阎锡山退回山西,李宗仁退回广西,冯系军队被打散,冯玉祥只得到泰山息影养病,表面上中国又一次得到统一。蒋介石取得胜利之后,马上要邵力子找张钫谈话,要求张把河南省主席一职让予刘峙,张无奈,慨然应诺,得其次改任民政厅长,实则心有不悦。同时蒋又要何应钦传达他的命令,令已经缩编过的二十路军急速集中整训,毫不顾及缩编与整训这支来自四面八方的部队面临的困难,使张怨怼之心随之而生。

此时,樊玉龙部调驻禹县,队伍被编来编去,一时是师一时又是旅,很多支持过自己的朋友无法安排,也暗生怨怼。报载小日本发动九一八事变,中国军队不放一枪就放弃东三省,乃中国军人的奇耻大辱,心想还不如把队伍拉出去与日本人拼一拼。适奉老朋友王晏久来访,谈到抗日,两人一拍即合,血气方刚的樊玉龙同意王晏久代他和二二八旅全体将士写的"举高旗,请缨北上抗日"的电文,在《中州日报》发表,通电全国。电文说:"非抗日不能图存,非铁血不能收复失地,二二八旅全体将士愿洒热血抗日战场,献五尺躯保我河山!请缨北上抗日,收复东北失地,保卫神圣领土完整。"张钫看到这个电文,采取一贯对樊玉龙这种人的安抚态度,打了一个电话,只说樊幼稚,作为一个真正的军人以后要听命令行事才行。张钫没有责怪樊玉龙,还因为他也知道这件事为刚成立的第二十路军扬了个好名声。

次年1月,在旧年春节之前,张钫总指挥率二十路军团旅以上官员到武汉谒见蒋介石。在去武汉的火车上,樊玉龙和汪长星这一对恩仇交集的表兄弟重又相见。樊玉龙走过去,汪长星埋下头假装没有看到。樊玉龙上去拉起汪长星的手说:

"表哥,还记恨我吗?"

汪长星冷笑一声:"什么记恨不记恨,打仗嘛。"

"说起来,真不该同你争夺伊东县城,真不该同你打。"樊玉龙语带悔意。

"为了一座县城打了半年仗啊!"汪长星也有所感触,长叹一声,"别说是亲戚了,就说过去我救过你,你救过我,也可以算是生死之交吧,怎么就能那样死拼呢!"

站在俩人身旁的总部副官长王又斌从中调和,不断说都过去了,都过去了,不要再为过去的事结仇,今后在张总指挥领导下都好好干出一番新事业来。俩人诺诺,久久拉着手。

到了武汉,白天听过蒋介石的讲话后,蒋介石又约师长、旅长们晚上到他的官邸见面。见了蒋介石该说什么?蒋介石会问什么?几个旅长惴惴不安。七十五师师长宋天才比他们大十多岁,平日善说话,特别善说笑话,要大家别紧张,他见的身价不比蒋介石差的大长官多了,自能应付。

　　宋天才,河南嵩县人,四岁丧母,被叔父收养。十余岁开始给人干杂活、打短工,二十岁开始贩粮卖盐,或挑担或推车,来往于附近村镇。后当局丁,与在花山起事的万选才联系,收缴田湖、窑店狙击步枪、土炮近百支,到花山入伙,即随万选才参加镇嵩军。因英勇善战,逐步由连长升迁,至中原大战他已升为冯部第六路第三十二军军长。后到二十路军,因队伍缩编,任七十五师师长,平日待人平和,很受旅长们尊重。他好说笑话,常说少年事,说起贩粮卖盐那段他推独轮车如何技艺高超,推着两三百斤重的车子,能把屁股扭出花来。每当傍晚他推车回村,一两里地之外就听到车轮的吱咛吱咛叫声,村里的老太婆们随即喊叫孙子,说天才回村了,该回来喝汤了! 村里的人都喜欢他,连驴听到车轮的吱咛,也要扬起脖子高叫两下。他的这些笑话,常常引起一群年轻军官笑个不停。

　　今天,太阳刚刚向长江沉下,黄昏拉开纱帐把汉口街道上亮起来的路灯罩成一片黄晕,武汉行辕派的三部黑色轿车已停在旅馆门前,副官进去通报。提前吃过晚饭的宋天才们,早已穿戴整齐,一律的新制灰呢将军服,马靴锃亮,颇有气概地钻进轿车。车到行辕门口,副官带领他们走到一座灯火通明的小楼下,作个手势,意思是蒋介石的办公室到了。宋天才跨前两步,拉了拉上衣,憋足气喊了一声"报告"。待里面传出一声"进来"之后,宋天才带着身后的八个旅长庄重地走进房内。蒋介石没有从大办公台后起身,只点下头微微笑着让大家坐。宋天才不敢坐,又感到这样沉默着不妥,就亲切地礼貌性地问了一句:

　　"委员长您喝汤没有?"

　　蒋介石一时听不明白,看看站在身旁的秘书,秘书好像也在发怔。旅长们想不到宋师长开口会说出如此土话,不知如何是好,气氛尴尬。樊玉龙感到不能如此下去,挺下胸脯大声说:

　　"报告委员长,宋师长是问您吃过晚饭没有,我们豫西土话把吃晚饭说成是喝汤。"

　　蒋介石马上一脸笑容:"原来宋师长问我吃晚饭没有,吃了吃了。"

气氛活跃起来,蒋介石用手指着靠墙的两排椅子又让坐,大家才坐下。他问起部队现在的情况,官兵的情绪稳不稳,生活上有什么困难,整训中有什么要求,宋师长实实在在地作了回答。有的旅长也提到装备问题,特别是子弹问题,不久前打仗都用光了。蒋介石笑了,是同刘峙和顾祝同打吧?大家也都跟着笑了。蒋介石说,现在都是一家人了,今后要团结,兄弟阋墙的事不可再做,大家纷纷点头应是。樊玉龙的头脑突然转到日本人身上,站起身问:

"委员长,那咱们什么时候同日本人打呢?"

蒋介石有点愕然,站起身注视一下樊玉龙反问:"你是说抗日吧?"沉吟一下,"抗日嘛,总想侵略中国的日本军阀,我们是要反抗的,但现在不是时候。"

"委员长,那什么时候是时候呢?"樊玉龙大胆地又问。坐在他身边的黎天赐暗暗拉拉他的衣服。

蒋介石微微一笑,对这个憨直的河南人有几分赞赏,问:"你学过春秋吴越历史吗?当年越国战败,越王勾践经过十年生息,十年教训,终于战胜了吴国。如今我们要打败日本,也要做好准备。要训练好装备好自己的军队,虽然不需十年,但五六年,七八年是要的吧?像你们这个部队靠万国造、土炮,能打败日本人吗?"汪长星轻声插一句说现在没有土炮了,蒋介石听到又笑了笑说:"是的,现在可能没有土炮了,但一个旅平均没有一门炮,一个团没有几挺重机枪,一个排都未必有一挺轻机枪,就靠万国造步枪这种装备,能把日本人打回去吗?"忽然他点名问:"樊玉龙旅长,你说呢?"樊玉龙惊异于蒋介石的记忆力,刚进门时宋天才师长向他介绍几个旅长的名字,他居然记住了。蒋介石不待樊玉龙回答又接着说:"以后有诸位走上抗日战场的时候!到那时谁不抗日当汉奸我枪毙谁,我要是不抗日当汉奸,你们枪毙我!"

蒋介石把手往桌上一拍,全场肃然。樊玉龙注视着眼前这个身材修长、笔直、强健、瘦削的脸上一双大眼炯炯有神的男人,暗自佩服。蒋介石睿智和不怒而威的真正军人气质,也令他惊讶不已。但是蒋介石"攘外必先安内,不妄谈抗日,一心对付共产党"的临别嘱咐,又令他徒增几分茫然。

接见之后,樊玉龙们成了正规军,被列入了国民革命军的正式序列,脖子上挂的少将、中将领章也多了几分光彩。有一天樊玉龙遇见张钫,张钫神秘地

向他笑笑,说:

"委员长夸你了。"

"委员长夸俺啥?"

"委员长说宋师长是个老实人,说你机敏有才干。"

"我不是老实人吗?"樊玉龙高兴地与张钫开句玩笑。

"老实,老实,"张钫也笑了,"但说你是匹野马,要给你戴上笼头。"

两人随即大笑。去年,当张钫危难之际,时任省城警备司令的樊玉龙将他送出险境,现在樊又受到蒋介石的赞赏,张的心里不禁对樊又高看几分。

二十二　结婚启事

　　张钫和刘峙一直抗争,他抓住那个民政厅长的位置不放,还将第二十路总指挥部设在开封不动。他电召驻禹县的樊玉龙当日赶到开封,樊以为有什么军务,于夜半下了火车直奔总部。樊向张报到,睡眼惺忪的张钫打着哈欠,许久才醒过来。

　　"总指挥,部下樊玉龙正在待命,不知总指挥有何吩咐?"

　　"呵,呵,你到了。"张钫终于清醒,"也没什么大事,就是让你重操旧业。"

　　"啥子旧业?"樊玉龙有点摸不着头脑。

　　"你不是当过省城警备司令吗? 现在让你再当一次。"

　　"刘峙会同意吗?"樊玉龙小心问。

　　"管他干什么?"张钫提提气说,"这里是咱二十路军的驻地! 你即令你的那个旅两天内赶到开封,刘海团驻城内,另两个团驻城郊。"

　　当即张钫就发电任命樊玉龙为开封警备司令,第二天一早报童就在街上喊叫:"看报,看报,新警备司令樊玉龙将军到任!"也有调皮的报童喊:"咱们的老警备司令回来了!"樊玉龙听到报童的喊声想笑,"老警备司令,俺老了吗? 俺今年才三十三岁!"不过,报童这样一喊,倒提起他的一件心事。

　　他将警备司令部仍安在袁家花园,老地方,一切照旧,只不过把巡街的执法队改成巡察队,也不再要求巡察队背起大刀对宵小之徒"就地正法"了。樊玉龙在上一任上基本做到了不扰民、不害民,落下的名声不错,所以这次听到又是他当警备司令,市民倒也安心,七行八作照旧运行,一时社会秩序安定,市面繁荣。他在警备司令部几乎无事可做,就想起报童高叫的那个"老"字。前年他在家乡集合队伍,母亲几次闹着要盖新房,请来了风水先生蔡知九。时隔多年蔡知九不老,暗传他有调气之功,病痛鬼神近不了身,故也。樊玉龙虽不信这种传言,但方圆百里看宅基坟茔又非他莫属。蔡知九仍穿着他那件蓝土布长衫,手捧罗盘绕着石匠庄的寨墙察看一圈,最后将新宅定在北寨门之外。其实石匠庄西南两面均为丘岭缓坡,东面是各家晒场,庄里已被一百多户人家塞满,要建一片新宅只有在庄北。宅地大体勘定之后,樊玉龙又劳驾先生去看看更北一点的他们樊家的祖坟。祖坟原在樊庄外,樊庄被太平军毁掉之后,庄外幸得免于一难。出石匠庄北门北望,万畴平野上只有古柏森森的樊家老坟突兀地挺立着,远看云蒸霞蔚,气象不凡,近看一片颓败的坟头,颇为苍凉。垂下罗盘的蔡知九在坟里转了一圈走出来,脚步渐快,樊玉龙紧追几步问:

"先生,你有啥话要说?"

蔡知九仍不说话,只顾低头向前走。

"先生,恁有话就说吧!"

蔡知九放慢脚步:"恁是要听好话还是孬话?"

"好话孬话都要听。"

"好话,这祖茔兴禄,就是说你们樊家的官还要做下去。"

"孬话呢?"

"不兴丁,也就是说恁老樊家后代香火不旺。"

"兴禄不兴丁。"樊玉龙自语,又问,"如何破解?"

"迁坟。"

樊玉龙这两年四处奔波,戎马倥偬,不知怎么此时忽然想起这件事来了。在中国人的伦理观念里,"人丁兴旺"是件大事,不孝有三,无后为大!他虽然已有两房妻子,大房卢玉贞为他生了一个儿子,但这几年肚子就再无动静。二房张金娘因婆媳不和,体瘦身弱,与他也是情少气多,很少亲近,一直没有怀过。这时又想起相国寺揣骨先生的话,为繁衍计,一咬牙想到再娶三房的事。

但娶谁呢？当然是常挂在心头的秋秋，当年他出来闯荡，很大原因是由于秋秋，但如今他不敢想，也觉得自己不配想，早死了这条心。现时同他一样阔起来的同事，兴起了一阵风——娶洋学生。二十路就有两个旅长将女洋学生娶到了家。他曾经眼热过，羡慕过，跃跃欲试过。他樊玉龙比别人的条件不差，年过三十，虽然比洋学生年纪稍大了些，但真的就是老了吗？

当时风气开放不久，民众将带有现代味道的东西，都在前面加个"洋"字，是舶来品，是洋人传过来的。洋车、洋碱、洋胰子、洋书、洋学堂，不在私塾里读四书五经，而在洋学堂里读算术、物理、化学甚或洋文的学生当然就是洋学生，这些学生很引人注目，特别是女洋学生了。上天找个西王母难，在这个偌大的省城找个女洋学生，想来不是难事。在袁家花园办理公事的樊玉龙常回小木匠街他那座修葺一新的公馆住，这么好的一座宅院没有一个女人，空荡荡地难免有点寂寞。一天早上，他坐着轿车去办公，不知怎么眼睛一亮，看见一个眉目清秀、身子单薄、短发齐耳、上穿月蓝色大襟短衫、下穿黑色长裙、手提绣花书包的女孩从一个门楼里出来，匆匆向街口走去。樊玉龙目送着她，直到她消失在中山路的人流里。之后，樊玉龙经过这里常看到那个提着绣花书包的女洋学生，目光不禁就会有点异样。这情状被已升为警卫连长的石小高看了出来，暗中到街口访问这是谁家的姑娘，摆烟摊的陈老汉平日与常来买烟的石小高相熟，听这一问就开玩笑说："连长咋咧，看中人家姑娘啦？"石小高骂句："不正经的老东西，俺还不知道自己有几斤几两，尿泡尿照照，俺敢想去吃天鹅肉吗？"老汉逗笑，说："你关心人家姑娘干啥？"石小高一挺胸："你还不知道俺是干啥的吗？俺是负责司令安全的，街上的啥人啥户俺能不摸摸底？"石小高摆出严肃的样子，陈老汉也正经起来，低声告诉石小高说，那姑娘就住在烟摊旁边的门楼里，学名周月凤，正在读中学，几年前跟着父母举家由山东菏泽迁过来的。听说她家原来是个大户，搬来开封后，家中没有正当营生，只出不入，爹娘的大烟瘾又越抽越大，靠卖老家的田地维持，眼见就败落了。她有个比她大三四岁的哥哥，整日斗鸡遛鸟、喝酒看戏，相国寺成了半个家，不务正业。石小高挤挤一对小眼，连说几个"好"字。陈老汉用奇异的眼神望着石小高，半天不知这"好"字是什么意思，别人家的日子眼看过不下去了，他倒说"好"，啥人！石小高买了包烟抽出一支叼在嘴上，拿起烟摊上的一盒火柴哧啦一声点着，迈了几步回头问，他哥常来买烟吗？陈老汉答咋不来，他还欠着很多账呢。石小高说："他再来就告诉他，我要同他会会。"老汉不明白什么意思，点了点头。

第二天傍黑，石小高来到街口旁边一家卖卤牛肉的小酒馆，刚找个地方坐下，就有一个精瘦、猴头猴腮的年轻人走上来问："长官，您是石连长吧？"石小高斜眼看了一下来人，反问："您认识石连长？"那青年从口气和派头上认定坐在面前的这个人就是石连长没错。一面忙着递烟，一面解释道："是摆烟摊的陈老汉要我在这里候石连长的。"石小高捻捻手中的烟卷，一看竟然是大前门，心想这就是陈老汉说的那个败家子。

"坐。"石小高作了个手势。

"在下周震中，不知石连长有何见教？"

"也没有什么见教不见教的，住在一条街算是街坊，认识一下有好处，不知什么时候碰到难处互相好有个照应，是吧？"石小高感到这青年是见过些世面的，说话客气起来。

"我们这些平头百姓只能要石连长关照，我们能关照石连长什么？"青年摇了摇刚刚兴起的俄国鹰式分头，讪笑道。

店家端上了石小高一来就点的两斤卤牛肉、四个素碟和一斤老白干。三杯落肚，石小高把谈话引到周震中的家事上。周震中直摇头，说家道中落，父母年老多病每日以鸦片续命，家境日困，他又没出息，身无一技之长，也不能为父母分忧。

"你不是还有一个妹妹吗？"

"你是说月凤吧？"周震中面对石小高直视的目光，有点慌乱，"是，是，是有一个妹妹，正在读书。"

"几岁啦？"

周震中掐掐手指头："十七了吧？今年初中毕业。"他长长叹口气，"她还想上学。家里怕是供不起喽。"

"现在的女孩子，能读到中学已经是很不错了，读那么多书干什么？"石小高笑一声，"许下人没有？"

"没有，这没有。"周震中答，"我们离开山东时，她年岁还小，来到开封又不认识几个人。"

"俺给她说个媒好不好？"石小高突然蹦出这句话。

周震中愣怔一下："这感情好，不过这要同我爹娘说。"

"是的，是的，我只想帮帮你家。"

"石连长！"周震中振奋起来，呼叫道，"要帮就先帮帮我吧！"

"咋帮？"石小高将周震中从头看到脚。

"帮我找个差事。"

"你想当差？当啥差？"

"就在您连里当兵也行。"

石小高大笑："老弟，就你这个身板，怕是一杆枪都拿不动。"

周震中伸出一只细胳膊："你看看，我可是跟着相国寺马师傅练过拳脚的。"

菜吃净了，酒喝到八九分，石小高站起身拍拍周震中的瘦肩头，说："老弟，今天算是认识了，你的事我会放在心上。"然后头也不回地走出酒馆。周震中看着石连长的背影摸摸头好像才醒，今日他可算遇到贵人了。

一天早上，汽车开到街口，又遇到那个提木手把绣花书包的女学生。坐在警卫座上的石小高看到司令的一双大眼像被吸住似的跟着人家，从小同樊玉龙随便惯了的石小高半开玩笑地说："司令，你连人家的名字都不知道，老盯着人家干嘛？"

樊玉龙仍未转过脸，问："她叫啥？你知道？"

石小高哼哼两声，一字一板答："她叫周、月、凤！"

"你怎么知道？"樊玉龙绷不住笑了，"看把你能的！"

晚上，客人都走了之后，石小高来到樊玉龙住的上房，把如何遇到周震中和周家目前的家境及周月凤的年龄、在读学校都说给樊玉龙听了，也把樊玉龙的心事挑明，要他赶快动手把周月凤娶过来。樊玉龙在石小高面前也不再掩饰，说："这要周月凤本人和她的家人同意才行，另外俺娘那一关还不知能过不能过。"石小高来了劲，一拍巴掌说："俺认识了她哥，这是个游手好闲的年轻人，目前家境不好，想托俺给他找个差事混口饭，俺让他去说服他那抽大烟把家业抽完了的老爹老娘和他那少不更事的妹子。至于俺姊子，都知道她性情霸道，但将在外还可君命不受呢，何况娶个媳妇哪!"石小高这小子说的话句句称心，樊玉龙像在战场上下命令一样，要石小高立即行动起来。石小高又在小酒馆约见周震中，说："找差事的事已向司令报告了，司令夸你是个求上进的青年，考虑到你的身板，有想法让你到军需处去。"周震中问："我到军需处能做什么?"石小高亲密地拍拍周震中的肩头信口胡答："那就是军需官嘛，小子，你时来运转了!"周震中激动得不知说什么，石小高也不让他说，一个人继续说下去，"老弟，好事还没说完呢，嘻嘻，司令想娶你妹妹，啧啧啧，有了这门亲戚，你家还有啥事好发愁的?"周震中听到这里愣住了，好久没说话。石小高问，咋啦? 不愿意吗? 周震中似乎才醒悟过来，忙说："不不不，只怕这事我做不了主。"石小高说："不是要你做主，是要你回去就同你爹娘说。"周震中不管他爹娘和妹子同意与否，先在心里就接受了。他想：有了这门亲事，一家人今后的生计还有啥可担心的? 再说，自己的差事也有了，说不定当个军需官呢! 越想越美，未等一家人吃完晚饭，他就将这事端了出来。家里的事从来由老娘做主，干瘦的娘其实还不到五十岁，两颊深陷，铁锈一般的皮肤紧贴在颧骨上，看样子起码超过六十。她瞪下眼睛问：

"给多少聘金?"

"这，这我还没问，不是还早着嘛?"周震中感到娘一开口就提钱，有些不好意思。

"哼，那就看他的了。"娘说，"没钱不行，钱少了也不行。"

周月凤听到这话，气得将碗一推："你们在说啥呀，卖我呀?"

老娘点着一根纸烟："姑娘早晚都是人家的人，但也不能白养。没聘金不行，没装奁也不行。"

"娘，人家是个大司令，这点钱你用不着担心。"周震中说。

月凤猛地起身一跺脚往自己房里走去："我不嫁个老头，谁想嫁谁嫁去吧!"

"还没见人，你怎知人家是个老头。"震中看着月凤的后背笑一声。

"俺学校一个同学嫁的那个当官的就是个老头。"月凤走进房砰的一声将门摔上。

周震中把家里发生的争执告诉了石小高，石小高向樊玉龙作了报告，并提出要找人说媒。常言道父母之命，媒妁之言，只要说通周震中他娘，事情就好办，但让谁去说媒呢？樊玉龙用下巴指指石小高说，就你吧。石小高急忙摇头，说要找个有头有面的才好。樊玉龙想想他的好友黎天赐不在开封，只好请李荣甫多劳了。石小高和陈老汉陪李荣甫到周家，周家爹娘和周震中一听说来的是军需处主任，立刻振作起来，特别是周震中一想到今后就是来者手下的军需官了，说话处处站在李主任这边，有时老娘还未开口，他就抢着答应了。老娘不高兴了，翻了他几次白眼。

"谁答应都不行，俺闺女不同意俺也没办法。"

"闺女为啥不同意呢？"李荣甫俯下身低声问。

"俺闺女嫌他老。"

"司令才二十六，就老了吗？"石小高随机应变，一下就帮樊玉龙减了七岁。

"那也比俺闺女快大十岁了。"老娘冷笑着，"再说俺闺女也不愿意当二房。"

"司令天天忙着打仗，过去哪有时间考虑成亲的事。"石小高又撒了个谎。

李荣甫怕石小高这样编下去会露馅，扭头向周震中说："让他们见见面好不好？"

"好，"周震中看下老娘，他知道老娘内心是同意的，只是拿捏一番，提高价码，就说："见见面好，常言道眼见为实，耳听是虚，俺妹也不傻，见了就会同意的。"

约在梁园大饭店，本说只请周小姐一个人过去，但周月凤坚持全家一起，司机老冯把汽车开来门口，接去了一家四口。樊司令一身哔叽呢军装，马靴。武装带，毕恭毕敬地站在饭店门口迎候。单纯的未经世事的周月凤一看到这是个年轻英俊、彬彬有礼的军官，而不是她反感的老官僚，不由心动。饭间，她只是回答了简单几句话，樊玉龙给她夹菜，她也低头不语，表情淡雅。军人樊玉龙看着皮肤白晰、清瘦，瓜子面孔的周月凤，见她弯弯蛾眉下面一双凤眼含光带露，上眼皮虽有点厚，却更有一种娇媚风情在。这比汽车上看得清楚，越看越喜爱。一个大兵出身的男人，不免相形见绌，瞬间被人家的美貌与高雅征服。又经过几次撮合和交往，女子不再强调学业，答应嫁给樊玉龙，但提了三个条件：一、必须举行文明婚礼；二、必须在报纸上登出结婚启事；三、婚后不与婆婆住在一起，要过新式小家庭生活。樊玉龙感到前两个条件都无问题，唯有这第三个条件不好办，她不与一起住的婆婆正是一个喜欢辖制儿媳妇的婆婆，天老子也难坏她的规矩。但樊玉龙心想走着说着吧，一硬头皮还是全盘接受下来。

　　樊玉龙知道参谋羊青峰见识过文明婚礼的种种新规，就将这事郑重交代给他和军需官羊二堂。羊青峰不辱使命，把全司令部的随员都动员起来为司令办喜事，忙个不停。西服、婚纱订制了，男女傧相和拉纱女孩定了，证婚人和司仪请了，花车与军乐队准备好了，为了突出"文明"两字，还特意将开封有名的文明大旅店包下来，文明婚礼就在这个文明大旅店举行。羊青峰这两天忙得陀螺一般，好不容易想坐下来清静一下想一想，还有什么事漏掉了没有。忽然惊出一身冷汗，怎么竟把新娘最为看重的结婚启事给忘了。他赶紧找出《民国日报》，照着上面刊登的结婚启事比葫芦画瓢拟了一则，内容大致为"樊玉龙先生与周月凤小姐于五月三十日假文明大酒店举行结婚典礼，等等"，羊二堂正忙其他事不在身边，看到石小高在门口游荡，就把他叫过来，说这是司令的大事，要他马上送到《民国日报》，明天一定要登出来。石小高哪敢怠慢，立即上马，快马加鞭地来到《民国日报》门口，将马往槐树上一拴，举起这则启事跑进门去，像报童般地高声喊着"新闻！大新闻！"，报社人员看他是个当兵的，甚或还是个官，不敢得罪，急忙上前将那张"大新闻"接过，一看原来是个结婚启事，不禁一笑。但樊玉龙司令的赫赫大名谁人不晓，不敢轻率对待，忙问要多少平方厘米。石小高愣了愣反问："啥子平方厘米？俺不知道。"另一个报社职员帮忙解释，说厘米就是尺寸，问您要登多大尺寸。石小高啊了一声，想想羊青峰没有交代要登多大尺寸，只好说要大，越大越好，弄得报社人员莫明其妙。社长是个干瘦的戴副深度近视眼镜的老头，走过来看看那张启事，撇下深陷的嘴巴一笑,点了点头。

　　婚礼开始,在洋鼓洋号奏响的没有几个人能听明白的《结婚进行曲》乐声中,身穿青色西装的樊玉龙和被一袭白婚纱笼罩的周月凤在伴郎伴娘和几个拉纱小姑娘簇拥下步上礼台。头一回穿西装的樊玉龙可能是领带勒得太紧,脖子不时扭动,显得周身不适。被一袭白色婚纱笼罩着的新娘周月凤,一直娇羞地低着头,只在同学向她抛撒花瓣时,抬头启齿笑了一笑。文明婚礼就得按文明的新规办理。不拜天不拜地,也不行跪拜礼。随着司仪的唱礼声,新人向国父鞠躬,向父母鞠躬,而后相互鞠躬,照相,礼成。鞭炮齐鸣,纸花飞舞,一对新人上了花车。花车后面有几部轿车跟随,车队沿着寺后街、鼓楼街转了一个大圈,来到了他们的新居——小木匠街张灯结彩的住宅。这个婚礼给周月凤挣足了面子,也成了当下街头巷尾的谈论中心。满城都是报童的喊声,"新闻,新闻,大新闻,咱们的警备司令娶新娘!"这一喊,喊出了事端,在街坊的谈论中,周月凤暗中听到樊玉龙已有两房妻室,而且他的年纪也不是二十有六,而是三十出头的三十三。

　　当日,二十路军总指挥张钫无暇出席爱将的喜筵,他到民政厅办事,在省府大院里正遇上手拿报纸、嘴角挂着一丝笑意的刘峙。刘峙看到张钫走过来,满脸堆笑地将那张报纸抖一抖说:

　　"您的属下都是大气派呀,您看这结婚启事登得多大,占大半个版。"

　　张钫接过报纸,看到那半个版下面都是别人挤挤扛扛的启事,不觉脸一热,但他在刘峙面前不能认输,反讥一句:"主席是管大事掌大势的人,怎么这点鸡毛蒜皮的小事也可分散精力。"

　　"哈哈!"

　　"哈哈!"

　　两个对头拊掌大笑。

　　刘峙,江西吉安人,父因农田放水与人发生争执被打死,随当过统带的继父长大。少时喜读书,毕业于保定军官学校,后为黄埔军校教官,得蒋介石器重。北伐时任第一军军长,在济南遇日军干涉,欲攻克济南,受蒋命绕道而行,蒋视为亲信。北伐完成后任第一师师长,中原大战为蒋立大功,有"福将"之称。

　　张钫被刘峙夺了河南省主席位,一直耿耿于怀。刘峙也时刻想将张钫赶出河南,起码赶出省城开封。张钫在民政厅办了一个行政训练班,凡新任县长必须是这个训练班毕业的,刘峙想任命一个县长往往受阻,另外坐榻底下的警备司令竟然是别人的人,也是心结;刘峙要独揽军政大权,张钫偏要遇事过问,一个行政训练班,一个警备司令部像两根刺一样扎在他心头,必欲拔之而后快。机会来了,刘峙为那张报纸哈哈两声之后,绷紧肥胖的脸膛说:

　　"张总指挥,您来得正是时候,我正要派人找您呢。"

　　"何事如此匆忙?"

　　"刚接南京电令,免去您民政厅长职,但让您兼任河南清乡督办。同时,二十路军调往潢川接替曾万钟军的剿共任务。"

　　张钫明明知道这是刘峙搞垮他和第二十路军的阴谋,但军令不得不受。再说丢掉了民政厅长换来个全省清乡督办,未必不是机会;豫南五县是特区,党政军一把抓到手里,独霸一方,可与刘峙唱对台戏,也就欣然接受了。

二十三　救了汤恩伯

樊玉龙旅作为先遣旅开到了潢川。时近年底,山已白头,不时有雪花从头顶飘落。适逢陈耀汉五十八师在商城被红军包围,曾万钟令汤恩伯率所部第二师并指挥刚赶到的樊玉龙旅沿商、潢大道增援。行至豆腐店一带与陈赓率领的红军打援部队红十二师交锋。汤恩伯凭借装备优良的优势,展开六个团向陈赓部发动波浪式进攻。从早晨打到傍晚,双方反复争夺,积雪的阵地早已被鲜血染红,陈赓部仍不肯后退。夜幕降临,倪志亮的红十师和王树声的红十一师迂回到左翼,迅猛包围了汤恩伯的师部,陈赓的红十二师趁势反击,在两面夹击下,汤恩伯的两个旅被击溃。旅长王仲廉、郑洞国夺路逃回潢川向军长报告战况,军长曾万钟问他们的师长在哪里,王仲廉、郑洞国答不出,只说可能还在敌人包围中。曾万钟大怒,对二人严加训斥,并命令二人立即回去整理部队组织反攻,将汤恩伯解救出来。王、郑二人只好回身寻找部队,在一条小河边看到溃散的部队正挤挤拥拥地往这边撤,各走各的,王仲廉和郑洞国看着此情景不禁胆寒,束手无策。在微弱的夜色和白雪的反光下,王仲廉看到一列队伍正向这边行进,不禁大喜,拉拉郑洞国迎上去一问,原来是二十路军的樊玉龙旅。一时间王仲廉好像遇见了救星,胆子也壮了起来,找到旅长樊玉龙后,立即拉起樊玉龙的手,请求说:

"樊旅长,你看我们的队伍已经打放羊了,不要说组织反攻了,就是集合都不容易。你老兄是生力军,你把队伍拉到前面吧。"

郑洞国也随着王仲廉请求。

樊玉龙从来是急人所急的人,没有犹豫即答道:"行,我将部队调到前面,你们可得跟着。"

樊玉龙走到河边看看,结冰的小河有十多丈宽,在清冷的月光照射下,像一条冻僵的巨蟒弯弯曲曲地躺在山峦叠嶂中间。王仲廉和郑洞国的散兵在集合,河滩到处都是某团、某营、某连的呼喊声,由于河水尚未冻实,有几门陷在河里的炮车正在被一群群士兵往外推拉,还有几匹陷入冰层的战马不停地踢蹬和呼叫,嘈杂声连成一片。樊玉龙带着几个随从沿河查看一番,命令全旅从一片未曾踩踏过的冰层上迅速过河,按照王、郑二人的说法,直逼可能被红军包围的第二师师部所在地柳集而去。本想会有另一场恶斗,但被战斗蹂躏过的大地被飘飘洒洒的雪花覆盖了,到处是一片白色的微光,十分宁静。其实红军击溃汤师后,知道会有援军赶来,早已退去。汤恩伯带着一个警卫连龟缩在一个土围子里,不知外面虚实,不敢贸然出来。樊玉龙向天空打了一阵枪,就算解了围,救出了汤恩伯。走进柳寨,樊玉龙立即向汤恩伯郑重报告说,国民革命军第二十路军樊玉龙旅已到,请师长指示。王仲廉和郑洞国站立在樊玉龙后面低头不语。汤恩伯瞪了他俩一眼,疾步走上前,握住樊玉龙的手说:

"谢谢,谢谢,您的解救之情,我当不忘!"汤恩伯与樊玉龙、王仲廉、郑洞国迅速研究了一下当前的队伍部署,又说,"这次作战失利,我已如实向委员长作了报告,委员长令我明天赶到南京见他。"汤恩伯看看他的大罗马手表,"不,已是今天了。你们把队伍掌握好,也许我明后天就回来,也许我就不能回来了。"汤恩伯最后这句话说得有几分悲凉。

三位旅长有些感动,一齐并脚立正说:"等候师长回来!"

汤恩伯看看窗外,天色微明,刚才的大雪变成了雨加雪,可想大道更加难走。今天一定要赶到潢川搭上火车,但没有交通工具如何是好,急得他在屋内来回踱步。

樊玉龙见状说:"汤师长,我只有一辆轿车和三匹骡子,师长认为可以用的话,就请使用。"

"那太好了！太好了！"这雪中送车不亚于雪中送炭，汤恩伯坐上轿车，拉起樊玉龙的手又感谢一番，"后会有期，您以后如果有什么困难的话，可以找我。"

漫天飞雪中，轿车渐渐消失了。

樊玉龙救了汤恩伯，协助第二师收集了溃散的部队，张钫认为这是第二十路军的一个胜利，不觉提高了底气。他进入潢川后，总部驻潢川北城，布兵遣将，踌躇满志。他命令由他兼任师长的七十六师二二五旅驻偃阳，二二六旅驻潢川南城，二二七旅驻仁和店，二二八旅驻双柳树；由南阳调来的第七十五师驻商城、潢川之间的江家集地区。受其指挥的其他几个师也一一被统一安排了防区。张钫一心要把信阳地区变成一个可与刘峙对抗的独立王国，政治上一连委任了六个新县长，经济上开设宏济银行，可在特区发行通用钞票。他的这些军政措施，一时得到地主豪绅拥护。在一片锣鼓声中，送锦旗和万民伞者一时络绎不绝。樊玉龙的队伍到了双柳树，也受到如此欢迎。虽说万民伞没有，也送了不少"民众救星""保境安民""恩泽盖世"之类的锦旗。樊玉龙感到奇怪，队伍刚到，哪有什么"恩泽"，咋就成什么"救星"了呢？为首的一个瘦而高、穿件绸大褂、说话斯文的白胡长者带领一群人将樊玉龙的旅部人员迎进一座烧了半边的大宅，再三致歉，说这里是出茶叶的地方，他现在连一杯招待长官的好茶都没有，惭愧得很。樊玉龙看看窗外被烧的半边院子问是怎么回事。长者突然起身大骂，说："这都是一个月前那帮闹农会的穷小子干的好事！长官，您看这叫啥事，青天白日抢东西、烧房子、杀人，杀了我两个儿子不说，还活埋我的孙子。"长者痛哭，满屋子的人都哭起来。樊玉龙是穷苦出身，知道这些人过去可能干过欺压百姓的坏事，与穷人结过怨恨，但也不至于如此报复呀！长者姓张，这个村大多数人也姓张。樊玉龙听人们称长者为族长，也就对张族长劝慰了几句，说乡里乡亲的不好结那么大的仇恨。张族长诺诺，但不少人仍然气愤难平，要求樊玉龙为他们撑腰，一心要报仇雪恨。

天黑以后，樊玉龙正在窗前仰望天上的月亮，想起家里的老娘和当年与赵定东结仇的事，羊青峰走进来站在他身旁，好一会儿没有开口。

樊玉龙面向天空的飞云，问："有事啦？"

羊青峰答:"他们在埋人。"

"谁在埋人? 埋什么人?"

"张族长带领一帮民团在埋人,活埋农会暴动的人和他们的亲属。"

"这还行?"樊玉龙一拍桌子站起身,"下午我不是同他们说了吗,一切听候政府处理,怎能如此乱来?"

羊青峰说:"我们制止过,他们不听。"

"他们在哪里埋人?"樊玉龙问。

"在河滩上。"

樊玉龙取下衣架上的军帽戴上:"去看看。"

羊青峰和几个随从急忙跟上。河水在新月下平静地流着,细波闪闪放光。远处的山峦很静很静,似乎昏昏沉沉要睡着的样子。但近处河滩上却像一锅滚水,人影翻滚,闹的求的哭喊的叱骂的,几百个人搅成一团。樊玉龙走近一看,这边确实是在埋人。他让随从们上去制止,这边的人疯了一样,好像什么话也听不到,专心地去做一件世界上最残酷的事情——活埋人! 河滩上已经埋了几十个,在明亮的月光照射下,露在土外的头颅个个表情不同。有微闭双目像刚睡着的,有眼球快蹦出来愤怒地瞪大眼睛的,有脸部痛苦地抽搐着的,有还挣扎着偶而扭动下脖子的。樊玉龙看到上午见过面的张族长,一面走了过去,一面要羊青峰通知石小高带警卫连跑步过来。这位儒雅的老族长正在指挥埋一个只有七八岁的小孩。坑挖好了,一个粗壮的男人正抱着小孩往坑里放,小孩本能地踢蹬着不肯移步,一个六十多岁的老太婆死命拉着小孩的腿不放,哭闹成一团。

"天哪! 天哪! 他还是个孩子哪!"老太婆哭喊着。

樊玉龙喝令那个壮汉放下小孩,转身问张族长:"这是你要他们这样干的吗?"

张族长望天不语。

"张先生,我想您是饱读诗书之人,怎能干出这样不仁的事?"

张族长仍不语,他似乎用这沉默来消解着樊玉龙的疑惑。据说张族长原是个读书人,考中过秀才,本在村里私塾教书,也曾到县里干些文墨之事,能造多少恶呢？能结多少仇呢？樊玉龙一面想一面赶回刚才埋人的地方，老太婆的孙子已被救下，他命令警卫连再仔细巡查，看看还有没死的没有，又挖出了几个，被从鬼门关口拉了回来。樊玉龙一时思想很乱，不知面前有多少冤魂！樊玉龙不明白这世道是怎样变化的，但他还是让参谋处写了个安民告示，广布各村各镇，严禁乱抓乱杀，动用私刑。一时地方上倒也安静。

二十四　战地奇遇

连续过了两个新年——元旦和春节,第二十路军已经接过了战败的曾万钟和汤恩伯的防地,张钫在潢川召开军事会议,召集归他指挥的驻商城的陈耀汉五十八师、驻光山的郜子举新二十师、驻固始的戴民权四十五师及二十路的七十五师和七十六师等旅长以上将领讨论防务问题。到会的师、旅长们站起身挺胸而谈的多是部队的状况,有人虽慷慨陈词,也只是表示与红军作战的态度问题。听了半日,张钫没听出要领,站起身笑着说:

"我听诸位说了这么多,总之一个字'难',不能说大家怯战,但作为军人,临战必胜的信心应该是有的。我还没同红军交过手,只听说过红军凶似猛虎、善如绵羊,聚则有雷霆万钧之力,散则能各自为战,尤其是善处民众,消息灵通,确实厉害,许多地方为我所不及。但因此我军就必败吗?我们有我们的优势,兵多将广,装备精良,这些是红军无法相比的。战争拼的是兵和武器,也要有充满智慧的战略战术,我相信在座诸位的聪明才智不会比对方低,只要多谋善断,红军即使像孙猴子般千变万化,也逃不过诸位的火眼金睛。"

会场活跃起来,有说笑的,有问候的。坐在郜子举身边的一个年轻军人向樊玉龙招招手。其实樊玉龙一进会场就看到了他,那不是柳子谦吗?乍然一惊,接着一喜,不知柳子谦怎么会出现在这个场合,想上去打招呼,又强忍下了。

张钫继续说："刚才我说的不是长敌人的志气，灭自己的威风，也不是说我们一定胜券在握，与红军打仗是一种新的打法，要认识到这一点，布防与战斗都要小心谨慎，不能有丝毫大意。现我下令各部部署如下：一、光山的郐子举师、固始的戴民权师和商城的陈耀汉师确保原驻点线，相机截击流窜之敌；二、宋天才的七十五师主力控制潢川以东地区；三、七十六师樊玉龙旅接替汤恩伯师防地，驻潢川城南的双柳树，黎天赐旅驻潢川东南的潘店；李方森旅驻商城、潢川间的白雀原，七十六师师部和二十路军总指挥部驻潢川北城；四、汪长星旅暂时担任信阳、潢川间的交通维护。我们的战术原则是点线结合，灵活应用。"

会议继续，张钫要求每个师、旅长都要发表意见，晚上休会，给大家一个自由交换意见的机会。战争时期，没有大鱼大肉，一放下筷子，樊玉龙就向柳子谦的房间找了过去。

"子谦，早上会上见到，我真不敢相信是你。"樊玉龙一踏进房门就说。

"吓着了吧？"柳子谦先开句玩笑。

樊玉龙抡起胳膊猛拍了下柳子谦的肩膀："俺吓个啥，俺就是不明白你咋会来这里开会。"

"俺现在是新二十师参谋长，俺咋就不能来开会？"柳子谦微笑着。

"这到底是咋回事？"樊玉龙皱起高高的眉头。

"别那么惊奇嘛，"柳子谦强笑两声，"共产党不要我了。"

"啊——"樊玉龙惊愕得半天合不拢嘴，"有这事？秋秋咋样？"

"不知道，我想她的情况也不好。"

"不会遇什么不测吧？"

"难说。"停了许久，柳子谦又补充一句，"那边的肃反你听说过吧？"

两人不语，沉默相对良久。后来两人几乎一夜未眠。当残月已挂在西窗的梧桐树上，窗内还传出窃窃私语声。

柳子谦与石伊秋在袁家花园探望坐牢的樊玉龙，好像已是三年前的事了。柳子谦和石伊秋接受组织派遣到桐柏山区做兵运工作，策动任大理旅起义加入红军的往事，樊玉龙也听说过，甚至中间发生的变故也隐约有所耳闻，但万没想到会在今天的军事会议上见到这位他经常想起的小老弟。

柳子谦苦笑一声说:"你不会瞧不起我这个'叛徒'吧?弄到这个地步,我想谁也想不到。"

"到底是咋回事呢?"

"我和秋秋不是去任大理旅了吗?任大理思想进步,厌恶连年不断的军阀混战。唐生智战败后该旅孤悬桐柏,经党派人联系,他有意向红军靠拢,我就成了他的政治部主任,准备将独立旅改编为红军桐柏独立师。起义后他任师长,我任党代表,连营团长各升一级。为把这个计划上报批准,特派石伊秋前往鄂豫皖苏区向中央分局汇报。两个月后伊秋回到桐柏,中央鄂豫皖分局批准了建立桐柏独立师的起义计划和领导干部名单,但同行的还有两个陌生而又不陌生的人——从莫斯科回来不久的赵定北和石顺立,一个是伊秋的前夫,一个是伊秋的堂哥,也都是我的同学。赵定北是政治保卫局特派员,石顺立是中央分局巡视员,来头都不小,都代表分局,手握尚方宝剑,凌驾于师领导之上,特别是这个赵定北,已不是当年那个少言寡语的赵定北,而像变了一个人,吃了几天洋面包就有了叱咤风云、指点江山的本领似的。不懂军事却偏要插手军事,天天谈清查和肃反。大会小会清查了几个月,部队上下灰头灰脑,旧军队过来的哪个人找不出问题?他怀疑师长和一团长、二团长有问题没有交代,要他带来的执行队时时注意他们的行动。我反对他的做法,他将什么'右倾''丧失警惕性'等帽子往我头上扣。他最信任的人却是许大锤许仁,他说许仁虽然当过土匪,但却是铁匠出身,在俄罗斯,民间铁匠的声誉很高,可能受此影响,他将许仁看成是真正的无产阶级,加之那个大嗓门,似乎是有啥说啥,他就认为许仁这种人最坦诚,最值得信任。我多次说过许仁的种种恶行,提醒他不要被假象迷惑,他不听。几个月后,一团有几个开小差的士兵被抓回,赵定北亲自审问,还有谁要逃跑?受谁指示的?如何接头,如何串连的?严刑逼供下,这几个士兵什么都招了,要他们说什么他们就招什么。为了求活和少受皮肉之苦,瞎编乱说,本是一个普通的逃兵事件,被逼成一个集体投敌叛变,排、连、营、团长直至师长任大理都被牵连进去。赵定北要即刻实施逮捕,我不同意,师党委会上两人拍桌子。石顺立要两人冷静,秋秋看着两人不知说什么好，地方上党派到部队的两位党委委员也不知说什么好，也不敢表态。赵定北的意见占了上风，为肃清隐患，一团从团长到连长及逃兵招供出来的一堆士兵、班、排长之类，在一个风高月黑的夜里一律被拉到一个深谷处决。本来赵定北想把师长任大理一起干掉，遭到我和石顺立、石伊秋坚决反对，特别是石顺立，坚持要报中央分局，赵定北只好暂时作罢。秘密处决的事传了出去，不仅在一团，而且在二团和三团也引起一种不安和骚动。我主张加派政工人员下去做说服工作，稳定官兵情绪，赵定北却要坚持清查到底，全师陷于恐怖之中。两天后，赵定北最信任的'铁匠'许大锤在参谋长钟青鼓动下带领全团哗变，一度想夺取师部，在任大理率警卫营奋力抵抗下未能得逞，才带着乱兵扬长而去。赵定北搞出这么大的事，却把责任推到我的头上，说是因为我的'右倾'，阻扰了清查和肃反才使隐藏的敌对分子得逞。我当然不服，他就开党委会批判我。先批我的'右倾'机会主义，批我的敌我不分，越批越不能服人，就揭我的历史问题，说我是南昌起义的逃兵，是叛徒，是'第三党'，是'改组派'，是与邓演达一伙的。"

樊玉龙越听越不明白，怎么革命那么复杂呢？问："我听说过'AB'团，还有个'第三党'吗？"

"邓演达原是国民党左派，黄埔军校政治总教官，我的老师。北伐时任政治部主任。在攻取武昌城时，他任攻战总指挥，我在总指挥部工作过。他坚决执行孙中山先生联俄联共扶助农工的三大政策，反对国共分裂。四一二事变之后，他与宋庆龄等国民党左派人士反对蒋介石独裁专制，成立中国国民党临时行动委员会，即第三党。因我在南昌起义失败后逃到上海，一时找不到党中央，父亲就把我介绍到也反对过蒋介石的程潜部张轸处隐身，赵定北就把逃兵、叛徒、第三党等一大堆帽子扣在我身上，并提出开除我的党籍。会上除秋秋了解我的真实情况外，谁都不知真相，不敢为我讲话，连石顺立好像也无话可说，就这样以五票赞成两票反对将我开除了。我要申诉，赵定北阴阴地笑一笑说，你去申诉吧，分局还要继续审查你的问题呢！"

"真有这么多反革命吗？我原来只知道一个'AB'团，听说江西的共产党杀'AB'团杀了很多，有几万吧？"

212

柳子谦叹口气,"你知道什么是'AB'团?"

"不知道,不光我不知道,怕是很多因'AB'团掉了脑袋的人也不知道。"樊玉龙答。

"1927年北伐军占领南昌之后,南昌城出现了一个反共小团体,它的名称由两个英文词组成——Anti-Bolshevik,意思就是'反布尔什维克',将这两个英文字的头一个字母组合在一起,简称为'AB'团。这个小团体实际上存在不久,但后来江西苏区开始肃反,就大抓'AB'团,这就使'AB'团出了大名。后来肃反中的名堂越来越多,什么社会民主党、第三党、取消派、改组派等虚无缥缈的东西,都成了大挖大肃的对象,许多革命者就是这样被冤死的。在湘鄂西边区肃反中,身为中共中央革命军事委员会委员、红三军军长贺龙,眼见自己亲密的战友、著名红军将领段德昌被中央代表、中共湘鄂西中央局书记夏曦以莫须有的'国民党改组派'罪名杀害,也无力反对,只能叫人做了段德昌爱吃的米粉肉含泪端上,让段德昌勉强吃了几口。在鄂豫皖苏区,红四方面军总指挥徐向前听说自己的爱妻程川宜被保卫局以'改组派'关押之后,也只能不便过问,最后程川宜被用石头砸死。张国焘进入鄂豫皖后,肃反更是变本加厉!"

"听起来让人心惊肉跳! 那你是怎样离开的?"樊玉龙又问。

"可能是石顺立和伊秋在暗中保护我,不同意赵定北把我立即送往政治保卫局。"柳子谦说,"我提出要到中央分局申诉,赵定北笑笑点头答应了。秋秋找一个没人在场的机会悄悄告诉我,开除我党籍的事已报分局批准,去有何用?"

"子谦,那你的处境真危险了!"樊玉龙不禁感叹。

"危险我不怕,我就是心中不服,我不受这种不白之冤!"柳子谦激昂起来,"后来我想到去找我的老师、河南省委负责人王晏久,于是到了开封。王老师听完我的诉说把一颗苍白的头颅摇了很久才说:'你的党籍问题鄂豫皖分局批了,省委有什么办法? 再说中央根据国际执委会第十八次会议决议精神又要反右倾了,右倾的帽子时时都悬在省委头上,省委说话有用吗?'王老师含泪看我半晌,无奈地说:'子谦,你还是去上海吧,你不是认识中央领导吗?'"柳子谦激动得喘了口气,"我与王老师商量很久,只能到上海找中央告状去! 周恩来是我加入共产党的介绍人,邵力子是我加入国民党的介绍人,找到谁都可以同共产党中央取得联系。但我到上海后两个人都找不到,听说邵力子被蒋介石外放重用,周恩来到了江西中央苏区。在街上游荡几天,最后还是得找老爹。老爹也不同我计较那么多,为安全计,先要给我寻一个立足的地方,就把我安排到他的老朋友樊钟秀那里去当副参谋长。樊钟秀一直不肯接受蒋介石的整编,说'建国豫军'这个番号是国父给的,谁也别想改变,与蒋介石闹得很僵。中原大战他站在冯玉祥一边,被蒋介石的飞机炸死在许昌了。从1928年起,郜子举就是南京政府派驻樊钟秀部队的特派员,樊钟秀死后,部队自然被郜子举接管,除一个师转为二十路军第二二六旅外,其余大部分被编为新五军,郜子举任军长,后整编为第二十师。郜子举是河南鲁山人,保定军官学校毕业后曾任黄埔军校第一大队长、战术教官,是我老乡也是老师,他不管任军长还是师长,都要我当他的参谋长。这不,我这个参谋长不是就随他开会来了吗?"黑暗中柳子谦干笑两声。

"秋秋现在怎样?"樊玉龙忽然提到石伊秋。

久久柳子谦才回答:"不知道。"停下补充一句,"不知道我的事会不会影响到顺立和她。我曾听说顺立有托派嫌疑。"

"你这就算离开共产党了?"

"还不能这么说,不知道他们还派人找我不找。"

"唉——"樊玉龙意义不明地长叹一声,"两党放着侵略我们的小日本不打,却自相残杀,这算咋回事?"

"这我就不清楚了。"柳子谦又是两声干笑。

"委员长说没有准备好,共产党说蒋介石不抗日,我就不明白了。"

"这我也说不清,反正看起来蒋介石剿共要比抗日积极得多。"

"'九一八'不抵抗,'一·二八'十九路军在上海奋勇抵抗,中央派张治中将军率第五军赴沪参战,各界民众为之一振,为什么中共临时中央的《中央关于上海事件的斗争纲领》中竟号召国民党军的'革命士兵们,杀掉你们的长官,加入红军!'及'武装保卫苏联'的口号呢?"樊玉龙想把多天的苦闷向柳子谦倾诉。

"我没有看过这个文件，"柳子谦一时不知如何回答，想一想说，"我们的那个中央往往由从苏联刚回来的几个年轻娃娃组成，是很幼稚的。"

　　"放着日本人不打，我们只好自己和自己拼命了。"樊玉龙说这句话时，天已微亮。

二十五 兵败双柳树

第二十路军在潢川没有安稳几个月,鄂豫皖苏区红军在皖西击溃陈调元的几个旅之后,转头在商城西北地区集结,准备消灭二十路军。张钫在五月间的一个傍晚,突然接到二十师师长郜子举的电话报告,说"光山东南泼皮河附近忽然发现红军大部队,沿潢水南岸向东北前进,有乘隙直攻潢川模样"。张钫召集团以上军官紧急开会,出席者大多主张撤出江家集、双柳树、仁和集,改由潢川十里铺占有阵地,以便缩短战线,集中力量抵抗红军。但张钫受地方乡绅包围,认为麦收在望,部队撤出地主们就不好收租,因此迟疑不决,只调两个团占领卜家集,激战数日,双方伤亡惨重。红军主动后撤,意在南北夹击驻白雀原的李方森旅和驻双柳树的樊玉龙旅。此时樊旅副旅长周佑宗通共,暗自在阵地上开了一个口子,让红军从白雀原和双柳树之间突进,李方森阵亡,樊旅被陈赓的红十二师三面包围。樊旅工事坚固,强攻必然付出重大代价,陈赓考虑采用"围三阙一"战术,集中两团兵力,从东、南、西三面加强攻势,放弃北门虚留生路,而以一个团兵力预伏在北门外豆腐店一带等待樊旅进入埋伏圈。6月12日,已与红军打了一天一夜的樊玉龙旅实感支持困难,电请张钫速派援兵,但张钫回电说其他各部正与王树声红十一师交战,战况十分紧张,无兵可派,樊旅只好决定乘虚冲出北门。走到豆腐店附近,两面山上枪声大作,原来是红十二师的许世友三十四团和徐海东的三十六团从两山冲下,将樊旅包围在低洼的山间稻田里,樊旅在稻田里施展不开,乱作一团,迅速被击溃两个团,许多官兵当了俘虏。互射中一颗子弹从侧面穿过樊玉龙的双腿,樊负伤了。刘海团还没有丧失战斗力,一面命令两个营顶着打,一面要三营掩护旅长尽快后撤。三营巴营长撕破上衣,用布条简单帮旅长扎住伤口,要一个体壮的勤务兵背上,撤到一个小村庄里。村庄里有个院子,四周院墙整齐,三营就钻进院子坚守。又打了将近一天,这户人家只有三口人,两兄弟和一个媳妇,他们给樊玉龙做了一碗面叶汤,樊玉龙听着近处和远处渐稀的枪声躺在床上想了一天。巴营长带着人在外面打,准备等夜里趁天黑撤退。樊想,自己伤成这样,一步不能走,如果跟巴营长他们一起突围,碰上红军双方必然是一场拼杀。巴营虽是当年他在豫西警备司令部时收编的老队伍,巴营长虽说能征善战,性格强悍,对他十分忠诚,但在十分混乱的战场上可能也管不了他,队伍只顾往外冲,难保不把他扔下,于是他有个大胆的决定——单独留下!

樊玉龙把房东两兄弟找到跟前,问:"你俩知道不知道我是谁?"

俩兄弟说:"咋不知道? 恁是樊旅长。"

"是,我是樊旅长,我也用不着瞒你们。"樊玉龙说,"我想和你们商量一件事,不知行不行?"

"有啥不行,恁说吧。"兄弟俩想,在这种情况下还咋敢不行的呢。

"外面的情况你们已经清楚,我们叫红军包围起来只剩下这几个人了。今晚我想叫他们突围,我两腿负伤,跟着走是个拖累,想独自留在这里。我在这里躺了一天,你们对我很好。这件事请你们想想行不行?"

大哥答:"那咋不行。红军的纪律很好,看到你,我们就说你是当兵的,他们不会咋着你。"

樊玉龙笑一笑:"就说我是班长吧,伙头军炊事班长吧。"

几个人又商量了一下对话,万一红军问到好说得相互照应。

樊玉龙同房东商量好之后,就将巴营长找来,把他的意思告诉巴营长,巴营长坚决不同意。巴营长是条有名的硬汉,他说:"俺把旅长丢下不管,一是丧良心,二是让俺在全旅还有啥脸面! 叫俺巴根子还咋做人!"他不听樊玉龙劝说,坚持道:"咋着也不能把旅长独个撤下,要死一起死,要活一起活,晚上突围抬上你一起走。"樊玉龙生气地说："老巴，亏你还是个军人，突围靠什么？成败一瞬间，靠的是迅速灵活，抬上俺就是一个累赘，懂吗？你要考虑一百多人，不要考虑俺一个人，俺会应付。"晚上，樊玉龙叫人将他的军装和炊事班董老头的军装换了换，在两人搀扶下走到屋檐前大声命令三营突围。巴根子听到命令带领一百多人冲出院子，一阵紧急的枪声过后，平静了，樊玉龙推测他们已经突围了出去。窗外的蛙声响了起来，樊玉龙眼皮发沉，几天来第一次沉沉地睡着了。

第二天天色刚亮，东方天边有一线微弱的红光，赶早下地的农人从槽上拉出牲口套车，想先把前日割倒在地里的麦子拉到场上，兄弟俩正在商量下地的农活，红军进了院子。一位营长看到床上躺着一个伤兵，走了过去。

"哪一部分的？"营长不在意地问。

"二二八旅。"樊玉龙如实回答。

"做什么的？"营长又问。

樊玉龙急忙答："长官，恁是问、俺吗？俺、俺是个班长。"动下身子作痛苦状，"做饭的，炊事班长。恁、恁知道吗？就是伙、伙头军。"

樊玉龙满口的豫西话，营长没有全听明白，走近一步仔细打量一番，突然说："你是樊旅长吧？"

樊玉龙镇定道："长官，恁恁恁想想……"

营长不知这个"恁"是什么意思，弄得他心烦，打断樊玉龙说："我们这里不兴称'长官'。"

"哦，那就不称'长官'。"樊玉龙继续说，"官长，恁想想俺要是樊旅长，人家还会撇下俺不管？俺确实是个班长，负伤没办法，多亏老乡给俺一口汤喝。"

房东兄弟见营长进屋就跟着进来了，这时也说躺在床上的伤兵是个班长，营长觉得这个笨口拙舌的伤兵也真不像个旅长，才解除怀疑。

营长掀开樊玉龙身上盖的破单子，看到沾有不少油渍的上装和满是血污的裤子，又将破单子盖下，安慰道："你不要怕，红军优待俘虏，我们的师部在豆腐店，那里有医院，等一会儿叫人把你抬到那里去上上药。"

红军营长走后，樊玉龙暗想，队伍被打垮了，几千个官兵可能成了俘虏被集中在豆腐店,抬他到豆腐店还能不被认出?他很焦急,把兄弟两个唤过来商量。大哥拿了一个主意,说这里离潢川不远,卸下门板俺兄弟两立即抬你到潢川去。樊玉龙感到情况紧急,只有如此。他为了给兄弟两打气,还说这一带的地形他很熟悉,可以指点他们怎么走,可以躲开红军,于是兄弟两用门板抬着他上路。走到豆腐店附近,本想绕过去,却碰上一个骑在马上的指挥员,原来他就是把樊玉龙旅打散的红十二师师长陈赓。陈赓把他截下来,问他们到哪里去,樊玉龙在门板上强欠欠身,陈赓又让他躺下,但双目一直盯着他不动。

樊玉龙立即转动脑子答:"你们的营长叫俺到豆腐店治伤。"

陈赓问:"你是干什么的?"

樊玉龙答:"俺是二二八旅一个班长。"

陈赓拉拉马嚼,绕着门板走了一圈,猛然马鞭一指说:"你就是樊旅长!"

樊玉龙平静道:"俺不是樊旅长,俺要是樊旅长,还敢到豆腐店红军的医院治伤?"

陈赓又注视樊玉龙一下,"听说你们旅长受伤了,是吗?"

"樊旅长受伤没受伤俺不知道,自打双柳树撤退,俺就没见过俺旅长。"

陈赓听对方的口气很坚决,又问问两个兄弟,两兄弟也说门板上躺的是白军的一个班长。陈赓指了指不远处一个帐篷说,那是包扎所,你们先到那里去看看,医院在村子里。樊玉龙侧脸张望,刚被炮火耕犁过的田野到处是弹坑和断枝,有几处麦地冒着青烟,有一片小树林还在燃烧。死尸到处散布,露出或平淡或恐惧的表情。活着的人似乎已忘记他们的存在,各忙各的,帐篷外有十多副担架,有人进进出出。一个身穿军装的年轻女子在距帐篷十几步远的土坎上踮了踮脚,高喊一声招着手,分明是向陈赓打招呼。陈赓回了一声,策马而去,渐远了。樊玉龙感到那女子的身影是那么熟悉,猛地坐起上身。

"秋秋!"樊玉龙激动得忘记了他的处境,差一点喊出声来。

那女子分明也看到了他,刹那间四目相对,愕然中,万千感觉如光如电如云如影般飞过,女子一转身走进帐篷。

那确是石伊秋!

樊玉龙让两兄弟先将他放下来,看看田野无人,四周安静,就对两兄弟说:

"这样抬着我是不行的。先将门板藏在麦地,让我在麦地里爬,你们在路上跟着,才不会引起注意。"

两兄弟点头,大哥说:"只要再走两三里,就走出了红军的地界,那边小村子里俺有个亲戚,再想办法吧。"

于是樊玉龙从门板上下来,在麦地里爬着向前行。熟透的麦子散发出一股麦香,他闻到了家乡的气味,闻到了少年的气味,像在梦中,慢慢天旋地转起来,剧烈的疼痛使他回到严酷的现实。他强制自己不要昏厥过去,用双肘着地一寸一寸向前移动,身后伏倒的麦垄上留下一道清晰的血痕,不知昏过去多少次,终于出了红军地界到了两兄弟说的小村子。找到亲戚,他们给樊玉龙绑了一张椅子,一直抬到潢川见到总指挥张钫,张钫惊讶地甩着手说:

"哎呀,都说你被俘啦,你是咋跑回来的?"

樊玉龙龇龇他那一口漂亮的白牙笑笑:"俺没有被俘,是这两位兄弟救了俺。"于是樊玉龙将他如何乔扮炊事班长,如何同两兄弟商量,如何遇到要他往红军医院治伤的红军营长,两兄弟将他抬在门板上又如何遇到陈赓审问,后来他只好从门板下来在麦地里爬行……

张钫听樊玉龙说的脱险经过简直像听乡间说书先生说书一般,猛拍一下桌子,将豫西人的乡间老话都用了出来:"老天爷呀,这办法亏得你想出来,也只有你有这个胆!"

樊玉龙要求好好感谢两兄弟,张钫就叫人拿出来五百银圆打发了他们。

几天之后,红军从新集、宣化店进攻第二十路军,占领了信潢公路上的竹竿铺两个据点,意图切断第二十路军的补给线;另一部则包围了光山郜子举部。张钫命樊玉龙率二二八旅残部驰援光山,光山虽未被红军攻克,但红军收复了商城以西、光山以南的广大地方。樊玉龙想在光山见到柳子谦的心愿,也未能如愿。

在樊玉龙被送往开封汴济医院疗伤之前,张钫同他谈了谈部队的整顿工作。张说:"这一仗我们吃亏很大,不只你们旅,也不只二十路军,还有其他几个师都受到重大损失,必须加强整顿和补充。关于你们旅,刘海团基本上还成建制,另两个被击溃的团合并为一个团,再将总部特务团调归你们旅,全旅仍然是三个团,以后主要是整训问题,你放心去治伤吧,你这个旅长不会动。"樊玉龙很感动。

二十六　红军西去

　　1932 年年初,蒋介石几乎集中了他全部的精锐部队,并亲任中路总指挥,发起对鄂豫皖革命根据地的第四次"围剿"。中共鄂豫皖分局书记、军事委员会主席张国焘被前一阶段的胜利冲昏头脑,错误估计形势,在三十万大军压境,红军与蒋军悬殊六倍的情况下,不是诱敌深入,分而歼之,而是要"不停顿地进攻,进而威逼武汉"。战斗异常激烈,仅七里坪就几易其手,双方伤亡惨重,陈赓就在总指挥徐向前面前身负重伤。几次战斗取得胜利后,徐向前提出队伍需要休整,均被张国焘否定。

　　八月间,七里坪战斗之后,蒋介石调整部署,令八十三师加入陈继承纵队,与二十路军张钫部会攻鄂豫皖政治中心新集,将第二师拨归卫立煌纵队就地整顿补充。张国焘却将蒋介石的这一调动误认为是蒋军的全线溃退,但陈继承纵队却由正面攻来,北面张钫纵队和南面卫立煌纵队正步步向侧面进逼。红军在强大压力下不得不转移,无奈之下决定"跳出根据地"向平汉线以西进发。十月下旬,红四方面军在枣阳南八十里的新集以西地区和枣阳西南二十余里的土桥铺地区重创围堵的蒋军,打破了蒋军围歼红四方面军于襄、枣、宜的计划,冒着寒霜冷雨,不断战斗着前进,直至川北才站住脚,建立了川陕根据地。

　　在双柳树战役之前,上级已经命令桐柏独立师向陈赓的红十二师靠拢,受陈赓节制。因任大理师刚经过一次暴乱,而且赵定北仍在执行"左"倾路线,对官兵进行清查,不断有人以莫须有的罪名被秘密处决,官兵的思想很动荡,队伍跟在红十二师后边,只能做些后方支援工作。樊玉龙在红十二师的包扎所看到秋秋,就是因为她带着任大理师的卫生队去支援十二师的野战医院。

红十、十一、十二师击溃了二十路军的几个旅后,战场虽然短暂地归于平静,但起义后的任大理师并未得到恢复。赵定北先给石顺立扣上右倾帽子,然后就指他为托派,说他在莫斯科中山大学参加了托派组织。这根本是子虚乌有的事,此时石顺立还可以同他大吵。他俩是1929年同时进入中山大学的同学,他要赵定北拿出证据,赵定北不拿证据,却强迫石顺立进行交代,以至于竟将石顺立秘密关押起来。

托派这顶帽子当年满天飞,在共产党内部也不知冤死了多少人。1924年十月革命领袖列宁死后,关于继承问题,一直存在着斯大林与托洛茨基的权力之争。1926年10月,苏联领导人之一的季诺维也夫在一次会上的讲话,首先提出"托洛茨基主义"一词。在中国革命问题上,两人的分歧主要表现在对中国革命的指导方针上。斯大林主张共产党和国民党实行"党内合作",托洛茨基则主张中共退出国共统一战线,独立发展。大革命失败,斯大林不敢承担指导方针失败的责任,引起部分群众和中国留学生不满。1927年11月7日在红场举行的纪念十月革命10周年的游行活动中,反对斯大林的群众和部分中国留学生突然打出"执行列宁遗嘱,罢免斯大林,拥护托洛茨基"的标语。其中中国留学生梁干朝、区芳等被开除党籍,并于年底被遣送回国。这批人回国后,其中有人成立了一个拥护托洛茨基的小组织,但影响不大。后来中共第一次代表大会年纪最小的代表刘仁静也成立一个托派组织"战斗社"。大革命失败后,斯大林把一切责任都推到陈独秀身上,把陈独秀定为右倾机会主义分子,陈独秀不服气,成立了一个"无产者社",即所谓托陈派。这些组织均无多少成员,影响有限,但在红军肃反中却被无限放大。

在赵定北与石顺立离开中共鄂豫皖分局之前,已有石顺立是托派分子的密报,说莫斯科中山大学召开"十天大会"时,石顺立站在反对支部局一边。中央分局领导沈泽民虽然在执行肃反政策上很"左",紧跟张国焘,但当年"十天大会"召开时,他记得没有看到过石顺立,就将这件事压下了。所谓"十天大会",是1929年中山大学支部局关于中国革命政策的一次辩论,支持支部局决议的二十八个半人,就是布尔什维克,亦即后来常说的"二十八个半",不支持支部局决议的人也未必就是托派。沈泽民模糊记得,那时赵定北和石顺立刚从国内到来不久。石顺立因水土不服,病中没有去参加大会。但到了豫南之后,赵定北又将这个问题提了出来,无论石顺立如何辩解都是无用的。过了几天,赵定北又将师长任大理关押起来,罪名是"第三党",任大理参加过北伐,在国民革命军内工作多年,认识邓演达并与邓演达有过接触有何奇怪?但在赵定北眼里都是罪状。

一天傍晚,石伊秋同战士们围在一起吃饭,无意间听到两个执行队的小青年说今晚要处决人,得吃饱点,这引起她的警觉。想到哥哥顺立和师长今晚可能有不测发生,放下饭碗,暗暗到马号牵出一匹马,跨上马背向红十二师师部奔去。在前线,秋秋的勇敢、勤劳给陈赓留下了很好的印象,一看到从汗湿的马背上滚下一个姑娘,就笑着问:"是来送鸡毛信的吗?摔着没有?"

"报告师长,我是石伊秋!"

"认得的,认得的,"陈赓以他惯常的幽默、乐观的语气说,"你是个女孙悟空,一下是政治部主任,一下是卫生队队长,现在又像个情报员,哈哈哈,鸡毛信呢?快拿出来吧!"

"师长——"石伊秋禁不住拉出了哭声。

"怎么了?怎么了?"陈赓仍是半开玩笑的语调,"是不是把鸡毛信丢了?"

"师长,他们要杀人!"石伊秋终于哭出了声。

"谁要杀人?"陈赓顿时严肃起来。

"赵定北和他的执行队。"

"杀谁?"

"石顺立和任大理。"

"那不是石政委和任师长吗?"

"是的。"

"赵定北为什么要杀他们?"陈赓的问话越来越急迫。

"他说石顺立是托派,任大理是'第三党'。"

"他有根据吗? 胡闹!"陈赓猛拍下桌子,从墙上取下马鞭,向房外高喊,"骑兵连,集合!"

陈赓亲历过张国焘在白雀园地区对红军进行别有用心的大肃反,看到大批忠于革命的干部和优秀的领导同志被杀害,很纳闷,也很痛心,逐步看清了这些不正常现象是分局领导张国焘推行"左"倾冒险主义造成的,对滥杀无辜深恶痛绝。这时,石伊秋领路,陈赓率骑兵连向任师驻地奔去。两师驻地距离不远,只有不到十里路程,十几分钟后就看到村外一个隐藏的山坡下有几支火把。伊秋喊道:"就在那里,再晚就来不及了!"陈赓一马冲上前,看到树下捆了两个人,挖坑的几个人好像已将坑挖好了,正在把捆绑着的两个人往坑里推。陈赓向天鸣枪,喊道"停止行动",马已跃到坑前。执行队的人看看四周的马群愣了,赵定北拍一下身上的土,假装镇定地走上来问:

"陈赓,你来干什么?"

"制止你以肃反之名乱杀人!"

"我杀的正是肃反要肃之人。"赵定北强笑两声。

"他们一个是分局巡视员,一个是师长,你不报分局,有权杀吗?"陈赓质问赵定北。

"我们是直线领导,这不关你的事,你更管不着。"

"今天我就要管管。任师受我节制,我就是上级,对该师师长和政委的生命我要负责。"陈赓不理赵定北,直接向身后发出命令,"来人,把捆绑的两人带回红十二师师部,进行关押审查!"

陈赓未说放人,而是"关押审查",赵定北等也无办法,石顺立和任大理就这样脱险,被红十二师保护起来。由于第四次反"围剿"的需要,红十二师东移,赵定北和他的执行队也被调回鄂豫皖苏区政治保卫局。在红十二师东移时,石顺立和任大理回到原部队,恢复原职。鄂豫皖红军"跳出根据地",张国焘走了,将沈泽民和红二十五军留在根据地,成立豫南省委,石顺立任书记,桐柏独立师改编为豫南游击纵队,任大理任纵队司令员,石顺立兼任政委。石伊秋同他们一道坚持与清乡队和蒋军的斗争,其艰难困苦,难以名状。

二十七　军饷七巧板

汴济医院是开封新开不久的大医院，其仪器设备多从德国购来。院长贾思达是个三十岁左右的年轻人，虽在柏林学医五年，但医术不精。平日穿着西化，白西服、白皮鞋，外出常带一把白色西洋伞，全身一白到底，颇有风度，善交际，好冶游，喜行走于官僚政客之间，最爱呼朋唤友拉一帮朋友看戏。凡有新角名角到汴，他没有不进戏园子凑热闹的，对戏剧确也有几分研究与心得。樊玉龙住进他的医院，樊玉龙贵为旅长，年龄大他不多，而且自小就是一个戏迷，因此，两人谈话一拍即合，甚为默契。

樊玉龙虽然两腿受伤，但只是穿透伤，没有动到筋骨，治愈也易。再说樊玉龙是条硬汉，排脓剔肉均与医生配合，不叫一声，治疗顺利，不出半月伤口即愈合，已可行走。贾院长常到樊旅长病房探视，谈起近日大相国寺大舞台的戏码，令躺在电风扇吹着、窗明几净的病房里的樊玉龙神往不已，将负伤后麦田爬行的苦痛忘得一干二净。贾思达很聪明，懂戏，常违反他自己定的院规，带病人樊旅长出外看戏。一次从巩县来了一个新班子，挂头牌的是一个姓常的女孩，只十五岁，唱得好，嗓亮，扮相也不错。散场后樊玉龙问贾思达，老弟感到怎么样？贾思达稍一思索回答道，孺子可教，咱们可得捧一捧，捧一捧，不然可能就埋没了！当时军人、官僚和其他有钱人把捧戏子当作雅事，找几个人来凑热闹不难。于是，贾思达找了个朋友先给常姑娘新编一部梆子戏《西厢记》，樊玉龙和几个也好此道的朋友拿钱制作道具行头,不想这出《西厢记》一炮打红,后来常姑娘逐步成了豫剧一个大名角。

两个月后,樊玉龙回到潢川,张钫见到他后的第一句话却是:

"我把周佑宗枪毙了!"

樊玉龙"哦"了一声没有说话,好像他早有这个预感似的。

"他半年内接连打死了两个老婆,引起地方士绅不满。为了维护军纪,以张我军名声,我派人处决了他。"张钫说。

樊玉龙还是只"哦"一声没有说话。

张钫看看樊玉龙有点发青的面色,说:"嗯,当然还有你旅在布防上,他私开口子让红军过境,令我军受到重大损失!"

"这点我没想过。"樊玉龙说,"我只认为他脾气暴躁,粗心大意,没想到他会做这样的事。"

"冯玉祥是个怪人,说他是共产党吧,他不是,早先却把儿子和女儿送到莫斯科中山大学学习。以后还把他看得起的一些年轻军官也送过去。周佑宗就是那时候去的。"张钫在屋内踱着步,"周佑宗回国后有共产党嫌疑,判了刑,同你一起关在开封袁家花园。走出袁家花园他到冯玉祥的大将刘汝明手下当参谋,又找你,你保举他当副旅长,我也就同意了。现在事实证明他是共产党。"

"我认为他是个人才……"

"他是个人才!"张钫摆摆手,"这事不怪你,你保举他没错。"

"想不到他就这样死了。"

"其实我也不想杀他,但他的事影响太大了。"张钫突然醒过来似的说,"你到开封养伤前我答应给你的三个团已经整编好了,你回去好好当你的旅长去吧。"

樊玉龙心中不能不感激总指挥对自己的信任,又不能不为周佑宗的死感到一丝哀伤。回到旅部他把石小高叫过来问问执行经过,石小高平日讨厌周佑宗的吆喝,兴高采烈地向樊玉龙说起那天枪决周佑宗的经过,"总部来了两个军法官,要俺带几个兵跟着走进周佑宗的房间去宣布总部命令,几个士兵要上去绑,他不让绑,站起来问,这就走? 在哪里? 气不喘,脸不变色,但走到一个小山坡前却想跑,腿一软跌倒了。把他拉起来他不肯走,挣扎中大喊:'你们不能这样,不能这样,我要见总指挥!'平日他脾气那么大,刚才还挺豪气的,这时尿了,拉他往前他不肯,军法官掏出手枪一枪把他毙了。临死前吓得屎尿都出来了。"

"你看到了?"樊玉龙拉下了脸。

"俺闻到一股臭味,嘻嘻。"

樊玉龙抬起手臂狠狠给石小高一巴掌,石小高摸着发烧的脸颊正犯迷糊,樊玉龙喝道:"别糟蹋死人,周旅长是条硬汉,一人做事一人当嘛,有啥好害怕的!"

石小高揉着脸颊,频频答是。

"你们把他弄到哪里了?"樊玉龙问。

"周旅长打死了老婆,身边又无子女,俺们就把他埋在山坡下面了。"

"咋埋的?"

"挖了个坑,用军毯裹住身子埋的。"

"你现在就去找羊军需官拿钱买口棺材,将周旅长的尸首挖出来放进棺材重新埋下,堆个坟,万一他有后人来找,好认。"

樊玉龙在战场上见过无数死人,对死早就麻木了,但这次周佑宗的死却像一个影子一样跟着他。死亡就是一场赌博,你输了,你就得将生命当筹码一样赔进去。至于为什么输,是运气? 是技巧? 是力量? 谁也说不清。周佑宗死了,是因为他性情残暴或是因为战场背叛,说得清吗? 甚至他真是共产党吗? 也无法说清。樊玉龙相信人在临死之前可能会有一刹那的软弱,也相信在那最后的一刹那时光,周佑宗的腿软了,跑不动了,甚至拉屎拉尿了,但他却扇了多嘴的石小高一个耳光,为什么? 为了维护朋友的尊严、军人的尊严和作为人的应有的尊严吗? 关于周佑宗的死,樊玉龙不再多想,也无法多想,战事的变化在追逼着他,不知还有多少人将在战场上倒下。

二十路军调驻潢川一带时近一年,损失惨重,张钫要求部队下去补充。到了1932年年底始得上面命令调驻漯河、驻马店一带进行整训补充,总指挥部驻许昌,樊旅驻漯河。

漯河地处河南中部,平汉铁路中段,地势平坦,物产丰富,是一个比较富裕的地区,又距战场较远,部队一时安定了下来。安定有安定的难处,许多军官的家属来探亲了,军营顿时热闹起来,却并不祥和,要钱的,争宠的,千奇百怪的家事抖搂出来,使军营此起彼伏地不时爆发出吵闹的喧嚣。这两年一心在家筹划置庄买地的老太太,不知哪股风触动了她的神经,带着两个媳妇和五六岁的大孙子到漯河来了。这老太太阵势大,一来到就给了樊玉龙樊旅长两个耳光,并要樊旅长跪在当街门口。樊玉龙走到门口跪下去问:

"娘,恁咋啦,这是弄啥咧,不由分说就叫龙娃跪到当街?恁瞧瞧,这有多难看。"

"咦——,如今你知道难看啦,当时你讨小三不同娘说,偷偷摸摸地不把娘放到眼里,不怕别人捣脊梁骨就不难看啦?"

"这两年俺不是天天打仗没空回去吗?"樊玉龙为自己辩解,"下晌俺就让月凤过来给你磕头。"

"咦——那俺受得起呀!"当年的常秀灵、如今的旅长老太太绷了绷松弛的脸皮。

"恁是婆婆嘛。"樊玉龙低声说。

"放屁,俺赌受不起。"常秀灵猛绷一下陷进去的面颊,"俺不认这个媳妇!"

"那咋行呢?"

"咋不行? 你给俺三万块钱,俺现在就走。"

"这时候部队困难得很,几个月没关饷了,上哪里弄钱去。"樊玉龙跪着说,"再说,您来啦,不认月凤和你的小孙子咋能行?"

"俺就是不认!"

同村的石小高、羊二堂、羊青峰听说老太太来了,都来拜望。娘啊婶子的唤个不停,石小高随着樊玉龙唤声娘,劝说道:"恁看要俺龙娃哥一直跪着多不好。"老太太瞪着石小高一拍床铺骂道:"你这个高娃子,你在当中使的坏你以为俺不知道,有俺处置你的那一天,你娃子等着吧,俺看你能跳多高!"正在这时羊青峰报告说总指挥来了。原来张钫是来视察部队的,从车上刚一下来,眼尖的羊青峰就跑上去报告眼前这一摊戏,他先是愕然,接着就让羊青峰带他走了过来。走到门口,张钫看到樊玉龙还在跪着,就低吼一声:"起立!"樊玉龙迅速站起身,把张钫往屋里让。常秀灵看见人们恭顺的样子,就知道敢令儿子起身的来人一定官比儿子大。本来是双脚盘在床上的她,不禁挪挪屁股。待樊玉龙叫声娘,说总指挥看她来了,常秀灵不由得双脚往下一顺,身子就从床上往下出溜,张金娘急忙上前扶住。常秀灵虽说厉害,但她对比儿子大的官一向是很敬重的。虽然她没有见过张钫,但她知道张总指挥的官比儿子大得多,一时有点手足无措。

坐下后,张钫半带讥讽地开玩笑说:"刚才我过这里,看到樊旅长跪在门口,里面又吵得热闹,这是唱的哪一出呀?《三娘教子》?"

"俺现在哪敢教他呀!"常秀灵开始语带哭声,"讨媳妇不给娘说,挣了钱不捎回家,总指挥恁可要帮俺好好教教他!"

常秀灵开始哭了,张钫就怕这种难缠的老太婆,故意大笑两声说:"在二十路谁不知道樊旅长是个大孝子啊!"

"他孝?他孝在哪里?娶了媳妇忘了娘!"常秀灵强词夺理,"反正他这个媳妇俺不认!"

张钫方正的脸盘上又堆出笑纹,把身子往前凑凑,好像要同常秀灵说悄悄话。"樊老太太,你说这话就不在理了,哪有婆婆不认媳妇的?不认孙子的?看样子还会再给您添一个呢。"屋内羊青峰他们心照不宣地发出一片笑声。张钫得意地扫视一下屋内活跃起来的气氛,顺着大家的笑声继续往下说,"玉龙怕您生气,事前不告诉您是他的不对,但娶到家的媳妇您不认,这就输理了。"

一个乡下老太婆再厉害也怕官,何况张钫这样能管住她儿子的大官。常秀灵听到张钫的劝说,语调不觉就软了。

"总指挥的话俺听,俺不管他们,但俺不认……"

"那怎么行,明天要玉龙带着月凤来见婆婆。这是喜事,俺也来凑个热闹。"张钫微笑着又说,"您这婆婆可要准备好见面礼呀!"

第二天,张钫真的陪樊玉龙带着周月凤去见婆婆,常秀灵将昨晚准备的两百银圆,要卢玉贞用红绫包成两锭放在盘子里端了出来。这件事就这样了结了,在二十路传为美谈。张钫善于笼络部下,但常秀灵逼儿子拿钱盖房,樊玉龙向他诉苦,他却为难了,不禁面颊有点发热。

自春上,二十路七十六师的官兵已经四个月没领到饷了。

二十路军的经费实行包干制,每月总共三十万元,由南京发给,三十万元的分配是总指挥部、七十五师、七十六师各十万元。由于张钫好铺张,各师、旅的经费不能按月发,宋天才有意见,与总指挥不断发生争执,有时竟闹得不可开交,张钫只好答应七十五师的经费由总指挥部驻南京办事处领出后即全数转给七十五师,张钫手中只掌握总部和七十六师的二十万元。这点钱不够张钫支配,先是他听到刘峙可能他调的消息,那个当河南省主席的心愿又复活了,借口身兼河南省清乡督办和河南省账务委员会主席需往开封处理有关事务,离开许昌前往开封活动,事情没有办成却花了很多钱。正在此时,他在家乡开办的观音堂煤矿却发生冒水事故,淹死、受伤二百多人,他不得不把七十六师的经费拿出五六万元处理善后。加之他在开封几个月的挥霍,拉下巨大亏空。下面怨声四起,无奈之际,张钫只好许空愿,说这几个月的欠饷,就算是各位旅长对观音堂煤矿入股,将来生产状况好转,一定给诸位分红。大家诺诺,但谁敢指望从总指挥身上刮出红利来? 其实,这几个月哪个旅也没饿着,特别是当官的,"就地筹饷"这一套他们早已谙熟,各有各的办法。漯河是大宗粮食、芝麻集中地。市价比汉口低一半,商人只要将粮食运到汉口,就会赚大钱,急需运输工具。官商勾结有史以来就是发大财的不二法门,樊玉龙收购漯河粮食运往汉口,粮商贿以重金,三方分肥。另与公安局相配合,借口禁烟,勒令罚款或收保护费。驻驻马店的黎天赐旅用的办法与樊旅基本相同。驻西平、遂平的汪长星旅用的办法差不多与"打土豪"相似,各显其能,终于渡过了长官挪用军饷的难关。出了这么多事,省主席又未当上,张钫在许昌的一次会议上大发脾气,对旅长们说:"我离开防地,你们任意胡干,破坏军纪,危害地方,甚至包庇烟赌、拉票,影响大家前程。蒋介石、刘峙等人不好共事,我就是做官,也只是一时,你们年轻,前途远大,我挪用到矿山的钱作为大家的投资既可分红,又能长久,也是为俺们打算。"张钫用这种话推脱责任,大家也无话可说。

具有讽刺意味的是,张钫把旅长们骂了一顿之后不久,因蒋介石与杨虎城之间有些摩擦,就被蒋介石利用他和杨虎城的老关系,派往杨虎城处说合,从陕西回来,却带了二十万两大烟土。他分配给每个旅长销售三万两,当时蒋介石禁烟抓得紧,什么宪兵队、稽查处都管此事,旅长们感到这么多烟土难以出手。几个人碰头,黎天赐突然灵机一动说制海洛因,海洛因体积小,价格高,更可赚钱,当年孙殿英不是靠殿英牌老海发家的吗?樊玉龙觉得黎天赐说得也是,民国以来,军队和毒品就是两兄弟,哪个系哪个派甚至哪个党的部队能同毒品脱开干系?于是说干就干,从上海请来工人,购买机器,但还没有正式制造,总部知道了,叫停,令将烟土迅速贱卖。就是贱卖,几个旅长也都赚了两三万元去。刚开始试验的装在十几瓶酒精里的粗制品,樊玉龙派人送到了开封汴济医院,他在这里住过院,他想这些含吗啡的酒精也许可作麻醉剂用。

队伍要开拔了,樊老太太请人照着漯河一个大商人新建的大厦打的图样也打好了,然后就是向儿子要钱,一开口仍是三万。

樊玉龙吓了一跳,打开图样再看看,问:"您是盖房还是盖宫殿?"

"俺就是要盖宫殿!"樊老太太咬着牙床说。

"怕恁儿子没有当皇上的命。"

"有,俺有这个命!"这个农妇的口气真不小。

樊玉龙把这半年多弄的钱都交给了她。二十路被调往豫西剿匪,常秀灵带着两个媳妇和大孙子跟着部队回到洛阳。樊家人稀。樊玉龙他爹樊鹏万上面有三个堂哥,也都是单传。老大樊鹏大的儿子樊玉山,是个老实疙瘩,一直在乡务农;老二樊鹏仲的儿子樊玉河读过两年书,在金贤街一家木器店里帮人记账;老三樊鹏季的儿子樊玉虎身材魁梧,尚武,习拳脚,在民团混饭吃。樊玉龙知道枪林弹雨的可怖,不让他们跟着到外面闯,但老三家的玉虎不听,前年樊玉龙回家乡拉队伍出外不久,他还是借老弟的名声拉起一支几十人的武装同人争当区长,不到半年就被人打了黑枪,不明不白地丢了命。村中樊家能执事的人,就只有老二家的玉河了。蒋介石为了解决张钫与刘峙的矛盾,决定将二十路军调往江西参加第五次"围剿"。临行前,樊玉龙将樊玉河召到他娘跟前,将在家照料建房的事交给了二哥。自此长得胖乎乎的樊玉河换上了蓝布长衫,人称二大人。

二十八　血色的"大红袍"

樊旅又一次成为先遣旅。

1934年1月,樊旅作为二十路军的先锋部队到达南昌。樊玉龙走进南昌行营报到,日已西下,适逢蒋介石在小花园里散步。蒋介石大约听到什么动静,转身向大门这边张望,恰与进来的樊玉龙打了个照面。机灵的樊玉龙知道蒋介石看到了他,立刻拉了下军装,握紧拳头跑步向前,立正,敬礼。

"报告委员长,国民革命军第二十路军第七十六师第二二八旅旅长樊玉龙向您报到!"

"全旅都到了吗?"蒋介石有点高兴地问。

"第二二八旅全体官兵已全部到达指定地点。"

"好,好,好,"蒋介石连说几个好,走过来同樊玉龙握手,气氛轻松了下来,"你一进大门,我就认出了你——樊旅长来了。"

"委员长记性好,在武汉只见过一面。"

"唉,你们旅长以上军官在我脑里都有个图像!"蒋介石说,"不然我怎么指挥打仗呢?"

樊玉龙笔直站立不动。

"二十路军的其他部队都到了哪里?"

樊玉龙一一说明各部现已到达地点之后,蒋介石向身旁的贺主任摆下手朝办公室走去。贺主任打开地图,蒋介石指出二十路军到达后各部的驻地。

第二天,蒋介石颁布命令,奖赏先期到达预定地点的樊旅五千大洋,并决定樊旅暂归以蒋鼎文为总指挥的北路军第二路军指挥,对中央根据地发动主攻。

自 1927 年毛泽东、朱德、彭德怀等先后上了井冈山开辟根据地后,蒋介石发动的四次"围剿"都失败了。1933 年 5 月,蒋介石在南昌成立南昌行营,由他坐镇统领赣、粤、闽、湘、鄂五省军政要务,调集一百多万兵力,集中力量对江西苏区亦即中央苏区发动第五次"围剿"。中共临时中央负责人博古等,听信共产国际派来的军事顾问李德的指挥,搬用苏联红军正规战争的经验,主张"御敌于国门之外",要求红军放弃前四次反"围剿"的有效经验,离开根据地到外线作战。在蒋军的铁桶战术、堡垒战术的压制之下,红军发挥不了过去在群众支持下的游击战和运动战优势,在北线连续遭到几次失败。失败后,博古与李德又采取消极防御的战略方针和"短促突击"的战术,强令装备很差的红军与装备新式武器的蒋军以阵地对阵地、堡垒对堡垒拼消耗。1934 年 4 月,广昌失守,蒋军的包围圈越来越小,到 9 月下旬,红军不得不撤离中央根据地,计划沿着前年萧克率红六军团去与贺龙的红二军团会师的路线进行战略转移。10 月 16 日,各部队在雩都河以北地区集结完毕,从 17 日开始,中央红军主力五个军团及中央、军委机关和直属部队共八万六千多人,开始了后来人们所说的长征。红军带着印刷机器和军工机器等物资,将战略转移变成了大搬家式的行动,进展迟缓,走了一个多月,冲破敌人三道封锁线才到了广西湘江地区。蒋介石已调集二十五个师数十万大军,分五路前堵后追,致使红军到了生死存亡的关键时刻,只有强行渡江。湘江一战,红军由八万余人剩下三万余人,损失惨重。根据敌情,毛泽东建议放弃北上与红二、红六军团会师的计划,立即转道向西,到敌人力量薄弱的地区去开辟新的根据地。中共负责人在道县举行的紧急会议上,接受了毛泽东的意见,命令红军改道,往西向贵州遵义一带进发。

樊旅随蒋鼎文部从江西南昌出发,经临川、资溪翻越武夷山强攻杉岭关,到达福建光泽、邵武地区和红军第一军团作战。不久,二十路军主力到达,总部驻临川,黎天赐旅驻南城,樊玉龙旅驻光泽。后黎旅推进到光泽,汪长星旅移驻南城,樊旅进驻福建邵武。按旧例,驻军换防之后,为了密切军政关系,地方官都要拜访新到的驻军长官。邵武专员大约是个在官场上混久的人,樊玉龙的旅部在城南一座神农庙里刚安顿下来,门外哨兵即传邵武专区杨专员来访,樊玉龙按规矩急忙迎了出来。杨专员是个精瘦的小个子,五十多岁,行动机敏,颇有活力,说南方话,可能就是当地人。虽然双方在语言上沟通颇不顺畅,但情溢于表,寒暄话一连说了几遍。坐下后,樊玉龙呼人上茶,勤务兵小粟用托盘端来了一个大瓷壶和两只茶碗,倒茶退去。杨专员端起茶碗抿了一口,皱皱眉问:

"敢问樊旅长这是什么茶?"

"上等方片。"樊玉龙爽朗大笑答,"不瞒您说,这茶平日我还舍不得喝呢。"

"啧啧,这种茶在我们这个小地方是没人入口的。"

"哦? 这可是十多个大洋一斤的好茶哪!"樊玉龙惊讶得合不拢嘴,一是惊讶这个小个子专员的直率,二是惊讶于上等方片竟不入这位小个子专员的法眼,到底他要喝什么茶呢?

杨专员要他的随从迅速从带来的大盒小盒礼品中,找出一个装饰非常华贵的玻璃匣子,里面有两个绘图精美的景德镇瓷瓶,放在桌上,神秘而得意地望着樊玉龙。

"这是什么?"樊玉龙问。

"茶叶。"

"是什么茶叶这么金贵? 要用这么金贵的瓶子装着?"

"就是用黄金做瓶子来装也不过分。"

樊玉龙不禁吸了口冷气:"是什么茶叶呢?"

"大红袍!"杨专员有几分骄傲地吐出这几个字,然后打开话匣,侃侃而谈,"我这个小地方地处闽赣边境,多山,没有什么好东西,出名的只有茶。据说茶是老祖宗神农氏传下来的,当地乡民自古种茶、调茶、喝茶,同时也敬茶。你看,贵部现在驻的地方,不就是一座神农庙吗? 当地人的生活必需品除米之外就是茶了,茶的品种很多,唯武夷山的大红袍为其冠。这种茶树生在半山悬崖,几百年来也就只有几棵,每年收获也就只有几斤,微官虽为地方长吏,一年也很难喝到。贵部千里戍边,保境安民,我只能将本地最为珍稀的物产奉上,以表欢迎之诚了。"

樊玉龙听罢这个小官僚一席话,哈哈笑着说有愧了有愧了,就将礼物收下。

半个月之后,杨专员再次来访,樊玉龙唤勤务兵泡茶,并交代这次要上好茶,把杨专员送的茶叶泡上。小粟又将杨专员上次看到过的茶壶茶碗端上,杨专员看得两眼发直,不顾礼仪地上前阻止。

"不可不可,这种茶不能这样泡!不能这样泡!"杨专员摆着手,"这样泡,喝起来就无味了,就把好东西糟蹋了。"

"该怎么喝呢?"站在一旁的樊玉龙笑问。

杨专员回头叫了一声"来人",对一个精壮的青年说,赶快骑马回去把他那套备用茶具拿来!专署离旅部不远,很快茶具拿到,一个金碟子上放了一个包金紫砂小茶壶和四只薄可透亮的小茶盅。杨专员亲自操作,烫壶洗杯,将大红袍放进壶里冲水、倒杯,一股奇香顿时漫散开来,其香清雅,其味甘冽,令樊玉龙感到一时离开了俗人境界,看着杯中晶莹醇厚的茶水,无意中说了句这茶红得像血。这句煞风景的话,似乎让杨专员有点不悦,却又很快将情绪转换过来,喝茶谈天,相聚甚洽。但蒋介石调二十路军来江西、福建,不是让樊玉龙们享清闲的,打仗为其第一要务。这时中央红军已开始突围,还有一部分留下。这年秋冬之交,樊旅和七十五师二二五旅在蒋鼎文指挥下,于邵武东南地区与红军一个师进行了一次激烈战斗,樊旅特务连检查战场时,在尸体中发现一位姓黄师长的印章和信件。蒋鼎文收到呈文和证件后,奖赏樊旅五千大洋。樊玉龙将羊二堂叫来,要他和军需处把这钱按惯例分配到参加战斗的各个单位。

"旅长那一份呢?"羊二堂问。

"我不要,你派人去买一口上好棺材,找个好地方把黄师长厚葬了。剩下的钱交军需处掌管。"

樊玉龙坐在办公室里,几乎一天不说话。他一会儿看看南山上的松柏,一会儿看看松柏上的白云,他在想生与死。为什么而死? 为谁而死? 如果说黄师长还有个理想的话,那么我呢? 如果说黄师长死了还有一个军人给他埋葬,那么我呢? 不会被鞭尸,不会被唾骂吧? 给黄师长封土时,他赶去向黄师长行了一个军礼。他敬重英雄,敬重这个大军远去,还要顽强坚持的英雄! 他不认识黄师长,素昧平生,只知道他同他一样都是军人,只知道战场是为死人而设的,死亡只是一个冰冷的数字,一个毫无情感的战绩。今天黄师长阵亡了,成为他的战果,受到奖赏,如果今天是他阵亡呢,不是也成了黄师长的战果吗? 也会受到奖赏吗? 死亡仅仅是一个数字,一个报表上的数字,中国人杀中国人还要受奖,这是为什么? 当年孙中山让两党合作究竟是为什么? 是为了北伐吗? 但北伐尚未成功两党就厮杀起来,真真正正的厮杀,咬牙切齿! 他被冯玉祥关在袁家花园时,一个字一个字啃完了冯大帅丢给他的《三民主义》。宋子超他们隐藏在他的参谋处时,他曾让娃娃脸的大学生小温给他念过《共产党宣言》,他感到两本书的意思差不多,都是为了解除民众苦难,怎么信徒们却誓不两立,要将活人像收高粱一样一片一片砍倒,让血腥和死亡的气息充塞天地呢? 脑中的问题,他一个也解决不了,两天来闷闷不乐。石小高感到奇怪,想逗乐子,他一概不理。石小高感到无趣退出后,樊玉龙将羊二堂悄悄找来,要羊二堂把那套杨专员送的茶具和两盒大红袍茶找出来,一个人到黄师长的坟头挖个坑埋了,越深越好,不要同别人说。羊二堂感到奇怪,诧异地望着他,他挥下手说去吧,黄师长可能是本地人,这茶留给他喝吧。

这年夏天,樊玉龙被派往军官夏令营——庐山军官训练团受训,为期一个月。庐山受训的都是营长以上的军官,蒋介石亲任团长,陈诚为副团长。熊式辉为教官,团址在庐山脚下的海晖寺。天气特别炎热,江西大旱,水稻都烧干了。每天操场集合,汗水顺着军装直往下流,除了操练还要爬山,当惯了军官,如今在教官们的口令下,动作不能不努力去达到目标,这苦可真够当惯官的人吃的! 一次爬山训练,樊玉龙落在后面,忽然有人在后面打了他屁股一巴掌,猛扭头,竟是他原来的老营长吴起训。他"哦"了一声,说:"是你啊,俺要还是你的新兵排的排长,在我屁股上不又是一脚?"吴起训笑道:"你当俺现在就不敢了?"抬起脚作欲踢状。樊玉龙赶紧攥把劲笑着冲到前面。到山顶两人坐下休息。

吴起训说:"俺看到长星了。"

樊玉龙脱下军帽一面扇一面答道:"俺俩一起来的。"

吴起训又说:"俺还看到一个熟人,你猜是谁?"

"是谁呢?是二十路还是你们十一路的?"

"都不是,"吴起训稍停一下,"是子谦。"

"子谦也来了?"樊玉龙惊喜地向四周看看,"他现在是哪部分的?"

"还是同郜子举在一起。"

"好好,咱四个难有这种相聚的机会。"看重友情的樊玉龙兴奋起来。

但是,紧张的军训团生活难有一起聚谈的机会。

蒋介石经常来军训团作"精神讲话",他讲话很严肃,一个瘦高条身子,像一根木杆般搠在那里,几乎一动不动。说话浙江口音很重,讲的内容也不中听。讲来讲去就是消灭共产党,"攘外必先安内,大家不要妄谈抗日,只有先消灭共产党把国家安定住,才能抗日。现在共产党已跑到大西北的陕北去了,人已不多,但大家不能掉以轻心,他们散布在各地的余党还为数不少,要彻底地消灭才行,不然又会死灰复燃。抗日不是小孩子玩游戏,要有实力,像今天诸位手中的军队,靠那几支万国造、汉阳造步枪,能打败日本不能?哼,有人骂我不抗日,其实我最想抗日!要做好准备,我计划请德国给我们训练六十个师,将现有的军队再加以训练和装备,到那时抗日才有不败的把握。"蒋介石的讲话就是这个风格,有时很沉闷,偶然也会让大家振奋一下。汪精卫、冯玉祥、熊式辉也给学员们讲话,汪精卫很会讲,话说得漂亮,冯玉祥一般人认为他是个老粗,但讲话很有吸引力,他讲"兵"话,通俗易懂,有煽动性,一讲就引起大家的兴趣,讲堂上常发出笑声。好不容易等到一个放假的星期天,樊玉龙唤上吴起训、汪长星和柳子谦坐上军训团的汽车向山下走去。在九江找了一间不起眼的酒馆,四人围着一张黑漆方桌坐下。话题自然是别后情状和军训团的生活,三杯江西白酒下肚,不禁转向了抗日问题。四个表兄弟、四个国民革命军的将军都主张抗日,但意见却有很大分歧。吴起训绷着他那个瘦长脸扭着细长的脖子,像当年寿庭学堂的大学长那样来回看着他的师弟们,待大家静下来说：

"我完全拥护委员长'攘外必先安内'的主张！"

汪长星抬起他那张大方脸，眼睛像还未睡醒似的眯缝着："只顾安内，小日本一步一步逼过来，先占东三省，又踏进长城，这样下去怎么得了？"

樊玉龙突然站起身，说："我们中国军人不都是尿包，先干他几仗，给小日本点颜色看看，轮不到他那么张狂，在咱头上拉屎拉尿！"

吴起训叹了口气："共产党天天高喊抗日，没见他出来一兵一卒。"

汪长星附和吴起训说："是共产党捣乱，要不是日本人也不敢这么欺侮咱们。"

柳子谦很委屈，半晌才说："现在共产党不是北上抗日了吗？"

汪长星一脸不屑地说："到草地上爬不动了，才发表什么'北上抗日声明'。"

柳子谦生气了，白白净净的圆脸盘被酒力和气愤染得通红，弯曲一个手指轻击着桌面问几位表兄："吉鸿昌算不算共产党？ 前年他与冯玉祥、方振武在张家口建立的察哈尔民众抗日同盟军，并从日本人手里夺回了多伦等地，是不是抗日？ 那时候我们都在哪里？"

说罢，柳子谦凌厉的眼光扫视各位一眼，众人低下头，久久没人答腔。樊玉龙将头垂得更低，内心的惭愧与激动翻绞着，他与吉鸿昌是生死之交，在曹县互相打过几个月仗，战败后吉鸿昌对他有救命之恩，素来敬佩吉鸿昌的雄才与人格，但在吉鸿昌遇难时，他未能及时相救。那时他驻防漯河，当听到吉将军因抗日罪和不服从命令罪，被蒋介石的特务囚禁在天津一家酒店，本计划营救，准备精选二十个人二十支手枪，冲进酒店将吉将军劫出来，但晚了，他们的消息晚了，待他们准备出发时，吉将军已被杀害。每想起这点，樊玉龙内心万分痛苦。

这时，他起身给每人的酒杯倒满酒，说："让我们这些未死者，为吉将军敬上一杯！"也许是落日西斜的反射，这杯酒突然变成血红色，红得像血，像杨专员为他冲的"大红袍"，酒杯在他手中抖动了一刹那，他同大家一起弯下身敬重地将酒酹在地上。

吴起训打破沉默,把一只手掌拍在桌子中间说:"让我们不要有吉将军的遗恨,能死在抗日战场上!"

汪长星把手掌往吴起训的手掌上一拍:"死在抗日战场上!"

"死在抗日战场上!"樊玉龙把手掌叠了上去。

"死在抗日战场上!"柳子谦把手放在最上边。

吴起训又庄严地说:"一旦对日开战,绝不投降!绝不当汉奸!"

大家一起呼应:"绝不投降!绝不当汉奸!"

柳子谦抽出腰间挂的蒋介石赠予黄埔生的短剑,想划破食指,被吴起训制止了。吴起训指着桌面的几只手说,我们身上流着热血,这就是我们的血誓,这就是我们的誓言,留下我们的血在抗日战场上洒吧!

几个人围着桌子肃穆地站立一会儿,看着太阳已西坠去,波涛变成银白色,樊玉龙忽然问柳子谦:

"顺立哥和秋秋在那边还好吧?"

"没有确切的消息。"子谦答,"听说顺立哥受审查,托派问题。"

"什么叫托派?"樊玉龙不解地问,"那边的名堂真多。"

汪长星笑着对樊玉龙说:"你不知道的还多着呢。我告诉大家一个好消息,咱们的老师寿庭先生回国了。"

"啊,他到欧州游学有四年了吧?"

"有了,俺在袁家花园坐牢那一年他出国的,可有四年了。"

柳子谦听到这个消息也很兴奋,问:"现在他在哪里?"

"在开封。"汪长星答,"在大学任法学院院长。"

"有机会去看看他,最好咱四个人一起。"樊玉龙说。

"四个人一起可能不容易。"吴起训叹了口气。

九江是长江一个重要港口,江面传来几声汽笛的鸣声,他们知道从汉口开来的船到了,不久酒馆外面的码头已是人头熙攘了。时候不早,他们赶快起身往海晖寺赶路。

二十九　陆军大学"特别生"

　　二十路军的官兵全系河南人,到江西、福建后水土不服,吃不惯大米,加之气候溽热,长期与阴暗潮湿的碉堡为伍,蚊子多又没有防蚊设备,八九月间疟疾、痢疾普遍发生,因缺医少药,身体日渐羸弱。十月后,痢疾转为水肿,死亡人数增多,加之连连战斗,各旅减员严重。后蒋鼎文又从七十六师挖走两千五百人补充驻上海的王敬玖军,部队不得不缩编。二十路军总指挥部命令七十六师由三个旅缩编为两个旅,黎天赐旅被裁减。国民政府军事委员会作出"不兼两职"的决定,张钫决定不再兼七十六师师长,想将七十六师师长一职交给樊玉龙,并暗中告诉了他。眼看升官在望,喜悦之情刚刚冒头,就出事了。当时张轸是七十六师参谋长,早年日本士官学校毕业,北伐时曾任首任南京警备司令,按资历比樊玉龙深得多,感到七十六师师长理应是他,心中不服。张钫不喜欢他,偏偏不给他接任。当时国民政府严禁毒品,并命陈诚亲抓此事,不少旧部队积习难改,吸毒及贩毒时有发生。适值樊玉龙旅的副官长田大泉为总部张钫的随从副官转卖二百两烟土,被张轸发现密报。蒋介石电令张钫"严加查办",张钫把樊玉龙召到驻福州的二十路军总部,要他把经手人枪毙一两个向蒋介石交差,他不执行。

　　张钫劝说:"你把田大泉枪毙了不就完事了?"

　　樊玉龙答:"我不能这样做。"

"为啥?"张钫瞪起双眼问。

"因为他父亲曾是镇嵩军总部的副官长,对下边我们这班勤务兵、副官之类的人多有照顾,可以说他是我的上级,也关照过我,今天我不能为这点事杀他儿子。"樊玉龙回答,声音似乎还有点理直气壮。

"哼,那你的旅长就别想当了,更别说师长了。"

"不当就不当。"

没想到樊玉龙回答得这么干脆,张钫愣了一下:"那我就没办法了。"

樊玉龙不忍对田大泉几个人下手,为保个人官位去杀朋友,他不忍也不耻,心想:"我樊玉龙咋能做那样不义的事。再说从旧军队过来的人多少与大烟都脱不开关系,你张总指挥不是也经常把大烟灯摆在烟榻上吗?再说,田大泉是受总部随从副官之托转卖了二百两烟土,没有买就没有卖,话说回来没有卖也就没人买,田大泉只是个中间人而已。过去大长官几十万两几百万两地贩卖烟土已习以为常,不久前从陕西来的二十万两烟土不就是你张总指挥带回来的吗?也许总部随从副官托田大泉转卖的二百两就是那时剩下的,现在让我为了保住旅长这个职位去把田大泉杀了,我对不起他父亲,也对不起我自己,我成了宵小之徒,还能堂堂正正地在人前站立吗?"但他在心中也不埋怨张总指挥,他知道他的难处,他知道他是为他好。

他放田大泉和有关的几个人跑了。就为了这二百两大烟土,他的命运又一次发生大转折,不仅当不了七十六师师长,旅长也被撤了。他带上家眷愤而离去,目的地豫西。不是他想老家了,而是要在那里重起炉灶,自信他樊玉龙在黄河以西有这个号召力。行至南昌,被张钫追上,就在车上谈了起来,一个坚持挽留,一个坚持要走。

张钫恼了,说:"我没有这个面子,难道委员长也没有这个面子吗?"

樊玉龙说:"既然撤了我的职,还留下我干啥?"

张钫严厉地板起那张方脸:"这是命令!"

"我回去有啥用?"樊玉龙赌气问。

"你回豫西能干啥?"张钫反问。

"再拉一支队伍!"

"胡闹！我琢磨你娃子就是想这样胡闹！"张钫一拍前面的坐椅，细长的眼睛猛一睁，逼视着樊玉龙，"你别总挂着地方上那几支枪，弄到枪就能像过去一样干起来？现在不是从前了，你再拉一支队伍有啥用？等着剿灭？我好不容易把你们拉到正路上，你不听，就只好由你了。"

　　樊玉龙垂下了头，想起几年来张钫花在他和部队身上的心血，心有愧疚。他回旅店将张总指挥的意思向娘说了一下，又向护送的羊二堂和一个排长交代一番路上的事，就回到张钫的汽车上返回总部。

　　樊玉龙这时候的家眷，倒不是过去的两三个人，而是一个家眷团。一个高高在上的老娘、三个老婆、三个少爷、一个小姐和一大帮随从、老妈子，到哪里都是呼呼啦啦的。看起来大相国寺的揣骨先生提醒得不错，娶了周月凤之后，周月凤已连生了两个少爷，看情状还要继续再生。偏心的婆婆正急着要卢玉贞也多生一个，卢玉贞却生了一个女孩，一个月后周月凤与婆婆赌气似的偏偏又生了个小子。樊家老太太最相信庄上老私塾先生石宏儒的学问，不论孩子在哪里生，名字都是请石宏儒起的。石宏儒翻翻樊家祖谱，这辈人该是"崇"字辈，于是这三个孩子大的叫崇信、二儿子叫崇义、三儿子叫崇和，当然明显还留有余地，随时可以补上。孙女夏天生，就叫夏菊吧。菊花多是秋天开，这夏菊好像有点不合时令，老太太也未计较。本来一下添了孙男娣女，应了"人丁兴旺"的好兆头，老太太应该高兴，但老太太不高兴，特别是那个叫崇和的老三，生下来又黑又瘦，像个刚睁眼的小猫，不给他爹争脸不说，还天天在奶妈的怀里哭号。到了南昌，找一个老中医看了下，说是百日咳，要注意别再受风寒。老太太说大热的天，南昌热死人，还有啥子风寒。她们要从九江上船到汉口，离开船还有七天，整天忙着上街买东西，绫罗绸缎、细瓷杂件将从福建带来的樟木箱装得满满的还不够，还要再多买两个大箱子。老太太更是过分，派人到景德镇去订瓷器，仅她过寿的餐具，一订就是六十席的碟碗杯勺六十套，其他就不用细说了，把张钫送的程仪花完还不够。到了九江上船那天，适逢大雨，粗心的大手大脚的奶妈程干娘在乱手乱脚中，没有将斗篷里的三少爷包裹好，本已患百日咳的崇和又受了风寒，刚一上船，程干娘就发现崇和小脸乌青，浑身抽搐，接着竟不动了，好像是断了气。奶妈哇一声哭起来，三太太周月凤看看先是一惊，不禁也哭了。她生第一胎崇义后曾小产过一次，崇和算是她的第三胎，想起产中的痛苦，不禁大声哭叫，像给崇和叫魂。船上的职员听到这边哭闹走了过来，问怎么回事，知道是小孩死了，冷冷地说一句按轮船规矩死人是要扔进江里的。老太太心愿是子孙满堂，但就不喜欢周月凤多生，她恨周月凤连同她生的儿子，特别是这个三孙子生下来只有四斤多一点，浑身乌青干瘦，尖嘴削腮，不成体统。当奶奶的过来看一眼，说这哪里像俺儿子的儿子，倒像一只没皮老鼠。为这句话婆媳好生了一顿气。老太太这时听职员与周月凤交涉，绷紧脸皮说按你们的规矩办吧，该扔到江里就扔到江里去吧。程干娘紧抱崇和不放，周月凤也拉住两只小腿不肯松手。哭闹声惊动了船长，船长正和一位朋友下棋，因为全神贯注在棋盘上，开船也不知道。这朋友是一位西医，听职员说明情况就跟船长过来看看。他摸摸崇和的脉，虽极弱极细，但还有跳动。他又翻开崇和的眼皮和嘴巴看看，说："我没带器具，我只能用中医的办法试试，如孩子能哭出一声就有命了。"于是，他用手按中医的穴位在发紫的小身子上掐来掐去，周围的人屏息敛气，过了将近半个时辰，奇迹发生了，小崇和突然哇的一声哭了出来。船长笑着说："也算这小子命大，这位朋友原本是来同我下棋的，因一心想赢我，忘了下船，得跟船到汉口再回来，想不到就救了一条小命！"

在旅长被撤的同时，张钫已决定留住樊玉龙，向蒋介石保荐他任南昌行营少将参议。手下没有一兵一卒的参议，樊玉龙当然心有不甘，但感激张钫的苦心，还是到南昌行营报到了。参议一大堆，他这个参议没有具体事做，偶尔蒋介石会找他闲聊，聊的多是民国以来河南出现的军队和将领，有时还要年轻参谋作记录，编成档案，供他和手下的参谋人员参考。他记性好，听一遍就大致印在脑子里了。蒋介石从远问到近，一次就问到十一路军的总指挥刘镇华和二十路军的总指挥张钫。这两位豫籍总指挥都是樊玉龙的老长官，樊玉龙只笑不说，面有难色。

"说说，这两位怎么样，你应该了解吧？"蒋介石催问。

"他们都很拥护委员长。"樊玉龙吞吞吐吐答。

"在我面前要滑头是吧？他们两个拥护我，这我知道。"蒋介石笑了，"你就说说他俩的为人吧。"

樊玉龙一时说不出来，不知说什么好。

"你就简单地说一个字也可以。"

"如果用一个字说刘总指挥的话，就是'阴'，他不该杀万选才；说张总指挥一个字，就是'阔'，好摆阔气。"

"他是迂阔，摆资历，摆架子，好大喜功，常常言过其实。"蒋介石笑笑，"你还是很有眼力嘛。"

蒋介石的生活很有规律，随从提醒该散步了，他看看窗外的日光，站起身拍下樊玉龙的肩头："不过万选才不是刘镇华杀的，是我杀的，谁的账算在谁头上嘛！"

樊玉龙看着落日下蒋介石瘦长的背影，不禁倒抽口冷气。

樊玉龙不愿意待在行营，要求下部队，就又被一纸命令任命为军事委员会少将参议，驻七十六师。张钫思谋着将想当七十六师师长的张轸踢走，自己还是"一兼两职"。樊玉龙回到七十六师等于回到总部，天天还和张钫那帮人在一起，日子倒也容易打发。

后来张钫又把樊玉龙和汪长星、黎天赐一起送到南京陆军大学高教班学习。高教班班主任张治中是蒋介石的浙江老乡，很受蒋介石赏识和信任，因此高教班的学员在陆大里面就与众不同，常有重要人物接见，也常出外参观。课程除领袖的"精神讲话"，就是战略战术、操典、武器等，每门课程都有教官和讲义，有的还有作业。樊玉龙文化水平低，有的作业特别是绘图他无法完成，往往要请人到家帮他做。全班六十个人，大部分人把精力放在拉关系上，请吃饭，请看戏，变着法子互相请，有时甚至分座位请，坐在左边的同学请右边的，反过来右边的同学再请左边的，这样请来请去，潜心学习的人不多。在南京，每月由南昌行辕寄给樊玉龙四百元，钱不够花。他是个戏迷，一次梅兰芳来到南京，他呼朋唤友请同学看戏，还卖了周月凤一只金镯子，名演员如胡蝶、阮玲玉等来演话剧他也去看。吃喝玩乐，将功课放到脑后，有一次还和同学一起到上海、杭州游玩，何况还带有家眷，每月都入不敷出。

樊玉龙、黎天赐的家眷们住在梅园新村，整日也没闲着。南京有许多新鲜事,招手即停的计时车,传着吃菜的西餐,让她们津津乐道。游罢玄武湖、雨花台,又想起中山陵,毕竟她们的丈夫现在是中山先生的信徒,而且正在培训为忠实的信徒,这中山陵是非去不可。挑了一个好日子,一个风和日丽的上午,两家人招来三部计时车,带上小孩和佣人出发了,到了陵墓,这群人被眼前的景象惊呆了。这哪是她们看到过的坟?那宽阔的陵道、高耸的陵殿,修剪整齐的花木和庄严肃穆的氛围,使这群说说笑笑的游客突然沉静下来。虽然黎天赐踢了白俄相好娶来的大家闺秀齐金,随部队北上在北京看到过帝王陵墓,也没有此时震撼。大家都默不作声,憋住气向上爬,黎天赐的小姨子年轻,登得最快,不时扭头向后面打招呼。沿着一直向上的陵道还没登上一半,周月凤和齐金的"解放脚"就不行了,只好坐在台阶上休息。她俩小时候缠过脚,后来才丢去裹脚布,为赶时髦,穿上高跟鞋,前面是空的,塞上棉花,走路也不方便。坐了一会儿,她俩只好脱掉高跟鞋,提着鞋继续往上攀登,难为了她们对孙中山先生的一番敬意。

　　黎天赐的小姨子齐玉,十七八岁,身材高挑,大眼直鼻,唇红齿白,皮肤比她姐齐金还白嫩柔细,十足一个大美人,全身没有一点可挑剔的。当姐的爱她,当姐夫的更爱她,掌上明珠,心中宝贝,要啥有啥。曾被人称作黎老幺的黎天赐现今居然怕老婆,对这个美人儿小姨子居然不敢染指,但疼爱有加。正因如此,黎家比樊家热闹得多。齐玉因为多看了几场电影,突发奇想要当电影明星。也巧,上海有家什么电影制片公司办了个演员培训班,在报上正登招生广告,齐玉心动,一心报考。广告上说了,考试不仅看脸蛋,还要考才艺,自己有什么才艺,除了向姐夫撒娇啥也不会。于是要姐夫请老师来家教弹琴,请武功师傅来家教武术,学了一点散手和皮毛,只因脸蛋和身段诱人,到上海竟然考上了那个骚动许多少女梦想的培训班。入班不久加入了一部古装戏的排演,虽只是一个丫头之类的跑龙套小角色,却在剧团闹起一场轩然大波,原因是她先与导演谈恋爱,影片拍到中间,她又与长相英俊的男主角好上了,于是,导演与男主角大打出手,戏中戏,影片差点演不下去。待这部戏演完,培训班劝她退学,她上过了银幕也就完成了她的明星梦,又高高兴兴地回到姐夫家当她的小姨子。

陆大结业,勤奋好学的汪长星得了一个勤学证,樊玉龙成绩平平,勉强合格,黎天赐则得了个差评,但三个人都有收获。自此汪长星得到了蒋介石的注意,樊玉龙镀了金,至少可以将履历表文化程度栏的内容由"略识文墨"改填为"陆大肄业",但他没有这样改,依然故我,黎天赐则终于将他那好出风头的小姨子变成了"明星",也算一大成就,没白来南京深造一番。三个人带着结业证和位居中枢的林森、居正、于右任等中央大官员应高教班的请求给他们写的长幅,回到了二十路军。汪长星还当他的旅长,樊玉龙仍当他的参议,黎天赐仍无职无名留驻总部,成了一个真正的闲人。

三十 带"一句话"的使命

1936 年 12 月 12 日,张学良与杨虎城在西安将蒋介石扣押,进行兵谏,向全国发出八项主张电文:改组南京政府,容纳各党各派共同负责治国;停止一切内战;立即释放上海被捕的爱国领袖;释放全国一切政治犯;开放民众爱国运动;保障人民集会结社的一切政治自由;确实遵行孙总理遗嘱;立即召开救国会议等,一时全国掀起轩然大波,民众热烈响应,地方势力与各派军队却各怀心思,态度不一。当晚国民党中央常务委员会及中央政治会议,决定褫夺张、杨本兼各职,并任命何应钦为讨逆总司令,顾祝同为西路司令,刘峙为东路司令,兵分两路,准备开打。13 日,中共政治局召开扩大会议,毛泽东在报告中指出"在我的观点,把蒋除掉,无论在哪方面都是好的",经过讨论并根据国际社会及斯大林的指示,否定了杀蒋介石的意见,并派周恩来赴西安与张、杨协商解决办法。

全国变成了一锅滚水,驻扎在江西、福建一带的二十路军也不平静。平日以"儒将"自命的总指挥张钫不甘寂寞,兴奋异常,在临川二十路军总指挥部旅长以上军官的紧急会议上,指示各师、旅防区无形戒严,加强训练,严防防区内学生和农民暴动及共产党潜伏势力再起,并激励在座诸位:"将军不喜太平年,到时候我们称霸一方,大家都有前途。"散会后又说他已向何应钦建议进攻西安。

吃过晚饭,樊玉龙这个没有实职的参议正看着煤油灯枯坐纳闷,灯头忽然摇摆几下,原来是张钫的随从副官走了进来。

　　副官是熟人,开玩笑道:"在看什么?"

　　"看灯罩里那只蚊子。"樊玉龙说,"这南方也真怪,眼看是十冬腊月了,还有蚊子。"

　　"别看蚊子了,总指挥有请。"

　　"这时候找我做啥?"

　　"当然是有好事了。"副官诡秘一笑。

　　"啥好事能轮到我?"樊玉龙一面戴好帽子,一面跟着副官走了出来。

　　到了张钫住房门口,副官退去,樊玉龙看着正悠闲品茶的总指挥低声问:"总指挥有何吩咐?"张钫摇下手,示意他坐下来,他正要坐下,张钫突然急躁地又说,还是到外边走走吧,外边天色不错。张钫住的庭院很大,几株古老的樟树伸展着叶子落尽的枝干,将夕阳的余晖洒落一地,像参差不齐、形状各异的一块块金砖,两人走在上面,影子忽长忽短变化不定。绕了一个大圈,张钫一直不语。樊玉龙暗想,总指挥不是找他溜达来的吧? 正想说句玩笑话,张钫开口了。

　　"今天会议上我的讲话,你明白没有?"

　　"明白,明白。"樊玉龙答,"西安那边出大事了,要部队加强戒备。"

　　"是的,这次出的事不小。"张钫看一下樊玉龙又说,"我要派你和王又斌副官长到西安走一趟,把我的一封亲笔信交给杨虎城,表示对他的支持。"

　　"好的,我跟随王副官长就是了。"

　　"信我已经交给又斌了。还有一件事,"张钫沉吟着,"还有一件事,我只对你说。"

　　"啥事? 请总指挥吩咐。"

　　张钫许久未出声,走到甬道尽头了却转换了话题问:

　　"你同杨虎城私交不错吧?"

　　"谈不到什么私交,"樊玉龙轻笑一声,"其实我们还未见过面,可以说还不认识。"

"呵呵,但神交已久!"张钫狡黠地挤挤眼,"我听他在我面前几次说过赞扬你的话。"

"我同他在镇嵩军围困西安时打过仗,至今还没见过面呢。"

"好,那现在我让你们见见。"张钫看看四周,突然压低声音发狠地说,"要他把他杀了!"

"把谁杀了?"

"蒋介石!"

樊玉龙震住了,简直不相信自己的耳朵。伸出手臂从左到右划了个半圆,诧异地瞪着张钫问:"杀了蒋介石? 这一摊咋办!"

"自然有人来收拾!"

"那杨主任的后果呢?"

"我这也是为他的后路考虑。你想,他和张学良扣了蒋介石,把天戳了个窟窿,将来蒋介石能饶过他们吗?"

樊玉龙不语。

"这句话我只对你一个人说,你也只对杨虎城一个人说。事关生死及国运,切不可掉以轻心。"张钫郑重交代,"以你和杨虎城的关系,你要单独见他,他一定会同意的。"

樊玉龙只得点头称是。

两天后,王又斌和樊玉龙赶到了西安。西安城是樊玉龙熟悉的地方,他最早离家当兵在这个地方,出息在这个地方,也围困和攻打过这个地方,受伤流血也在这个地方。他在这里结识了许多朋友,也在这里送走了许多同生共死的战友,但不管怎么说,他对西安总有一种说不清道不明的亲切感。他和王又斌坐在黄包车上一进东门,一股羊肉泡馍的浓重而略带膻鲜之味就将他带回遥远的过去,一种无可言传的亲切感像电流一样传遍周身。那些十多年前的店铺还在,巍峨的钟楼还在,东西南北带有帝都气象的宽阔而笔直的马路还在,甚至路边落尽叶子的老榆树还在,只是更老更臃肿了些。不仅流经城边的灞河、浐河已经结了层薄冰,远处的渭河和黄河想来也已是封冻了,但城内却像一锅正在煮羊肉的滚汤,咕嘟嘟一刻不停地冒着热泡。人们走路都是急匆匆的，好像去赶集，去参加谁家的红白喜事。所到之处都能听到口号声，所到之处都能遇见游行队伍，但细听听这些口号，有时内容刚好相反，反对的和拥护的声音混杂一起，让人听不清到底在喊什么。地上的黄叶早被秋风扫去了，只有顽强地挂在树枝上的几片残叶，偶而在严寒的冷风中飘落一片两片，但地上的新旧传单，伴随了残叶的寂寞，一层一层堆积着，飘散着。

樊玉龙进东城门时感慨很多。这里正是他当年攻城的地方，而现今他要见的也正是当年与他拼杀的杨虎城，而且带了这样一个口信，不禁摇摇头暗自笑了笑。

樊玉龙与王又斌的黄包车停在了陕西绥靖公署的西京招待所门口，走进接待室看到里面人很多，都是各路人马派来的特使，还听说被扣押的蒋方要员蒋鼎文、朱绍良、卫立煌、陈诚等也住在这里，可知这个西京招待所如今是何等热闹。王又斌知道来者均有背景，自己到得晚，也不急于去登记，就在旁边找了一张破沙发与樊玉龙坐下，打开精致的烟盒递给樊玉龙一支烟。登记处那边不知出了什么事，可能是有个来客没有推荐信或介绍信，争了几句，登记人员打电话找处长。一会儿，一个身材壮实、精神饱满的军官疾步走了进来，先到登记处问下情况，招手唤来一个士兵将来客先带进去，然后扭身欲去处理别的事，突然看到沙发上坐的两个人。他愣一下放慢脚步走过去，客气地注视着樊玉龙问：

"两位长官是从哪里……"

王又斌打断对方的问话急忙回答："哦，我们是二十路军张总指挥派来的，要见杨主任。"

"好好，辛苦了，从江西赶来的吧？"年轻军官转脸注视樊玉龙，"这位长官好像在哪里见过？"

"我也感到您有些面熟。"樊玉龙笑笑，"俺是樊玉龙。"

年轻军官十分惊讶，猛地挺直胸脯，马靴咔地一碰，举手郑重地行了一个军礼，大声道："报告樊旅长，小的是白不贵！"

"原来是不贵哪！白连长哪！"樊玉龙起身将白不贵的手臂拉下来，上下打量着。

"是的,我就是那个夜晚出城抢割麦子被您抓住,连同麦子一起放回的警卫连长白不贵。"

"多少年了你还记得。"樊玉龙笑道。

"记得,记得,我回来向杨司令报告过,杨司令几次提起这事,说如今像樊旅长这样仁义的军人不多。"

"杨司令谬赞了,他才是我们军人的楷模。"

白不贵一直跟随杨虎城,现任警卫团团长兼接待处长,是最受信任的人。全国各地军界、政界、学界及民众团体的代表来人不少,他这个接待处长没有闲的时候。这时有人叫他,他招呼一个副官模样的军官过来,交代先将王又斌、樊玉龙带到东楼找两个好房间住下,好好照顾,再向登记处打个招呼,即往杨主任的办公室报告。

东楼的两个房间宽敞明亮,设备讲究,到这时王又斌似乎才把心放下,半开玩笑地对樊玉龙说:

"看来张总指挥派你来是派对了!"

不久,白不贵走回东楼,高兴地告诉王又斌和樊玉龙:"杨主任听说你们到了,本想马上过来,因身边还有来宾脱不开身,要我交代小饭堂,晚上他在那里请你们吃饭。"

"谢杨主任了。"王又斌客气道。

"别看小小饭堂,这可是我们杨主任待客的最高礼遇了。"白不贵咧开宽厚的嘴唇笑一笑,"再说现今去酒店也不方便。"

"是的是的,杨主任和张总指挥是老关系了,当年陕西靖国军时期就在一起,不同外人。"

樊玉龙在一旁一直没有说话。白不贵退出时又向樊玉龙行了一个军礼,说旅长你们先休息一下。王又斌看着白不贵的背影对樊玉龙开玩笑地说:"这人有点愣,怎么总给你行礼呢?"樊玉龙随口笑道:"你看看你,缎子马褂水獭帽,活生生一个大老板,我不是有一身老虎皮吗?"说着拉拉军装的衣角,两人相视大笑。

傍晚,天几乎黑了下来,白不贵来到东楼。不知哪里的窗户未关好,被猛烈的西北风刮得啪啪作响,但进来的白不贵的军帽下边仍然闪着汗珠,可见他的忙碌与紧张。他二话不说,只说了句杨主任有请,就带着王又斌和樊玉龙上了汽车,向陕西绥靖公署驰去。小饭堂就在公署大院一角,汽车停下,杨虎城已在门口等候,寒暄几句,进屋后王又斌即将张钫的亲笔信呈了,杨虎城抽出信纸匆匆看了一遍,说:"张钫老已与我通过电话,意思我已明白。"接着,他尚未给客人让座就把眼光转向了樊玉龙。

"这位就是白团长向我说的樊旅长吧?"

樊玉龙立即站直身向杨虎城行个军礼后说:"在下樊玉龙。"

杨虎城紧走几步上前握住樊玉龙的双手,"终于见了! 终于见到了!"又退后一步拍拍樊玉龙的肩膀,"身体还好吧?"

"还可以。"

"那年你受伤了,还差一点受你的上司惩罚,我一直很担心。"杨虎城回忆着,"在那种情况下,你能不烧麦子,让饥饿的市民去割回来,不把逃出城门的饥民挡回去,救了好多性命,甚至白不贵他们割麦也被你放过,这真是大恩大德。"

"主任言过了,言过了。"樊玉龙挺了挺胸,"军人拼杀应该在战场,不应难为平民百姓!"

陪客中有个人听了这两句话,鼓着掌走过来,大声说:"好好,这两句话说得好!"

樊玉龙看到鼓掌者是位年岁较大、也穿一身将军服的长者,谦虚道:"长官夸奖了。敢问将军贵姓大名?"

"我是李虎臣,不认识了?"

杨虎城插进来笑道:"我还未与樊旅长谋过面,他怎么会认识你呢?"

樊玉龙转过脸对杨虎城说:"我们好像见过面。当我们最后一次登城时,刚上城墙我就受了伤,从云梯上爬上来的兄弟倒了一片。忽然东城楼的枪声停了,一个面影从垛口闪了一下,我想那就是你。枪声停止了片刻,我和弟兄们才能退到城下。"

"当时我想那个倒地的军官就是你。"

"哈哈,原来你们就是这样见面的。玉龙,"李虎臣风趣而亲切地唤一声,"我们认识的要早点吧?"

"我记不清了。"樊玉龙笑笑,想避开这个话题。

"那年国民二军战败,要退回陕西,是你带着一个旅还是一个团,卡住函谷关……"

"一个团。"

"对,一个团,将我们十万大军卡在关外不能通过,最后不能不向镇嵩军缴械。那时我真想死,我坐在一块大石头上,离你们的阵地不足两百码,看到一个年纪很轻的军官端着一支枪向我瞄来瞄去,是你将他推开的。哈,要不是早见阎王了。哈哈,就没有今天的见面了。"

"你们都是战场上结交的朋友,佩服,佩服。"王又斌想转换谈话的气氛。

"都是过去的事了,都是过去的事了。"杨虎城站起身,这时才问,"都饿了吧?"

此时,忽然有人低低地唤了一声:"龙娃!"

这个声音很熟,龙娃突然看到一直坐在灯影里的石寿庭,惊讶莫名,走上前去紧紧抱了下石寿庭的肩膀。李虎臣大笑起来,说:"我们这几个大兵只顾说前事,倒把今晚杨主任特意请到的最尊贵的大学问家给晾在一边了,失敬!失敬!"杨虎城看看石寿庭,又看看樊玉龙问:"听口音你们是老乡吧?"石寿庭只是淡淡地笑着,樊玉龙却兴奋地答道:"寿庭先生不仅是我的老乡,还是我的姑父,我的老师。"杨虎城瞟一眼樊玉龙又说:"我说谁会有这么好的学生。"樊玉龙脸一红,说:"斗大的字识不了一升,为老师丢脸了。"石寿庭说:"那是为师教得不好,那年月你的家境也太差了。"李虎臣充满同情,说:"我和玉龙一样,家穷读不起书。"

"俺姑父教书是不收钱的!"

"唉,辛亥前两年一心跑革命,也顾不了他们那么多。"

石寿庭自在开封袁家花园探望在押的樊玉龙后,去欧州游学五年,专心研究各国宪法与宪政的实施。回国后先在开封任教,杨虎城慕其名,盛情邀其来陕,现任西北大学法学院院长,并受聘为杨虎城的高级参议,常被杨虎城请过来讲欧美诸国宪法宪政。樊玉龙这几年一直在打仗，一时是军阀混战，一时又是国共战争，他知道石寿庭厌恶这些战争，加之他与秋秋之间的情感问题，回国后也就没有联系，今晚在这个不能称其为宴会的宴会上相遇，可以说是奇遇，两人的心情都很复杂。

菜上齐了，无非是些牛肉、羊肉之类，两杯酒下肚，王又斌副官长开始讲述张钫总指挥和二十路军官兵对这次兵谏的态度，拥护"停止内战，一致抗日"，愿效东北军和十七路军前驱，走上抗日战场。席上，大家态度基本一致，认为这次兵谏会有成果的，只有石寿庭愁眉不展，似一直被一个解不开的问题纠缠着。

小宴后，王又斌似乎大松了口气。该呈的信呈上了，该表的态表达了，该说的漂亮话都说了，张总指挥交代的任务也算是圆满完成了，不辱使命！喝了几盅西凤酒，他并不善饮，回到房间倒头便睡。白不贵过来轻敲下门，听到里面鼾声如雷，就转向樊玉龙的房间。樊玉龙没有睡，正在地上来回踱步，很焦虑的样子。

白不贵在门口站了一下："旅长，有什么事吗？"

"白处长，快进来。"樊玉龙招招手低声说，"我正有件要紧事找你。"

"啥子事？"白不贵低问，一步跨进房间，随后顺手将门掩上。

"我想今晚再见主任。"

"哦……"白不贵有些诧异。

"主任睡了吗？"

"没有。"白不贵有点为难，"很紧要吗？"

"一句话，只转达张总指挥一句话。"樊玉龙走近白不贵，"张总指挥交代，只能我一个人向杨主任一个人转达这句话。"

白不贵略有所悟，点下头说去看看，不久疾步回来对樊玉龙说主任有请，领着樊玉龙上车又回到绥靖公署。大楼的窗子都黑了，只有二楼一个窗口亮着灯，一个巨大的身影在移动，忽远忽近，一下清晰，一下模糊，像一只欲展翅的大鹏。白不贵向窗口指指，那就是主任的办公室，沿楼梯上去，给樊玉龙推开门，退了出去。杨虎城看到樊玉龙，高兴地一手将其拉进来，还没走到沙发旁坐下就问：

"玉龙兄,啥重要事呀?"

"只是一句话!"樊玉龙因紧张而轻轻喘气,"一句话,是张总指挥令我亲口对您说的一句话。"

"什么话?"杨虎城不禁也有点紧张,"你说!"

"杀掉蒋介石!"樊玉龙憋了口气才说出这五个字。

杨虎城手中的茶杯漾了漾,没有接话,樊玉龙注视着他脸上肌肉的变化,似乎听到了发自胸腔的波涛声。

许久,杨虎城像是自语般道:"钫老咋想到了这一着?"

"他是怕您后半生有虞吧?"樊玉龙说,"蒋介石生性阴险,这次您和张学良将军把他扣起来,他会记恨终生。"

"这点我比谁都明白。"杨虎城叹口气,"原先也不是没有想到这着棋,但听到各种声音后,这个让人痛恨的蒋介石,还是不能杀。"

樊玉龙思索着,不禁重复一句:"还是不能杀。"话一出口,他突然感到自己冒失了,想急忙纠正,"不不,这话有忤上司原意,不该我说。"

"张钫老,也就是你的上司交给你的任务,你完成了,他的意思我知道了。"杨虎城态度诚恳,"现在咱俩谈谈,作为朋友谈谈。你说说你认为蒋介石可杀不可杀?"

"不可杀。"樊玉龙坦直答。

"为什么?"杨虎城微笑着侧脸看着樊玉龙。

"杀了蒋介石,全国必然大乱,还有什么'团结一致抗日'? 这次兵谏的愿望也会落空!"

"很透彻,很透彻,玉龙老弟这些年真是大有长进啊!"杨虎城认真地夸赞。

"我不懂政治,想到什么说什么。"

"我就喜欢这样的人。"杨虎城怕樊玉龙有了顾虑,特意站起身在樊玉龙肩上拍拍,一面踱步一面说,"现在通电满天飞,各党派、团体,甚至学界和其他界都发通电,意见纷杂,主张和平解决的多。"

"共产党也不要杀蒋。"

"是的。"杨虎城长叹一声，"真是骑虎难下呀，有什么后果我就自己承担吧！"

　　"您和张学良将军出此策不为私，和平解决后对你二位不会有所不利吧？"

　　"哈哈哈，不会有所不利？"杨虎城仰天大笑，忽然放低声音问，"你们这就回去吗？"

　　"下午接张总指挥电话，要我和王副官长办完事后，在西安多停几天，看看这边的气候变化。"

　　"好，就在这个又冷又热的西安城多住几天，后面还会有好戏看。"

三十一 "挟天子以令诸侯"

　　樊玉龙与王又斌住在西京招待所看似两个闲人,其实闲不住,不要说看戏了,光看报纸就够热闹了。四面八方的通电有支持的,有反对的,有劝告的,有调解的,琳琅满目,五光十色,比戏园的广告还热闹。一天,樊玉龙打开一张《西京日报》,看着看着就笑了,躺在床上抽小烟的王又斌问他笑什么,他将报纸递过去,说你看看阎老西的这个通电,真够有意思的了。王又斌接过报纸也觉有意思得可以,不禁诵念开来:

　　"两兄震机电及汉兄元未电诵悉,即读再三,惊通无似! 质诸兄等,第一,兄等将何以善其后? 第二,兄等此举,增加抗战力量乎? 减少抗战力量乎? 第三,移内战为对外战争,抑移对外战争为对内战争乎? 第四,兄等能保证不演国内之极端残杀乎? 请兄等深察,善自图之。"

　　王又斌念罢,将报纸摔到一边说,这阎锡山只提问题不出答案,把自己撇在一边装好人,真是个老滑头。他来了兴致,又翻出几张报纸,说听听刘湘的:

　　"内战必致亡国,无待赘言,必须避免军事接触,速求政治解决。"

　　王又斌一面念一面评注:"这还像话,再听听龙云的。"

　　"自等谋国俱有苦衷,表示同情,但此事影响国家前途,另须再加思索,为国家保一线生机,为环境留一线余地。"

　　王又斌哼一声加评:"哼,还有点国家观念。"

刚刚在"两广事变"中败于蒋介石手下的李宗仁,调子却比他人高些,通电主张停止内战,建立抗日政府,举国一致对外,桂系军队北上抗日。

"这个广西小个子倒是还有点志气和胆量,说点正话。"樊玉龙感慨地说。

"哼,他能做到吗?如果不是全国一致抗日,他的'北上'就是空话。现在打'抗日'、打'北上抗日'旗号的人不少,但有几个不是另有所谋的呢?"王又斌叹口气,"现在反对杀蒋介石的人已经不止是军界、商界的了,连学界也发言了。昨天报纸不是登,整日吃粉末、写诗著文的大学教授闻一多、李公朴都发言反对杀害蒋介石了,说蒋介石经北伐刚把中国基本统一,杀掉蒋介石,中国的抗日大业将会推后一大步。"

"此话是真话,"樊玉龙大笑两声,"看来我们回去是没法向总指挥交差的了。"

"总指挥会变的。"

"这点我太了解他了。"

樊玉龙从楼上往下望,望着街上一队一队身穿着各色军装急匆匆赶路的士兵,但想着刚才王又斌念的通电,谁真谁假?心中烦闷又涌了上来。

给他们解除烦闷的人来了。有人在走廊与白不贵大声说话,樊玉龙就知道来人是李虎臣。这位当年的"渭北十八娃"之一,曾任陕西省军务督办,同杨虎城一起守过西安的名将,英勇、和善,好开玩笑,说话大声,因身材短粗,有"小钢炮"之称。所以一听声音,樊玉龙就知是他。拉开门,两人正碰个照面。李虎臣不待樊玉龙上前打招呼就说:"来来来,今晚我带你和王副官长到易俗社去看戏,他在吧?"

"他在,"樊玉龙问,"啥戏?"

"秦腔。"

"秦腔俺熟。"戏迷樊玉龙立即兴奋起来,"当年……"

"别当年啦,今晚的名角你过去不会看到过。好着咧!"

王又斌被白不贵唤出,急忙上车去易俗社。

这晚的压轴戏是《打渔杀家》,这出戏虽是个老而又老的节目,樊玉龙看过,并在少时演过无数遍,还是很有兴趣,演员的一腔一调、一招一式他都跟着琢磨。他正看得入神，几乎化成了剧中人物，散场了。李虎臣推推他说："咋啦？还没醒过神来？"几个人才笑着走出剧场。李虎臣看看刚散去的观众，又看看两位贵客，问到哪里去，王又斌没精没神地答，回招待所吧。李虎臣仰头看看满天的繁星，说时候还早，天气又好，找个地方喝茶吧。樊玉龙点头赞成，王又斌也没反对，于是三人又上车去到一家有名的茶馆。喝了几杯上好香片，不懂戏的王又斌提起了精神，开口问：

"李老总，是咋开锣的？"

"你是说《打渔杀家》？不是才看过？"

"我问这场大戏，怎么就突然演出来了？"

"是的，我也不清楚。谁是编剧？谁是导演？谁是演员？都让人纳闷。"樊玉龙皱下浓眉，一直看着李虎臣。

"没有编剧也没有导演，是逼出来的。"李虎臣说。

"就一个'逼'字，张、杨二位就敢弄出一个通天大窟窿？"樊玉龙追问。

"唉，我和虎城关系不薄，他的许多事我未直接参与，但情况我是清楚的，他不瞒我。"李虎臣喝两口茶，准备细谈。

"大概你们也知道，杨虎城将军早同共产党有接触，关系亲近，身边有一群共产党人。他的秘书王炳南就是共产党人，王的父亲曾在杨的部队当过高参，他在日本和欧洲留学的费用就是虎城资助的，后被中共驻共产国际代表团派来西安。后来张文彬、汪峰、申伯纯等人亦都先后来过，成了一个智囊团，杨虎城不能不受这些人的影响。虎城对内战非常反感，内心不接受蒋介石'攘外必先安内'的政策。为了保存实力也好，为了抗日大业也罢，他的第十七路军早就与共产党签有秘密协议，'只对不打'。后来事情就那么巧，西安又飞来一个年少气盛的张学良。

"张学良早称少帅，少爷脾气，意气行事。1929 年东北易帜，被蒋介石任命为中华民国陆海空军副司令，职位可谓非常之高。他的事很难评说，九一八事变，把三十万东北军撤进关内，不久，他信任的汤玉麟又一枪不开地将热河让给了日本，只有驰援前往的被人们瞧不起的土匪出身的军长孙殿英，率四十一军在沽源、独石口、镇岭口一带与侵略军激战了七天七夜，稍给中国军人挽回了点面子。热河事变,全国哗然,事变前蒋介石已要张学良换掉汤玉麟,他不肯换,此时责无旁贷,只好引咎辞职,到欧洲出洋考察将近两年。回国后,蒋介石唤着他的字说:'汉卿,我知道你好玩,回来你不要再玩了。你选择一下,愿意做哪件事情:一是去打土匪,二是去鄂豫皖打共产党。'汪精卫则想让他当京沪卫戍司令。他本想去当京沪卫戍司令,但东北军是他背上的包袱,不忍丢开不管,还是决定回东北军。这些话是他到西安后对虎城说的,我在旁边。实际上这时张学良真想抗日,真想打回东北去。蒋介石让他当西北剿匪副总司令,把东北军开到西北去打共产党,有违他的初衷,更何况与红军接触又连连失利。1935 年 10 月,经过一年多长征,中共中央率领一方面军剩余的八千余人抵达陕甘宁根据地吴起镇,先后与根据地的红二十七军和徐海东率领的红十五军团会合,加之随后的红一、红二、红四方面军会师,队伍迅速扩大为数万之众。张学良的东北军顶不住,10 月,他的六十七军一一〇师在大小崂山遭徐海东伏击,全师覆没,接着一〇九师在直罗镇又被击溃。两个师被歼,张学良本已心生怨恨,而蒋介石又不肯恢复编制,不给补充,更使他不满,觉得这是蒋的毒计,借剿共之名以消灭异己。他缩短战线,让出延安,以图自保。"

李虎臣说到这里,喝口茶,强压住他那粗犷的喉咙低笑两声。

"你们知道,我们的谋略多端的杨司令早已对剿共不感兴趣,向张发牢骚,两人一拍即合,很快成了好朋友,常常是心照不宣,联共反蒋。今年 4 月,张少帅驾着他的飞机抵延安会见周恩来,9 月,签订了东北军与中共的《抗日救国协定》。事情比人们预想的速度更快地向前发展,10 月 27 日,张学良飞抵洛阳为蒋介石祝寿,他乘机劝说蒋联共抗日,遭到拒绝,蒋并威胁说,如不剿共,就将他的部队调到东边去。阅兵训话时,又大讲'攘外必先安内!'并说'我这样做就是革命,匪不剿完,决不抗日,主张容共者,比之殷汝耕不如,是真汉奸!'。张回到西安向虎城问计,两人已有默契,在张又立下两人日后紧密合作的誓言后,虎城就将他的智囊团为他们出的主意和盘托出,待蒋来到西安,可行'挟天子以令诸侯'之事。张初愕然,还未想清楚如何'挟'如何'令',就于12 月 2 日,又飞抵洛阳,向蒋要求释放上海抗日救国会七君子,并汇报前线部队太疲惫,势难支撑,再三要求蒋往西安训话,以安定军心。蒋应诺,赴西安驻华清池。7日,张学良又到华清池苦劝,受蒋训斥,遂决定与虎城实施扣押蒋介石的计划。10日,蒋开会通过'发动第六次围剿计划',11日,蒋介石请张学良、杨虎城、蒋鼎文、陈诚、朱绍良、卫立煌等晚宴,宣布易将。同晚,张学良和杨虎城分别召集东北军和十七路军将领宣布12日清晨进行兵谏。东北军在华清池捉了蒋介石,十七路军将蒋系几十名将领押在西京招待所成了你们现在的邻居,哈哈。12日12时,张、杨向全国发出'改组南京政府'等八项主张。这八项主张想来二位已经看过。已成为全国领袖的蒋介石在西安被扣押,全国立马像一锅滚烫的开水,还不知滚成啥个样子呢!这台大戏刚开场,即然你们的张总指挥要你们在这里看戏,你们就安心看看这出戏怎么收场吧。"

　　走出茶馆已是后半夜了。李虎臣虽然不断大笑,但在王又斌、樊玉龙面前也无法掩饰住心中的不安和忧虑。

三十二　渭水老码头

白不贵有几天没有到西京招待所来了,可能是忙,但挂名高参、西北大学法学院院长石寿庭好像是个闲人,因为他与樊玉龙的关系,来招待所看望过两次。一次他邀二位到外边走走。王又斌有气无力地说,都是老地方,也没有啥好游的,樊玉龙跟着点点头。石寿庭见他们的样子,反而来了精神,说旧地重游嘛。樊玉龙不愿拂姑父的意,也想同面前这位几十年穿件蓝布长衫不变的恩师多待一会儿,就急忙整装随石寿庭走出来。王又斌看看二人的背影,觉得一个人待着也无聊,就赶了上来。三人坐黄包车先到大雁塔和灞桥转了转,樊玉龙提出要去渭河码头,王又斌不禁笑了。

"那个破码头有啥好看?"王又斌丧气地说。

"俺就想看看那个破码头。"樊玉龙说,"俺当兵后第一次回家看俺娘,就是从这里上的船。"

"嗬,怀旧啊?"王又斌同樊玉龙打趣。

"玉龙是个孝子,总想念着他娘。"石寿庭说。

樊玉龙像在梦里,喃喃自语着:"从渭水进黄河,到洛口,再经洛河到伊河……"

他们乘黄包车到了渭河码头,真是王又斌说的那样,还是那个旧码头。樊玉龙见石寿庭提起长衫登码头时有点气喘,急忙上前搀扶,上到码头后又借张木椅要石寿庭坐下，三人向四方张望，冷风中带来一种凄凉，一时沉默不语。

浑黄壮阔的河水从他们眼前流过，它是黄河最大的一条支流，也是裹挟泥沙最多的一条支流，自此黄河再改变不了颜色，它世世代代、永永远远都是一条与我们的皮肤同样颜色的河，我们的母亲河！一群放排人认出了樊玉龙，其中有几个好像是当年吕道方手下的人，大声同樊玉龙打着招呼：

"上黄河吧！"

樊玉龙大声呼应着。望着木筏渐渐走远了，不禁双眼有些模糊。

松散粗重的木筏在撑篙人和掌舵师傅的吆喝下，穿过一个个激流危滩，渐渐消失在渭水与黄河交汇的河口。

王又斌轻蔑地笑两声："连个拖拉的小火轮都没有。"

"还是老样子！"许久，樊玉龙也不禁感叹道，眼神从朦胧得几乎望不到的河口转过来问石寿庭，"姑父，咱中国怎么没一点进步呢？"

"你们天天打仗，天天打内战，还进步呢。"石寿庭瓮声瓮气略带几分责备略带几分惋惜地说。

"那也不是俺们想打就打。"王又斌说。

"这我知道，是长官要你们打，是长官的长官要你们打，打出了如今这样一个烂摊子。"

"姑父，您说说中国咋办才行，才不受人家欺侮，老百姓才能过上平安日子？"樊玉龙瞪大一双黑炭般的眼珠，希望这位他自小钦佩的恩师能给出一个令他信服的回答。

"是的，您是大学问家，我也早想向您请教。"王又斌插进来说。

"实行宪政！把天下交回给老百姓。"石寿庭回答得很干脆。

"'天下为公'这四个字《礼记》上就有，康有为也写过大同书，孙中山也到处题写过'天下为公'，可是多少年过去了，结果怎样？"王又斌是个读过书的人，喜欢从学术角度讨论这个问题。

石寿庭扭脸看了下樊玉龙，说："龙娃，听说你当年闯荡时曾举出过'公'字旗，结果怎样？"樊玉龙的脸一红，摇了摇头。石寿庭提下气继续往下说，"要把天下交回给老百姓，就要实行宪政。宪政是一种治国制度，不是一种愿望，更不是一种口号。"

"孙中山先生提倡实行宪政,但要经过军政、训政、宪政三个阶段,是不是太麻烦了。"樊玉龙问。

"中国人的宪政觉悟太低,你就看这些年的局面吧!"石寿庭回答,"国民党得势,国民党就一党把持政府,换个角度看,如果共产党或其他党得势,又会怎么样呢?"

"如果这次事变能够和平解决,可以实行宪政了吗?"

"不容乐观。当前的问题是全面抗战的问题。"

"谈到全面抗战问题,有时我想,老蒋怎么那么傻呢? 全国都在要求同日本侵略者拼了,他为什么不同日本人打呢?"

"呵呵呵,"石寿庭笑了,"老蒋一点也不傻,这是个战略问题。"

"他是什么战略?"

"一个字——拖!"

"这算哪门子战略。"王又斌又参加了两人的谈话。

为了回答两人的问题,石寿庭像回到了课堂,痛痛快快地长篇大论起来。

"蒋介石傻吗? 当然不傻。北伐后,他能度过国民党内反他的三个难关,他能通过中原大战和蒋桂战争,削平了冯玉祥、李宗仁、陈济棠这些大山头,现在又将红军逼到陕北一角,能说他没有谋略、没有同日本军队一战的胆量吗? 1927年当刘峙的北伐军路经济南,日本人不肯让路,他妥协了,据内部知情人说,他一直认为这是他的奇耻大辱,他不恨日本人吗? 他不想把日本侵略者赶走吗? 但是面临的国内、国际环境又如何呢? 他非常清楚中国和日本在武力上差距之大,日本的武器远比我们精良,军队比我们多,我们必须整军修武才行。他正请德国人为中国整训和装备六十个德式师,在武力上缩小与日本的差距。军事战略家蒋百里提出的'以空间换时间''打持久战'的战略思想,也是他和军事委员会智囊们既定的战略方针,日本是个小国,资源缺乏,经不住长期作战。九一八事变后,他虽然寄希望于国际调停,但也不是一味的不抵抗。热河事件他派出了第四十一军,长城抗战他派出了关麟征师等精锐部队,并非只有西北军和晋绥军在战斗。这些事实不应站在党派立场予以忽视,要正确地记述一段历史,要公道地评价一个人不容易。"

"再说,局部抗战是很难取胜的,国人只能敬佩那些爱国军人的热血豪气。几年前吉鸿昌、方振武和冯玉祥在张家口建立了察哈尔民众抗日同盟军。虽从日本侵略军手中收复了多伦,最后还是失败了。今年2月,中共宣布东征抗日,派了两个军东渡黄河,但离日本人还远着呢,要穿过山西才行。山西的阎老西能让路吗?能让中共在他的宝贝疙瘩山西省扩大根据地吗?因为担心别人觊觎他的地盘,山西修铁路就与全国铁路的轨距不同,火车都进不去,能让你进去吗?于是双方喊着'抗日'的军队,还没有看见侵略军就先打了起来,中共北上抗日的部队被顶了回来,又退回陕北,而且损失严重。前两个月,红军又发动西征,发起宁夏战役,计划打通河西走廊,打通与苏联的联系。传说还要在新疆、甘肃、青海、宁夏、陕西、察哈尔建立西北政府,并推举张学良为西北政府主席。这对张学良自然很有吸引力,因为通过这个地区他可以带着东北军打回东北去嘛。事情没有那么简单,红军西征,就得渡到河西,据说红三十军政委原是木匠出身,在资源缺乏、工匠缺少的情况下,竟在一个月内造出十六只船,渡过了红三十军、红九军、红五军三个军和他们的总部,共两万一千多人。不久,船就被炸了,黄河被封锁了,其他的部队过不来,过去了的两万多人改称为西路军继续作战。岂不知西路军的战士每个人只有五到十五颗子弹,补充无望,只能是苦苦挣扎,现在还正在寒冷的荒原上与马步芳的马队搏斗呢。这些事情告诉我们,要抗战,必须举全国之力,统一策划,统一部署,统一指挥才行。"

说了这么长一通,石寿庭遥望着烟雾迷蒙的西安城,似乎言犹未尽:"这次事变前,杨将军同我作过长谈,我表示不赞成。我说,抗战只是个时间早晚问题,现在蒋介石事实上是全国领袖,把他扣起来,后果难料,也不知如何向全国交代,还有将军和家人的安危……将军想了想,又踱了几步,含泪念了墙上条幅中的两句诗:'苟利国家生死以,岂因祸福避趋之',我只有含泪退去。"

"千秋功罪,只有千秋去评说了。"王又斌感慨地说,又像自语,没人接话。

出码头走了一段路,樊玉龙站了一会儿,等姑父走上来。姑父毕竟上了年纪,走得慢。待姑父走到身边,他把几天来想要问的话,终于轻声问了出来:

"秋秋,"樊玉龙吸了口气,"秋秋在哪儿?"

"我也不清楚,"石寿庭沉闷地回答,"不是还在豫南,就是到了开封。"

黄土高原上的寒风刮紧了,西沉的太阳终于跌入远处的黄河,似乎传来轰隆一声,像打了一个闷雷。

回到招待所,王又斌脱掉那件貂皮领大衣,点支烟叹口气,对樊玉龙说:

"你姑父是个好人。"

樊玉龙也叹口气说:"他是个理、理、理……"

"理想主义。"

"对,对,他是个理想主义者,他一生都在为他的理想奋争。"

王又斌低笑一声:"理想主义?我看他是个圣人,是个神,净说神话,说些不现实的愿望和理想。"

"不能这么说,他最初跟着孙中山闹革命,就为的是在中国实行宪政,实行三权分立或五权分立及五权宪法,不能说他的想法不好。"樊玉龙为姑父辩护。

"很美好,你等着吧。"王又斌躺在床上抽烟,不再说话。

几天后,宋美龄与宋子文来到西安,在张学良公馆西楼二层开始正式谈判。宋子文代表国民政府,张学良、杨虎城、周恩来代表西安方面。西安方面提出六项主张:一、国民党军撤兵潼关外;二、改组国民政府,驱逐亲日派,加入抗日分子;三、释放政治犯,保障民主权利;四、停止剿共,联合红军抗日;五、召开各党各界各军救国会议;六、与同情抗日国家合作。当晚张学良得知中共不希望公开"三位一体"的表示后,情势急转直下,将先撤兵,后放人,改为蒋介石下令撤兵即可,而且也不再强迫蒋介石签字,只以领袖的人格保证即可。六项主张变成了五项主张,中共中央致电周恩来,必须坚持三个条件才能放人。三个条件是:一、全部中央军必须撤出潼关;二、南京和蒋必须通过公开的政治文件,宣布国内和平,与民更始,不咎既往,并召开国务会议;三、开始部分地释放政治犯。杨虎城积极赞同中共提的这三条,张学良则不以为然,两人在西楼发生争执,言语急躁,几乎撕破脸皮。周恩来本想再去劝说张学良,赶到飞机场,张已同蒋介石乘飞机离开西安。

蒋介石虽然没有正式签署最后协议,但他基本上是按六条主张办的,因此西安事变成了中国历史的转折点。在国内,国共易势,共产党自此掌握了主动,所以事后毛泽东在一次会议上说:"西安事变把我们从牢狱中解放出来,我们在西安事变中实际地取得了领导地位。在抗日问题上,中国自此拉开了全面抗日的大幕。"

樊玉龙和王又斌回到二十路军驻地,向张钫报告了他们在西安的所见所闻,张钫对西安曾经发生的事已不感兴趣。过了一段时间,听说张学良去南京后,先受军法审判,后判刑,赦免,软禁。杨虎城放洋出国。接着何应钦也放洋出国,张钫这才受到震动,沉默了,从此不再谈西安事。

樊玉龙在西安事变最紧张的阶段,除了向杨虎城转告的一句话,其他时候好像是个看客。其实他在这半个月想了很多,心灵受到很大震动。

全国民众都感到全面抗战就要开始了,樊玉龙和黎天赐向张钫请假,想回家乡拉队伍,组织民众抗日自卫军,张钫默许。

樊玉龙先到开封会朋友,未想到最早来拜访的却是王晏久和石顺立。都是老熟人,不用客套就说起合作问题。

王晏久开门见山说:"现在国共又要合作了,中共军队可能纳入国民革命军,咱们也再来一次合作咋样?"

"还像 1932 年举旗要求北上抗日那样?"樊玉龙上身凑前问。

"这次你回来不是要组织抗日部队吗? 我们协助你。"

"那当然好。"樊玉龙高兴地答,不知为什么他对王晏久和石顺立有一种自然的信任。

"我们已组织了一支几百人的学生队伍,到时可交给你。"石顺立说。

"我们可将石伊秋派到你的部队当联络人,她还可当政治部主任。"王晏久接着石顺立的话又说。

樊玉龙觉得他们提出的这个名字很熟,不敢相信地问:"派谁?"

"秋秋,俺妹子。"

樊玉龙一时僵在那里,半晌吐出一句话:"全民抗战真的已经到来了吗?"他激动万分,像经过渭水老码头的木排在激浪中冲入黄河,与千千万万的木排汇在一起,不管风急浪高勇往直前。

若丁 2019 年 11 月 1 日于丽江

2019 年 11 月 15 日改定